www.ingramcontent.com/pod-product-compliance
Ingram Content Group UK Ltd.
Pitfield, Milton Keynes, MK11 3LW, UK
UKHW021904190726
13853UKWH00003B/1399

9 789948 826187

الاتساق والانسجام
في الشعر الإماراتي الحديث

د. موزة حمد المنصوري

الاتساق والانسجام
في الشعر الإماراتي الحديث

مقاربة لسانية نصيّة

إصدارات دائرة الثقافة، حكومة الشارقة 2022 م

الناشر: دائرة الثقافة - حكومة الشارقة - الإمارات العربية المتحدة
الهاتف: 5123333 6 971+
البرّاق: 5123303 6 971+
الموقع الإليكتروني: www.sdc.gov.ae
البريد الإليكتروني: sdc@sdc.gov.ae

الطبعة الأولى 2022

415.1
م م . ا
المنصوري، موزة حمد
الاتساق والانسجام في الشعر الإماراتي الحديث : مقاربة لسانية نصية / موزة حمد المنصوري.-الشارقة، الإمارات العربية المتحدة : دائرة الثقافة، 2022.
380 ص؛ 23.5X15.5 سم.
أصل الكتاب أطروحة (دكتوراة) في اللغة العربية آدابها، تخصص اللغة والنحو.
يشتمل على إرجاعات ببليوجرافية.
1 – اللغة العربية – النحو
2 – الشعر العربي – الإمارات العربية المتحدة – دواوين وقصائد
أ – العنوان
ISBN: 9789948826187

إهـداء

الأثر.. نُخلق صغاراً ونكبر مع كل إشراقة شمس جديدة.. شمسٍ وحيدة.. ترسل خيوط الهدى إلينا لننسج واقع العيش الذي نحن فيه.. نتعلّم فيه، ونرتزق فيه، ونترك آثارنا فيه للأجيال القادمة.. إلى الشمس ووطني وأبي وأمي.. وإلى كل من علمني ودعمني.. هكذا هم مجتمعون أمدّوني بالنور من ظلمة الجهل وضعف المعنى، إلى نور التعلّم وطيب المعنى.. فلا انطفأت شمسكم، ولا غاب نوركم.. فنحن جميعاً في هذه الحياة أثر.. ويعلمُ الله أنكم تركتم بي خير الأثر..

أهدي لكم وللغة العربية هذا الكتاب..

المقدمة

الحمد لله ربّ العالمين، والصلاة والسلام على سيدنا محمد وعلى آله وصحبه أجمعين، وبعد: تعدّ دراسة الاتساق والانسجام في الشعر خاصةً، وفي غيرها من النّصوص عامةً، من الموضوعات التي أخذت بحظها في الدراسات الجامعيّة، وذلك لما لهذا النوع من الدراسات من جِدة وجدية في بحث النّصوص؛ فهي جديدة لأن منهج دراسة التّماسك النّصي جديد، بحكم جِدة اللسانيات النّصية نفسها، وجدية بحكم منهجها الخاص المحكوم بمبادئ محددة، ومفاهيم مقنّنة.

وفي ضوء ذلك، تعمل هذه الدراسة على كشف ظواهر الاتساق والانسجام في الشعر الإماراتي الحديث، وهو الموضوع الذي لم يسبق أن تناوله أحد من الباحثين على أكثر من مستوى: الأول: أن الدراسات المتعارف عليها في موضوع التّماسك النصي درجت على دراسة نصّ واحد فحسب، كأن يكون قصيدة شعريّة، أو سورة من سور القرآن الكريم، أو مجموعة من النّصوص النثريّة؛ لا يتجاوز عددها أصابع اليد الواحدة[1].

المستوى الثاني: على الرغم من وجود دراسات أخرى سبقتنا في مدونات أخرى، فإننا لم نعثر على دراسة لسانية سابقة تناولت الشعر الإماراتي الحديث بمنهج اللسانيات النّصية الذي تنتمي إليه هذه الدراسة. ومن هنا، فالمستوى الثالث: هو تناول الشعر الإماراتي نفسه بهذا المنهج الجديد. ومن ثمَّ، فجديّة

هذه الدراسة وجِدّتها تأتي من ثلاثة جوانب أيضاً: الأول: كونها تتناول نصوص الشعر الإماراتي بواحد من المناهج الحديثة. والثاني: كونها تتناول التّماسك النّصي في الشعر الإماراتي الحديث – وهو أمر لم يسبق أن تناوله أحد الباحثين – بجانبيه الأساسيين: الاتساق والانسجام. والثالث: كونها لا تكتفي بدراسة التّماسك النّصي فحسب، ولكنّها تعمل على كشف ظواهر هذا التّماسك النّصي.

ومن ثم، فإن هذه الدراسة تستمد أهميتها من موضوعها وهو مظاهر الاتساق والانسجام في الشعر الإماراتي على وجه الخصوص، وذلك لوظيفتهما الفعّالة في ترابط النص وتماسكه. وقد حققتُ هذا من خلال اختيار عدد كبير من نماذج الشعر الإماراتي، تجمع بين شعر الرواد، وشعر الشباب في أجياله الحديثة، كما تجمع بين نماذج الشعر المعروفة؛ العمودي، التفعيلة، وقصيدة النثر. وهذه النماذج في مجموعها تتوزّع على خمسة عشر شاعراً، وتسعة عشر ديواناً، انتقيت منها ما تشابه في مستوى التعبير، مع تمايز كل تجربة من تجارب الشعراء في قصائدهم المختارة.

وحرصي على التشابه انبنى على تأمل عميق واستعانة بمقولات علم الأسلوب التي تحدد الخصائص المشتركة. وقد فعلت هذا من خلال جمع الملاحظات الأسلوبية في قراءة مبدئية لمجموع الدواوين، بما يشكّل دراسة مستقلة عن أساليب هذا الشعر، ولكني لم أثبتها في متن الدراسة، تجنباً للإطالة. وقد انعكست طبيعة الاختيار الأسلوبي في هذه النماذج من خلال تقسيم المباحث الداخلية في كل فصل، وبما يناسب طبيعة الموضوع في الفصل نفسه، على نحو ما ظهر في دراسة الإحالة بالضمير، والمقارنة فقد أظهرت الخصائص الأسلوبية في تلك النماذج وحدة نصية، تجعلها ترتبط بضمير أساسيّ (سمّيته الضمير المؤسس)، كما انعكست في المقارنة بالتركيز على الطابع الوظيفي لظواهر المقارنة ذاتها وأدواتها. والحال نفسه في دراسة السياق والمعرفة الخلفية، حيث أظهرت التحليلات في هذه المواضع (الفصل الثالث بكامله) التماسك الوظيفي الكلي

للنص، باعتباره بنية أدبية، تتعدد تأويلاتها، وتتعدد مصادر إحالاتها وتناصّاتها مع الواقع.

كما أظهرت كل هذه التحليلات مؤشرات أسلوبية، أثبت اطرادها ونجاحها في تفسير الظواهر المشتركة، وفي جمعها خلال أطر تنظيمية واحدة – وظيفية الطابع – صحة الاختيار المبدئي لهذه النماذج التي بنيت عليها الدراسة، وجعلتها عينة كلية دالة للشعر الإماراتي الحديث.

وهذا كله ما انعكس في الحرص على أن تكون النماذج المختارة محققة لدرجة من الانسجام، في الموضوعات، السياق، وطرائق التعبير، وذلك حتى يمكن إجراء دراسة التماسك عليها. وبالطبع لم تكن هذه النماذج هي الوحيدة التي عرضت لها في الاختيار المبدئي، فقراءة الشعر الإماراتي المعاصر ونماذجه تتسع بما يشمل عدداً كبيراً جداً من النماذج، لكنني حذفت منها المتكرر والمتشابه، وأبقيت على الدال الذي يغني وجوده عن غيره.

ومن البديهي أنني حرصت على اختيار المناسب، وقد يكون فاتني بعض الأشياء، فعملية الاختيار هي في النهاية تفضيل شخصي، لكنه التفضيل المبني على المستقِر المعروف عن الشعر الحديث، وقد استعنت بعدد من المراجع الأساسية في هذا الموضوع، لتكون لي هادياً في عملية الاختيار، وأشرت إلى كل هذه المراجع، كما أشرت إلى عمليات الاختيار الأسلوبي وتأثيرها في تحليل الاتساق النصيّ داخل متن الدراسة.

أولاً: إشكالية البحث:

وفي ضوء ذلك تتحدد إشكاليّة البحث، التي تكمن في معرفة مدى إسهام عنصري الاتساق والانسجام في تحقيق الاتساق النصي وتأسيس الخطاب في النص الشعري الإماراتي الحديث، إضافة إلى معرفة الأدوات التي استعملها

الشاعر الإماراتي الحديث في تحقيق هذا التماسك، وكذلك معرفة ما يترتب على هذا الاستعمال من ظواهر نصيّة.

وبكلمة واحدة، يمكن القول إن إشكاليّة البحث تكمن في معرفة الظواهر النصية التي يتميّز بها الشعر الإماراتي الحديث في ضوء تحليل جوانب التّماسك النّصي بفرعيه الرئيسين: الاتساق والانسجام.

ثانياً: معايير البحث:

تعمل هذه الدراسة في ضوء مجموعة من المعايير، يمكن حصرها في الآتي:

1 – القصيدة الإماراتية الحديثة واحدة من تجليات القصيدة العربيّة المعاصرة، تظهر فيها خصائص هذه القصيدة، وتعكس في الآن نفسه الخصوصيّة الثقافيّة للإمارات.

2 – تعمل أدوات التّماسك النّصي على تحقيق الاتساق والانسجام في الشعر الإماراتي الحديث، بكيفيات خاصة استعملها الشاعر، ووظّفها في التّعبير عن تجاربه.

3 – يعمل إنتاج الشعراء الإماراتيين في مجموعة من الدوائر المتساوقة التي تتوازى مع مسارات الشعر العربي الحديث، وتكشف في الآن نفسه عن وحدة سياقيّة وثقافيّة تميّز القصيدة الإماراتيّة.

4 – دراسة الشعر الإماراتي الحديث بمنهج لسانيات النّص قادر على كشف خصوصيّة القصيدة الإماراتيّة الحديثة.

ثالثاً: أسئلة البحث:

وفي ضوء هذه المعايير تتحدد أسئلة الدراسة على النحو الآتي:

السؤال الرئيس: ما ظواهر الاتساق والانسجام في الشعر الإماراتي الحديث؟

وهو السؤال الذي تندرج تحته مجموعة من الأسئلة الفرعية التي نتناول تفاصيلها، على النحو الآتي:

الأسئلة الفرعية:

1 – كيف تعمل أدوات الاتساق والانسجام على تحقيق التماسك النّصي في الشعر الإماراتي الحديث؟

2 – ما هي الظواهر النّصية المترتبة على استعمال أدوات الاتساق والانسجام في الشعر الإماراتي الحديث؟

3 – ما هي حدود الاتساق والانسجام النّصي في القصيدة الإماراتية الحديثة؟

4 – ما طبيعة اللغة المستعملة وعلاقتها في هذه القصيدة بمظاهر الاتساق والانسجام النّصي في هذا الشعر؟

5 – ما الخصائص العامة للشعر الإماراتي الحديث في ضوء ما تكشفه دراسة أدوات التّماسك النّصي في هذا الشعر؟

6 – ما صلة الظواهر النّصية الموجودة في الشعر الإماراتي الحديث بالسياق الثقافي المعاصر الخاص بالإمارات؟

7 – ما صلة الظواهر النّصية الموجودة في الشعر الإماراتي الحديث بالسياق الثقافي العام للقصيدة العربية المعاصرة؟

رابعاً: أهداف البحث:

ومن هنا، وفي ضوء الأسئلة السابقة، فإن أهداف الدراسة تتحدد فيما يأتي:

الهدف المركزي:

الوقوف على سمات التّماسك النّصي في الشعر الإماراتي الحديث، بجانبيه: الاتساق والانسجام.

وهو الهدف الذي يندرج تحته مجموعة من الأهداف الفرعية، كالآتي:

الأهداف الفرعية:

1 – الوقوف على الأدوات التي يستخدمها الشاعر الإماراتي الحديث في تحقيق الاتساق النصي.

2 – الوقوف على الأدوات التي يستخدمها الشاعر الإماراتي الحديث في تحقيق الانسجام النصي.

3 – الوقوف على الطبيعة الخاصة لهذه الأدوات في استعمال الشاعر الإماراتي الحديث.

4 – الوقوف على الظواهر النّصية والفنيّة المترتبة على استعمال الشاعر الإماراتي الحديث لهذه الأدوات.

5 – بيان حدود الاتساق النّصي في النّصوص الشعريّة المختارة.

6 – الكشف عن طبيعة اللغة المستعملة في هذه النصوص وعلاقتها بمظاهر الاتساق النّصي في هذا الشعر.

7 – الوقوف على الخصائص العامة للشعر الإماراتي الحديث عن طريق دراسة أدوات التماسك النصي في هذا الشعر.

8 – تأويل السياق الثقافي العام لهذه القصيدة وربطه بالسياق الثقافي للقصيدة العربية عن طريق وحدات الترابط النّصية والثقافيّة الجامعة بين القصيدتين.

خامساً: الدراسات السابقة:

تتوفر في هذا المجال مجموعة من الدراسات الجامعيّة التي اعتمدت منهج اللسانيات النصيّة، وكلها تتميّز بكونها اكتفت بنموذج واحد في دراستها. هذا إضافة إلى بعض الدراسات التي كانت في أصلها جامعيّة، ثم تم نشرها وتداولها وشاعت بين الباحثين، ونالت من الشهرة ما لا حاجة معه إلى ذكرها. وقد وقفتُ عندها بالعرض ضمن الحديث عن التّماسك النصي[2]، ولذلك فسأكتفي هنا بعرض الدراسات الجامعية الأخرى، ومنها:

1 – دراسة غنية لوصيف: الاتساق والانسجام في قصيدة مديح الظّل العالي لمحمود درويش، مقاربة لسانية[3]. وقد تناولت الدراسة قصيدة مديح الظّل العالي لمحمود درويش كنموذج تطبيقي لمنهج اللسانيات النّصية، وقسّمت دراستها إلى تمهيد يتناول المفاهيم الأساسية للسانيات النّصية، وفصلين: في الأول تتناول الاتساق، وفي الثاني تتناول الانسجام في القصيدة، وقدمت لكل فصل بمقدمة نظرية تشرح معنى الاتساق ومعنى الانسجام.

2 – دراسة بوبكر نصبة: الاتساق والانسجام في شعر إبراهيم ناجي، قصيدة ساعة التذكار أنموذجاً[4]. وقد قسّم الباحث دراسته إلى تمهيد وفصلين، تناول في التمهيد مفاهيم اللسانيات النّصية، وفي الفصل الأول: مفاهيم الاتساق وتطبيقها على القصيدة المذكورة، وفي الفصل الثاني: مفاهيم الانسجام وتطبيقها على القصيدة المذكورة أيضاً.

3 – دراسة إبراهيم بشار: الخطاب الشعري من منظور لسانيات النّص، قصيدة عاشق من فلسطين لمحمود درويش أنموذجاً[5]. وهي دراسة تتناول الاتساق والانسجام، وقد قسّم الباحث دراسته إلى ثلاثة فصول، تناول في الأول منها: مفهوم التّماسك النصي ومنظور اللسانيات النّصية، وفي الثاني: منظور التّماسك في القصيدة المشار إليها؛ مقدماً بتمهيد نظري عن الاتساق، وبالمثل

في الفصل الثالث، ولكن عن الانسجام في القصيدة؛ مقدماً بتمهيد نظري أيضاً عن الانسجام.

كما أفادت الدراسة يقيناً من كل الدراسات السابقة، ويتّضح ذلك في حرصها على تتبّع الظّواهر التي يتحقق بها الاتساق والانسجام، كما اختلفت في اعتمادها على عيّنة كبيرة من قصائد الشعر الإماراتي الحديث، بما يمثّل خواصه الجماليّة والدلاليّة.

والحقيقة أن الدراسات الأخرى لا تختلف عن الدراسات المذكورة؛ أي من حيث الاعتماد على تمهيد نظري يتناول مفاهيم اللسانيات النّصية، ثم فصلين أساسيين: الأول: يتناول مفاهيم الاتساق وتطبيقها، والثاني: يتناول مفاهيم الانسجام وتطبيقها على النموذج الذي يختاره الباحث لدراسته. وهو نموذج – غالباً – يقتصر على قصيدة واحدة. وهذا وجه واضح للاشتراك بين الدراسات السابقة في هذا الشأن. والوجه الثاني: للاشتراك يتمثّل في تقسيم الدراسات نفسها إلى قسم يتناول مفاهيم اللسانيات النّصية، وقسم يتناول مفاهيم وتطبيقات الاتساق، وقسم يتناول مفاهيم وتطبيقات الانسجام، ويتساوى في ذلك أن يكون التقسيم على شكل فصول أو أبواب.

كذلك تشترك هذه الدراسات في توجيه بحثها إلى تأكيد وجود الاتساق والانسجام في النموذج النّصي الذي تختاره لبحثها، اعتماداً على أن مفاهيم الاتساق والانسجام يوفر وجودها ملمح التّماسك في النص. لكن هذه الدراسات نفسها تختلف من حيث التوسّع أو الإشارة الموجزة إلى المفاهيم النظرية المتعلقة بالدراسة، كما تختلف من حيث طريقة تطبيق مفاهيم الاتساق والانسجام. كذلك تشترك هذه الدراسات في اتّباعها الشكل الأساسي لبحث الاتساق والانسجام عند محمد خطابي على وجه الخصوص. وهذا إنما يعود إلى تميّز دراسة خطابي بتماسك منهجي وتطبيقي؛ أوضح في طريقة عرضه من غيره لدى الباحثين الآخرين.

وقد أفادت هذه الدراسة من دراسة خطابي، ومن الدراسات التطبيقية الأخرى في اتّباع التقسيم المنهجي نفسه، لكنّها اختلفت عنها جميعاً في جانب أساسي، هو اعتمادها على مجموعة كبيرة من النّماذج التطبيقية، وليس مجرد نموذج واحد. وقد أفدتُ في دراسة هذه النماذج من مفاهيم عدّة تخصّ الظواهر الفنيّة والأدبيّة، وردَ ذكرها في مواضعها من الدراسة. بما يخدم وجود الاتساق والانسجام في نماذجها الدالّة، خاصة أن النماذج التي تعمل عليها هذه الدراسة تمثل عيّنة محددة من الإنتاج الشعري في دولة الإمارات العربية المتحدة بعد قيام الاتحاد، وهي مرحلة نمو وازدهار وتحضر للكتّاب انعكست على الإنتاج الشعري، وهو ما يعطي الدراسة أهميّة كبيرة ومسؤولية عظيمة في بيان مدى قدرة الاتجاه المعاصر في الشعر الإماراتي الحديث على مواكبة اللسانيّة الحديثة.

سادساً: منهج البحث:

ولما يتطلبه البحث من منهج يسير عليه، اتّبعتُ في ذلك المنهج الوصفي مستنداً إلى التحليل والمقارنة والإحصاء، وهذا ما فرضته طبيعة المدونة، وطبيعة الموضوع، فهو المنهج الأنسب والأكثر دقّة لهذه الدراسة، فسنقوم بوصف ظاهرتي الاتساق والانسجام، ومدى ارتباط هذه الظاهرة بالنص ظاهرياً وباطنياً، أما عن التحليل فسنقوم بدراسة ظاهرة الاتساق والانسجام في مدونة الشعر الإماراتي الحديث، وضبطه وتحليله بالشكل الذي يسهم في خروج الدراسة بنتائج تعود بالنفع على كل متعلّم، أمّا طريقة المقارنة والإحصاء فيُستند إليها في عملية التطبيق على المدونة الشعرية، فلا بد من المقارنة وتقديم أرقام إحصائية تعضد الآراء والنتائج التي يصل إليها العمل.

سابعاً: هيكل البحث:

وقد قسّمت دراستي إلى مقدمة وثلاثة أبواب وخاتمة:

- الباب الأول بعنوان: (نحو الجملة ونحو النّص) فقد خصصته لتناول المفاهيم النظرية للسانيات النّصية. وقد قسمته إلى ثلاثة فصول، الأول وعنوانه: (مفهوم النّص لغةً واصطلاحاً)، والثاني وعنوانه: (مفهوم النّص في الدراسات اللّغويّة) يتناول مفهوم النّص في الدراسات الغربيّة والدراسات العربيّة، والثالث وعنوانه: (من نحو الجملة إلى نحو النّص) يتناول المسار الانتقالي للدراسة النّصية من الجملة إلى النّص.

- أما الباب الثاني موسوماً بـ(الاتساق النّصي في الشعر الإماراتي الحديث)، وقد قسمته إلى أربعة فصول، الفصل الأول وعنوانه: (الاتساق مفهومه ومنظوره)، ويتناول مفهوم الاتساق لغةً واصطلاحاً، ومنظوره في الدراسات اللسانيّة، أما الفصل الثاني فعنوانه: (ظواهر الاتساق التركيبي في الشعر الإماراتي الحديث)، ويتناول تفصيلياً ظواهر الإحالة والاستبدال والحذف والوصل في الشعر الإماراتي الحديث. أما الفصل الثالث فعنوانه: (الاتساق المعجمي في الشعر الإماراتي الحديث)، ويتناول ظواهر التكرير والتضام في الشعر الإماراتي الحديث. والفصل الرابع، وعنوانه: (خلاصة ظواهر الاتساق النّصي في الشعر الإماراتي الحديث). وهو فصل جامع؛ لخّصت فيه أبرز ما ورد في الفصل من جوانب تحليليّة وظواهر ونتائج متعلقة بها.

- الباب الثالث وعنوانه: (الانسجام النّصي في الشعر الإماراتي الحديث)، وعلى ذلك ينقسم هذا الباب إلى ثلاثة فصول: الأول: (الانسجام مفهومه ومنظوره)، الفصل الثاني: (وسائل الانسجام في الشعر الإماراتي الحديث)، ويتناول ظواهر الاتساق والمعرفة الخلفية وموضوع الخطاب/ البنية الكليّة في الشعر الإماراتي الحديث. والفصل الثالث: (خلاصة ظواهر الانسجام في الشعر الإماراتي الحديث)، وهو أيضاً فصل جامع؛ لخّصت فيه أبرز ما ورد في الفصل من جوانب تحليليّة وظواهر ونتائج متعلقة بها.

وقد قدّمت لهذا كله بهذه المقدمة التي تشرح أهداف الدراسة وأهميتها ومنهجها

وعلاقتها بالدراسات السابقة، وتقسيم أبوابها وفصولها. وختمتُها بخاتمة جمعت فيها أبرز النتائج التي أمكن استخلاصها من هذه الفصول المتطاولة والتحليلات التفصيليّة التي وردت في الدراسة، وثبت بالمصادر والمراجع.

ثامناً: صعوبات البحث:

وبعد، فإنني لا ريب واجهت عدداً من العقبات إلّا أنني تجاوزتها؛ لعل أبرزها: البلبلة الاصطلاحية لبعض المفاهيم في اللسانيات النّصية، طبيعة الموضوع في حدّ ذاته بما يجعل حجمه من الضخامة ما يحتاج إلى الكثير من التركيز والمراجعة. وقد سعيتُ ما وسعني الاجتهاد في التّغلب على هذه الصعوبات، متمسّكة بما يحتويه من عناصر تستحق أن تكون بحثاً مستقلاً. وهو ما انعكس في الأخير على الحجم الكبير لمادة الدّراسة نفسها.

وفي الختام أشكر الله سبحانه وتعالى على إتمام هذا العمل، كما أشكر والديّ على مساعدتهما ووقوفهما إلى جانبي في رحلتي العلميّة، فجزاهما الله عنّي خير الجزاء. ولا أنسى فضل أستاذي الدكتور أحمد حساني على ما أسداه إليّ وإلى البحث من جهد ومتابعة حتّى استوى على ساقه، وله منّي فائق الاحترام والتقدير، وأسأل الرحمن أن يسعده سعادة الدّارين.

أشكر لفريق العمل في جامعة الوصل، رئاسة وموظفين ومُلاكاً، على كل ما بذلوه من جهود مثمرة في إنجاز هذا البحث، كما أشكر زميلات الدّراسة اللّواتي أخذتُ برأيهن في هذا العمل، وأشكر كل من كان له فضل في إتمام هذا العمل من أقرباء وأصدقاء وأساتذة فلهم منّي كل الشكر والعرفان.

فهذه الرسالة أخذت من وقتي وجهدي الكثير، فإن أجزتموها فهذا توفيق من الله عزّ وجلّ، وإن نقص منها شيء فهو منّي، ولكم منّي جزيل الشكر والتقدير.

موزة حمد المنصوري

هوامش المقدمة:

1 – وسوف أوضح نماذج هذه الدراسات عند الكلام على الدراسات السابقة في موضعه من هذه المقدمة.

2 – أعني بذلك دراسات: محمد خطابي، وإبراهيم الفقي، وعمر أبو خرمة.

3 – غنية لوصيف: الاتساق والانسجام في قصيدة مديح الظل العالي لمحمود درويش – مقاربة لسانية، ماجستير، مخطوط، قسم اللغة العربية، معهد اللغات والأدب العربي، المركز الجامعي العقيد أكلي محند أولحاج بالبويرة، الجزائر 2008م – 2009م.

4 – بوبكر نصبة: الاتساق والانسجام في شعر إبراهيم ناجي – قصيدة ساعة التذكار أنموذجاً، ماجستير، مخطوط، قسم الأدب العربي، كلية الآداب والعلوم الإنسانية والاجتماعية، جامعة خيضر – بسكرة، الجزائر 2005م – 2006م.

5 – إبراهيم بشار: الخطاب الشعري من منظور لسانيات النص – قصيدة عاشق من فلسطين لمحمود درويش أنموذجاً، ماجستير، مخطوط، قسم الأدب العربي، كلية الآداب والعلوم الإنسانية والاجتماعية، جامعة خيضر – بسكرة، الجزائر 2008م – 2009م.

الباب الأول:

نحو الجملة ونحو النّص

الفصل الأول:

مفهوم النّص لغةً واصطلاحاً

1 - مدخل:

تعدُّ اللسانيات النّصية استثماراً كلياً لكل العلوم الأخرى التي سبقتها في تحديد النص وتعريفه، بما في ذلك اللسانيات التي خصص المشتغلون بها وقتاً طويلاً للتفكير في الكيفية التي يتناولون بها النّص تناولاً يكشف عن بنيته، دون إهدار دلالته[1].

ومن ثم، فقد برزت الحاجة إلى وجود علم للنصّ، يحصر حدوده، ويفكّك بنياته، دون أن يهدر طاقاته الدلاليّة، في ظل عدة عوامل، أشار إليها الباحثون في هذا الشأن، ضمن بحثهم العلاقة بين هذا العلم الناشئ والعلوم الأخرى التي سبقته في تناول النّص الأدبي، بأدوات تعتمد في أساسها على اللغة، مثل البلاغة والأسلوبية، وحتى علم اللغة بمفاهيمه التقليدية في تناول اللغة[2].

أما العوامل التي أدت إلى بروز الحاجة إلى وجود علمٍ للنصّ، فيمكن حصرها في النقاط الآتية:

1 – ارتكاز المناهج والعلوم المهتمة بتحليل النّص – فيما قبل اللسانيات النّصية – على أدبية النّص من ناحية، ودلالته من الناحية المقابلة، على النّحو الذي يظهر خاصة في الأسلوبية[3]، كما يظهر في الاتجاهات الجديدة في النقد الأدبي[4].

2 – تراكم الخبرات الخاصة بتحليل لغة النّص الأدبي. وهو ما ظهر على نحو خاص في المناهج الشكلية، كما في البنيوية والأسلوبية والسيميولوجية[5].

3 – عدم كفاية الاهتمام ببناء الجملة في شرح المقاصد الجماليّة والدلاليّة الخاصة بالنّص، وهو ما يظهر في محاولة هارتمان (Hartmann) تقديم تصوّر كليّ «للنصّ، يُعد فيه (النّص) علامة لغويّة أصليّة. ومن هنا فالخطوة التحليليّة الأولى في علم لغة محدد للنص، في إبراز واختيار إمكانيات مختلفة في تشكيلات الأجناس النّصية. وأنه ينبغي أيضاً أن يحدد سلفاً اتجاه التحليل اللغوي للنصّ، إذ يجب أن يكون الانطلاق من الوحدات الأصغر الأدنى من جهة التدرّج (الجمل وأجزاء الجمل) إلى الوحدات الأكبر الأعلى التي ما تزال غير مرسومة»[(6)].

4 – انفتاح الأفق المعرفي الخاص بوسائل الاتّصال والذكاء الاصطناعي؛ بما أضاف إلى المعرفة باللغة خبرات وحدوداً جديدة، لم تكن معروفة من قبل[(7)].

هذه الحاجة إلى وجود علم خاص بالنّص، وجّه جهود علماء اللسانيات إلى توحيد الرؤى، ومحاولة إيجاد صيغة مناسبة لتناول النّص. وقد استمرت هذه الجهود من أواخر الستينيات، إلى نهاية عقد الثمانينيات من القرن الماضي[(8)]، حيث تعددت البحوث والدراسات في مجال اللسانيات النّصية. «ويشير أكثر من باحث إلى أن بداية البحث في النّص – بشكل عام – ترجع إلى رسالة I.Nye التي بحثت فيها علامات عدم الاكتمال – وهي حجة نمطية في علم لغة النّص – والتّكرار بناء على أسس نصّيّة، وبوصفها إشارات وأشكالاً محددة للعلاقات»[(9)].

ومع توالي هذه البحوث والدراسات، أصبح من المألوف لدى أصحاب هذه الدراسات أن المجال الأساسي الذي يتناوله هذا العلم يتمحور حول معايير النّصية[(10)]، في ضوء التعريفات المختلفة للنصّ، التي تجمعها ملامح عامة مشتركة، بقدر ما بينها من اختلاف في التفاصيل المؤسسة لطبيعتها، على النّحو الذي عرضه سعيد بحيري في الفصل الذي عقده وخصصه لعرض تعريفات «النّص»؛ متبعاً كل تعريف بشرح يوضح طبيعته ومنطلقاته.

عُدَّ مفهوم النّص من المفاهيم الحديثة في منظومة النقد الحديث، إذ يعدّ أحد

المصطلحات الرئيسة في قراءة العمل الأدبي؛ سواء أكان العمل شعراً أو روايةً أو قصةً أو مسرحاً، وبالأحرى، يعدّ مفهوم النّص أحد المفاتيح الأساسية في قراءة «المدونة» المكتوبة بوصفها «نصّاً» أدبياً، وكما أنه مفتاح رئيس كذلك في جعل القراءة نفسها قراءة فكرية، ذات بعد أدبي.

ومع ذلك، فهذا المصطلح الشائع في المدونة النقدية الحديثة شديد الالتباس، ويكاد يكون غامضاً، وعاماً في استعمالاته المختلفة، والسبب في هذا يعود إلى كونه شائعاً بين مجالات مختلفة، منها الأدبيّ الخالص، ومنها الفكريّ العام. كما يعود التباسه إلى اختراقه المناهج النقديّة الحديثة بمعان ومفاهيم مختلفة، فكل منهج نقديّ يحدد لنفسه فهماً خاصاً لمعنى «النّص»، وربما اختلف النقاد أنفسهم في تحديد المعنى المقصود من الكلمة في قراءاتهم المتعددة.

ولذلك فقد يكون من المناسب قبل تفصيل حدود هذا الالتباس وبيان أثره وعلاقاته بالدراسات اللسانية والنّصية، أن يقف البحث عند حدود المصطلح نفسه في المعاجم اللغويّة، وكذلك المعاجم الاصطلاحية، على النّحو الذي سأبينه فيما يأتي.

2 – مفهوم النّص لغة:

كما هو معروف، تتعدد المعاجم اللغويّة المختصة باللغة العربية، ومنها القديم التراثي، ومنها الحديث الذي حاول مواكبة تطور اللغة ذاتها. كما أن منها المعاجم العامة، ومنها المعاجم المختصة بموضوع معين من موضوعات اللغة، كالنبات والحيوان أو الأشياء. ولصعوبة الجمع بين كل هذه المعاجم مجتمعة، ولكثرتها وتنوّع مجالاتها، وفي الوقت نفسه لتكرار المادة اللغويّة فيها، فسنعتمد على مجموعة رئيسة منها، تمثل القديم التراثي، كما تمثل الحديث المتطور.

وقد اخترت من هذه المعاجم – بعد قراءة ما ورد فيها قراءة مبدئية – معجم

لسان العرب لابن منظور (ت 711هـ)، والمنجد في اللغة للويس معلوف. واختيارهما إنما جاء لطبيعة المادة اللغويّة المعروضة فيهما.

وقبل عرض ما وردَ فيها، أودّ أن أشير إلى أن هذه المادة تفرض مجموعة من الملاحظات؛ سيقف عندها التحليل على نحو ما يفرضه عرض المادة نفسها. وسأبدأ بلسان العرب، لكونه من المعاجم القديمة في تراث العربية.

جاء في اللسان عن مادة (ن ص ص): «النّص: رفعك الشيء، نصّ الحديث ينصّه نصّاً: رفعه. وكل ما أُظهِر فقد نصّ (...) يُقال: نصّ الحديث إلى فلان، أي رفعه، وكذلك نصّصته إليه، ونصّت الظبية جيدها: رفعته. ووضع على المنصّة، أي على غاية الفضيحة والشهرة والظهور. والمنصّة: ما تُظهر عليه العروس (...) ونصّ المتاع نصّاً: جعل بعضه على بعض. ونصّ الدابة ينصّها نصّاً: رفعها في السير (...) والنّص والنّصيص: السير الشديد والحثّ، ولهذا قيل: نصّصت الشيء: رفعته، ومنه منصّة العروس. وأصل النّص أقصى الشيء وغايته، ثم سُمّي به ضرب من السير السريع. ابن الأعرابي: النّص: الإسناد إلى الرئيس الأكبر، والنّص: التوقيف، والنّص: التعيين على شيء ما، ونصّ الأمر: شدّته (...) ونصّ الرجل نصّاً: إذا سأله عن شيء حتى يستقصي ما عنده. ونصّ كل شيء: منتهاه (...) الأزهري: النّص: منتهى الأشياء ومبلغ أقصاها، ومنه قيل: نصّصت الرجل إذا استقصيت مسألته عن الشيء حتى تستخرج كل ما عنده (...) قال: فنصّ الحقائق إنما هو الإدراك، وقال المبرّد: نصّ الحقائق منتهى بلوغ العقل (...) يُقال: نصّصت الشيء حركته (...) وفي حديث هرقل: ينصّهم، أي يستخرج رأيهم ويظهره؛ ومنه قول الفقهاء: نصّ القرآن، ونصّ السنة، أي ما دلّ ظاهر لفظها عليه من الأحكام»[11].

أما مادة اللسان نفسها، وعلى النّحو الذي عرضته، فقد دار مفهوم لفظ النّص حول معاني: الإظهار والرفع، والتوقيف والتعيين، والاستقصاء والبلوغ، والتحريك، واستخراج الحكم. وهذا يعني أن هذه المعاني لم تشر صراحةً إلى معنى العمل المكتوب، سواء أكان أدبياً أو غير أدبي.

وربما يكون هذا طبيعياً في تراث النقد العربي؛ إذ جرى هذا التراث على استعمال مصطلحات أخرى للأجناس الأدبية؛ تميّز بينها[12]. بل إن هذه المصطلحات ذاتها تأخر ظهورها في المدونة النقدية العربية، فالعرب لم تعرف من الشعر في كلامها عنه، سوى البيت والأبيات، إلى جانب الخطبة والحكمة؛ أي الألوان الأولى من أشكال النّصوص الأدبية، حتى جاء النقاد والبلاغيون الأوائل فصنّفوا هذه الألوان الأدبية، وأضافوا إليها ما وجدوه في تراث العرب من العصر الجاهلي، أو وجدوه مستفيضاً فيما بين أيديهم من ألوان أدبية[13].

ومع غياب الإشارة الصريحة لمعنى المدونة في لفظ «نصّ» إلا أن شرح اللسان لمعناها تماسّ على نحو ما مع مفهوم النّص كما نفهمه اليوم، ففي قوله السابق: «النّص: رفعك الشيء، نصّ الحديث ينصّه نصّاً: رفعه. وكل ما أُظهِر فقد نـصّ»[14]، ومثله قوله: «النّص: الإسناد إلى الرئيس الأكبر، والنّص: التوقيف، والنّص: التعيين على شيء ما»[15]، وكذا قوله: «ونصّ الرجل نصّاً: إذا سأله عن شيء حتى يستقصي ما عنده»[16]، ومثله: «قيل: نصّصت الرجل إذا استقصيت مسألته عن الشيء حتى تستخرج كل ما عنده»[17]، وكذلك قوله: «فنصّ الحقائق إنما هو الإدراك، وقال المبرّد: نصّ الحقائق منتهى بلوغ العقل»[18]، وفي الأخير قوله: «وفي حديث هرقل: ينصّهم، أي يستخرج رأيهم ويظهره؛ ومنه قول الفقهاء: نصّ القرآن، ونصّ السّنّة، أي ما دلّ ظاهر لفظها عليه من الأحكام»[19].

ففي كل هذه الإشارات، بداية من إسناد القول، إلى استخراج الحكم الفقهي نجد معنى الاتفاق على وجود مادة محددة، ذات كيان لغويّ؛ منطوقاً أو مكتوباً. وهذا يعني أن فكرة النّص ومفهومه باعتباره مدونة لغويّة لم تغب تماماً عن ذهن العرب القدماء. وهذا غريب في ظل الاعتقاد الشائع أن فكرة المدونة باعتبارها نصّاً كانت غائبة تماماً عن تراث العرب. صحيح أنهم لم يستعملوا لفظ النّص في الدلالة على مدونة محددة واضحة بسبب تخصيص مصطلحات أخرى؛ قام

كل منها بالدلالة على شكل فني، وربما حالة فنيّة بعينها لهذا الشكل – كما في القصيدة والشعر – لكنهم في الأخير ألمحوا إلى فكرة وجود مدونة لغويّة، وتعيين القرآن الكريم والسنة النبوية بوصفهما نصّاً فقهياً، واستخراج الحكم فيه دلالة كافية على ذلك.

أما المعاجم اللغويّة التي جاءت بعد اللسان، فأكدت على معنى الارتفاع؛ بمعنى الظهور، كما أكدت نسبة القول إلى صاحبه، وإجمالاً، لم تضف هذه المعاجم إلى ما ورد في اللسان إلّا النزر اليسير.

أما في المنجد: «نصّ: 1 – نصّ – نصّاً الشيء: رفعه وأظهره/ و – الحديث: رفعه وأسنده إلى من أحدثه/ و – المتاع: جعل بعضه فوق بعض/ و – العروس: أقعدها على المنصّة/ و – فلانٌ عُنُقَه: نصّبه/ و – الشيء: ظهر/ و – الرجل: استقصى مسألته حتى استخرج ما عنده/ و – الناقة: استحثها شديداً/ و – للشيء: حركة/ و – نصّيصاً الشواء على النار: صوّت/ و – تِ القدر: غلت. نصّص المتاع: جعل بعضه فوق بعض/ وفلان: بالغ في النّص/ و – ناصّ مناصّة غريمه: ناقشه وألح عليه في الطلب. تناصّ القوم: ازدحموا. انتصّ الشيء: ارتفع/ استوى واستقام/ و – تِ العروس: قعدت على المنصّة/ و – الرمح: انقبض. النّص (مص) ج نصوص: الكلام المنصوص/ و – من الكلام: هو ما لا يحتمل إلا معنى واحداً أو لا يحتمل التأويل/ و – كل شيء: منتهاه. النّصة: المرّة/ العصفورة. النّصة ج نصّص ونصّاص: ما أقبل على الجبهة من الشعر. النّصاص: الذي يحرك أنفه»[20].

وصاحب المنجد لا يخرج عمّا جاء في المعاجم اللغويّة الأولى، ولذلك فقد وضّح في هذه المعاني مفاهيم الرفع مقروناً بإسناد القول وظهور صاحبه. كما ظهرت دلالة التحريك والاستقصاء الموجه لفهم نصّ من النّصوص. كذلك معنى الاستقامة الذي يشير إلى وجود حدود واضحة لقول مكتمل؛ له حدود واضحة؛ من بداية ونهاية، وشكل ينتمي إلى أحد الأشكال الفنية.

ومن ثم، فقد انتقل من هذا الفهم المبدئي لدلالة لفظ النّص على ما وردت فيما سبقه من معاجم، ليضيف إليها المعنى المشهور في هذا العصر؛ أي الكلام المنصوص، وهو «ما لا يحتمل إلا معنى واحداً أو لا يحتمل التأويل»[21]. وهذا معنى يختلف كثيراً عن طبيعة النّص الأدبي/ النّصوص المعروفة؛ من حيث هي متعددة الدلالات، مفتوحة دائماً على التأويل؛ إلّا إذا كان المقصود من ذلك الإشارة إلى نصّ متعيّن؛ أي كلام محدد منسوب إلى قائل بعينه، بغض النظر عن معناه وتأويله.

المعجم إذن، سواء أكان قديماً أم حديثاً، تراثياً أم معاصراً، يحدد للفظ النّص عدداً من المعاني الأساسية. وربما يكون للمعاجم اللغويّة عذرها في التزام المعاني التراثية التي التصقت بدلالات لفظ «النّص»، من حيث حرصها على إيراد المعاني الأولى التي ورد بها هذا اللفظ، حرصاً منها على أن يفهم القارئ المعاصر ما كان يفهمه القارئ الأول من دلالة اللفظ؛ خاصة أن هذه الدلالة مرتبطة بالمدونتين الكبريين في تاريخنا الإسلامي؛ أي القرآن الكريم والحديث الشريف. ومن هنا فقد تركت لدلالات المعاجم المعاصرة بحث الدلالات المستحدثة في مفهوم اللفظ. وهو ما سنكمله في المبحث الآتي.

3 - مفهوم النّص اصطلاحاً:

ورد لفظ «النّص» في المعاجم الاصطلاحية، من حيث هي مدوّنات موضوعة لبحث دلالات الألفاظ المتداولة وإثباتها في مجالات العلم؛ خاصة اللغة والأدب، وما يرتبط بهما من علوم، كعلم اللّغة والنقد الأدبي بمناهجه المختلفة. ومنها معجم المصطلحات العربية في اللغة والأدب، لمجدي وهبة وكامل المهندس.

وقد أشار المؤلف في عرضه للامتدادات الاصطلاحية المرتبطة به، حيث ألحقا مادة «نصّ» بما يرتبط بها من مصطلحات تجري في مجال اللسانيات النصيّة، فذكرا - مثالاً - التّناص. ولذلك، فإن عرض مادة نصّ فيه يتميّز

بالإفاضة من حيث كم المادة اللغويّة المعروضة، كما يتميّز بالتّنوع، من حيث تتبّع الامتدادات الاصطلاحية المرتبطة بمادة نصّ.

إنّ الحدود الممتدة لمفهوم «النّص» تفتح الطريق أمام ملاحظة معنى النّص بوصفه «أثراً مكتوباً»، يُنسب إلى مؤلّف بعينه، ويُعْنَى بتحليله من منظوري اللغة والبلاغة، في ضوء اقتراحات اللغويين والبلاغيين المعروفين في هذا الشأن. وهذا ما أشارت إليه المعاجم الاصطلاحية، حيث يقول صاحب «معجم المصطلحات العربية في اللغة والأدب»:

«النّص أ – الكلمات المطبوعة أو المخطوطة التي يتألف منها الأثر الأدبيّ. ب – اقتباس أجزاء من الكتب المقدسة والتعليق عليها. جـ – الاقتباس الذي يعتبر نقطة انطلاق لبحث أو خطبة»[22].

والجديد الذي تضيفه هذه المعاجم الاصطلاحية يتمثّل في علاقة مفهوم «النّص» بالأثر المكتوب، كما تؤكد علاقة هذا الأثر «بالاقتباس» الذي يوضع بين علامتي تنصيص، ونسبته إلى مؤلّفه.

ومفهوم الاقتباس هنا يفتح المجال أمام علاقة مفهوم «النّص» بالتّناص، بوصفه – النّص – مجموعة من الاقتباسات أو التّناصات، تستعيد «الآثار المكتوبة» في لحظة من الماضي، أو في لحظة معاصرة له، على النّحو الذي يؤكده معجم سعيد علوش في المادة الملحقة بمفهوم «النّص»؛ إذ يقول تحت مصطلح «التّناص»:

«1 – يعتبر (التّناص)، عند كريستيفا أحد مميزات النّص الأساسية، والتي تحيل على نصوص أخرى سابقة عنها أو معاصرة لها.

2 – ويرى سولير، (التّناص)، في كل نصّ، يتموضع في ملتقى نصوص كثيرة، بحيث يعتبر قراءة جديدة/ تشديداً/ تكثيفاً...»[23].

وما يهم في هذا التعريف الطويل لمصطلح «التّناص» – وقد اقتبست جزءاً منه – أن الكتابة تنطلق من شيء سابق، وهو ما يعرف بالتداخل الثقافي، أي إن كتابة النّص تستدعي حضور نصوص أخرى.

بناءً على ما سبق لقد تجاوزت الدلالة الاصطلاحية لمفهوم النّص فائدة مباشرة أيضاً في موضوع هذا البحث؛ إذ تنقله لتناول الأبعاد الاصطلاحية المتصلة بمفهوم «النّص»، أي حدود ارتباطه بمصطلحات أخرى؛ تمثّل – على ما أشرت – امتداداً وتقاطعاً مباشراً مع مصطلح «نصّ».

مصطلح (النّص) لا يعتمد في اللسانيات الحديثة على المرجعيّة المفهوميّة الأساسية الغربيّة وحدها، ومن الضرورة الملحّة الاستفادة مما أنتجه القدامى في هذا الميدان المعرفي، واتّخاذ بعض تنظيراتهم مرتكزات تحدد الخصائص العلميّة والمنهجيّة التي يقتضيها بحثنا.

الفصل الثاني:

مفهوم النّص في الدراسات اللغويّة

1 - مفهوم النّص في الدراسات الغربية:

لقد تعددت تعريفات النّص، فلم يتّفق الباحثون على حدود نهائية لها[24]، لكنهم مع هذا الاختلاف اتفقوا على أن الأساس في مجال عمله، يرتكز على المعايير النّصية (Textual Standards). وهي المعايير التي كان لها أكبر الأثر في تناول الباحثين للنصّ بمفهومه العام. ويُعد لوتمان (Lotman) وروبرت دي بوجراند (R.DeBeaugrande) أشهر من قدم هذه المعايير في بحوث اللسانيات النّصية.

أما لوتمان (Lotman)، فقد حصر معاييره في: التعبير، التحديد، الخاصية البنيوية. ويُقصد بالتعبير أن النّص «يتمثّل في علاقات محددة، تختلف عن الأبنية خارج النّص. فإذا كان هذا النّص أدبياً فإن التعبير فيه أولاً من خلال علامات اللغة الطبيعية. والتعبير – في مقابل اللاتعبير – يجبرنا على أن نعتبر النّص تحقيقاً وتجسيداً مادياً له»[25].

أما التحديد، فيقصد به أن النّص «يحتوي على دلالة غير قابلة للتجزئة، مثل أن يكون قصة، أو أن يكون وثيقة، أو أن يكون قصيدة. مما يعني أنه يحقق وظيفة ثقافيّة محددة، وينقل دلالتها كاملة. والقارئ يعرف كل واحد من هذه النّصوص بمجموعة من السمات»[26].

أما الخاصية البنيويّة، فيُقصد بها أن النّص «لا يمثل مجرد متوالية (...) من مجموعة من علامات تقع بين حدين فاصلين، فالتنظيم الداخلي الذي يحيله إلى مستوى متراكب أفقياً في كل بنيوي موحد لازم للنصّ، فبروز البنية شرط أساسي لتكوين النّص»[27].

ومع هذه المعايير التي قدمها لوتمان (Lotman)، يبقى النّص بحاجة إلى تحديد أكبر، يمكن معه تناوله بأدوات اللغة نفسها. وهو ما قدمه روبرت دي بوجراند (R.DeBeaugrande) في كتابه: (النّص والخطاب والإجراء) الذي يقول فيه إنه جاء «نتيجة لمحاولتي أن أحدد حقل دراسات النّص، وأضع له الخطوط العامة من حيث هو نشاط إنساني. فلقد كتبت لأوحّد البحوث التي تتناول ذلك من مجالات متصلة باللغة، كعلم النفس المعرفي، والاجتماع اللغوي، والحاسب الآلي (مع المجال الذي يعد فرعاً عليه وهو الذكاء الاصطناعي)»[28].

وقد خصص روبرت دي بوجراند (R.DeBeaugrande) مبحثاً من فصله الأول، تحت عنوان النّصية، ليشرح هذه المعايير. وهي السبك (Cohesion)، الالتحام (Coherence)، القصد (Intentionality)، القبول (Acceptabilit)، رعاية الموقف، التّناص (Intertextuality)، الإعلامية (Informativite) [29]. وهي معايير – كما يقول «ليست (...) جديدة، ولكن علاجها حتى هذه اللحظة جاء مفرقاً ومدمجاً»[30].

وهو كما يشرح هذه المعايير، يتناول بها مظاهر الترابط السطحي للنصّ، كما يتناول مظاهر الترابط الدلالي، في ظل علاقتها جميعاً بالسياق والهدف اللذين أُنتجت بموجبهما، وفي ظل علاقة النّص بالنّصوص التي سبقته[31]. روبرت دي بوجراند (R.DeBeaugrande) لا يكتفي بتقديم هذه المعايير في كتابه، إنما يضيف إليها تناول القضايا التي تتعلق بمفهوم النّص وحدوده، في ظل علاقته بمفهوم الجملة النّحوية، مؤكداً ضرورة تخطي حدود الجملة في قراءة النّص وتحليله[32]. وسوف أعود لتناول هذه القضايا في المباحث المخصصة لدراسة نحو الجملة ونحو النّص، والتماسك والانسجام النّصي.

2 – مفهوم النّص في الدراسات اللغويّة العربية:

تزخر المكتبة العربية بكتابات متنوّعة؛ تتناول موضوع النّص وعلمه، وهذه

الكتابات على تنوّعها وكثرتها، تتّخذ مسارات مختلفة في تناول الموضوع؛ متأثّرة في ذلك بطبيعة حضور الموضوع في الفكر اللساني المعاصر.

وتعريفات النّص في هذه الكتابات تنقسم إلى جناحين كبيرين: الأول: دراسات نظريّة، تقدم فهمها للنصّ في ضوء ما استقر عليه عرف الدراسات المعنية باللسانيات النّصية. والجناح الثاني، هو تلك الدراسات التطبيقية التي قدمت فهمها للنصّ تقديماً مباشراً؛ بقصد التمهيد لدراستها التطبيقية. والملحوظة الأساسية هنا على كل تلك الدراسات أنها اعتمدت على المصدر الأجنبي في تعريف النّص، ونقلت عنه نقلًا مباشراً، سواء منها المختص بدراسة اللسانيات النّصية، أو المتصل بالنقد الأدبي. وهو الأمر الذي يجعل مفهوم النّص لدى أولئك الباحثين مختلطاً ما بين العربي والأجنبي. والعربي لا يظهر إلا في تلك الاستخلاصات النادرة التي يقدمها أولئك الباحثون.

ومع انقسام الدراسات التي عُنيت بمفهوم النّص ما بين نظري وتطبيقي، فقد رأيت أن أقدم كل واحد منهما في مبحث مستقل، ليكون واضحاً ما قدمه كل منهما على حدة. وسأبدأ بجانب الدراسات النظرية؛ إذ توفّر الأساس اللساني الذي اعتمدت عليه الدراسات التطبيقية. كما أن الدراسات التطبيقية في هذا المجال ليست إلا تأكيداً لما أوردته الدراسات النظرية، بل إنها اعتمدت عليها اعتماداً كاملاً فيما نقلته من أسس التحليل النّصي.

1.2 مفهوم النّص في الدراسات النظرية:

يقدّم الباحثون في هذا الشأن عدداً كبيراً من التعريفات لمفهوم النّص، على اختلاف بينهم في الإفاضة والإيجاز في عرض مفهوم النّص وتعريفاته. وهذه التعريفات منقولة عن أصول أجنبية؛ إلا في النادر، حيث يستخلص بعض أولئك الباحثين فهمهم الخاص لمفهوم النّص؛ معيدين صياغة التعريفات الأصلية المنقولة.

لكن هؤلاء الباحثين أيضاً، وقبل أن يعرضوا تعريفاتهم، يقدمون لعرضهم بالتأكيد على تعدد التعريفات واختلافها إلى حد التناقض، ولسبب رئيس يعود إلى تعدد الأسس والاتجاهات التي ينبني عليها كل تعريف، ومبرزين في ذلك أيضاً التداخل بين العلوم والمدارس التي أثّر كل منها بفهمه الخاص في تعريف النّص. وبناء على ذلك، «لم يكن مصطلح «نصّ» أسعد حالاً من مصطلح «جملة»؛ فثمة اختلاف شديد بين هذه الاتجاهات في تعريف النّص (....) إلى حد التناقض أحياناً، والإبهام أحياناً أخرى، فلا يوجد تعريف معترف به من قِبَل عدد مقبول من الباحثين من اتجاهات علم لغة النّص بشكل مطلق»[33].

ولهذا أيضاً، يؤكد بعض الباحثين صعوبة الوقوف على تعريف مانع جامع لمفهوم النّص، فهو «مثل كل تعريف، أمر صعب لتعدد معايير هذا التعريف ومداخله ومنطلقاته، تعدد الأشكال والمواقع والغايات التي تتوفر فيما نطلق عليه اسم نصّ»[34]. ومع ذلك فهذه الصعوبة لم تمنع الباحثين من إيجاد تعريفات مناسبة لمصطلح «النّص». وهي تعريفات تراعي تنوع الاتجاهات والمنطلقات التي تنبني عليها.

وبين كل هذه التعريفات ملامح عامة مشتركة، بقدر ما بينها من اختلاف في التفاصيل المؤسّسة لطبيعتها. ولذلك، فإن أكثر الباحثين يتبع تعريفه المثبت في بحثه بشرح لمنطلق التعريف وطبيعته، كما أن بعضهم اجتهد في جمع هذه المنطلقات. وهذا ما يفعله سعيد حسن بحيري في الفصل الذي عقده وخصصه لعرض تعريفات «النّص»؛ متبعاً كل تعريف بشرح يوضح طبيعته ومنطلقاته، بداية من تعريف هارتمان (Hartmann) الذي يبنيه منطلقاً من النظام اللغوي نفسه. وعلى ذلك «يرى هارتمان (Hartmann) أن اللغة المستخدمة في الواقع الفعلي، العلامة الفعلية (أي اللغويّة) المنظمة، وهذه العلامة – في العادة – هي النّص، وبمعنى أدق هي نصّ بعينه... ويحدد النّص وفق ذلك بأنه أي قطعة ما ذات دلالة وذات وظيفة، وبالتالي هي قطعة مثمرة من الكلام»[35].

وكما يلاحظ سعيد بحيري، فإن تعريف هارتمان (Hartmann) هذا على الرغم من اقتضابه، فإنه يجعل لعلم الدلالة وظيفة جوهرية في تحليل النّص واستحضار سياقاته وتأويلها وفق مقاصد المؤلف المحتملة[36]. وفي الاتجاه نفسه، «يذهب برينكر Brinker (...) في تحديده للنصّ إلى أنه تتابع مترابط من الجمل»[37]. وهذا التعريف لمفهوم النّص يفتح السؤال حول طبيعة النّص وحدوده، هل هو مجرد جمل متتابعة؟ أم إنه وحدة أكبر من الجملة؟ ومن هنا، فإن حدود النّص ومفهومه وفق هذا الفهم تتأثر بطوله أو امتداده الأفقي المحتمل. كما أصبح النّص من منظور مبدأ الاكتمال أو النقصان في فهم درسلر (Dressler) وتحديده «القول اللغوي المكتفي بذاته، والمكتمل في دلالته»[38].

ومع اختلاف الباحثين حول حدود النّص وطبيعته وعلاقته بمفهوم الجملة وحدودها، ومع التفاتهم أيضاً إلى تأثير ظروف الإنتاج بما فيها من سياقات ومقاصد، يدخل القارئ في تعيين حدودها الدلاليّة، فقد توسّع هؤلاء الباحثون في الحدود المعيّنة لمفهوم النّص بإدخالهم علاقات وحدود التماسك في هذا الفهم. وعلى ذلك، يصبح النّص «مجموعة من الأحداث الكلامية، التي تتكوّن من مرسل للفعل اللغوي ومتلق له، وقناة اتصال بينهما، وهدف يتغيّر بمضمون الرسالة، وموقف اتصال اجتماعي يتحقق فيه التفاعل»[39].

والحقيقة أن مثل هذا التحديد ليس تعريفاً لمفهوم النّص، بقدر ما هو شرح واستخلاص لمجموعة الصفات النوعية، ومع ذلك، فهو بمثابة التعريف شبه الجامع لهذه الخصائص، وهو مبني على اتجاهين في تعريف النّص: اتجاه بنيوي، يستند «إلى لسانيات الجملة وفق منهجين، هما النظام اللغوي مجال الدراسة عند البنيويين، واتجاه الكفاءة اللغويّة مجال الدراسة عند التحويليين»[40].

أما الاتجاه الثاني، فهو الاتجاه التواصلي. والنّص من هذا المنظور «منتج تحت الظروف وكفاءتها، ومعطيات السياق بشكل عام، ثم إنه بذلك فعالية تواصلية تتكئ على اللغة وتتجاوزها إلى أطراف فعالية مختلفة»[41]. وهذا يعني

أن مفهوم النّص اتسع، «وتشعب حقله تشعّباً تجاوز أي حقل معرفي آخر، فأصبح النّص كياناً منسوجاً من الملصقات والتطعيمات والإضافات»[42].

وهذا ما يجعل مفهوم النّص متعدداً ومتصلاً بعدة علوم واتجاهات، «فالنّص في نظر السيميائين نظام سيميائي مادته مركزة على التواصل، كما عدّ في نظر اللسانيين مساحة للتأليف وتحليل المكتوب ونقده. أما شكله وصيغته فإنه نظام إعلامي جهازه الأول الدال والمدلول، أما الأسلوبيون فيرون أن النّص بنية لغويّة مغلقة ومستقلة عن وعي المتلقي لها»[43].

لكن هذا التعدد لم يمنع الباحثين العرب من استخلاص مفهوم للنصّ؛ يجمع أبرز الخصائص اللغويّة والدلاليّة التي أشارت إليها كل التعريفات السابقة من وجهات نظرها المختلفة. وهو مفهوم يتميّز بكونه يرتد إلى أصل عربي ارتداده إلى الأصل الأوروبي الذي نشأ عنه. وهذا ما أكده الأزهَر الزنّاد في كتابه: (نسيج النّص)، إذ يقول: «فالنّص إذن علامة كبيرة ذات وجهين: وجه الدال ووجه المدلول. ويتوفّر مصطلح نصّ في العربية وكذلك في مقابله في اللغات الأعجمية Texts معنى «النسيج» (....) فالنّص نسيج من الكلمات يترابط بعضها ببعض. هذه الخيوط تجمع عناصره المختلفة والمتباعدة في كل واحد هو ما نطلق عليه نصّ»[44].

وكما يلاحظ محمد الهادي الطرابلسي في تقديمه لهذا الكتاب، فإن هذا المعنى لمفهوم النّص: «ليس غريباً عن تصوّر العرب للنصّ. فقد تبيّن لنا أن الكلام عند العرب، يكون نصّاً، إذا كان نسيجاً، والنّص (Text) والنسيج (Texture) في بعض الوجوه يلتقيان. ففي اللسان (مادتا ن ص ص، و ن س ج) النّص جعل المتاع بعضه على بعض، والنسيج ضم الشيء إلى الشيء، فالأول تركيب، والثاني ضمّ، والتركيب والضمّ واحد»[45].

من ناحية أخرى، يقدّم حاتم الصكر وصفاً لخصائص التكوين النّصي؛ ضمن تحليله ومراجعته لمنهجيات القراءة النقدية المبنية على تحليل النّص الأدبي،

وذلك في كتابه: (ترويض النّص)[46]. تحت عنوان: بقية النّص، يقول قاصداً إبراز صفات النّص التكوينية: «بهذا تكون للنصّ صفات عامة نجملها بـ: 1 – النّص بنية 2 – مركبة العناصر 3 – موحدة، بمعنى مُنضمة إلى بعضها 4 – كليّة، يتكامل بعضها مع بعض 5 – متجانسة ومتّسقة ضمن نظام توزيعي خاص، وتتكفل القراءة والتحليل بكشفه 6 – ذات أفق دلالي تؤدي إليه المستويات المتعددة للبنية»[47].

ومن الواضح هنا أيضاً على الرغم من أن الصكر لا يتحدث حديثاً مباشراً عن النّص وعلمه، ولا يتحدث عن مفهوم النّص من منظور اللسانيات النّصية، فإن حديثه يتكئ على كل المقولات النّصية التي دخلت في تعريف مفهوم النّص من منظور اللسانيات النّصية. فالنّص في حديثه – إذا ما أزلنا الأرقام التي قصد بها صاحبها تحديد خصائص النّص – بنية مركبة العناصر، موحدة، كليّة، متجانسة، ومتّسقة وتتكفل القراءة والتحليل بكشفه، ذات أفق دلالي تؤدي إليه المستويات المتعددة للبنية.

وأياً تكن التعريفات التي يمكن العثور عليها بالنسبة إلى مفهوم النّص، فإن كل هذه التعريفات تشير إلى كيان لغويّ محدد، موضوعه النّص الذي هو «الوحدة الأساسية والموضوع الرئيس في التحليل والوصف اللُّغويين»[48].

وهذا الكيان اللغويّ يتكون من علامات لغويّة، هي المسؤولة عن تماسكه الداخلي، وعلامات غير لغويّة (معنويّة)، هي المسؤولة عن انسجامه. غير أن هذا التماسك وذلك الانسجام لا يتحقق إلا بشروط. وهي الشروط التي تشكّل في مجموعها التحقق العملي والفعلي لما يعنيه الباحثون بمفهوم نصّ. ولقد كان من اللافت أن تهتم كل هذه الدراسات بالإشارة إلى ضرورة الانسجام وطبيعته في النّص، على نحو ما يوضح تمام حسان وسائل الترابط والانسجام في النّص[49]، وكذلك على نحو ما يشرح بتفصيل أكثر محمد مفتاح في كتابه: (التلقي والتأويل) [50]، ففي هذا الكتاب يتحدث مفتاح طويلاً عن التنضيد والتنسيق

والانسجام[51]. وإشارات المؤلف في شرحه وفي هوامشه تشير بوضوح إلى إدراكه التام لعملية الاتساق والانسجام في النّص[52]، وهذا يقودنا إلى الوقوف عند مفهوم النّص في الدراسات العربيّة التطبيقية، لتكتمل صورة النّص وفهمه في هذه الدراسات.

2.2 مفهوم النّص في الدراسات التطبيقية:

أما الدراسات التطبيقية، فهي دراسات جامعية لمرحلتي الماجستير والدكتوراه، وأغلبها يركز على ظاهرتي الاتساق والانسجام في النّص العربي، مع تنوّع المادة التطبيقية ما بين القرآن الكريم والشعر على الأخص. ومن أبرز هذه الدراسات وأقدمها دراسة محمد خطابي: لسانيات النّص (Text linguistics) التي تم نشرها في العام 1991م[53]. كذلك دراسة صبحي إبراهيم الفقي: (علم اللغة النّصي)[54]. وكذلك دراسة عمر محمد أبو خرمة: (نحو النّص)[55].

هذا إضافة إلى دراسات جامعية أخرى مخطوطة. وهي من الكثرة والانتشار بين الجامعات العربية بحيث يصعب حصرها. ومن نماذجها دراسة بوبكر نصبة: (الاتساق والانسجام في شعر إبراهيم ناجي)[56]، وكذلك دراسة غنية لوصيف: (الاتساق والانسجام في قصيدة مديح الظل العالي لمحمود درويش) [57].

وكل هذه الدراسات تعتمد على تقديم فصل تمهيدي؛ يتناول مفاهيم النّص وتجلياته في أصوله الأوروبية، وأصوله التراثية في الأدب العربي، إضافة إلى تناول الإسهامات العربية المعاصرة في هذا المجال. وعلى الرغم من التشابه بين هذه الدراسات في طريقة عرض الأصول المرجعية التي تعتمد عليها اللسانيات النصيّة، فإنها تقدم بحضورها مادة غنية للمكتبة العربية؛ خاصة في تناول ظاهرتي الاتساق والانسجام، مع تنوّع في طريقة تطبيق كل باحث للمفاهيم الأساسية المتعلقة بهذين الموضوعين. وهو الأمر الذي يجعل من الوقوف عليها لازماً؛ لاستكمال مادة هذا البحث، وسأقف عند أبرز هذه

الدراسات؛ أعني دراسات محمد خطابي وصبحي إبراهيم الفقي، وعمر أبو خرمة، باعتبارها النموذج الأساسي لكل الدراسات التطبيقية عامة، والجامعيّة على وجه الخصوص.

1.2.2 محمد خطابي ولسانيات النّص:

يعدّ كتاب محمد خطابي[58] واحداً من أوائل البحوث التطبيقية في مجال اللسانيات النّصية، مقيماً دراسته على بحث وسائل تحقيق الانسجام من منظورات عدّة؛ تشمل اللسان الوصفيّ، والخطاب والذكاء الاصطناعيّ. ويستكمل بحث هذه الوسائل في الباب الثاني الذي يخصصه للتراث العربي، بالوقوف على مساهمات كل من البلاغة والنقد الأدبي وعلوم تفسير القرآن قبل أن ينتقل في الباب الثالث لما يسميه التحليل والمناقشة. وهو الذي يقسمه إلى المستوى النّحويّ المعجميّ، والمستوى الدلاليّ، والمستوى التداوليّ، وأخيراً المستوى البلاغيّ، قبل أن يردف ذلك كله بنصّ قصيدة فارس الكلمات الغريبة، وهي التي يقيم عليها تطبيقه لمنظور الانسجام في الكتاب.

والملاحظ هنا أن خطابي يقيم تحليله على كتاب هاليداي (Haliday) ورقية حسن (R.Hassan): (الاتساق في اللغة الإنجليزية)[59]، موضحاً أن سبب اعتماده عليهما يعود إلى أن بحث وسائل الاتساق هو نفسه بحث فيما يميز النّص مما ليس نصّاً[60]، فالاتساق، كما يقول مردفاً: «يعتبر شرطاً ضرورياً وكافياً للتعرّف على ما هو نصّ، وعلى ما ليس نصّاً»[61]. ومن هنا، فالنّص، كما يذهب إلى ذلك هاليداي (Haliday) ورقية حسن (R.Hassan)، متتالية من الجمل تعتمد على وجود علاقات رابطة بين عناصر، وتحقق الانسجام والتوافق في الوقت نفسه[62]. أو بمعنى آخر، فإن النّص وحدة دلاليّة تتحقق عن طريق الجمل، وتتوفر فيها عناصر النّصية. وهي التي تعتمد على مجموعة من الوسائل اللغويّة والدلاليّة التي تصنع النّصية وتسهم في الوحدة الشاملة للنصّ[63].

ومن ذلك، ينتقل خطابي إلى بحث مفهوم الاتساق وشرح أدواته[64]، قبل أن ينتقل إلى بحث الإسهامات العربية في الباب الثاني على ما أسلفت الإشارة قبل قليل. أي إن خطابي في دراسته يعتمد على ما قدمه هاليداي (Haliday) ورقية حسن (R.Hassan)، ويصرف كل اهتمامه إلى ترجمة مفهوم النّص ووسائل اتساقه إلى أدوات نصية، كما بحث عن جذورها في التراث العربي، قبل أن يطبّق هذه الأدوات على نصّ فارس الكلمات الغريبة.

ولعل أبرز ما تؤكده دراسة خطابي في هذا المجال أن اللغة العربيّة تضمّ في علومها المتشعبة كل الأدوات اللازمة لبحث اتساق النّصوص وتأكيد نصُوصيتها، وإن كانت هذه الأدوات موزّعة بين البلاغة والنقد الأدبيّ وعلوم القرآن والنّحو واللغة.

وفى هذا الشأن، وعلى سبيل التمثيل، يقف خطابي أمام إسهام النقد الأدبيّ في التراث العربيّ عن طريق نماذج يختارها عشوائياً، مؤكداً أن الغاية من ذلك ليست إثباتاً أو نفياً لوعي النقاد العرب القدامى بانسجام النّص الشعري أو عدمه، وإنما الهدف هو البحث والكشف عن الوسائل التي تتماسك بها القصيدة في رأي أولئك النقاد[65].

أما النقاد الذين اختارهم خطابي للوقوف على إسهاماتهم، فهم الجاحظ (ت 255هـ)، وابن طباطبا (ت 322هـ)، والحاتمي (ت 638هـ). وهؤلاء الثلاثة يرى خطابي أن أعمالهم لا تقدم تحليلاً مباشراً لوسائل الانسجام النّصي، لكنها مع ذلك اهتمت بالحديث عن وسائل التماسك النّصي ومظاهره، دون أن تحدد المقصود بالنّص، مع ملاحظة أن حديثهم في هذا الشأن منصب على الشعر بوصفه تصوّراً كلياً – أي نصّاً – ذا خصائص محددة. وعلى ذلك يتحدّث الجاحظ عن التحام الأجزاء[66]، وابن طباطبا عن ضرورة التماسك[67]، بينما يتحدّث الحاتمي عن التحام القصيدة بوصفها كائناً حياً[68].

أما الناقد الذي يراه خطابي قدم إسهاماً مباشراً في بحث أدوات التماسك، فهو

حازم القرطاجني (ت 684هـ)[69]، ولذلك يتتبع خطابي آراء القرطاجني فيما يتعلق بعمليات التماسك، على نحو ما يتجلى في ظواهر الفصل والوصل[70]، ومن ثم يستنتج خطابي من هذا التتبع أن القرطاجني توفّر لديه إدراك كافٍ للتماسك النّصي.

مؤكداً في الوقت نفسه على إدراك القرطاجني لمفهوم التماسك وظواهره، على نحو ما يبدو أيضاً في حديث القرطاجني عن تماسك الفصول[71]. ويعقب خطابي على ذلك كله في استخلاص عام لجهد النقاد القدماء بقوله: «يمكن الذهاب إلى أن الجاحظ اهتم بالجانب الموسيقي للأجزاء المشكلة للبيت (...) أما ابن طباطبا والحاتمي فقد انصب اهتمامهما أساساً على ما يُدعى في النقد الأدبي القديم: التخلّص، أي إن معالجتهما لا تطال إلا جزءاً محدوداً من القصيدة، وهو البيت الذي يُنتقل منه إلى غرض آخر (...) بينما تجاوز القرطاجني هذا التناول الجزئي إلى تناول أعم مما مكّنه من تقديم نظرة شاملة عن الكيفية التي ينبغي أن تُسلك في بناء القصيدة»[72].

2.2.2 صبحي إبراهيم الفقي والنّص:

يشير بداية الفقي إلى صعوبة تعريف النّص؛ مستنداً في ذلك إلى ما أورده كل من الأزهَر الزنّاد في (نسيج النّص)[73]، وسعيد بحيري في (علم لغة النّص)[74]. والصعوبة التي يقصدها بذلك، هي تعدد مفاهيم النّص؛ انطلاقاً من مرجعيات وأسباب مختلفة لدى كل باحث على حدة، إضافة إلى عدم اكتمال نحويات النّص[75]. وعدم الاكتمال هذا يعود إلى عدة أسباب، يجملها الفقي في التماسّ بين اللسانيات النّصية وغيرها من العلوم[76]. وهو يعني بهذا التداخل بين اللسانيات النّصية وغيرها من العلوم، كعلوم اللغة والفلسفة والمنطق والاجتماع، وخاصة البلاغة.كذلك يعود عدم الاكتمال إلى تعدد معايير تعريف النّص، وعدم اكتمال تطوير نحويات النّص على وجه الخصوص[77].

وبناء على هذا يسجل الفقي ملاحظة أساسيّة حول تعريف النّص، ذلك «أن مصطلحات علم اللغة – في الغالب – يقترب معناها اللغوي من معناها الاصطلاحي؛ إذ يدور الأول حول مجالات دلالية معينة، يمكن من خلالها التقريب بينها وبين المعنى الاصطلاحي»[78].

وما يشير إليه الفقي، نجد مثله لدى غيره من الباحثين الذين وقفوا عند تعريف النّص. فهذه التعريفات تنقسم لديهم إلى معنى لغوي ومعنى اصطلاحي. والمعنى اللغوي نفسه ينقسم إلى عربيّ وأجنبيّ. والعربيّ يشير إلى معاني الرفع والثبات والإظهار وضمّ الشيء إلى الشيء، وأقصى الشيء ومنتهاه[79]. والفقي مثله مثل غيره من الباحثين في هذه النقطة، يحاول أن يؤول المعنى اللغوي بما يجعله يقترب من المعنى الاصطلاحي، فهو كما يقول: «ولكننا نلاحظ أن الرفع والإظهار يعنيان أن المتحدث أو الكاتب لا بدّ له من رفعه وإظهاره لنصّه كي يدركه المتلقي (المستمع أو القارئ). وكذلك ضمّ الشيء، نلاحظ أن النّص – في كثير من تعريفاته – هو ضمّ الجملة إلى الجملة بالعديد من الروابط (...) وكون النّص أقصى الشيء ومنتهاه، هو تمثيل لكونه أكبر وحدة لغويّة يمكن الوصول إليها؛ إذ نعدّ النّص ممثلاً للمستوى السادس من مستويات علم اللغة المتعارف عليها»[80].

والمستويات التي يشير إليها الفقي يشرحها في الهامش المرفق في ختام الفقرة السابقة، بقوله: «المستويات المتعارف عليها هي: الصوتي – الصرفي – المعجمي – النّحوي – الدلالي. والمستوى السادس الذي يقترحه الباحث [ويعني نفسه بكلمة الباحث] يتمثل في المستوى النّصي»[81]. وكما يلاحظ الفقي أيضاً، فإن هذه التعريفات تعتمد على مجموعة من المعايير، يلخصها بالنّص على ضرورة أن يكون النّص منطوقاً أو مكتوباً أو كليهما، مع مراعاة الجانب الدلالي وتحديد الحجم (طول النّص)، وكذلك مراعاة الجانب التداولي وجانب السياق، وأيضاً مراعاة جانب التماسك الذي يعده الفقي، كما يعده كل الباحثين الذين قدموا دراسات تطبيقية في هذا المجال، أهم المعايير التي يقوم عليها التحليل النّصي.

وكذلك مراعاة الجوانب الوظيفيّة والتواصل. وفي الأخير يجب الربط بين النّص ومفاهيم تحويليّة تخصّ جانب التركيب، كما في مفاهيم الكفاءة والأداء، كما يجب إبراز كون النّص مقيداً[82].

هذه هي المعايير التي حدّدها الفقي، ونصّ على كونها تتحكم في التعريفات المختلفة لدى الباحثين. وكما يمكن أن يُلاحظ، فإنها جميعاً تعود إلى جانب نصوصيّة النّص، فبها تتحقّق هذه النّصوصيّة، وبغيرها – على نحو ما يشير غيره من الباحثين – تنتفي نصوصيّة النّص. ولهذا يردف الفقي تعليقاً وتأكيداً على صلة هذه المعايير بنصوصيّة النّص بقوله: «وتعد هذه المعايير سمات للنصّ الكامل، وإذا اختلّت سمة من هذه السمات يمكن أن تطلق عليها نصّاً ناقصاً؛ ولذا يمكن أن نعدّها شروطاً ينبغي توفرها حتى يمكن أن نطلق عليها نصّاً كاملاً»[83].

وهذا يعني أننا يمكن أن نستخلص مفهوم النّص على نحو ما يراه أكثر هؤلاء الباحثين. فإذا كانت هذه المعايير شرطاً أساسياً في نصوصيّة النّص، فإن النّص وفق هذا التصور هو الصورة التي تتوافر فيها النّصية.

وهذا ما يؤكده عرض الفقي التعريفات المشهورة للنصّ ناقلاً عن الدراسات الغربية، ومحيلاً إلى سعيد بحيري في كثير من هوامشه. والملاحظ أيضاً أن الفقي يشترك مع الباحثين التطبيقيين في هذه النقطة، أعني عرض التعريفات المشهورة بالإحالة إلى سعيد بحيري في كتبه التي خصّصها لهذا الشأن، وكذلك الإحالة إلى روبرت دي بوجراند (R.DeBeaugrande) بترجمة تمام حسان. ولذلك، فإن هؤلاء الباحثين جميعاً – على الرغم من شهرة دراساتهم – لم يقدموا إضافة حقيقيّة للسانيات النصيّة، سوى النماذج التطبيقية التي اتخذوها في كتبهم تأكيداً للتماسك النّصي في دراساتهم.

ومن ذلك التعريف الذي ينقله الفقي عن هاليداي (Haliday) ورقية حسن (R.Hassan)، حيث يقولان في كتابهما المشترك: «كلمة النّص منطوقة أو مكتوبة (...) مهما طالت أو امتدت... والنّص هو وحدة اللغة المستعملة،

وليس محدداً بحجمه... والنّص يرتبط بالجملة بالطريقة التي ترتبط بها الجملة بالعبارة... والنّص لا شك أنه يختلف عن الجملة في النوع»[84].

ثم يعلق الفقي على هذه التعريفات بقوله: «فقد أكدت هذه التعريفات الأخيرة ضرورة توفّر عنصر الترابط بين أجزاء النّص (...)، وأكدت وحدة الموضوع (...)، وقد أكدت كذلك الناحية التداولية أو التماسك التداولي، بمعنى مراعاة صلة النّص بالموقف متضمناً المرسل والمستقبل وقناة الاتصال، ثم التأكيد على الاستبدال من نصوص أخرى، وهو ما يسمّى بالتّناص»[85].

ثم يقف الفقي عند تعريف روبرت دي بوجراند (R.DeBeaugrande)، ودرسلر فولفجانج (Dressler.U)، نقلاً عن سعيد بحيري، وسعد مصلوح أيضاً، حيث النّص «حدث تواصلي، يلزم لكونه نصّاً أن تتوفر له معايير للنصّية مجتمعة، ويزول عنه هذا الوصف إذا تخلّف واحد من هذه المعايير»[86]. ويردف الفقي ذلك بالتأكيد أنه يميل إلى الأخذ بهذا التعريف والاعتماد عليه في التطبيق، بحثاً عن التماسك النّصي[87].

وكما أسلفت، فهذا كله يعني أن اهتمام الفقي كله منصّب على تطبيق معايير النّصية، على النّحو الذي أورده دي بوجراند (R.DeBeaugrande)، بحثاً عن التماسك النّصي في تلك النماذج المختارة للتحليل، سواء في هذا الكتاب أو في غيره من الدراسات ذات الطابع التطبيقي. وأرى أن موقف الفقي يمثّل موقف أكثر الباحثين في هذا المجال، فأغلبهم يعتمد على المعايير النّصية لدي بوجراند (R.DeBeaugrande)، ويهدف بتطبيقها إلى بحث مسألة التماسك النّصي في النموذج التطبيقي الذي يختاره لبحثه.

ومن هنا، لم يُعنَ هؤلاء الباحثون عناية حقيقية بتقديم إضافة واضحة في مفهوم النّص، ولا في تعريفه. وفي شأن التعريف على وجه الخصوص، فقد جرت العادة لديهم على تقديم النّص من زاويتي اللغة والاصطلاح، مع اختلافهم النسبي في مسألة التوسّع في عرض المادة اللغويّة المتاحة، واختلافهم كذلك

في التعليق على هذه المادة ومحاولة استخلاص ما تدل عليه. ويكاد يُستثنى من هذا المسلك العام في الدراسات التطبيقية قليل من الباحثين، حاولوا تقديم فهم جديد، أو في الحقيقة مخالف لهذا الفهم الشائع، وسوف أتناول نموذجاً لها، لكن محاولة أولئك الباحثين اتسمت بالمماحكة اللفظية، ومحاولة الاستدلال على معنى مخالف لمفهوم النّص بالاعتماد على علوم التفسير لدى الأصوليين، فإذا بهم ينتهون إلى إقرار معايير النّصية لدى دي بوجراند (R.DeBeaugrande)، وتوجيه البحث كله إلى دراسة التماسك في نموذجهم النّصي المختار.

3.2.2 عمر أبو خرمة ونحو النّص:

في كتابه (نحو النّص)[88] يخصص عمر أبو خرمة الفصل الأول لعرض المفاهيم الأساسية المتعلقة بموضوع الكتاب. وهو يقسمها إلى ثلاث مقدمات: مفهوم النّص من التراث إلى المعاصرة[89]، التراث العربي ونحو النّص[90]، والحاضر الغربي ونحو النّص[91]. أما الفصل الثاني من الكتاب فيخصصه المؤلف للتطبيق على النّص القرآني.

في المقدمة الأولى الخاصة بالنّص في الثقافة العربية، يبدأ المؤلف عرضه بنقد التعريفات الكثيرة التي أتى بها الباحثون العرب في هذا المجال؛ خاصة في وقوفهم على الدلالة المعجمية القائمة على معنى الرفع[92]، ويبني نقده هذا بتبنيه لرأي نصر حامد أبو زيد الذي رأى أن مفهوم النّص يختلف في معناه عند العرب عن معناه لدى الغربيين، إذ يشير مفهوم النّص في حقيقته إلى الوضوح والانكشاف، بحسب رأي الأصوليين الذين اعتمد عليهم أبو زيد في بحث مفهوم النّص[93]. ولذلك فحقيقة النّص في الفهم العربي هو الوضوح والانكشاف، وليس الرفع والإسناد، على ما ذهب إلى ذلك أغلب الباحثين من العرب في اللسانيات النّصية[94].

ولتأكيد رأيه في هذا، ينتهي المؤلف إلى أن النّص «لم يعد – كما قال الأزهَر الزنّاد – لفظاً يطلق على ما به يظهر المعنى، أي الشكل الصوتي المسموع من

الكلام، أو الشكل المرئي منه، عندما يترجم إلى مكتوب، بل صار الشكل اللغوي (الصوتي/ الكتابي) الظاهر على تركيب مخصوص بنمط ترتيبي ثابت؛ بحيث يستقصي جميع مرادات ناصّه... إذ إن مفهوم الزنّاد السابق، يوصل إلى أن الكلمة الواحدة، والنسبة الناقصة، والنسبة التامة، نصّ؛ إذ كلها ظاهرة، لكن لا يحمل كلها واقعاً خصائص النّص من الثبات والحكمة والاستقصاء التام والترتيب والتركيب، مما يمتنع معه أن نسمي كل مكتوب أو منطوق نصّاً، كما قالوا»[95].

وينبغي هنا أن نلفت إلى أن ما يذهب إليه أبو خرمة في نفي أن يكون كل ما هو منطوق أو مكتوب نصّاً، إنما يخالف ما اتفق عليه الباحثون في مجال اللسانيات النّصية، على الرغم من اختلاف أولئك الباحثين أنفسهم في تعريف مفهوم النّص. ولذلك، فإن أبو خرمة حين يصل إلى عرض مفهوم النّص في الثقافة الغربية، فإنه لا يستند ولا يستحضر أيّاً من المفاهيم المشهورة في اللسانيات النّصية، وإنما يكتفي بمفهوم بارت، وهو مفهوم ذو طبيعة أدبيّة نقديّة.

وأبو خرمة يعلل تبنيه لمفهوم بارت كونه «يتفق اتفاقاً شبه تام مع ما توصّل إليه من مفهوم للنصّ في الثقافة العربية»[96]. فتعريف بارت (Barthes) كما يقول أبو خرمة نقلاً عن محمد خير البقاعي في النّص والتّناصية [97] هو «السطح الظاهر للنتاج الأدبيّ، نسيج من الكلمات المنظومة في التأليف، والمنسقة، بحيث تفرض شكلاً ثابتاً ووحيداً ما استطاعت إلى ذلك سبيلاً»[98].

فهذا المعنى أو هذا التصوّر للنصّ بوصفه مجموعة من العلاقات المتشابكة على نحو ما يؤكد الأزهَر الزنّاد في كتابه المشار إليه[99] يمثّل الطبيعة الحقيقيّة لمفهوم النّص، سواء في الثقافة العربيّة أو الغربيّة، بل إنه في حقيقته عنصر الاتفاق بين الثقافتين في هذا الشأن[100].

إلا أن أبو خرمة يتفق مع خطابي والفقي في محاولته تأويل التعريف الذي يتبناه كل منهم بما يتفق مع شروط النّصية[101]، بما يعني أن تصوّره للنصّ في نهايته، لا يخرج عما ذهب إليه الباحثون في الدراسات النّصية، حتى لو أعلن أبو خرمة اختلافه معهم فيما ذهبوا إليه.

الفصل الثالث:

من نحو الجملة إلى نحو النّص

أتناول في هذا الفصل قضيّة الانتقال من نحو الجملة إلى نحو النّص. وهي القضيّة التي تتضمن الوقوف عند طبيعة هذا الانتقال وأسبابه. ولتحقيق هذا الهدف، فقد قسّمت الفصل إلى جزأين، في الجزء الأول أتناول فيه ضرورة الانتقال من الجملة إلى النّص. وفي الجزء الثاني أتناول نحو النّص (Text Grammar)، من حيث مفهومه وكيفية دراسته، وعلاقته بقضيتي الاتساق والانسجام النّصي.

1 - من الجملة إلى النّص:

لقد كانت مهمة النّحو والنّحويّ تحليل الجملة، وفهم تركيبها، والوصول إلى النموذج المعياري الذي تنتمي إليه، ويمكن أن يُقاس على شاكلته في صناعة آلاف التطبيقات اللغويّة في الاستعمال اليومي. «وأيّاً ما كان الأمر، فقد كان النّحاة يهدفون بصنيعهم إلى تحليل بناء التركيب اللغويّ، ومعرفة نظامه، لأنّ نظام التركيب من أهم ما يميّز خصائص لغة من أخرى»[(102)].

وهذا يعني أن هؤلاء النّحاة لم يعنوا بالتطرق إلى معرفة وسائل التماسك النّصي، أو وسائل انسجامه التي تفضي إلى إنتاج المعنى. بينما هدف اللسانيات النّصية هو معرفة علاقة هذه الوسائل بكيفيات إنتاج المعنى في إطار اتساق النّص وانسجامه.

وفي ضوء ما تميّز به النّحو من خصائص، يمكن أن نلاحظ – وبحسب كلام تمام حسان في الأصول – «أن المنطلق الأول للنّحاة كان استقراء كلام

العرب الفصيح»[103]. وهو ما ينطبق على النّحاة في اللغات الأخرى، مع فارق نوعي؛ يتمثّل في نوعية النّصوص التي جعلها النّحاة هدفاً لاستقرائهم. فهي في اللغات الأوروبية تمثّلت في النماذج العليا من الشعر والنثر في عصور أدبية بعينها[104]، أما لدى النّحاة العرب، فقد تمثّلت في الشعر العربي القديم، إضافة إلى القرآن الكريم والحديث الشريف، وبعض الأقوال المشهورة من كلام العرب؛ حكماً وأمثالاً، أو ما يجري مجرى الحكم والأمثال[105].

ومن هنا، فقد كان هدف النّحاة من عملية استقراء النّصوص استخلاص القواعد الضابطة لتشكيل النّص، عن طريق وحدته الأساسية؛ أي الجملة. ومن ثم، فلم يكن الهدف من استخلاص القواعد إلا فهم العناصر التركيبية التي تتكون منها الجملة. ولقد حقق النّحاة في هذا الاتجاه نجاحاً كبيراً، لكنهم وقفوا أمام مشكلة السياق الكلي الذي يشمل الجملة وما يتعداها إلى المعنى المتصل بالغرض. وهو المعنى نفسه الذي يجمع بين عدّة أطراف؛ منها الصوت والمعجم والمعنى الوظيفي، إضافة إلى المعنى الدلالي للمركبات المكوّنة لهذه الجملة[106].

وبعبارة أخرى، كانت طبيعة الدراسة النّحوية لدى النّحاة، وطبيعة النّحو نفسه، من حيث هو تحليليّ لا تركيبيّ، سبباً في عجز النّحاة أمام مشكلة المعنى التي تتجاوز بحدودها وأطرافها الجملة المحصورة بحسب التعريف في عنصري الإسناد: المسند والمسند إليه[107].

وبالنسبة إلى اللغة العربية، فقد تجلّت مشكلة المعنى خاصة، أمام الحاجة لفهم القرآن الكريم. ولقد لاحظ الفقهاء هذه المشكلة وأدركوا أن المعنى الوظيفيّ وحده لعناصر بناء الجملة، والمعنى المعجميّ للألفاظ كذلك، لا يكفيان معاً لفهم القرآن الكريم[108]. ولذلك وضع الفقهاء نموذجاً دلالياً لفهم القرآن الكريم؛ يتجاوز بناء الجملة. وهو نموذج يحاول أن يضمّ كل العناصر السياقية للنصّ، بما فيها المعنى المعجمي للألفاظ، والمعنى الوظيفي لعناصر بناء الجملة،

إضافة إلى السياق العام الذي وردت فيه الآيات؛ أو ما يُسمّى: أسباب النزول، أي تلك المواقف الاجتماعية والشرعية التي نزلت فيها الآيات[109].

أما البلاغيون، فقد عالجوا الأمر بطريقتهم الخاصة وعلى رأسهم عبد القاهر الجرجاني (ت 417هـ) الذي وضع نظريته في النّظم لمعالجة مشكلة المعنى وفهم السياق في بناء الجملة. فالنّظم كما وضعه عبد القاهر، يعالج علاقات الترابط السياقي بين أجزاء الجملة، كما يعالج علاقتها بالسياق التداولي، أو السياق الخارجي/ المرجع الخارجي المتصل بالجملة، «أي إن النّظم في معناه عند عبد القاهر هو تصوّر العلاقات النّحوية بين الأبواب، كتصوّر علاقة الإسناد بين المسند إليه والمسند، وتصوّر علاقة التعدية بين الفعل والمفعول به، وتصوّر علاقة السببية بين الفعل والمفعول لأجله، وهلم جرا»[110].

والنّظم بهذا المعنى عند عبد القاهر، يشير إلى المستوى الثاني من مستويات المعنى؛ أي المستوى الجمالي، أو مستوى الإبداع. أما المستوى الأول فلم يكن سوى تلك القواعد المجردة التي تنبني على نظرية التعليق أو الإسناد في تركيب الجملة[111]. ولذلك لما اتجهت الدراسة النّحوية إلى القرآن الكريم لاستقراء وضبط نصّه حسب المستوى المعياري لبناء الجملة، لم يكن هذا المستوى الأول «كافياً لإبراز نواحي الإعجاز فيه، مما هيّأ لبعض النّحاة أن يقوموا بوظيفة هامة في بيان هذا الإعجاز، من خلال توجيه الدراسة النّحويّة إلى نواح جمالية تركيبيّة، عن طريقها تبرز ملامح الإعجاز القرآني، برصد العلاقات التركيبيّة في الآيات ونسقها المعنويّ. وهي أمور لا عهد للنّحو التقليديّ بها»[112].

وبعبارة أخرى، أدرك هؤلاء النّحاة أن المستوى الثاني للمعنى، «يتمثّل في العلاقات المتنوعة بين الكلمات ثم بين الجمل»[113]، كما أدركوا أن الخبرة بتراكيب اللغة هي في الوقت ذاته خبرة بالأغراض التي تعبّر عنها.

وهذا يعني أن النّحو التقليديّ يعاني مشكلتين أساسيتين؛ لاحظها اللغويون المعاصرون. وتتمثّل المشكلتان في قصر «الدراسة على الجمل والعلاقات

فيما بين أجزاء الجملة الواحدة، والثانية الفصل بين اللغة language والموقف الاجتماعي social sitituation، مما يحول دون الفهم الصحيح»[114].

ومن هنا، فقد أخذ «يتشكّل اتجاه لسانّي جديد، بدأت أسسه ومناهجه بالتبلور منذ ستينيات القرن العشرين، وأُطلقت عليه تسميات عدة، لعل أشهرها، وأكثرها استعمالاً بين الباحثين هي: نحو النّص textgrammar، ولسانيات النّص Text linguistics، واللسانيات النّصية textuallanguistics، وعلم النّص، وعلم اللغة النّصي»[115].

2 - نحو النّص:

لقد تطورت لسانيات النّص في السبعينيات من القرن العشرين على أيدي علماء كبار، خاصة لدى فان ديك (Van Dijk) ودي بوجراند (R.DeBeaugrande)[116]. وهما اللذان وضعا الأسس العامة للسانيات النّصية في العقد الثامن من القرن العشرين؛ «إذ انتقل الاهتمام من لسانيات الجملة إلى لسانيات النّص...»[117]، على يد مجموعة من العلماء، من أبرزهم هاليداي (Haliday) وفيرث (Firth) وبالمر(Palmer)، كما ظهر المنهج التداوليّ في التحليل اللغويّ على يد مجموعة أخرى من العلماء[118].

ولقد كان أبرز مظاهر هذا التطور الانتقال من التركيز على دراسة الجملة إلى التركيز على دراسة نحو النّص، كون اللسانيات النّصية في إطار البحث اللغوي، «لم تعد تكتفي باستخراج المعايير التي تحكم العمليات التي تتحقق في المستويات اللغويّة الصوتيّة والصرفيّة والنّحويّة والدلاليّة، بل انتهت إلى أبعد من ذلك، فقد اهتمت بالتداولية متمثّلة في تحديد أوجه الاتصال وشروطه وقواعده وخواصه وآثاره وأشكال التفاعل وعوامله ومظاهره وعلاقته بالنّصية ومعاييرها»[119].

وفي هذا الإطار، فلقد حدّد بعض الباحثين دوافع نشأة اللسانيات النّصية وحصرها في العوامل الآتية:

«1 – العلاقة الوثيقة التي ربطت بين اللسانيات والدرس الأدبي منذ عقود ثلاثة في أوروبا، وتردد صداها في الدراسات العربيّة منذ أمد ليس بالبعيد.

2 – كانت دراسة الخطاب أو النّص واقعة منذ أمد بعيد في نطاق علوم أخرى تتجاذبها، كعلم الاجتماع والأنثروبولوجيا، والدراسات الأدبية، ولكن النّصوص مادة لغويّة بالضرورة؛ ولذلك أحسّ المشتغلون بهذه التخصصات حاجة ماسّة إلى خدمة المعالجة المنضبطة التي تؤديها اللسانيات الحديثة على خير وجه، فكان الاتّجاه إلى نحو النّص.

3 – توصّل المشتغلون بعلوم اللسان إلى أن اللغة ليست مجرد نماذج وأنماط للجمل، ولكنها مرآة وأداة وسلاح، ومن ثم فإن الفهم الحق لنظريتها لا يمكن أن يتحقق باجتزاء الجمل من السلوك القولي في شموله وتكامله، والتزام حدود نحو الجملة»[(120)].

وهذه العوامل التي ترتبط بالاتجاه إلى نحو النّص، تنطلق من مفهوم النّص نفسه من حيث هو متوالية من الجمل، «لا يتعلق بالجمل، بل يتحقق بواسطتها أو مشفر فيها»[(121)]. وفي الأخير، فإن النّص يبقى بوصفه «وحدة دلاليّة، وليست الجمل إلا الوسيلة التي يتحقق بها النّص»[(122)].

ويُلاحظ هنا، أن نحو النّص – كما يرى بعض الباحثين – «إطار شامل يضم أشكالاً مختلفة من الأنحاء التي تنصب على النّص، غير أنها تختلف اختلافاً شديداً باختلاف الاتجاهات اللغويّة والأصول التي قامت عليها»[(123)]. وتنقسم هذه الاتجاهات إلى[(124)]:

1 – النّحو التفسيري للنصّ: وهو الذي يُعْنَى بتحليل عناصر النّص؛ أي مكوناته، وكذلك يهتم بتحليل أوجه الترابط فيه من النواحي الصوتية والصرفية والنّحوية، وذلك عن طريق الكشف عن البنى العميقة التي تعطي الجملة معناها.

2 – النّحو التركيبي: وهو الذي يُعْنَى بدراسة الوحدات المنطوقة؛ أي تلك

الوحدات التي تتجاوز الجملة ومكوناتها، كما يدرس قواعد الربط بينها، وذلك عن طريق مناهج تركيبية تحليلية، تكشف عن العلاقات الداخلية في النّص.

3 – النّحو التوليديّ التحويليّ للنصّ: وهو الذي يُعْنَى بدراسة البنى العميقة في مقابل البنى السطحية. ويُلاحظ هنا أن هذه الفكرة مأخوذة عن النّحو التوليديّ التحويليّ عند نعوم تشومسكي (Noam Chomsky)، وقد تحوّلت على يد فان ديك (Van Dijk) إلى الأبنية النّحويّة الصغرى في مقابل الأبنية الدلاليّة (المحوريّة) الكبرى.

ومن ثم يبقى السؤال: ما المقصود بنحو النّص؟ وما الفرق بينه وبين نحو الجملة؟ وما المهام التي يضطلع بها نحو النّص؟

إن نحو الجملة – كما يرى بعض الباحثين – «هو صورة من صور التحليل النّحوي، يقف في معالجته عند حدود الجملة، ويرى أن الجملة هي الوحدة اللغويّة الكبرى التي ينبغي أن يُقعّد لها، دون أن يتجاوزها إلا في القليل النادر»[(125)].

أما نحو النّص، فهو فرع من فروع اللسانيات، «يهتم بدراسة النّص بوصفه الوحدة اللغويّة الكبرى، ويبين جوانب عديدة؛ أهمها: الترابط أو التماسك ووسائله، وأنواعه، والإحالة بأنواعها، والسياق النّصي، ودور المشاركين في النّص عند إنتاجه وتلقيه، سواء كان منطوقاً أو مكتوباً»[(126)].

وكما يلاحظ الباحثون في هذا المجال، فإن اتّجاه نحو النّص إلى تجاوز الجملة، لا يعني تخليه عن بنية الجملة وتحليلها في التركيب النّصي، فنحو النّصوص، هو في الأخير، يدرس «البنية النّصية المتوفرة في النّص الذي يكون دون الجملة ويساويها ويتجاوزها. وينظر نحو الجملة في بنية الجملة. وبين ما يدخل تحت الجملة والنّص، وما يدخل تحت نحو الجملة ونحو النصوص بالاستتباع تداخل وتعاظل»[(127)].

وبين النظر في حدود الجملة وتجاوز تلك الحدود، فإن التحليل اللساني – في ضوء نحو النّص – يتجاوز «نظرة التحليل النّحويّ التقليديّ والأسلوبيّة، حيث

تتجلّى مهامه في دراسة الخواص التي تؤدي إلى تماسك النّص، وتعطي عرضاً لمكونات النظام النّصاني، متجليّة بمسألة وسائل الربط النّصي»[128].

فإذا كان نحو الجملة ينطلق من مجموعة من مبادئ، هي الاطّراد والمعياريّة والاقتصار في الدراسة على حدود الجملة الواحدة[129]، وهي المبادئ التي أدت إلى أن يقوم نحو الجملة بعزل الجملة عن سياقها اللغويّ في النّص، فإن نحو النّص «ينظر إلى المسألة في إطار شمولي كليّ، وتصوّرٍ يراعي فيه السياق النّصي، وغير النّصي، المؤثّر في النّص، وعناصر التلقّي والفهم والاستيعاب»[130].

وهذا يجعل مهام نحو النّص تتجاوز مهمة علم اللغة التقليديّ، فهي لا تقتصر «على مجرد تنظيم الحقائق اللغويّة فحسب، ولا تقف عند المستويات اللغويّة: الصوتية والدلاليّة والمعجمية وغيرها، من خلال وصف ظواهر كل مستوى وتحليلها، وإنما تعدته إلى الاهتمام بالاتصال اللغوي وأطرافه وشروطه وقواعده وخواصّه وآثاره، أشكال التفاعل ومستويات الاستعمال، وأوجه التأثير التي تحققها الأشكال النّصية في المتلقي، وأنواع المتلقين وصور التلقّي، وانفتاح النّص وتعدّد قراءاته»[131].

ومع تعدد هذه المهام التي يقوم بها نحو النّص، وتشعّبها، فإن هذا لا يجعل من نحو النّص نحواً قاعديّاً صارماً، على غرار ما يتمتع به نحو الجملة من سلطة التقعيد والتصويب بطبيعته التحليلية[132]. إن نحو النّص في حقيقته يتجه إلى المعنى، ومن ثم فهو «نحوٌ يهدف إلى تحديد القواعد التي تحكم بنية المعنى، عن طريق الربط بين مختلف أبعاد الظاهرة اللغويّة: البنيويّ والدلاليّ والتداوليّ وغير ذلك»[133].

وهذه القواعد التي تحكم المعنى، إنما تتجلّى في الظاهرتين الأساسيتين اللتين تجمعان كل خواص النّص اللغويّة والتداولية؛ أي الانسجام والاتساق النّصيين. وهو ما يجعل من أدوات التحليل النّصي في إطار هاتين الظاهرتين تنصبّ على تحليل أدوات الربط والإحالة، وغيرها من الأدوات التي تترجم كلاً من الاتساق والانسجام في النّص[134].

هوامش الباب الأول:

1 – ينظر: روبرت دي بوجراند: النصّ والخطاب والإجراء، تر: تمام حسان، ط 1، عالم الكتب، القاهرة 1988م، ص 64 – 67.

2 – ينظر: سعيد بحيري: علم لغة النصّ – المفاهيم والاتجاهات، ط 1، الشركة المصرية العالمية للنشر – لونجمان، القاهرة 1997م، ص 5 – 16.

3 – ينظـر: روبيـر مارتان: مدخل لفهم اللسـانيات، تر: عبـد القادر المهيـري، ط 1، المنظمة العربية للترجمة – مركز دراسات الوحدة العربية، بيروت – لبنان 2007م، ص 192 – 194.

4 – ينظر: عبد الله الغذامي: الخطيئة والتكفير – من البنيوية إلى التشـريحية، ط 1، كتاب النادي الأدبي الثقافي بجدة، عدد 27، المملكة العربية السعودية 1985م، ص 26 – 63.

5 – ينظـر: مجموعـة من الكتاب: مدخل إلى مناهج النقد الأدبي، تر: رضوان ظاظا، ط: عالم المعرفة، عدد 221، الكويت، مايو 1997م، ص 220 – 235.

6 – سعيد حسن بحيري: علم لغة النصّ، ص 57.

7 – ينظر: آلان بوانيه: الذكاء الاصطناعي – واقعه ومستقبله، تر: علي صبري فرغلي، عالم المعرفة، عدد 172، الكويت، أبريل 1993م، ص 37 – 84.

8 – ينظر: روبرت دي بوجراند: النصّ والخطاب والإجراء، ص 64 ـ67.

9 – سعيد حسن بحيري: علم لغة النصّ – المفاهيم والاتجاهات، ص 18.

10 – ينظر: حول معايير النّصّية: روبرت دي بوجراند: النصّ والخطاب والإجراء، ص 103 – 105.

11 – ابـن منظور: لسـان العرب، مـادة (ن ص ص)، مج: 6، ط: دار المعـارف، بدون، ص 4441 – 4442.

12 – ينظـر: فان جيلـدر: بدايات النظر في القصيدة، ت. عصام بهي، فصول، مج: 6، ع: 2، فبراير – مارس 1986، ص 12.

13 – ينظر: عزالدين إسـماعيل: الأسـس الجمالية في النقد العربي، عرض وتفسير ومقارنة، دار الفكر العربي، ط 3، ص 347 – 357.

14 ابن منظور: لسان العرب، مادة (ن ص ص)، مج: 6، ص 4441.

15 – المرجع نفسه: ص 4441.

16 ـ المرجع نفسه: ص 4441.

17 ـ المرجع نفسه: ص 4441.

18 ـ المرجع نفسه: ص 4441.

19 ـ المرجع نفسه: ص 4442.

20 ـ لويس معلوف: المنجد في اللغة والأدب، ط 19، المطبعة الكاثوليكية، بيروت، بدون، ص 810 ـ 811.

21 ـ المرجع السابق: ص 810 ـ 811.

22 ـ مجدي وهبة، كامل المهندس: معجم المصطلحات العربية في اللغة والأدب، ط 2، مكتبة لبنان 1984م، ص 214.

23 ـ سعيد علوش: معجم المصطلحات الأدبية المعاصرة ـ عرض وتقديم وترجمة، ط 1، دار الكتاب اللبناني ـ لبنان، سوشبريس ـ الدار البيضاء 1985م، ص 215.

24 ـ ينظر: سعيد حسن بحيري: علم لغة النصّ، ص 115 ـ 116.

25 ـ المصدر نفسه: ص 116.

26 ـ المصدر نفسه: ص 116.

27 ـ المصدر السابق: ص 117.

28 ـ روبرت دي بوجراند: النصّ والخطاب والإجراء، ص 64.

29 ـ ينظر: المصدر نفسه: ص 103 ـ 105.

30 ـ المصدر نفسه: ص 105.

31 ـ ثمة شرح متعدد لهذه المعايير، مع اختلاف في ترجمة المصطلحات، لكن يبقى المعنى واحداً. ينظر: عاصم شحادة علي: (مراجعات كتب) مدخل إلى علم لغة النصّ ـ تطبيقات لنظرية روبرت دي بوجراند وولفجاج دريسلر، مجلة التجديد، مج: 16، العدد الحادي والثلاثون 1422هـ ـ 2012م، ص 239.

32 ـ روبرت دي بوجراند: النصّ والخطاب والإجراء، خصص لهذه القضايا الفصل الأول من كتابه، تحت عنوان: قضايا أساسية (ص 71 ـ 126)، والفصل الثاني الذي خصصه لقضية الجملة النحوية منظور علم النصّ (ص 127 ـ 170). في حين تعد بقية فصول الكتاب شرحاً لمعايير النّصّية، باستثناء الفصل الأخير الذي خصصه لدراسة الإمكانيات المتاحة للإفادة من علم النصّ في قضايا التعليم (ص 553 ـ 580).

33 ـ سعيد حسن بحيري: علم لغة النصّ ـ المفاهيم والاتجاهات، ط 1، الشركة المصرية العالمية للنشر ـ لونجمان، القاهرة 1997م، ص 101.

34 ـ الأزهَر الزنّاد: نسيج النصّ ـ بحث فيما يكون به الملفوظ نصاً، ط 1، المركز الثقافي العربي، بيروت 1993م، ص 11.

35 – سعيد حسن بحيري: علم لغة النصّ – المفاهيم والاتجاهات، ص 101 – 102.

36 – ينظر: المصدر نفسه: ص 102.

37 – المصدر نفسه: ص 103.

38 – المصدر السابق: ص 104.

39 – المصدر نفسه: ص 110.

40 – عبد القادر البار: جدوى الانتقال من نحو الجملة إلى نحو النصّ، مجلة الأثر، العدد 28، يونيو 2017م، ص 138.

41 – المرجع نفسه: ص 138.

42 – رشيد حليم: حدود النصّ والخطاب بين الوضوح والاضطراب، مجلة الأثر – مجلة الآداب واللغات – جامعة قاصدي مرباح – ورفلة – الجزائر، العدد السادس، مايو 2017، ص 93.

43 – المرجع نفسه: ص 93 – 94.

44 – الأزهَر الزنّاد: نسيج النصّ، ص 12.

45 – المصدر السابق: ص 6.

46 – حاتم الصكر: ترويض النصّ – دراسة للتحليل النّصّي في النقد المعاصر – إجراءات ومنهجيات، ط: الهيئة المصرية العامة للكتاب، القاهرة 1998م.

47 – المصدر نفسه: ص 42.

48 – سعيد بحيري: علم لغة النصّ – المفاهيم والاتجاهات، ص 115.

49 – ينظر: تمام حسان: مناهج البحث في اللغة، ط: الأنجلو المصرية 1990م، ص 203 – 214.

50 – محمد مفتاح: التلقي والتأويل – مقاربة نسقية، ط 1، المركز الثقافي العربي، الدار البيضاء 1994م.

51 – ينظر: المصدر نفسه: ص158.

52 – ينظر: المصدر نفسه، مثلاً هامشه رقم 12، ص 158، حيث يشير إلى أن كثيراً من أدوات الاتساق والانسجام في النصّ الأدبي، تتوفر في أبواب النحو والبلاغة العربية، بما يوفر الفرصة لصياغة نظرية عربية خالصة عن النصّ الأدبي بدون الحاجة للمصدر الأجنبي.

53 – محمد خطابي: لسانيات النّص مدخل إلى انسجام الخطاب، المركز الثقافي العربي، بيروت – الدار البيضاء 1991م.

54 – صبحي إبراهيم الفقي: علم اللغة النّصّي بين النظرية والتطبيق – دراسة تطبيقية على السور المكية، دار قباء للطباعة والنشر، القاهرة 2000م.

55 – عمر محمد أبو خرمة: نحو النصّ – نقد النظرية وبناء أخرى، ط 1، عالم الكتب الحديث، إربد – الأردن 2004م.

56 – بوبكر نصبة: الاتساق والانسجام في شعر إبراهيم ناجي – قصيدة ساعة التذكار أنموذجاً، مذكرة مقدمة لنيل شهادة الماجستير في علوم اللسان العربي، إشراف الدكتور بلقاسم دفة، كلية الآداب والعلوم

الإنسانية والاجتماعية، جامعة محمد خيضر – بسكرة – الجزائر، السنة الجامعية 2005م – 2006م.

57 – غنية لوصيف: الاتساق والانسجام في قصيدة مديح الظل العالي لمحمود درويش – مقارنة لسانية نصية، مذكرة لنيل شهادة الماجستير – شعبة دراسات أدبية ولغوية – تخصص لسانيات النصّ، إشراف الدكتور بوعلي كحال، قسم اللغة العربية وآدابها، معهد اللغات والأدب العربي، المركز الجامعي – أكلي محند اولحاج بالبويرة، الجزائر، السنة الجامعية 2008م – 2009م.

58 – ينظر: محمد خطابي: لسانيات النّص مدخل إلى انسجام الخطاب، ط 1، المركز الثقافي العربي، بيروت – الدار البيضاء 1991م.

59 – ينظر: المصدر نفسه: ص 11.

60 – ينظر: المصدر نفسه: ص 12.

61 – المصدر نفسه: ص 12.

62 – ينظر: المصدر السابق: ص 13.

63 – ينظر: المصدر نفسه: ص 13.

64 – ينظر: المصدر نفسه: ص 15 – 25.

65 – ينظر: المصدر السابق: ص 141.

66 – ينظر: المصدر نفسه: ص 141 – 144.

67 – ينظر: المصدر نفسه: ص 144 – 148.

68 – ينظر: المصدر نفسه: ص 148 – 149.

69 – ينظر: المصدر نفسه: ص 149 – 161.

70 – ينظر: المصدر نفسه: ص 150 – 154.

71 – ينظر: المصدر نفسه: ص 154.

72 – المصدر السابق: ص 162.

73 – ينظر: الأزهَر الزنّاد: نسيج النصّ، ص 11.

74 – ينظر: سعيد بحيري: علم لغة النصّ – المفاهيم والاتجاهات، ص 113.

75 – ينظر: صبحي إبراهيم الفقي: علم اللغة النّصّي، ص 26.

76 – ينظر: المصدر نفسه: ص 27.

77 – ينظر: المصدر نفسه: ص 27.

78 – المصدر السابق: ص 27.

79 – ينظر: المصدر نفسه: ص 28.

80 – المصدر نفسه: ص 28.

81 – المصدر نفسه: ص 28، هامش 3.

82 – ينظر: المصدر السابق: ص 29.

83 – المصدر نفسه، ص 29.

84 – المصدر السابق: ص 29.

85 – المصدر نفسه: ص 33.

86 – المصدر نفسه: ص 33.

87 – ينظر: المصدر نفسه: ص 34.

88 – عمر محمد أبو خرمة: نحو النصّ – نقد النظرية وبناء أخرى، ط 1، عالم الكتب الحديث، إربد – الأردن 2004م.

89 – ينظر: المصدر نفسه: ص 23 – 39.

90 – ينظر: المصدر السابق: ص 41 – 80.

91 – ينظر: المصدر نفسه: ص 81 – 94.

92 – ينظر: المصدر نفسه: ص 24.

93 – ينظر: نصر حامد أبو زيد: النص، السلطة، الحقيقة، المركز الثقافي العربي، الدار البيضاء، المغرب، ط 1، 1995م، ص 150.

94 – ينظر: عمر محمد أبو خرمة: نحو النصّ – نقد النظرية وبناء أخرى، ص 25.

95 – المصدر السابق: ص 31.

96 – ينظر: المصدر نفسه: ص 32.

97 – ينظر: محمد خير البقاعي: دراسات في النصّ والتناصية، ط 1، 1998م، دار المعارف، حمص، ص 26.

98 – عمر محمد أبو خرمة: نحو النصّ، ص 32.

99 – ينظر: الأزهَر الزنّاد، نسيج النصّ، ص 12.

100 – ينظر: المصدر نفسه: ص 6.

101 – ينظر: عمر محمد أبو خرمة: نحو النصّ، ص 33.

102 – محمد حماسة عبد اللطيف، في بناء الجملة العربية، دار غريب، القاهرة، 2003م، ص 41.

103 – تمام حسان، الأصول دراسة إبستيمولوجية للفكر اللغوي عند العرب (النحو – فقه اللغة – البلاغة)، عالم الكتب، 1420هـ – 2000م، ص 61.

104– ينظر: رومان ياكوبسون: قضايا الشعرية، تر: فريد الزاهي، ومراجعة عبد الجليل ناظم، ط 2، دار توبقال للنشر، الدار البيضاء – المغرب 1997م، ص 82 – 101.

105 – ينظر: تمام حسان: الأصول دراسة إبستيمولوجية للفكر اللغوي عند العرب (النحو – فقه اللغة – البلاغة)، عالم الكتب، 1420هـ – 2000م، ص 91 – 111.

106 – ينظر: تمام حسان: اللغة العربية – معناها ومبناها، دار الثقافة، المغرب، 1994م، ص 16 – 17.

107 – ينظر: تمام حسان: اللغة العربية معناها ومبناها، دار الثقافة، 1994م، ص 16.

108 – ينظر: نصر حامد أبو زيد: مفهوم النصّ دراسة في علوم القرآن، مواضع مختلفة، ط الهيئة المصرية العامة للكتاب 1990م، ص 167 – 174.

109 – ينظر: في أسباب النزول نصر حامد أبو زيد: مفهوم النصّ دراسة في علوم القرآن، ص 108 – 115.

110 – تمام حسان: اللغة العربية معناها ومبناها، ص 186.

111 – ينظر: محمد عبد المطلب: البلاغة والأسلوبية، الهيئة المصرية العامة للكتاب، القاهرة 1984م، ص 38.

112 – المصدر السابق: ص 39.

113 – المصدر نفسه: ص 39.

114 – هايل الطالب: من نحو الجملة إلى نحو النصّ – المفهوم والتطبيق، مجلة جامعة البعث، المجلد 39، العدد 12، لسنة 2017م، ص 100.

115 – المرجع نفسه: ص 100.

116 – ينظر: يوسف سليمان، النحو العربي بين نحو الجملة ونحو النصّ: مثل من كتاب سيبويه، المجلة الأردنية في اللغة العربية وآدابها، المجلد 7، العدد 1، 1432هـ – 2011م، ص 189.

117 – هايل الطالب: من نحو الجملة إلى نحو النصّ، ص 100 – 101.

118 – ينظر: المرجع نفسه: ص 101.

119 – سعيد حسن بحيري: اتجاهات لغوية معاصرة في تحليل النصّ، مجلة علامات، النادي الأدبي الثقافي بجدة، المجلد 10، ج 3، 2000م، ص 135.

120 – هايل الطالب: من نحو الجملة إلى نحو النصّ، ص 106.

121 – سعيد يقطين: انفتاح النصّ الروائي، ط 1، المركز الثقافي العربي، بيروت – الدار البيضاء 1989م، ص 17.

122 – هايل الطالب: من نحو الجملة إلى نحو النصّ، ص 105 – 106.

123 – سعيد بحيري: علم لغة النصّ – المفاهيم والاتجاهات، ص 150.

124 – ينظر: يوسف سليمان عليان: النحو العربي بين نحو الجملة ونحو النصّ، ص 190 – 191.

125 – هايل الطالب، من نحو الجملة إلى نحو النصّ، ص 108.

126 – صيوان خضير خلف، وخليل عبد المعطي المايع: النصّ ونحو النصّ، جامعة البصرة، مجلة آداب البصرة، العدد (76)، ص 43.

127 – الأزهَر الزنّاد: نسيج النصّ، ص 19.

128 – هايل الطالب: من نحو الجملة إلى نحو النصّ، ص 108.

129 – ينظر: أحمد عفيفي، نحو النصّ، مكتبة زهراء الشرق، القاهرة، ط 1، 2001م، ص 73 – 74.

130 – هايل الطالب، من نحو الجملة إلى نحو النصّ، ص 109.

131 – صيوان خلف وخليل عبد المعطي: النصّ ونحو النصّ، ص 43.

132 – ينظر: المرجع نفسه: ص 45.

133 – المرجع نفسه: ص 45.

134 – ينظر: حمودي السعيد: الانسجام والاتساق النّصّي – المفهوم والأشكال، مجلة الأثر – عدد خاص: أشغال الملتقى الوطني الأول حول: اللسانيات والرواية يومي 22 و23 فبراير 2012م، ص 107 – 110.

الباب الثاني:

الاتساق النّصي في الشعر الإماراتي الحديث

الفصل الأول:

الاتساق مفهومه ومنظوره

يتناول هذا الفصل الاتساق بصفته عنصراً أساسياً من عناصر التماسك النّصي؛ من حيث مفهومه – لغة واصطلاحاً – وأهميته وعلاقته بغيره من عناصر التماسك النّصي، خاصة الانسجام الذي يعدّ الوجه المكمّل للاتساق في رأي كثير من الباحثين. كذلك يتناول بعض مظاهر الاتساق التي وردت في التراث العربي، وأخيراً، يتناول الأدوات الأساسية التي يتحقق بها الاتساق في النّص.

والهدف من هذا التناول هو التمهيد النظري لبحث أدوات الاتساق في الشعر الإماراتي الحديث، على النّحو الذي سيرد تفصيله في الفصول الآتية من هذا الباب.

1 – الاتساق في حقل الدراسات اللسانية:

مصطلح الاتساق من المصطلحات التي دار حولها جدل واسع من حيث المفهوم والمصطلح الدقيق الذي يدلّ عليه. وذلك أنه اشتهر و«انتشر في حقل الدراسات النّصية على تنوعها، ودلّت عليه مصطلحات كثيرة، مثل السبك والتنضيد والانسجام والتناسق والتضام. ولم يتوقف الاختلاف مع الترجمة فحسب، بل امتدّ إلى الضبط المفهومي والإجرائي»[1]. ومن ثَمَّ، فالجدير بالملاحظة في هذا المقام «أن مصطلح الاتساق يعاني أيضاً شيئاً من عدم الضبط في تحديد المفهوم، لأن بعض الباحثين يعطيه من الدلالة ما لا يحتمل، أو يعطيه معنى غير دقيق»[2].

وربما يعود هذا في جزء منه إلى أن الحدود التي تفصل بين الاتساق والانسجام غير واضحة، ومتداخلة في جانب كبير منها، فـ«الاتساق النّصي الذي يتحقق بفضل أدوات لسانية، والانسجام النّصي الذي يستخدم استدلالات غير لسانية مُشْكلةٌ معقدة للغاية، ذلك أن كثيراً من الوقائع النّصية التي نعدّها جزءاً من الانسجام نستطيع أن نفسرها بأدوات لغويّة محضة»[3].

ومع ذلك، فقد حدد هؤلاء الباحثون مجال عمل الاتساق، واتفقوا على أنه «يعنى بكيفية ربط مكونات النّص السطحي. أي هو الطريقة التي يتم بها ربط الأفكار في بنية النّص الظاهرة. ويطلق على هذا المعيار تسميات عديدة، منها: الترابط النّحويّ، والسبك، والتضام والتناسق»[4]. وكما يلاحظ الباحثون، فإن أول محاولة لبحث الاتساق بمعناه الذي تشير إليه الدراسات اللسانية، يرجع إلى هارفج (Harweg) الذي قدم «أول محاولة جادة لوصف التنظيم الذّاتي الداخلي للنصوص من خلال الحديث عن بعض العلاقات التي تسودها، مثل علاقة الإحالة والاستبدال مشيراً إلى التّكرار والحذف، والترادف، والعطف، والتفريع، والترتيب، وذكر النتيجة بعد السبب، والجزء بعد الكل، أو العكس. وهذا كله مما يقع في دائرة الترابط والاتساق الداخلي للنصّ»[5].

فإذا كان الاتساق في لسانيات النّص «يرتبط بأجزاء تفوق الجملة بنية، وتختلف عنها وظيفة، وقد مسّ التعدد وسائله، لكنه لم يصل إلى درجة التعقيد»[6]، فإنما هذا يعود إلى طبيعة الاتساق نفسه؛ إذ «يترتب على وسائل تبدو بها العناصر السطحية على صورة وقائع، يؤدي السابق منها إلى اللاحق بحيث يتحقق الترابط الرصفي، وبحيث يمكن استعادة هذا الترابط»[7].

فإذا كان هاليداي (Haliday) ورقية حسن (R.Hassan) حصرا الاتساق في خمس وسائل، هي الإحالة والاستبدال والحذف والوصل والاتساق المعجمي[8]، فإنهما بهذه الوسائل الخمس جعلا من الاتساق «متضمناً علاقات المعنى العام لكل طبقات النّص، والذي يميّز النّص من اللانصّ. ويمكن القول إن أهم عمل

قام به هاليداي (Haliday) ورقية حسن (R.Hassan) يتمثل في عملية البحث عن ظواهر الاتساق في النّصوص»[9]، وما قدمه هاليداي (Haliday) ورقية حسن (R.Hassan) في ذلك، يتأسس على وجهة نظرهما التي اتجهت إلى بحث كيفية تشكل النّص، إضافة إلى «إيمانهما العميق بأن لسانيات النّص ما هي سوى دراسة اعتبارات لغويّة في متتالية خطية، وأن النّص لا يكتسب نصّيته إلّا من وجود تلك الاعتبارات»[10]، أي الوسائل الخمس التي تبنى عليها دراسة الاتساق.

إلّا أن ما قدمه هاليداي (Haliday) ورقية حسن (R.Hassan) – على الرغم من شهرته – لم يخل من مراجعة وإعادة ترتيب، بسبب مبالغة الباحثين «في الاعتداد بالاتساق وجعله معياراً وحيداً للنصّية»[11]، أما روبرت دي بوجراند (R.DeBeaugrande) فَقَد قدّم نموذجاً مختلفاً في بعض تفاصيله عن نموذج هاليداي (Haliday) ورقية حسن (R.Hassan)، ليتضح البعدان الدلالي والتداولي في وسائل الاتساق، شاملة التّكرار والتعريف، واتحاد المرجع والإحالة والحذف والربط[12].

ولعل هذا الاختلاف بين نموذجي هاليداي (Haliday) ورقية حسن (R.Hassan)/ وروبرت دي بوجراند (R.DeBeaugrande) هو السبب في اختلاف طرق عرض الباحثين عند التطبيق وبحثهم عن الاتساق في النّصوص. ولكن هذا الاختلاف يؤكد أهمية عنصر الاتساق باعتباره مظهراً أساسياً من مظاهر التماسك النّصي، كما يؤكد تعدد الرؤى الممكنة لبحث الاتساق والانسجام من وجهة نظر لسانيات النّص؛ خاصة أن وسائل الاتساق والانسجام، هي في حقيقتها أدوات لغويّة ومعنوية قديمة قدم اللغات نفسها. وهي قد تختلف قليلاً في التفاصيل ما بين اللغات بحكم اختلاف اللغات نفسها في طريقة تعاملها مع النّصوص، لكن المؤكد في ذلك أمران: الأول: أن الاتساق ووسائله يختص بجانب الرصف الشكلي، أو التتابع الخطي لبناء الجملة ولعلاقات الجمل فيما

بينها. الثاني: أن تراثنا العربي حفل بإشارات متكاثرة لهذه الأدوات ووظيفتها في عملية تماسك النّص واتساقه. وهذا موضوع الجزء الآتي من هذا الفصل.

2 - الاتساق في التراث العربي:

عُنِي الباحثون في التماسك النّصي باستقصاء الإسهامات العربية في دراسة وسائل الاتساق والانسجام، على النّحو الذي ورد عند علماء اللغة والبلاغة والنقد الأدبيّ وعلوم القرآن. وقد تنوّعت دراساتهم لتلك الإسهامات ما بين الإشارات الموجزة والتفصيل في بعض الأحيان. ومع ذلك، فهذا الاهتمام لدى الباحثين المعاصرين يشير إلى عمق الإسهامات العربية، كما يشير إلى اختلاف الباحثين في تأويل ما قدّمه التراث العربي في هذا المجال.

فبداية من محمد خطابي الذي قدّم فصولاً موسعة من كتابه: لسانيات النّص لتتبع هذه الإسهامات العربية في مجالات البلاغة والنقد الأدبيّ وعلوم القرآن وتفسيره[13]، أصبح من السنّة المتبعة في هذه الدراسات الوقوف عند الإسهامات العربية في مجال دراسة التماسك النّصي. والملاحظ في هذه الدراسات أن كل باحث يجتهد في تأويل ما ورد في التراث العربي، فينسبه مرة إلى التماسك – وهذا هو الأغلب الأعم – ومرة إلى الاتساق أو الانسجام النّصيين.

والجدير هنا، الإشارة إلى واحدٍ كتمام حسان سبق الجميع – عرباً وغرباً – بحكم تقدمه العلمي وتخصصه في علوم اللغة، حيث سبقهم إلى الوقوف عند وسائل التماسك النّصي، وضرورته، منطلقاً من قضية أساسية من قضايا النّحو، هي الإسناد اللازم لتحقّق وجود الجملة[14].

وأياً تكن طرق العرض التي اتبعها أولئك الباحثون في عرض الإسهامات العربية في تناول التماسك النّصي، فقد وقفوا جميعاً عند عبد القاهر الجرجاني (ت 471هـ) ونظريته في النّظم، بوصفها الأساس الذي تقوم عليه عملية التراصف

الشكلي في بناء الجملة. وهذا التراصف أو الارتباط هو الذي يحقق التماسك النّصي منطلقاً من مناسبته للسياق من جهة، وقدرته على توليد المعاني الثواني في الجهة المقابلة[15].

كذلك، وقف أولئك الباحثون عند جهود حازم القرطاجني (ت 684هـ)، خاصة في تتبعه علاقات التماسك بين الفصول/ أجزاء القصيدة الشعرية، منوّهين بسبق القرطاجني في هذا المجال وإدراكه لأهمية تناسب أجزاء القصيدة بوصفها كائناً حياً، تتلاحم أجزاؤه ولا تقبل الانفصال[16].

وقد كان للسيوطي أيضاً مكانة خاصة في هذا العرض لدى الباحثين بسبب إدراكه علاقات التماسك بين السور، وتأكيده أن معنى الآية/ الآيات لا يُفهم بغير الرجوع إلى غيرها من الآيات الواردة في موضوعها نفسه، من باب التشاكل أو التشابه بين الأجزاء والفصول كذلك[17].

وسواء أكان عبد القاهر الجرجاني (ت 471هـ)، أو حازم القرطاجني (ت 684هـ)، أو جلال الدين السيوطي (ت 911هـ)، فإنهم جميعاً اعتمدوا على أدوات أساسية لبحث التماسك في النّص (القرآني) خاصة، ومن ذلك الحذف، والتكرير والضمائر وأدوات الإشارة. وهي جميعاً أدوات لغويّة تدخل ضمن البلاغة العربية، والتي تسهم في تحقيق تماسك النّص[18].

وخلاصة الأمر في ذلك أن البلاغيين العرب عنوا بهذا الأمر عناية كبيرة، «ويسجل الدكتور إبراهيم خليل ذلك بقوله: فالبلاغيون العرب اعتنوا بالكشف عن الترابط بين سلسلة الأقوال المؤلفة لفقرة أو مجموعة أجزاء من العمل الأدبي. ونجد هذا واضحاً فيما كتبه حازم القرطاجني (ت 684هـ) الذي سلّط الضوء على العلاقات الترابطية لأجزاء القصيدة»[19]. وهذا ما عناه محمد خطابي حين تتبّع آراء القرطاجني في تماسك الفصل/ الفصول، وكذلك آراءه في بدايات ونهايات تلك الفصول (التسويم والتحجيل)[20]، فقد رأى خطابي في تلك

الآراء إدراكاً مبكراً لدى القرطاجني ومن حذا حذوه من النقاد العرب لعمليات وظواهر التماسك في النّص (الأدبي).

ومن ثم، يتخذ خطابي من كلام القرطاجني في تماسك النّص الشعري نموذجاً للتدليل على رأيه في تميّز القرطاجني من بين النقاد القدماء في إدراك وترجمة مفهوم التماسك النّصي، وهو ما يلخصه كلامه في ختام هذا الجزء من كتابه؛ حيث يقول: «إن تناول القرطاجني المحيط بأجزاء القصيدة هو الذي جعلنا نعتبره أول ناقد عربي – فيما نعلم – يقدم وصفاً مفصلاً لكيفية تماسك النّص الشعري – القديم على الأقل – مهتماً ببداية القصيدة ونهايتها»[21].

وفى الإطار نفسه، لم يتخلف علماء القرآن وتفسيره عن علماء البلاغة في إظهار تماسك النّص (القرآني)؛ خاصة في بحثهم عن وجوه إعجازه. ويعد الزركشي (ت 794هـ) والسيوطي (ت 911هـ) من أبرز العلماء في هذا المجال؛ حيث انصب جهدهم على بيان وجوه الاتصال والمناسبة بين الآيات؛ ففي كتاب (البرهان في علوم القرآن) للزركشي، «مقتطفات تدل على قدم الاهتمام بهذا العلم. وتكشف الاستشهادات [الواردة به].. عن وعي متقدم بأن القرآن رغم تفاوت أوقات نزوله إلا أنه في النهاية يشكل نصّاً منسجماً ومترابط الأجزاء»[22]. ومن ذلك حديثه عن علاقة التناسب والاتصال بين خاتمة السورة وفاتحتها، كما في حديثه عن خاتمة وفاتحة سورة المؤمنون: «قال الزمخشري: وقد جعل الله فاتحة سورة المؤمنين (قَدْ أَفْلَحَ الْمُؤْمِنُونَ) وأورد في خاتمتها (إِنَّهُ لَا يُفْلِحُ الْكَافِرُونَ)، فشتان بين الفاتحة والخاتمة»[23]. وهو يعني بذلك وصف المؤمنين في بداية السورة بالفلاح، ووصف الكافرين في خاتمتها بضد ذلك؛ أي عدم الفلاح. وفي ذلك تناسب بين الفاتحة والخاتمة، يظهر معه إعجاز القرآن في تماسك آياته ورد بعضها على بعض.

وقد تناول السيوطي (ت 911هـ) مثل هذا التناسب بين الآيات، وأوضحه محمد خطابي بتفصيل في تناوله لجهود علماء القرآن[24]. وقد قال السيوطي عن

هذا: «وعلم المناسبة علم شريف قلّ اعتناء المفسرين به لدقته، ومِن مَن أُثر منه الإمام فخر الدين، وقال في تفسيره: أكثر لطائف القرآن مودعة في الترتيبات والروابط»[25].

إذن، فجهود علماء العربية في هذا المجال كبيرة وواسعة، وقديمة. والاتساق أو التماسك أو التناسب، أو أيّاً يكن المصطلح المستخدم في التعبير عن الظاهرة، شرط أساسي من شروط النّصية، وعلامة رئيسة من علاماتها. لكن، ما هو الاتساق؟ وما هي مظاهره وأدواته؟ هذا ما ينقل الفصل إلى الجزء الآتي من تأسيسه النظري، على النّحو الذي سوف أورده فيما يأتي.

3 – مفهوم الاتساق (Cohesion):

1.3 مفهوم الاتساق لغةً:

ورد في لسان العرب لابن منظور (ت 711هـ) حول مادة (وسق): «وقد وسق الليل واتّسق، وكل ما انضم فقد اتسق، والطريق يأتَسِقُ ويتسق أي ينضم؛ حكاه الكسائي، واتّسق القمر: استوى... قال الفراء: وما وسق أي ما جمع وضمّ، واتّساق القمر امتلاؤه واجتماعه واستواؤه ليلة ثلاث عشرة وأربع عشرة. وقال الفراء: إلى ست عشرة فيهن امتلاؤه واتساقه. وقال أبو عبيدة: وما وسق أي ما جمع من الجبال والبحار والأشجار كأنه جمعها بأن طلع عليها كلها. ووسقت الشيء: جمعته وحملته. والوسْق ضم الشيء إلى الشيء. وفي حديث أحد: استوسقوا كما يستوسق جرب الغنم؛ أي استجمعوا وانضموا»[26].

أما الفيروز آبادي (ت 817هـ)، فقد ذكر في القاموس المحيط ما يقترب من كلام ابن منظور في اللسان، قال: «وسقه يسقه: جمعه وحمله، ومنه (وَاللَّيْلِ وَمَا وَسَقَ)[27]. وطرده، ومنه الوسيقة وهي من الإبل كالرفقة من الناس، فإذا سرقت طردت معاً، والناقة حملت وأغلقت على الماء رحمها، فهي واسق، واستوسقت

الإبل: اجتمعت، واتسق انتظم، والميساق: الطائر يصفق بجناحيه إذا طار»[28].

كما جاء الاتساق في معجم (Oxford) بأنه «إلصاق الشيء بشيء آخر بالشكل الذي يشكلان وحدة مثل: اتّساق العائلة الواحدة، وتثبيت الذرات بعضها ببعض لتعطي كلاً واحداً...»[29]، ففي هذا المعجم يشير معنى الاتساق إلى شدة الالتصاق، وتثبيت أجزاء الشيء الواحد بعضها ببعض.

وهذا يعني أن معنى الاتساق في المعاجم العربية والمعجم الغربي يكاد يكون معناه واحداً، يشير إلى الضم والاجتماع، كما يشير إلى الجمع والحمل وكذلك الالتصاق. فهذه المعاني «تتقاطب مع سمات النّص من حيث كونه ضمّ جمل بعضها إلى بعض، حتى تشكل نصّاً يتصف بالاستواء والاكتمال»[30]. وهذا الاستواء في النّص لا يتحقق إلا إذا توفرت فيه مجموعة من الوسائل الاتساقية، فيحقق بذلك «درجة من التنسيق والتنظيم الداخلي الموجّه نحو غاية خاصة به»[31].

2.3 مفهوم الاتساق اصطلاحاً:

مفهوم الاتساق عند خطابي، فهو يراه جزءاً من كلٍ أكبر هو التماسك النّصي. ولذلك فالاتساق عنده هو: «ذلك التماسك الشديد بين الأجزاء المشكّلة لنصّ/ خطاب، ويُهتم فيه بالوسائل اللغويّة (الشكلية) التي تصل بين العناصر المكوّنة لجزء من خطاب أو خطاب برمّته»[32]. وكما يلحظ بعض الباحثين، فإن تعريف خطابي «يتم فيه ربط الأفكار في بنية النّص الظاهرة» [33].

فالاتساق «يستثمر بعض قواعد الجملة من أجل وصف عام لظاهر النّص، فيستقي من المستوى المعجميّ ما يتصل بالبنية المجردة للنصّ، ويأخذ من النّحو ما يتصل بما يفوق الجملة، ولا يغفل عن الدلالة بصفتها نتاجاً للمستويات الأخرى»[34].

وهذا يعني أن الترابط (Connectivity) يتحقق على مستوى الجملة وما يفوق الجملة عن طريق أدوات أو وسائل لغويّة معينة[35]، تهتم بالروابط التي «تجري على سطح النّص، أكثر من [اهتمامها] بالشكل الدلالي أو المعنوي للنصّ»[36].

وخلاصة ذلك كله أن مفهوم الاتساق يشير إلى الروابط اللغويّة/ الشكلية التي تتحرك على سطح النّص، سواء استخدم الباحثون مصطلح الاتساق على نحو مباشر، أو استخدموا مصطلح التماسك بوصفه مصطلحاً أعم في دلالته، ويشمل الاتساق والانسجام، مع التفريق بينهما في اختصاص الاتساق بالجانب الشكلي، واختصاص الانسجام بالجانب الدلالي، على نحو ما فعل إبراهيم الفقي في حديثه عن التماسك النّصي: «أما على مستوى النّص، فقد قسمت مستويات التحليل النّصي إلى:

1 – الدلالي (المعاني) the semantics (meaning)، 2 – المعجمي/ النّحوي المعجمي (الأشكال) the lexiciogrammatical (forms)، 3 – الصوتي the phonological»[37].

ثم يعقب الفقي على هذا التقسيم بأنه سيتعامل مع مستويات المعجم والدلالة والنّحو، ولن يتعامل مع المستوى الصوتي؛ لكونه يتعامل مع ظواهر النبر والتنغيم – وهي ظواهر تتعلق بالقارئ نفسه – وهو هنا في مجال التطبيق على سور من القرآن الكريم، ومن هنا يصعب ضبط دلالة الجانب الصوتي[38].

لكن أهم ما ذكره الفقي في هذا الجانب هو تأكيده أن قضايا الإحالة أو المرجعية والتماسك – وهذه بالضبط مجال عمل الاتساق – تتحرك في ضوء مستويات المعجم والدلالة والنّحو، «فالكلمة تتضام مع أخرى لتنتج الجملة، وكذا الجملة ترتبط بجملة أخرى ليتولد النّص. وكل من الكلمة والجملة والنّص يحمل دلالة»[39]. وهنا تبرز فكرة التضام أو السبك بوصفهما مصطلحين بديلين

شاعا لدى الباحثين في التعبير عن الترابط أو التماسك النّصي في ضوء مفهوم الاتساق.

أما السبك فهو ترجمة تمام حسان للمصطلح الانجليزي: cohesion، في حين ترجمت إلهام أبو غزالة وعلي خليل أحمد المصطلح نفسه إلى التضام، وعبد القادر قنيني إلى الالتئام، وهو نفسه الذي ترجمه محمد خطابي إلى الاتساق، وجميع هذه الترجمات «تفيد المعنى نفسه، أي دراسة النّص في المستوى الشكلي»[40].

وهذه الدراسة للنصّ في مستواه الشكلي مبنية على أن السبك في معناه هو: «تعلق كلمات البيت بعضها ببعض من أوله إلى آخره»[41]. والأصل في ذلك أن السبك لدى أصحاب اللسانيات الحديثة يقصد به الربط بين أجزاء النّص[42]. وقد أشار الجاحظ إلى هذا المعنى (ت 255هـ) في البيان والتبيين، حيث قال: «متلاحم الأجزاء، سهل المخارج، فتعلم بذلك أنه قد أُفرغ إفراغاً وسبك سبكاً واحداً»[43]. أما أسامة بن منقذ فقد قال فيه: «خير الكلام المحبوك المسبوك الذي يأخذ بعضه برقاب بعض»[44].

وتلزم هنا الإشارة إلى لفظ (الحبك) الذي ورد في كلام ابن منقذ، فهو أيضاً من ترجمات المصطلح الإنجليزي: coherence، وهو يقابل الانسجام في ترجمة المصطلح نفسه، «وكلاهما يفيدان دراسة النّص في المستوى الدلالي»[45]. والحق أن اقتران السبك والحبك، أو الاتساق والانسجام، هو من المسلمات التي أصبحت معروفة لدى دارسي التماسك النّصي، ذلك أن المصطلحين يشيران إلى جانبي النّص: الشكلي والدلالي، ولا غنى للدارس عن بحث أحدهما دون بحث الآخر. وقد أشرت إلى هذه العلاقة في بداية هذا الفصل، وسوف أعود إليها مرة أخرى عند الحديث عن الانسجام في بداية الباب الثالث من هذه الدراسة.

وخلاصة الأمر في ذلك، أن الاتساق أو السبك أو التضام، كلها تشير إلى دراسة المستوى الشكلي في النّص، وهذا المستوى يتحقق عن طريق أدوات بعينها، وقف عندها الدارسون، وعرضوها على أنحاء مختلفة، ما بين التفصيل

والإجمال، وما بين الإيجاز الذي يكتفي بتعيين أشهر هذه الأدوات، والتفصيل الذي يؤسس لها عن طريق العودة إلى أصولها في التراث العربي، خاصة البلاغة العربية التي قدّمت في هذا الشأن ذخيرة وافية. وهذا ينقل البحث إلى الحديث عن هذه الأدوات، تمهيداً لعمليات التطبيق في المباحث الآتية من هذا الباب.

4 - أدوات الاتساق وظواهره:

اتفق الباحثون في اللسانيات النّصية على أن ثمة نموذجين أساسيين لبحث أدوات الاتساق، الأول هو نموذج هاليداي (Haliday) ورقية حسن (R.Hassan)، والثاني نموذج روبرت دي بوجراند (R.DeBeaugrande)، غير أن نموذج هاليداي (Haliday) ورقية حسن (R.Hassan) هو الأشهر بين الباحثين، لوضوح عناصره وتحديد مفاهيمها[46]. وهو يشمل: الإحالة، والاستبدال، والحذف، والوصل، والاتساق المعجمي[47].

وقد شرح محمد خطابي هذا النموذج تفصيلياً كونه اعتمده في بحثه النّصي، فبيّن أن الإحالة تنقسم إلى: إحالة مقاميّة، وتعني الإحالة إلى خارج النّص، وإحالة نصّية، وتعني الإحالة إلى داخل النّص. وهذه بدورها تنقسم إلى إحالة قبلية وإحالة بعدية. والإحالة بوجه عام تتم باستخدام الضمائر وأسماء الإشارة وأدوات المقارنة[48].

أما الاستبدال، فهو عملية تتم في النّص؛ حيث يتم تعويض عنصر في النّص بعنصر آخر[49]. وهو ينقسم إلى استبدال اسمي واستبدال فعلي، واستبدال قولي[50]. أما الحذف فهو يشبه الاستبدال من حيث تعويض عنصر بعنصر آخر، لكنه يتم على مستوى العلاقة بين الجمل، لا مستوى الجملة الواحدة. وهو ينقسم أيضاً إلى حذف اسمي وحذف فعلي وحذف داخل شبه الجملة[51]. أما الوصل، فهو ينقسم إلى وصل إضافي وعكسي وسببي وزمني[52]. وأخيراً، فإن الاتساق المعجمي في هذا النموذج يعني العلاقة المباشرة بين الألفاظ، عن

طريق مظهرين أساسيين، هما التكرير والتضام. والأخير يعني العلاقة اللغويّة بين أزواج الألفاظ التي ترد عادة من باب المناسبة[53].

أما نموذج روبرت دي بوجراند (R.DeBeaugrande) فهو نموذج يقترب كثيراً من نموذج هاليداي (Haliday) ورقية حسن (R.Hassan)، لكنه يتميز بكونه «أسبغ على آليات الاتساق بعداً دلالياً وآخر تداولياً»[54]. ويشمل هذا النموذج التّكرار، واتحاد المرجع، والحذف، والتعريف، والإحالة، والربط[55].

ومن اليسير هنا أن يلاحظ الباحث اتفاق النموذجين في بعض العناصر الرئيسة التي تتمثل في (الإحالة والحذف والتّكرار). غير أن بقية العناصر (اتحاد المرجع والتعريف والربط) يعوزها الإيضاح الكافي للمقصود بها، ولعل هذا سبب عدم شهرتها وعدم اعتماد الباحثين عليها في بحث الاتساق.

ومن اليسير أن يلاحظ الباحث أن عدداً بارزاً من الباحثين عند التطبيق، لم يلتزم بنموذج هاليداي (Haliday) ورقية حسن (R.Hassan)، ولا التزموا كذلك بنموذج روبرت دي بوجراند (R.DeBeaugrande)، وإنما استفادوا من المبادئ الأساسية التي قدمها كلٌ من النموذجين؛ إضافة إلى نماذج أخرى أقل شهرة.

هذا إضافة إلى تأثر هؤلاء الباحثين بتراث البلاغة العربية على وجه الخصوص، لما وجدوا فيه من الأدوات ما يغنيهم ويكفيهم عن تأويل دلالات المصطلح الغربي، ولذلك، فإن الباحث حين يتأمل في التطبيقات التي قدمها كل من محمد خطابي والأزهَر الزنّاد وصبحي إبراهيم الفقي فإنه لا بد أن يلاحظ أن هؤلاء الباحثين – وهم الأشهر بين الباحثين العرب في مجال تطبيق مبادئ اللسانيات النّصية على نماذج مختلفة – توسعوا في تطبيقاتهم لتشمل عناصر البلاغة العربية، أي إنهم اعتمدوا على مفاهيم وظواهر البلاغة العربية بتقسيماتها المعروفة؛ إضافة إلى مفاهيم بناء الجملة في النّحو العربي، وصنعوا من ذلك كلاً متكاملاً؛ يبحثون عن طريقه مبادئ النّصية في تطبيقاتهم المختلفة.

وهذا واضح مثلاً لدى خطابي في كتابه لسانيات النّص، حيث اعتمد التقسيم

المنهجي لتطبيقه في دراسة مظاهر النّصية عن طريق مستويات أربعة: المستوى النّحوي المعجمي، والمستوى الدلالي، والمستوى التداولي، وأخيراً المستوى البلاغي الاستعاري[56].

أما الأزهَر الزنّاد، فقد قسم تطبيقه إلى ثلاثة أقسام: نحو الروابط التركيبية، ونحو الروابط الزمنية، وأخيراً الروابط الإحالية. وهذا يشمل الكتاب كله في حقيقة الأمر، مع ملاحظة أن الزنّاد لم يقدم لتطبيقه بأي لمحات خاصة بمفاهيمه النظرية، باستثناء إشارات عابرة في بداية كل قسم، حيث قسم تطبيقه إلى قسمين: الفصل الأول يشمل القسم النظري، ولا يزيد في عدد صفحاته على عدد أصابع اليد الواحدة، لينتقل مباشرة إلى الفصل الثاني من تطبيقه دون أن يوضح أسس تصنيفه؛ مكتفياً في بعض الأحيان بإحالات إلى محمد خطابي وغيره من الباحثين، كأنه اكتفى بما قدمه أولئك من تنظير في كتبهم المتعلقة بالموضوع[57].

وقد أفاد كلاهما من التراثين البلاغي والنقدي في التعامل مع ظواهر التماسك؛ إضافة إلى ما قدمه علماء التفسير في الجانب المتعلق بتماسك النّص القرآني. وهو ما يجعلنا نلتفت إلى أمرين بالغي الأهمية: الأول – أن مقولات اللسانيات النّصية فيما يتعلق بدراسة التماسك ليست نهائية، وليست جامدة، وكل باحث يكيّف هذه المقولات بما يلائم اللغة والنّص الذي يتعامل معه تطبيقياً. الثاني – أن البلاغة العربية تمثّل معيناً لا ينضب فيما يتعلّق بالأدوات التطبيقية التي يمكن استخدامها في دراسة التماسك النّصي.

وما يحدد هذه الأدوات ومدى ملاءمتها هو حسّ الباحث نفسه في ضوء طبيعة النّص الذي يقيم عليه تطبيقه الفعلي. ومن ثم، فإن على الباحث أن يجتهد في إعمال هذه الأدوات (البلاغية) بما يتوافق مع مقولات اللسانيات النّصية في التطبيق على النّص (الشعري)، وهو ما سوف أقدمه في المباحث الآتية؛ مفيداً من كل الجهود السابقة في هذا المجال، ومحاولاً – قدر الإمكان – تطوير نظرة خاصة لكيفية التطبيق، بما يلائم حقيقة التماسك في النّص الشعري.

الفصل الثاني:

وسائل الاتساق التركيبي
في الشعر الإماراتي الحديث

أولاً: الإحالة (Reference):

يشير معنى الإحالة في المعجم إلى العدول، وإلى التحوّل من مكان إلى مكان، أو من حالة إلى حالة؛ بمعنى التغيّر، كما يشير معناها كذلك إلى الفصل بين عنصرين مترابطين. جاء في لسان العرب لابن منظور (ت 711هـ): «المحال من الكلام ما عُدِل به عن وجهه، وحوّله جعله محالاً، وأحال أتى بمحال، ورجل محوال: كثير محال الكلام... ويُقال أحلت الكلام أحيله إحالة إذا أفسدته، وروى ابن شميل عن الخليل بن أحمد أنه قال: المحال: الكلام لغير شيء... والحوال: كل شيء أحال بين اثنين... حال الرجل يحول: تحوّل من موضع إلى موضع»[58].

هذا عن المفهوم اللغوي للإحالة، وكما يلاحظ أحد الباحثين فيه فإنه «يمكن لنا أن نذهب بعيداً ونحن نتحدث عن مفهوم الإحالة، ذلك أن معناها قد تغيّر بدءاً من دخول المصطلح إلى ميدان لسانيات النّص، فالمفهوم التقليدي لها هو تلك العلاقة الموجودة بين الأسماء ومسمياتها، ألست حين تقول: (شجرة) قد أحلت المخاطَب إلى شيء ينمو على الأرض؛ له أوراق وجذع وأغصان؟... والظاهر أن هذا المفهوم الذي ذهب إليه كثير من الباحثين، إذ يقول جون لاينز (John Lyons) في سياق حديثه عن المفهوم الدلالي التقليدي للإحالة: (إن العلاقة القائمة بين الأسماء والمسميات هي علاقة إحالة، فالأسماء تحيل إلى المسميات)»[59].

وكما يلاحظ الباحثون في هذا الشأن، ونقلاً عن هاليداي (Haliday) ورقية حسن (R.Hassan) فإن كل لغة طبيعية تتوفر على عناصر تملك خاصية الإحالة[60]. وتتميز هذه العناصر من حيث الطبيعة بكونها: «لا تكتفي بنفسها من

حيث التأويل؛ إذ لا بد من العودة إلى ما تشير إليه من أجل تأويلها»[61]. فالعلاقة بين العناصر المحيلة والعناصر المحال إليها هي «علاقة دلالية، ومن ثم لا تخضع لقيود نحوية، إلا أنها تخضع لقيد دلالي وهو وجوب تطابق الخصائص الدلاليّة بين العنصر المحيل والعنصر المحال إليه»[62].

وعلى هذا يتأسس التعريف الاصطلاحي للإحالة، فهو يدور حول أمرين أساسيين: الأول: وجود علاقة دلالية بين عنصرين؛ محيل ومحال إليه، والثاني: عدم قدرة العناصر المحيلة على الاكتفاء بنفسها؛ فهي بحاجة دائمة إلى العناصر المحال إليها ليتم فهم معناها وتأويل دلالتها. وعلى ذلك، فإن الإحالة: «وجود عناصر لغويّة لا تكتفي بذاتها من حيث التأويل، وإنما تحيل إلى عنصر آخر، لذا تسمى عناصر محيلة، مثل الضمائر وأسماء الإشارة والأسماء الموصولة.. إلخ»[63].

وهذا نفسه تعريف روبرت دي بوجراند (R.DeBeaugrande)، مع اختلاف العبارة من حيث الصياغة، حيث يقول في تعريفها: «العلاقة بين العبارات من جهة وبين الأشياء والمواقف في العالم الخارجي الذي تشير إليه العبارات»[64]. ويتميز تعريف روبرت دي بوجراند (R.DeBeaugrande) بكونه يبرز العلاقة الخارجية بين الأسماء ومسمياتها، إذ تتأسس هذه العلاقة على تحديد عنصر لغوي من جهة، ومُشار إليه في العالم الخارجي من الجهة المقابلة.

وعلى ذلك، يحدد الأزهَر الزنّاد العناصر الإحالية بكونها «قسم من الألفاظ لا تملك دلالة مستقلة، بل تعود على عنصر أو عناصر أخرى مذكورة في أجزاء أخرى من الخطاب، فشرط وجودها قائم على النّص، كما أنها تقوم على مبدأ التماثل بين ما سبق ذكره في مقام، وبين ما هو مذكور بعد ذلك في مقام آخر»[65]. وتشمل هذه العناصر بحسب تصنيف هاليداي (Haliday) ورقية حسن (R.Hassan): الضمائر وأسماء الإشارة وأدوات المقارنة[66]، والتي تنقسم إلى: إحالة مقاميّة وإحالة نصّية، والإحالة النّصية (Endophoric reference): تتفرّع إلى إحالة قبلية وإحالة بعدية[67].

أما الإحالة المقاميّة فهي إحالة خارجية؛ أي خارج النّص، «وتتوقف على معرفة سياق الحال أو الأحداث والمواقف التي تحيط بالنّص حتى يمكن معرفة المحال إليه من بين الأشياء والملابسات المحيطة بالنّص»(68). في حين أن الإحالة النّصية هي إحالة داخلية؛ أي في النّص، حيث «تشير إلى تعلّق عنصر نصّي بعنصر سابق عليه أو لاحق به، وتتفرّع إلى فرعين: إحالة قبلية.. أو إحالة بالعودة كما تسمّى، فهي تعود أو تحيل على ما ذُكر سابقاً في الخطاب، وهي أكثر الأنواع وروداً في الكلام..[والنوع الثاني] إحالة بعدية،.. تعود على عنصر إشاري مذكور بعدها، ولاحق عليها»(69).

وهذا الوصف للإحالة بقسميها هو الوصف الشائع لدى الباحثين؛ لا يكاد يشذ واحد منهم عن ذلك، باستثناء الصياغة التي تتراوح بين الوضوح وعدم الوضوح، أو الإسهاب والاقتضاب.

وتعود أهمية الإحالة في ذلك إلى «قدرتها على صنع جسور للتواصل بين أجزاء النّص، والربط بينها ربطاً يجعل البنية التركيبية متسقة مسبوكة»(70)، فضلاً عن وظيفتها في الإيجاز البلاغي تحقيقاً للاقتصاد في الكلام، وعزوفاً عن التّكرار(71). وإجمالاً، فإن هاليداي (Haliday) ورقية حسن (R.Hassan) يذهبان في تحديد أهمية الإحالة إلى كون الإحالة المقاميّة تسهم في خلق النّص؛ بمعنى ربطه بالسياق العام المحيط بالنّص – سياق المقام – بينما تقوم الإحالة النّصية بوظيفة أساسيّة وفعّالة في اتّساق النّص تركيبياً(72).

لكن يبقى السؤال بعد ذلك: كيف يمكن أن نتتبّع وظيفة الإحالات بأنواعها في سياق نصّ شعري؟ وهل يكفي أن يشير الباحث إلى وجود هذه الأنواع في النّص موضوع التطبيق البحثي؛ مؤكداً أن مجرد وجودها عمل على تحقيق التماسك النّصي؟

إذا كان الأمر كذلك، فلا أيسر من الإتيان بالشواهد الدالة على وجود الأنواع المختلفة من الإحالات في هذا النّص أو ذاك؛ إذ إن وجودها متحقق في كل

الأحـوال، ولا يُتصوّر أن نصّاً ما من النّصوص يمكن أن تُطلق عليه صفة النّصية بغير حضورها في النّص. ومن هنا، فإن التعامل مع أنواع الإحالات وأحوالها في النّص الأدبي وخاصة الشعري، يحتاج إلى تناول خاص؛ يبرز كيفيّة حضورها ووظيفتها الفعليّة في تحقيق التماسك النّصي.

ومن هنا، فسوف أعمل في تتبّعي لظواهر الإحالة على تحليل فاعلياتها التركيبية والدلاليّة في ضوء منهج الدراسات اللسانية النّصية؛ منطلقة من التشكيلات التركيبية التي تصنعها تلك الظواهر في النّصوص الشعريّة المختلفة.

- ظواهر الإحالة في النّص الشعري الإماراتي الحديث:

- وسائل الإحالة وتجلياتها في النصّ الشعري - ملاحظات مبدئية:

تناول هاليداي (Haliday) ورقية حسن (R.Hassan) وسائل الإحالة، من حيث كونها تتحقّق بثلاث صور: الضمائر، أسماء الإشارة، وأدوات المقارنة، ودون الإشارة إلى طبيعتها اللغوية، من حيث اختلافها في اللغة العربية عن اللغة الأجنبية.

وتحديداً، فإن أسماء الإشارة التي ينقلها الباحثون عن هاليداي (Haliday) ورقية حسن (R.Hassan)، تضم ظروف الزمان وظروف المكان. وهذه الظروف في اللغة العربية لا تُعد من أسماء الإشارة، وإنما هي أسماء مخصّصة لتعيين الزمان والمكان، وهي بطبيعتها تشير إلى ما بعدها داخل النصّ، وإلى الزمان والمكان خارج النصّ[(73)].

ومن هنا تختلف هذه الظروف وطبيعتها في اللغة العربية عن مثيلها الأجنبي، فالباحثون ينقلون عن هاليداي (Haliday) ورقية حسن (R.Hassan) أن هذه الظروف تقوم بدور الإحالة القبلية (النصّية)، حيث تربط ما بعدها بما قبلها[(74)]، بينما هي في اللغة العربية أقرب إلى أن تشير إلى ما بعدها؛ خاصة أنها تقوم

بدور مزدوج للإحالة، نصي في إشارتها إلى ما بعدها بتعيين زمانه أو مكانه، ومقامي في إشارتها إلى خارج النصّ زماناً أو مكاناً.

ويشارك الظروف في هذه الطبيعة الخاصة للإحالة البعدية أسماء الإشارة المخصصة للإشارة في اللغة العربية (هذا، هذه، هذان...) فهذه الأسماء تشير إلى ما بعدها لا إلى ما قبلها، ومن هنا، فإحالتها بعدية لا قبلية، على خلاف ما ينقله الباحثون عن هاليداي (Haliday) ورقية حسن (R.Hassan) اللذين أجريا دراستهما على لغة أجنبية؛ تختلف في طبيعتها عن اللغة العربية.

من ناحية أخرى، ينقل الباحثون عن هاليداي (Haliday) ورقية حسن (R.Hassan) أيضاً، أن الضمائر (أنا، أنت، هو، هي..) تنقسم إلى وجودية وملكية، وهي تنقسم أيضاً إلى أدوار الكلام... وأدوار أخرى. وضمائر الغيبة في الأدوار الأخرى تقوم بدور الإحالة؛ قبلية وبعدية، دون شروط، بينما ضمائر المتكلم والمخاطب (أنا، أنتَ، أنتِ) لا تقوم بهذا الدور إلا إذا كانت تحيل إلى (خطاب) كلّي أو جزئي، ولا تتحقّق لها هذه الإحالة إلا في الخطاب السردي غالباً، وهو الذي يمنح ضمائر المتكلم أو المخاطب إمكانية الإحالة القبلية[(75)].

غير أن النماذج الفعلية للشعر (الإماراتي) تطرح أمراً مختلفاً؛ حيث تقوم ضمائر المتكلم والمخاطب معاً، بدور أساسي في الإحالتين، القبلية والبعدية. وربما يرجع سبب هذا الاختلاف أيضاً إلى اختلاف طبيعة التركيب الدلالي في اللغة العربية عن مثيله في اللغات الأجنبية.

من ناحية أخرى كذلك، فإن صيغ المقارنة التي تُعد الوسيلة الثالثة من وسائل الإحالة لدى هاليداي (Haliday) ورقية حسن (R.Hassan)، تنقسم إلى عامة يتفرع منها: التطابق، والتشابه، والاختلاف، وإلى خاصة تتفرع إلى كمية، وكيفية، أما من منظور الاتساق فهي لا تختلف عن الضمائر وأسماء الإشارة في كونها نصية، وتقوم بوظيفة اتساقية[(76)]. ولكنها خلاف ذلك تقوم بدور مزدوج

للإحالة؛ لا مجرد إحالة قبلية على ما ينقل ذلك الباحثون عن هاليداي (Haliday) ورقية حسن (R.Hassan).

وسوف يظهر عند التحليل أيضاً، أن كل ظواهر الإحالة تقترن ببعضها بعضاً اقتراناً يصعب معه فصل إحداها عن الأخرى عند التحليل، ومن ثم فسأعتمد على تحليلها في صورة ظواهر كلية؛ يمكن معها الإشارة إلى ارتباطها، وإلى دور كل واحدة منها على حدة في الوقت نفسه. وهو ما سأبدأه بالوقوف عند ما أسميه (شبكة الإحالة النصّية)؛ إذ يظهر من خلالها هذا الارتباط الوثيق بين ظواهر الإحالة، كما يظهر أيضاً من خلالها الوظائف المتعددة التي يقوم بها كل واحد منها على حدة.

1 – شبكة الإحالة النّصية:

الإحالة النّصية هي شبكة من العلاقات الدلاليّة؛ تصنعها العلاقات المتوالية للضمائر؛ إضافة إلى أدوات الإحالة الأخرى من أسماء الإشارة وأدوات المقارنة، ولا بد من الكشف عن فاعلية الضمائر وأسماء الإشارة وأدوات المقارنة في صنع التماسك النّصي عن طريق ظواهر إحالتها المختلفة. وبطبيعة الحال تختلف حدود هذه الظواهر باختلاف القصائد وباختلاف الشعراء؛ تبعاً لأسلوب كل شاعر على حدة، وهذا ما سوف أحاول بيانه عن طريق التطبيقات الآتية.

1.1 الإحالة بالضمائر:

1.1.1 الإحالة بضمير الغائب:

إذا تأملنا طريقة توزيع الضمائر وعلاقاتها في النّص الشعري، فسوف نلاحظ أنها تصنع شبكة من العلاقات التي ترسم أفق النّص الشعري. وهذا ما يبيّنه النموذج الآتي من قصيدة (سيرة طريق)، للشاعرة: مريم جمعة عبد الله، من ديوانها (مبهورة بضوء)، حيث تقول[77]:

1»

الطريق الذي توارى خلف حرقة الشجون

احترته النوافذ

ووهبت له ستائر العزلة

حين تداعت مسافاته وَهَناً

سكنته رهبة الريح

صار يحتضن أزهار خطوات غاربة

وضباب حزنه – باتساع نبضه – يمتدّ

2

تبعثر حلم وصوله

وتفاصيل العابرين التي اضمحلّت أخذت معها شغف رؤاه

تدارى بعيداً

وحيداً

وأطرافه تقرض رمل عمره

3

بعد أن تشظّى قلبه بين جبل وسماء وغيم

حاول أن يرسم خريطته بفاجعة فَقْد

مرتبكة اتجاهاته

مشوَّشة ذاكرته

سرابُه المُـوَرَّق ممعنٌ في أمنية صغيرة

كم تمنّى

لو

خلع

ثوب

غوايتهِ!

مسكينٌ ذلك الطريق

ضيّع بوصلته».

وإذا تأملنا القصيدة، سنلاحظ أنها مبنية على مقاطع، وكل مقطع منها يكوّن مشهداً من سيرة الطريق الذي تتحدث عنه الشاعرة. وهذه السيرة بدأت بذكر الطريق نفسه في صدارة المقاطع كلها باعتباره المبتدأ المتحدّث عنه؛ أي إنه يمثّل مرتكز الخطاب في النّص كله. من هنا كان من الطبيعي أن ترتدّ إليه كل الضمائر التي تتعلّق به، كما نقلت القصيدة سيرة الطريق إلى عناصر أخرى ذات تأثير في حياته:

بداية من النوافذ، ثم الريح، فالأزهار، وضباب الحزن، فحلم الوصول، وتفاصيل العابرين، وأطراف الطريق نفسه، ثم قلبه، فجبل وسماء، وخريطة الطريق المرتبكة، فسرابه، ثم غوايته التي يتمنى التخلّص منها، وأخيراً بوصلته التي ضاعت مع تحسّر الذّات الشاعرة على ضياع تلك البوصلة.

وهذه العناصر كلها موزّعة على المقاطع الثلاثة التي تكوّن القصيدة، وكل عنصر منها يقترن بضمير يخصّه. لكنها جميعاً ترسم سيرة ذلك الطريق

المجهول. ومن هنا فإن علاقاتها جميعاً تمثّل جزءاً من ضمير التأسيس في بداية القصيدة، ضمير الطريق المتحدّث عنه. ومن هنا فهذا الضمير التأسيسي يمثّل إحالة بعدية على القصيدة كلها بما فيها من عناصر مختلفة.

ضمير التأسيس المحيل	المحال إليه	نوع الإحالة	الضمائر المحيلة (التابعة لضمير التأسيس)	المحال إليه كلمة ضمير التأسيس	نوع الإحالة
الطريق	كل الضمائر التابعة لضمير التأسيس	بعدية	احترته ووهبت له مسافاته سكنته حزنه نبضه وصوله أطرافه عمره قلبه خريطته اتجاهاته ذاكرته سرابه بوصلته	الطريق	قبلية

ومن هنا، فقد كان من الطبيعي أيضاً أن ترتبط هذه العناصر بضميرها التأسيسي في صورة إحالة قبلية لتمثّل هاتان الإحالتان: التأسيسية البعدية، والقبلية، إطاراً عاماً للتماسك النّصي من جهة الاتساق. وهذا التماسك لا يقتصر على الجانب التركيبي الداخلي – الإحالة النّصية – فحسب، بل يتجاوزه إلى الإحالة الخارجيّة (Exophora reference) – المقاميّة (Situationality) – من جهة إحالة العناصر المذكورة، إضافة إلى العنوان (سيرة طريق)، على ما تصوّره هذه العناصر، من مشاهد حركية وبصرية وأحداث واقعية خارج النّص الشعري، وهي المشاهد التي تصنع صورة الطريق في النّص الشعري.

وفكرة وجود ضمير تأسيسي واحدة من أبرز الظواهر التي يكشف عنها الشعر الإماراتي الحديث، وأهميتها تعود إلى كشفها عن الطريقة التي تتماسك بها هذه القصائد، باستخدام الضمائر.

ومن هنا، يمكن القول: إن هذا الضمير التأسيسي يعمل في صورة خط رأسي ممتد من أول القصيدة إلى آخرها، ويتفرّع عنه أمام كل سطر شعري – أو بيت شعري في النماذج العمودية – خطوط أفقية ترتبط بالعناصر التي تظهر على مستوى هذه الأسطر. وما يؤكد أهميّة هذا الضمير التأسيسي، كونه ثابتاً في مركزه، يشدّ إليه كل العناصر الصغرى في مرجعياتها الدلاليّة المختلفة.

وإجمالاً، يمكن أن نمثّل لهذا الضمير التأسيسي وعلاقاته بالعناصر الصغرى في القصيدة بالشكل الآتي، وهو مجرد شكل تخطيطي، يقرّب الفكرة التي تطرحها ظاهرة التأسيس في ضمائر القصيدة/ القصائد:

وعلى نحو أكثر دقة، حين نلاحظ العلاقات التركيبية في المقطع الأول من القصيدة، فسوف نلاحظ أن:

الطريق الذي توارى خلف حرقة الشجون، يؤسس وجوده الإحالي بداية من الاسم الموصول (الذي) والذي يعمل بوصفه أداة من أدوات الإحالة، يتبعه مباشرة الضمير المقدّر (هو) من الفعل (توارى). وكلاهما: الاسم الموصول والضمير المقدر يقومان بوظيفة الإحالة القبلية (Anaphora Reference) التي تعود إلى الطريق. ثم يستمر المقطع في تأسيس وجود الطريق عن طريق ذكر المكان (ظرف المكان خلف) وهو أيضاً من أدوات الإحالة التي اتفق الباحثون

على أنها تقوم بدور الإحالة القبلية، وتعود هنا إلى الطريق أيضاً، لكنها كما ذكرت في الملاحظات المبدئية قبل قليل، تقوم بالإحالة البعدية (Cataphora Reference) والمقاميّة (Situationality) معاً، بإحالتها لحرقة الشجون في النّص وخارجه.

وهذه الإحالة المزدوجة المقاميّة والنّصية البعدية ضروريّة في ربط سياق النّص بما يلي حرقة الشجون؛ أي النوافذ وستائر العزلة، فكلتاهما تحمل ضميراً غائباً يعود على الطريق (احترته النوافذ، ووهبت له ستائر العزلة). ثم يأتي ظرف (Adverb) آخر من ظروف الزمان (حين)، ليتصدّر سطراً شعرياً آخراً، حيث يصح أن نحمله على التعلّق بما قبله، أي بمنح ستائر العزلة للطريق، مقروناً في الوقت نفسه بتداعي المسافات المقرونة به أيضاً. أو يكون متعلّقاً بما بعده (سكنته رهبة الريح) التي تعود بالضمير المقترن بها على الطريق أيضاً. وهكذا يصبح ظرف الزمان رابطاً مزدوجاً بين ما قبله وما بعده، محيلاً إحالة بعدية وقبلية في آن واحد.

وكما يمكن أن نلاحظ فإن الضمير الغائب المتصل (الهاء) في (سكنته – حزنه – نبضه) يجعل من علاقة الإحالة بين الضمائر الصغرى في الأسطر الشعرية وضمير التأسيس علاقة طبيعية ومتوقعة؛ بما يجعل التماسك النّصي أكثر وضوحاً. وعلى سبيل التمثيل؛ فإن المقطع الثاني من القصيدة السابقة تظهر فيه ضمائر الغائب المستترة على النّحو الآتي:

تبعثر حلم وصوله

وتفاصيل العابرين التي اضمحلّت [هي]، أخذت [هي] معها شغف رؤاه

تدارى [هو] بعيداً [هو]

وحيداً [هو]

وأطرافه [هو] تقرض [هي] رمل عمره.

ومن اليسير أن نلاحظ أن الضمير [هو] الذي يعود / يحيل إلى الضمير التأسيسي في صدارة القصيدة (سيرة الطريق) يحظى بكثافة حضورية بلغت أربع مرات، وكل هذه الضمائر الخاصة بالطريق تعود إليه بشكل مباشر في إحالة قبلية واضحة. أما الضمائر الأخرى [هي] فقد ظهرت في المقطع ثلاث مرات؛ فكانت إحالتها الجزئية في السطر الشعري إحالة قبلية، ويمثل الجدول الآتي ظواهر الإحالة للضمير المستتر كالآتي:

الجملة	الضمير	نوعه	المحال إليه	نوع الإحالة
وتفاصيل العابرين التي اضمحلّت [هي]، أخذت [هي] معها شغف رؤاه	هي	غائب	تفاصيل العابرين	إحالة قبلية
	هي	غائب	تفاصيل العابرين	إحالة قبلية
تدارى [هو] بعيداً [هو]	هو	غائب	الطريق	إحالة قبلية
	هو	غائب	الطريق	إحالة قبلية
وحيداً [هو]	هو	غائب	الطريق	إحالة قبلية
وأطرافه [هو] تقرض [هي] رمل عمره	هو	غائب	الطريق	إحالة قبلية
	هي	غائب	أطرافه	إحالة قبلية

والخلاصة في ذلك، أن الإحالات التي تكشف عنها هذه القصيدة كلها تقريباً من نوع الإحالة القبلية النّصية، لكنها جميعاً تقترن بضمير تأسيسي في صدارتها يحيل إليها إحالة بعدية باعتبارها تفسيراً له. كما أنها تتضمن إحالة مقاميّة لكل العناصر التي تدخل في تكوين هذا المشهد، وهذا ما يجعل شبكة الضمائر في القصيدة تبدأ من نقطة مركزية في أعلى صدارتها، ومن تحتها تتفرّع شبكة من الضمائر المرتبطة بها، على هذا النّحو التقريبي الذي يمثّله شكل المخطط الآتي:

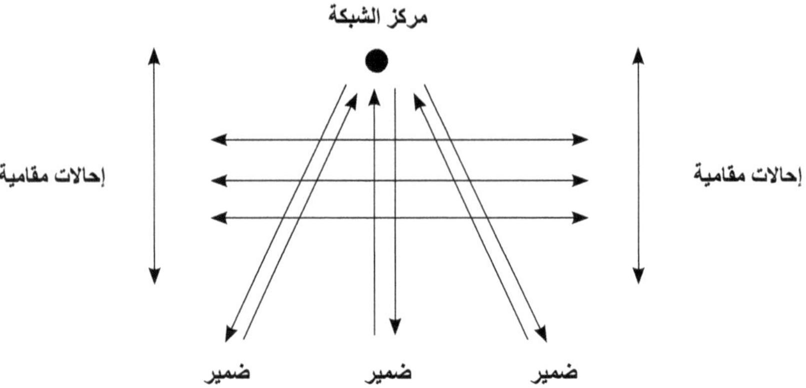

والشكل الصاعد والنازل للأسهم هو ببساطة يعبّر عن التبادل بين ضمير التأسيس المركزي في صدارة القصيدة، والضمائر الأخرى التي تقترن به بالإحالة القبلية. أما الخطوط العرضية التي تقطع هذه الأسهم فهي تعبّر عن الإحالات المقاميّة المختلفة التي تربط هذه الضمائر بما هو خارج النّص. وهذه الإحالات المقاميّة بطبيعة الحال؛ ترتبط بخط صاعد ونازل في المخطط على جانبيّ الشبكة النّصية؛ يعبر عن الاتصال بين الأحداث الخارجية وما تنعكس عليه من إحالات داخلية نصّية.

أما الضمائر التي تقوم بوظيفة مهمة في اتساق النّص، فهي تلك التي يسميها هاليداي (Haliday) ورقية حسن (R.Hassan): أدواراً أخرى other roles، «وتندرج ضمنها ضمائر الغيبة إفراداً أو تثنيةً وجمعاً (هو، هي، هم، هن، هما). وهي على عكس الأولى، تحيل قبلياً بشكل نمطي؛ إذ تقوم بربط أجزاء النّص، وتصل بين أقسامه (...)»[78]

2.1.1 الإحالة بضمير المتكلم:

الضمائر «تكتسب أهميتها بصفتها نائبة عن الأسماء والأفعال والعبارات والجمل المتتالية، فقد يحل ضمير محل كلمة أو عبارة أو جملة أو عدّة جمل،

ولا تقف أهميتها عند هذا الحدّ، بل تتعدّاه إلى كونها تربط بين أجزاء النّص المختلفة؛ شكلاً ودلالةً، داخلياً Endophoric وخارجياً Exoohoric، وسابقةً Anaphoric، ولاحقةً Cataphoric»[79]. ولسانيات النّص تهتم بهذه الضمائر من زاوية الاتساق التي يمكن «التمييز فيها بين أدوار الكلام speech roles التي تندرج تحتها جميع الضمائر الدّالة على المتكلم والمخاطب. وهي إحالة لخارج النّص بشكل نمطي، ولا تصبح إحالة داخل النّص؛ أي اتّساقية إلا في الكلام المستشهد به أو خطابات مكتوبة متنوعة، من ضمنها الخطاب السردي.... ومع ذلك لا يخلو النّص من إحالة سياقية إلى خارج النّص؛ تستعمل فيه الضمائر المشيرة إلى الكاتب (أنا، نحن) أو إلى القارئ (القرّاء) بالضمائر (أنت، أنتم..) هذا بالنسبة لأدوار الكلام»[80].

ضمائر المتكلم التي يسميها هاليداي (Haliday) ورقية حسن (R.Hassan): أدوار الكلام – ضمائر المتكلم – وهي خلاف ما يؤكد الباحثون العرب في نقلهم عنهما، هي الضمائر التي تقوم بتأسيس الإحالة بأنواعها؛ سواء أكانت نصّية – قبلية أو بعدية – أم كانت مقاميّة.

وهذا يعود إلى طبيعة الشعر التي تعتمد على إظهار صوت الذّات الشاعرة في صورة ضمير المتكلم. وهو ما يظهر في قصيدة (أمل) لصالحة غابش من ديوانها (بانتظار الشمس)، حيث تقول[81]:

«تفرقنا صغاراً

غرسنا في خواطرنا زهوراً

لآمالٍ جميلة

سقيناها ببسماتٍ بريئة

وضحكاتٍ مضيئة

ترقبنا متى تغدو زهوراً

كانت خيالاتٍ رحيبة

ملأناها الأمانيَّ الحبيبة

وبين عرائس اللهو الطفوليّ

حضناها وسرنا..

تنادينا بساتين الحياة

وتأخذنا إليها

وفي حبٍّ تمدّ لنا يديها

وتدفئنا.. فنجري بين شطّيها

تفرّقنا.. ولا ندري بأنّ الدرب فرّقنا».

وظّفت الشاعرة في هذه القصيدة ضمير المتكلم للجماعة (نا الفاعلين)، الضمير الذي دخل في كل عناصر القصيدة من باب الملكيّة، وهو مشتركٌ «بين الرفع والنّصب والجرّ»[(82)]، ولذلك، لا يخلو سطر من سطورها من وجوده؛ عاملاً على ربط تلك الأسطر رأسياً وأفقياً.

أما عن الضمير المؤسس للإحالة فهو يظهر من الكلمة الأولى في القصيدة (تفرّقنا)؛ تلك الكلمة التي يظهر فيها صوت الذّات الشاعرة معبراً عن الجماعة بضمير المتكلمين (نا الفاعلين)؛ الضمير الذي يظهر متكرراً في القصيدة في أحد عشر سطراً من سطورها الخمسة عشر؛ أي أكثر من 50 % من حجم القصيدة في صورة (فعل + نا الفاعلين، أو اسم + نا الفاعلين، أو حرف جر + نا الفاعلين)، وتظهر فاعلية الإحالة في حضور (نا الفاعلين) عن طريق تعدد

مظاهر الإحالة المتصلة بها؛ مقامياً على الأخص، ونصّياً، على نحو ما يتضح في الجدول الآتي:

الكلمة	المحيل	المحال إليه	نوع الإحالة	ملحوظات
تفرّقنا	نا الفاعلين	ذات المتكلم (نحن) مقترنة بحدث التفرّق وفاعله	مقاميّة	يحيل حدث التفرّق نصّياً إحالة بعدية إلى صغاراً
غرسنا	نا الفاعلين	ذات المتكلم (نحن) مقترنة بحدث الغرس	مقاميّة	يحيل حدث الغرس نصّياً إحالة بعدية إلى الزهور
خواطرنا	نا الفاعلين	ذات المتكلم (نحن) مقترنة بخواطر الذّات المتكلمة	مقاميّة	تحيل نا الفاعلين إحالة نصّية قبلية إلى الخواطر
سقيناها	نا الفاعلين	ذات المتكلم (نحن) مقترنة بحدث السقيا	مقاميّة	تحيل نا الفاعلين إحالة نصّية قبلية إلى سقيا الزهور
ترقّبنا	نا الفاعلين	ذات المتكلم (نحن) مقترنة بالزهور	مقاميّة	تحيل نا الفاعلين إحالة نصّية بعدية إلى الزهور
ملأناها	نا الفاعلين	ذات المتكلم (نحن) مقترنة بحدث الملء	مقاميّة	تحيل نا الفاعلين إحالة نصّية بعدية إلى ضمير الغائبة المتصل به
حضناها	نا الفاعلين	ذات المتكلم (نحن) مقترنة بأماني الذّات المتكلمة	مقاميّة	تحيل نا الفاعلين إحالة نصّية بعدية على ضمير الغائبة المتصل به
تنادينا	نا الفاعلين	ذات المتكلم (نحن) مقترنة بحدث التنادي	مقاميّة	تحيل نا الفاعلين إحالة نصّية بعدية إلى بساتين الحياة
وتأخذنا	نا الفاعلين	ذات المتكلم (نحن) مقترنة ببساتين الحياة	مقاميّة	تحيل نا الفاعلين إحالة نصّية بعدية إلى ضمير الفاعل المستتر في الفعل
تمد لنا	نا الفاعلين	ذات المتكلم (نحن) مقترنة بحدث المدّ	مقاميّة	تحيل نا الفاعلين إحالة نصّية قبلية على الفاعل المستتر في الفعل تمد
وتدفئنا	نا الفاعلين	ذات المتكلم (نحن) مقترنة بحدث التدفئة	مقاميّة	يحيل حدث التدفئة إحالة نصّية بعدية إلى نا الفاعلين
تفرّقنا	نا الفاعلين	ذات المتكلم (نحن) مقترنة بالدرب	مقاميّة	يحيل حدث التفرّق إحالة نصّية بعدية إلى نا الفاعلين

إضافة إلى الضمير (نحن) المستتر في الفعل في موضعين، أي إن إجمالي المواضع التي ظهر فيها ضمير الجماعة اثنا عشر سطراً من الخمسة عشر سطراً المكوّنة للقصيدة، كما هو موضّح في الجدول الآتي:

الجملة	الضمير	نوعه	جهة الخطاب	المحال إليه	نوع الإحالة
فنجري (نحن) بين شطيها	نحن	مستتر	ضمير المتكلم للجماعة	ذات المتكلم	مقاميّة
ولا ندري (نحن) بأن الدرب فرّقنا	نحن	مستتر	ضمير المتكلم للجماعة	ذات المتكلم	مقاميّة

وهذا يعني أن حضور (نحن) في القصيدة يمثّل وجوداً بارزاً؛ سواء أكانت نحن في موضع الفاعل (تفرّقنا، غرسنا، سقيناها، ترقبنا..)، أم في موضع المفعول به (تنادينا، تأخذنا، تدفئنا). وقد يكون من اللافت هنا أن كل المواضع التي تمثّل فيها (نا الفاعلين) فاعلاً جاءت فيما يمكن أن نعتبره المقطع الأول من القصيدة. وهو جزء يبلغ عشرة أسطر، قبل أن يتحوّل إلى موضع المفعول به في خمسة أسطر تالية، وهذا يعني أن توزيع الضمير (نحن) على أسطر القصيدة بهدف التعبير عن صوت الجماعة، ويربطها بكل الجزئيات المرتبطة بحضور هذه الذات في الحياة.

وسياق الأمل – باعتباره موضوع القصيدة – يمثل الإطار الذي ترجع إليه ضمائر المتكلم التي هي في الحقيقة ضمير واحد متكرر (نا الفاعلين)، فكان الأداة التي فعّلت الوظيفة المزدوجة لهذا الضمير؛ نصّياً وسياقياً، كما أبرزت الضمائر الأخرى الموجودة (هاء الغائبة التي تعود إلى الحياة). والتّكرار نفسه هو الذي جعل وجود هذا الضمير بارزاً على المستوى الرأسي في القصيدة، من بدايتها إلى نهايتها، وعلى المستوى الأفقي كذلك في كل سطر من أسطرها؛ خاصة مع ظهوره في اثني عشر موضعاً من خمسة عشر سطراً في القصيدة، بمعدل يقترب مرة واحدة في كل سطر؛ وبنسبة تبلغ 80 %. وهذا يبين إلى أي

مدى كان وجود هذا الضمير عاملاً على تماسك القصيدة، وبسبب تكرار هذا الضمير على مستوى القصيدة – وأكثره يظهر في صورة ضمير الملكيّة – فإن العلاقة الإحالية الغالبة على هذا الحضور هي الإحالة المقامية.

كما أن حضور الضمائر الأخرى؛ خاصة ما يسميه هاليداي (Haliday) ورقية حسن (R.Hassan) الأدوار الأخرى – يبدو أقل ظهوراً في القصيدة. والملاحظ في هذا الحضور أنه جزئي، بمعنى يبدأ في نقطة من القصيدة، وينتهي في نقطة قريبة تالية، على النّحو الذي يمثّله هذا المقطع من القصيدة[83]:

«تنادينا بساتين الحياة

وتأخذنا إليها

وفي حبّ تمدّ لنا يديها

وتدفئنا.. فنجري بين شطّيها

تفرّقنا.. ولا ندري بأن الدرب فرّقنا».

والعنصر الجزئي الذي أعنيه في هذا المقطع هو ضمير المفرد الغائبة في (إليها، يديها، شطيها)، وهو الضمير المحيل قبلياً إلى (بساتين الحياة). على نحو ما يتضح عناصر الإحالة في الجدول الآتي:

المحيل	الضمير	المحيل إليه	نوع الإحالة
إليها	ضمير الغائب	بستاين الحياة	إحالة قبلية
يديها	ضمير الغائب	بستاين الحياة	إحالة قبلية
شطّيها	ضمير الغائب	بستاين الحياة	إحالة قبلية

والملاحظ أن الضمير المقترن بتلك البساتين يتكرر في ثلاثة أسطر تالية من خمسة أسطر؛ تبدأ بحضور (نا الفاعلين) مقترنة ببساتين الحياة: (تنادينا

بساتين الحياة)، وكأن هذه البداية تعيد تأسيس العلاقة المركزية لضمير القصيدة الرئيس، ومن ثم تفسح مجالاً لحضور ضمائر أخرى (المفرد الغائب للمؤنث). وهو هذا الحضور الذي يثبت وجوده في الأسطر الثلاثة التالية، قبل أن تنتهي الدائرة باختفاء هذا الضمير الجزئي ذي الحضور المؤقت، وعودة الضمير الرئيس في القصيدة للحضور منفرداً في السطر الختاميّ لهذا الجزء من القصيدة: (تفرّقنا.. ولا ندري بأن الدرب فرّقنا).

وهذا يعني أن الإحالة في هذه القصيدة/ القصائد تعمل على مستويين أساسيين: مستوى كلي، يحيل إلى ضمير تأسيسي؛ وهو الضمير الرئيس في القصيدة، يحيل في الوقت نفسه مقامياً إلى السياق/ موضوع القصيدة. والمستوى الثاني – مستوى جزئي؛ تظهر فيه ضمائر مرتبطة بعناصر إحالية مؤقتة في ظهورها، ومحدودة في وجودها في القصيدة بحدود المقطع الذي تظهر فيه.

وهنا ينبغي أن نلاحظ أمرين: الأول: أن ضمائر أدوار الكلام – على خلاف ما ينقل الباحثون عن هاليداي (Haliday) ورقية حسن (R.Hassan)[84] – هي الضمائر الرئيسة في تأسيس الإحالة والتماسك في القصيدة. وربما هذا يعود إلى طبيعة الشعر نفسه، حيث يعتمد على صوت الذّات الشاعرة؛ أياً كان هذا الصوت، مفرداً أو جماعةً، مذكراً أو مؤنثاً[85]. الثاني: أن ضمائر الأدوار الأخرى – ضمائر الغيبة – هي التي تقوم بتأسيس الإحالة على المستوى الجزئي في القصيدة.

ومن هنا، وكما يمكن أن نلاحظ، فإن تأسيس التماسك عن طريق حركة الضمائر على مستوى القصيدة، يعتمد على وجود تلازم ومنافسة بين مستويين من الضمائر: ضمائر رئيسة، وهو في الغالب ضمير واحد – أحادي الصوت والمرجع – يعبر عن صوت الذّات الشاعرة في القصيدة. وضمائر أخرى متنوعة ومختلفة في المرجع، مؤقتة في الظهور، ومتنوعة كذلك في مرجعياتها الدلاليّة.

3.1.1 الإحالة بضمير المخاطب:

كلما زادت تلك الضمائر المؤقتة زاد تعقيد الشبكة، وكلما قلّ وجودها قلّ التعقيد المرتبط بدرجة تماسكها. وهذا بدوره ينعكس على السياق الكلي للقصيدة؛ أي على ما يمكن أن يفهمه القارئ من إحالاتها، بتأويل سياقها المرتبط بدلالاتها المباشرة وغير المباشرة.

وهذا يظهر – خاصة – في القصائد الطويلة ذات الامتدادات المختلفة على المستوى النّصي والمستوى السياقي. وهو ما تمثّله قصيدة عارف الخاجة: (علي بن المسك التهامي يفاجئ قاتليه)، وهي القصيدة التي يتّخذ منها الديوان عنوانه؛ بل وتكاد القصيدة تمثّل الديوان كله باستغراقها أكثر من ثلثي مساحته المطبوعة، فيما يشبه السيرة الشعرية لعلي بن المسك المذكور، بوصفه رمزاً وصوتاً معبراً عن الذّات الشاعرة في القصيدة. ومنها يقول في الافتتاح[86]:

«من حزنها

أدفأتَ قامتك المديدة

أم من الجسد المخبّ بما ارتعشْ ؟

سلّمتَ ماءك للفروع

فبعثرتك رماح أهلك للنياق

وغادرْتَ نحو اختبارات المراثي

فوق كفٍّ

رعشةُ الدنيا عليها والغبش

وأنختَ طرفك في المساء

تذيقُهُ

أسَفَ الذين يودّعون رَغَابهم

أو يستبيحون السؤال،

ويرصفون نفورهم..

هذا الجماح بلادك الكبرى

وما أوصتْ به كتب السماء

وما تشعّب بين موطئ طالبيك

وقاتلي».

تفاجئنا القصيدة بافتتاح استفهامي يمتد على مدى ثلاثة أسطر، وهذا الافتتاح يحيل القصيدة – مقامياً – إلى الذّات الشاعرة، مع ملاحظة أن تركيب الاستفهام في الشعر بطبيعته لا يستلزم مخاطباً خارجياً؛ فالذّات الشاعرة اعتادت في مثل هذه الأحوال أن تسأل نفسها، دون أن تنتظر الإجابة. ومن هنا فهو استفهام ذو غرض بلاغي/ دلالي؛ يُقصد به التعبير عن الألم النفسي الذي تعانيه تلك الذّات.

أما على مستوى التماسك الخاص بالضمائر، فتفاجئنا القصيدة في بدايتها بوجود ضمير الغائبة المفردة الذي يحيل إلى لا شيء قبله؛ أي إنه مجهول في إحالته القبلية، إلا إذا اعتبرنا أن إحالته القبلية تلك مرتبطة بالإحالة المقاميّة، أي من باب التعبير عن الألم النفسي للذات الشاعرة.

الجملة	المحيل	الضمير	المحيل إليه	نوع الإحالة
من حزنها	حزنها	ها الغائب	مجهول /غير مذكور/ الألم النفسي للذات الشاعرة (الحزن)	إحالة قبلية/ إحالة مقاميّة/ إحالة بعدية إلى فعل أدفأت

ومع ذلك، فالقصيدة لم تفصح عن مرجعية الضمير لا قبلياً ولا بعدياً، وتُبقي مصدره مجهولاً من باب التشويق المقترن بطبيعة الشعر، لكن مجهولية المرجع ساهمت في درجة التعقيد المتوقعة في القصيدة.

كما نلاحظ أن القصيدة تنتقل سريعاً للكشف عن حال تلك الذّات الشاعرة: (أدفـأتَ قامتك المديدة/ سلّمتَ ماءك للفروع/ فبعثرتكَ رماح أهلك للنياق/ وغادرتَ نحو اختبارات المراثي/ فوق كفٍّ/ رعشة الدنيا عليها والغبش...)، وهو الكشف الذي يستمر في المقطع حتى يبلغ نهايته، وبعد ذلك تُختم القصيدة بوصف يتعلّق بتلك الذّات المخاطَبة:

«هذا الجماح بلادك الكبرى

وما أوصت به كتب السماء

وما تشعّب بين موطئ طالبيك

وقاتلي».

العناصر الإحالية في هذه القصيدة ظاهرة في ضمائر المخاطب (أدفأتَ، قامتك، سلّمتَ، ماءك، بعثرتك، أهلك، غادرتَ، أنختَ، طرفك، بلادك، طالبيك) التي حققت كلها إحالات مقاميّة (خارجية) إلى العنصر المحال إليه والمفسّر لها، وهو البطل «علي بن المسك التهامي» الذي ذكر في عنوان القصيدة، فاستعان الشاعر بهذا الضمير ليخاطب به «علي بن المسك التهامي» الذي استشهد نتيجة اشتباكه مع سلطات الاحتلال، ليقف الشاعر عارف خاجة ليعبر عن مشاعره اتجاه هذا البطل ومسانداً لحماس المقاومة الفلسطينيّة، ومن ثم فقد تُسهم هذه الإحالات في تكوين النّص الشعري وفهمه عن طريق تأويل العناصر اللغويّة فيه وربطها بالمقام الخارجي.

ومرة أخرى تثبت هذه القصيدة أن الضمير المؤسس في القصيدة يعود إلى

الجملة	المحيل	الضمير	المحال إليه ونوع الإحالة		ملاحظات
			مقامياً	نصّياً	
أدفأتَ قامتك المديدة	أدفأتَ	تاء المخاطب	يعود على «علي بن المسك التهامي» في كل المواضع التي ظهر فيها ضمير المخاطب (التاء) أو الضمير المتعلّق بها: كاف الخطاب	قبلية إلى حدث الدفء	جميع الإحالات في هذه الضمائر مزدوجة: نصّية ومقاميّة. والإحالة النّصية كلها من نوع الإحالة القبلية فيما عدا حالة واحدة ارتبط فيها الضمير (كاف الخطاب) بالرماح الآتية بعده، فكانت الإحالة بعدية.
	قامتك	كاف المخاطب		قبلية إلى القامة	
سلّمتَ ماءك للفروع	سلّمتَ	تاء المخاطب		قبلية إلى حدث التسليم	
	ماءك	كاف المخاطب		قبلية إلى الماء	
فبعثرتك رماح أهلك للنياق	فبعثرتك	كاف الخطاب		قبلية إلى حدث البعثرة	
	بعثرتك رماح	كاف المخاطب		بعدية إلى الرماح	
	أهلك	كاف المخاطب		قبلية على الأهل	
وغادرتَ نحو اختبارات المراثي	غادرت	تاء المخاطب		قبلية إلى حدث المغادرة	
وأنختَ طرفك في المساء	وأنختَ	تاء المخاطب		قبلية إلى الإناخة	
	طرفك	كاف المخاطب		قبلية إلى الطرف	
تذيقُهُ أسَفَ الذين يودّعون رَغابهم	تذيقُهُ	(الضمير المستتر في الفعل): أنت		قبلية إلى فعل التذوق	
هذا الجماح بلادك الكبرى	بلادك	كاف المخاطب		قبلية إلى البلاد	
وما تشعّب بين موطئ طالبيك	طالبيك	كاف المخاطب		قبلية إلى تشعّب موطئ القاتلين	
وقاتلي	قاتلي	يا المتكلم		قبلية إلى القاتل المجهول	

ضمائر أدوار الكلام، في صورة كاف الخطاب الذي يسيطر على المقطع من أوله إلى آخره؛ وما يؤكد هذه السيطرة أن كاف الخطاب تكررت في المقطع سبع مرات، وبإضافة تاء الفاعل التي تعود إلى المخاطَب (أربع مرات مع الفعل الماضي ومرة واحدة مع الفعل المضارع)، يصبح مجموع الضمير المسيطر

في القصيدة اثنتي عشرة مرة. هذا في مقابل مجموع إحدى عشرة مرة لضمائر غيبة متنوعة، جزئية ومؤقتة كما قلت من قبل، وهي موزعة على النّحو الآتي:

<table>
<tr><th>الجملة</th><th>المحيل</th><th>الأداة</th><th>المحال إليه</th><th>نوع الإحالة</th></tr>
<tr><td>من حزنها</td><td>حزنها</td><td>ها الغائب (هو)</td><td>الحزن</td><td>إحالة قبلية</td></tr>
<tr><td rowspan="2">رعشةُ الدنيا عليها والغبش</td><td>عليها</td><td>ها الغائب (هي)</td><td>رعشة الدنيا</td><td>إحالة قبلية</td></tr>
<tr><td>عليها</td><td>ها الغائب (هي)</td><td>الغبش</td><td>إحالة بعدية</td></tr>
<tr><td>تذيقُهُ</td><td>تذيقُهُ</td><td>(الضمير المستتر في الفعل: أنت)</td><td>ضمير الغائب (هو) المتصل بالفعل</td><td>إحالة بعدية</td></tr>
<tr><td rowspan="2">أسَفَ الذين يودّعون رَغَابهم</td><td>الذين</td><td>اسم موصول</td><td>يودعون</td><td>إحالة بعدية</td></tr>
<tr><td>ضمير الجماعة المتصل (هم)</td><td>هم للغائب</td><td>رغابهم</td><td>إحالة قبلية</td></tr>
<tr><td>أو يستبيحون السؤال</td><td>يستبيحون</td><td>واو الجماعة في الفعل يستبيحون</td><td>السؤال</td><td>إحالة بعدية</td></tr>
<tr><td>ويرصفون نفورهم</td><td>يرصفون</td><td>واو الجماعة في الفعل يرصفون</td><td>نفورهم</td><td>إحالة بعدية</td></tr>
<tr><td rowspan="2">وما أوصتْ به كتب السماء</td><td>وما أوصت</td><td>الاسم الموصول (ما)</td><td>أوصت به كتب السماء</td><td>إحالة بعدية</td></tr>
<tr><td>به</td><td>ها الغائب (هي)</td><td>فعل الوصاية</td><td>إحالة قبلية</td></tr>
<tr><td>هذا الجماح بلادك الكبرى</td><td>هذا</td><td>اسم إشارة</td><td>الجماح</td><td>إحالة بعدية</td></tr>
</table>

ليكون الختام بذلك جامعاً بين ضمير المتكلم والمخاطَب، ولتعود بذلك سيطرة الضمير المؤسّس على المقطع، في حركة دائرية؛ تبدأ منه وتنتهي إليه.

كذلك، ظهر في هذه القصيدة الوظائف التي تقوم بها أدوات الإحالة الأخرى خاصة أسماء الإشارة التي تمثّلت في الاسمين الموصولين (الذين، ما)، كما تمثّلت في اسم الإشارة (هذا)، مع ملاحظة أن اسم الإشارة (هذا) اقترن بظاهرة

أخرى، هي الحذف؛ إذ يمكن تقدير القول في الحركة الأخيرة من القصيدة على النّحو الآتي:

«هذا الجماح بلادك الكبرى

و [هذا] ما أوصت به كتب السماء

و [هذا] ما تشعّب بين موطئ طالبيك

وقاتلي».

غير أن السياق الدلالي اقتضى حذف اسم الإشارة في الموضعين لدلالة المذكور عليه. وإجمالاً؛ فإن أدوات الإحالة الأخرى، قامت في هذه القصيدة، كما قامت في القصيدتين السابقتين، بوظيفة المساعد للضمائر في إحالتها وفي صناعتها لشبكة التماسك النّصي، لكنها أيضاً قامت بأدوار دلاليّة أخرى؛ لعل أبرزها توجيه حركة الدلالة ما بين مقاميّة ونصّية. وهذا ما سوف أحاول بيانه في القسم الآتي من هذا التحليل.

2.1 الإحالة بأسماء الإشارة:

إذا كانت القاعدة العامة تقول: إن عناصر الإحالة يمكن أن تكون مقاميّة أو نصّية، والإحالة النّصية يمكن أن تحيل إلى السابق أو إلى اللاحق؛ «أي إن كل العناصر تملك إمكانية الإحالة، والاستعمال وحده هو الذي يحدد نوع إحالتها. ورغم الاختلاف الملحوظ بين نوعي الإحالة المقاميّة والنّصية، فإن ما يُعدّ أساسياً بالنسبة لكل حالة من الإحالة هو وجود عنصر مفترض ينبغي أن يُستجاب له، وكذا وجوب التعرّف على الشيء المحال إليه في مكان ما»[87].

وإذا كانت الإحالة حسب تصنيف «هاليداي ورقية حسن ثلاثة أنواع: الضمائر وأسماء الإشارة وصيغ المقارنة»[88]، فإن أسماء الإشارة «هي الوسيلة الثانية

من وسائل الاتساق الإحاليّة. وهناك عدّة إمكانيات لتصنيفها، إما وفق الظرفيّة: الزمان (غداً، يوماً..)، والمكان: (هنا، هناك..)، أو البعد: (تلك، ذلك..)، والقرب: (هذه، هذا..)»[(89)].

وأسماء الإشارة في هذا «تقوم بالربط القبلي والبعدي»[(90)]. «وإذا كانت أسماء الإشارة بشتى أصنافها محيلة إحالة قبلية، بمعنى أنها تربط جزءاً لاحقاً بجزء سابق، ومن ثم تسهم في اتساق النّص، فإن اسم الإشارة المفرد يتميّز بما يسميه المؤلفان [هاليداي (Haliday) ورقية حسن (R.Hassan)] الإحالة الموسّعة، أي إمكانية الإحالة إلى جملة بأكملها، أو متتالية من الجمل»[(91)].

1.2.1 ظواهر الإحالة باسم الإشارة:

يمكن القول: إن الظواهر الأساسية للإحالة باستخدام اسم الإشارة تنقسم إلى حالتين رئيستين: الحالة الأولى: يسيطر فيها واحد من أسماء الإشارة (اسم الإشارة أو الظرف) على القصيدة من أولها إلى آخرها، كما يقوم اسم الإشارة بتقسيم القصيدة إلى مقاطع أو أجزاء شبه متكررة، أو عن طريق ربط مجمل القصيدة بالإحالة إليه، في صورة إحالة موسّعة؛ بعدية أو قبلية.

كما نلاحظ، أن الاسم الموصول لا يقوم بهذه الوظائف المسيطرة على إحالة القصيدة قبلياً أو بعدياً، وإنما يكتفي بوصفه عنصراً مساعداً على إحداث التماسك بين جملتين أو أكثر في مقطع محدود من القصيدة، أي إن إحالته موضعية، إلى جانب وجود أحد الاسمين المسيطرين في الإحالة: اسم الإشارة أو الظرف.

ومن هنا، يمكن القول أيضاً، إن الإحالة باستخدام اسم الإشارة أو الظرف تتميز بكونها إحالة موسعة، هذا في مقابل الإحالة باستخدام الاسم الموصول التي لا تكون إلّا إحالة محدودة في مكان معيّن، أو حيّز معيّن من الجمل المترابطة، ومن هنا فإحالته موضعية.

والحالة الثانية: استخدام أسماء الإشارة بأنواعها الثلاثة: اسم الإشارة

والظرف والاسم الموصول، هي تلك الحالة التي تجتمع فيها هذه الأدوات الثلاث للإحالة في القصيدة الواحدة، أو على الأقل تجتمع فيها أداتان للإحالة؛ خاصة اسم الإشارة والظرف. وفي هذا تأكيد للوظيفة الأساسية التي تؤديها هاتان الأداتان للتماسك في القصيدة باستخدام الإحالة، وبناء على ذلك، فإن استخدام هذه الأدوات الثلاث يعمل على تشكيل الدلالة الكليّة للقصيدة.

وفي هذه الحالة أيضاً، لدينا مظهران أساسيان للإحالة؛ ينتج عن استخدام هذه الأدوات في صنع التماسك النّصي في القصيدة:

المظهر الأول: هو الإحالة الموسّعة، وذلك حالة انفراد واحدة من هذه الأدوات بالسيطرة على مواضع التماسك النّصي في القصيدة، كما الإحالة الموسّعة (النّصية) في هذه الحالة، تقترن أيضاً بالإحالة المقاميّة للسياق، بسبب طبيعة هذه الأدوات؛ أي من حيث هي أسماء مبهمة؛ تفسّرها الجمل، كما يفسرها السياق المقترن بها.

أما المظهر الثاني: للإحالة باستخدام أدوات الإشارة، فهو ما يمكن أن نسميه الإحالة الموضعيّة؛ أي الإحالة التي تلتزم بمكان معيّن وحيّز معيّن للجملة. وفي هذه الحالة، تقلّ المسافة الفاصلة بين المحيل والمحال إليه.

ويجدر هنا أن نذكر أن المظهر الأول – الإحالة الموسعة – تستخدم بكثرة في نماذج الشعر الإماراتي الحديث. وهذا إنما يتّسق أيضاً مع طبيعة الشعر التي تميل إلى تعدد الدلالات أو تعدد وجوه التأويل وتوسيع فضائه الدلالي. وهذا التعدد إنما يُعدّ ضرورياً في طبيعة الشعر التي ترتبط بالمقام – الإحالة المقاميّة – ارتباطها بالتشكيل اللغوي داخل النّص، وإلا أصبح النّص مغلقاً، ودخل في منطقة الإبهام التي ينفر منها الشعر[(92)].

2.2.1 فاعلية الإحالة باستخدام اسم الإشارة:

تشمل فاعليّة الإحالة باسم الإشارة عدّة تنويعات للعلاقة بين هذه الأسماء في

النّص الشعري الواحد، وبينها وبين النّص الشعري نفسه. وهذه التنويعات تبرز فيها سيطرة اسم الإشارة على القصيدة، أو سيطرة الظرف عليها، إضافة إلى وجود حالة ثالثة تتمثّل في التنويع الذي يمزج هذه الأدوات مجتمعة في النّص الواحد.

وسيطرة أداة من هذه الأدوات تعني في الوقت نفسه أن هذه الأداة تقوم بتأسيس السياق النّصي وتأكيده عن طريق ربط دلالاته المختلفة بالأداة المسيطرة، سواء ظهرت في صدارة النّص أم في ختامه. وفي الوقت نفسه، فإن هذه السيطرة قد تقترن بتكرار الأداة ذاتها. ويُلاحظ في هذه الإحالات أن أكثرها يميل إلى انفراد أداة منها بالإحالة في القصيدة الواحدة، بينما تُعد الحالات التي تأتي فيها مجتمعة من الحالات شبه النادرة.

3.2.1 تأسيس الإحالة:

1.3.2.1 الإحالة البعدية بـ (هذا، هذه...):

علي الشعالي في قصيدته: (الأم.. الوطن)، من ديوانه (وجوهٌ وأخرى متعبة) [(93)]، يقول في مفتتح القصيدة:

«لكِ هذهِ

باقاتُ نورٍ لا تليقُ

سوى لألوانِ الفراشَة..

فارفضيني

واقْبليها

لكِ هذهِ..

شفافةٌ

تمشي على استحياء

خائفةٌ

تصلّي

يرتدّ منها النَاسك الذكّار غِرّاً صابياً

وإذا رغبتِ

تثورُ باسمكِ

بالتفاتتكِ البريئةِ

نخلةٌ ممشوقةٌ

أو لبوةٌ تختالُ فخراً ظالماً

وترشُّ في وَجْه المجرّةِ تيها

لكِ أنتِ وحدكِ

كلّها

بدلالِها

بجمالِها

بثلوجِها بلهيبِها

وبأمِّها وأبيها».

يتضمن هذا الجزء من القصيدة ثلاثة مقاطع؛ يتصدرها أداتان أساسيتان

من أدوات الإحالة: الضمير (كاف الخطاب) المجرور بحرف الجر (لكِ)، و (لك) شبه جملة وهو في محل خبر مقدّم، ومن ثم يأتي المبتدأ المؤخر، وهو اسم الإشارة للمفرد الغائبة (هذه).

أما الضمير فيتصدّر كل مقطع من مقاطع القصيدة، ومن هنا يقسمها إلى الأجزاء الثلاثة أو المقاطع التي أثبتها. وهذا الضمير يعمل في مقابل اسم الإشارة بوصفه وسيلة من وسائل الإحالة؛ وينتشران على مستوى القصيدة من أولها إلى آخرها. فالضمير هنا يتقاسم التأسيس مع اسم الإشارة الذي يأتي تالياً له في الموضع التركيبي، سابقاً له في التقدير النّحوي.

أما اسم الإشارة، فيعمل أداة للإحالة البعدية التي تشمل كل المقطع الذي يليه، ومؤكداً في الوقت نفسه تقسيم القصيدة إلى مقاطع بواسطة هذه الإحالة. واللافت في ذلك، أن هذه الإحالة الموسّعة تتضمن إحالة مقاميّة بالضرورة؛ إذ تحيل إلى دلالات الألفاظ التي يتضمنها المقطع الذي تحيل إليه. وهي دلالات غير محددة، إلى درجة أن المقطع الثاني من القصيدة يحيل إلى مجهول؛ لا يمكن تقدير دلالته الحرفية إلا بالحدس، لتأويل المقصود بالشفافة التي تمشي على استحياء، وتصلّي خائفة. وعلى ذلك يمكن تصور شكل الإحالة في هذه المقاطع على النّحو الآتي، كما تم رصد حالات الإحالة في المخطط والجدول الآتي:

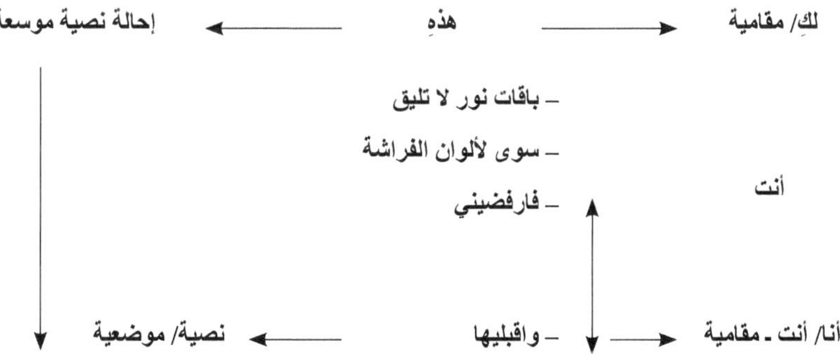

المحيل	نوعه	المحال إليه	نوع الإحالة
لك: كاف المخاطبة	ضمير متصل	أنتِ	مقاميّة
هذه	اسم إشارة	باقاتُ نورٍ لا تليقُ سوى لألوانِ الفراشَة.. فارفضيني واقْبليها	إحالة نصّية بعدية (إحالة موسعة)
فارفضيني	ياء المتكلم	أنا	مقاميّة
واقْبليها	ها الغائب	أنتِ + باقاتُ نورٍ لا تليقُ	مقاميّة + نصّية قبلية (إحالة موضعية)

والملاحظ في الشكل السابق، أنه يكشف عن أربع حالات للإحالة: مقاميّة؛ تعود على كاف الخطاب، ونصّية موسعة؛ تشمل كل المقطع الذي يلي اسم الإشارة للمفردة الغائبة (هذه)، ونصّية موضعية؛ في ضمير المفرد الغائبة أيضاً في (اقبليها) الذي يعود على باقات النور بوصفها الممتد في (لا تليق سوى لألوان الفراشة)، ومقاميّة أخرى، متضمنة في ضمير المتكلم والغائبة في الفعلين (فارفضيني واقبليها). وعلى هذا، تنوعت هذه الإحالات بين النّصية والمقاميّة، والموسّعة والموضعية.

2.3.2.1 الإحالة القبلية الموسّعة بـ (هذا، هذه..):

الشاعرة صالحة غابش في قصيدتها (حلم)، من ديوانها (رُبَّ ظلالٍ تغريني أن أصبح ممكنة)[94]، تقول:

«ونجري بعيداً بعيداً

إلى أن يداهمنا مطر

كالحلم

فيأخذنا الغيم نحو طفولة

أيامنا

فنفتّش عن ريشة أو قلم

تصير قصيدة عشق

ورسماً بلون الفراشاتِ

لم ندر مَنْ ذا كتب

ومَنْ ذا رسم،

لذا نبتسم».

تصف الذّات الشاعرة في القصيدة الإنسان حين يدخل في ما يشبه أحلام اليقظة، فيغرق في تهاويل المطر والغيم، فتنقطع الذّات عن العالم وتعود إلى أيام طفولتها؛ تمارس ألعاب الأطفال ومتعهم البريئة من كتابة عفوية؛ تتحول إلى قصيدة عشق، ورسم يختصر العالم كله في ألوان الفراشات. وتختم الشاعرة النّص الشعري بقولها:

«لم ندر مَنْ ذا كتب

ومَنْ ذا رسم،

لذا نبتسم».

نلاحظ في هذا المقطع أن الشاعرة استخدمت اسم الإشارة المقترن بالاسم الموصول (مَنْ ذا) مع التّكرار (ومَنْ ذا)، ثم التعليل باستخدام اسم الإشارة أيضاً (لذا). أما الإحالة في السطرين الأولين فهي مزدوجة باستخدام الاسم الموصول (مَنْ)، المقترن باسم الإشارة (ذا). والاسم الموصول فيها يحيل إحالة

مزدوجة أيضاً: قبلية نصّيّة إلى نون الجمع في صدارة الفعل المتصدر للقصيدة (ونجري)، وهي بذاتها تحيل مقامياً إلى الذوات الخارجيّة التي يعبّر عنها صوت الذّات الشاعرة في القصيدة. أما (ذا)، فهي تحيل إحالة نصّية قبلية؛ تشمل الحلم بكل مفرداته. على نحو ما يوضحه الجدول الآتي:

المحيل	نوعه	المحال إليه	نوع الإحالة
بعيداً	ظرف زمان	نجري	إحالة قبلية
	ظرف مكان	تشمل كل عناصر الحلم التي ذكرت بعده	إحالة بعدية/ مقاميّة
من	اسم موصول	نون الجمع (نجري)	نصّية قبلية
	اسم موصول	الذوات الخارجية	مقاميّة
ذا	اسم إشارة	(كل عناصر الحلم) الجري المطر الحلم الغيم ريشة قلم قصيدة عشق الرسم الألوان الفراشات	نصّية قبلية موسّعة + مقاميّة

ويلاحظ أن الإحالة لم تعتمد فحسب على الإحالة النّصية؛ بل تجاوزتها إلى الإحالة المقاميّة. والإحالتان: النّصية والمقاميّة اشتركتا في عنصر واحد أساسي يجمع بين الوجهين للإحالة، هو الحلم الذي كان عنصراً من العناصر الداخلية المكوّنة للحلم، كما كان هو الإطار السياقي المحيط بالقصيدة، خاصة مع تصدّر مفردة الحلم ذاتها للقصيدة بوصفها عنواناً لها، ودليلاً على سياقها ومسارها الدلالي.

يلاحظ كذلك، أن اسم الإشارة (ذا)، كان هو العنصر الأبرز في التماسك الإحالي في هذه القصيدة، لكنّه أيضاً ليس العنصر الوحيد في عناصر الإحالة

المستخدمة في تماسكها، فإلى جانبه جاء الاسم الموصول (من)، وكذلك الظرف (بعيداً)، والظرف هنا يتميّز بكونه يحتمل الزمان والمكان، فهو بعد في الزمان وبعد في المكان. ومن هنا، امتدت الإحالة فيه مقامياً باتساع الحلم خارج القصيدة وقبل تسجيل عناصر الحلم نصّياً، لكنه أيضاً أحال نصّياً – إحالة بعدية – تشمل كل عناصر الحلم، بداية من المطر وانتهاء بالرسم. كذلك أحال الظرف قبلياً على فعل الجري في صدارة القصيدة.

ومن هنا، بدأت القصيدة بإحالة بعدية وانتهت بإحالة قبلية. والإحالتان تحتملان الإحالة الموسعة بحكم اشتمالهما على كل عناصر الحلم الذي هو كل عناصر القصيدة، كما تحتملان الإحالة الموضعية المحدودة لأقرب عنصر تنطبق عليه هذه الإحالة أو تلك، دون أن نغفل الإحالة المقاميّة الموجودة في دلالة عناصر الإحالة المذكورة.

3.3.2.1 الإحالة المؤسّسة بالظرف:

يعمل الظرف على تأسيس الإحالة في القصيدة – أي يؤكد تماسكها ويوسّع فضاءها الدلالي نصّياً وسياقياً – وكذلك التّكرار الذي يعمل على النمو ببنية القصيدة. وهو ما يتّضح في قصيدة (دقيقةُ بَوح)، من ديوانها (يُحاصِرُني الليلُ)، تقول رهف المبارك[95]:

«رَجَوتها توقّفي

توقّفي دقيقة

قبل أن تُغامِري..

بالعُمرِ.. بالهوى

قبل أن تُسافري لهوّةٍ سَحيقةْ..

....

....

قبل أن تسافري..

إياكِ أن تغامري

والبحرُ والربّانُ

غاضبانْ

والمركبُ الجريحُ

والشراعُ غاضِبانْ

والحبّ والقَصيدُ

غاضِبانْ

فإن رَحلتِ يا تُرى

لأيّ شيءٍ

تنقشُ الأشعارُ في الصّدور

لأيّ شيءٍ

من خليجنا.. يُجمَّعُ الجُمانْ

أما عَلمتِ أنّكِ الحياةُ؟

أنّكِ الحَقيقةْ

أرجوكِ

قبل أن تُسافري.. توقّفي

منْ أَجلِنا

توقّفي دقيقةْ..»».

يتكرر الظرف «قبل» في القصيدة أربع مرات، وفي كل مرة ينبني عليه مقطع جديد من القصيدة. واللافت في هذا التّكرار أن الظرف «قبل» يصلح للدلالة على الزمان كما يصلح للدلالة على المكان مثلما تبيّن في القصيدة، لكنه جاء هنا بمعناه الزماني؛ ذلك أنه اقترن بأفعال دالّة على الحركة والنمو. ولذلك فإحالته موضعيّة بعدية، مرتبطة بما يليه من إضافة لجملة «أن» المصدريّة، لكنّها أيضاً تتسع وتمتد حين يتكرر في صدارة مقطع تالٍ من القصيدة.

وعلى ذلك، تتعدد الإحالات شكلياً بحكم تكرر المحيل، لكنها في حقيقة الأمر تتكرر، ومن هنا تكاد تنحصر في دلالات التّكرار: العمر، الهوى، السفر، المغامرة، خاصةً أن المقطع الأخير من القصيدة تنقلب فيه الإحالة من بعدية إلى قبلية، بحكم تكرر المحال إليه: «قبل أن تسافري»، فهو عينه المفتتح الذي بدأت به القصيدة. وعلى ذلك يصبح شكل الإحالة في هذه القصيدة على النّحو الآتي:

المقطع	نوع الإحالة	المحيل	المحال إليه
الأول	بعدية	قبل 1	المغامرة بالعمر
			المغامرة بالهوى
		قبل 2	السفر
الثاني	بعدية	قبل 3	السفر
			المغامرة
			البحر
			الربان
			المركب الجريح
			الشراع
			الحب
			القصيد
الثالث	بعدية/ قبلية	قبل 4	السفر

وكما يمكن أن نلاحظ، فإن المقطع الأول ضمّ اللفظ المحيل مكرراً مرتين، وهو نوع من التأكيد بالتّكرار اللفظي؛ يعمل على زيادة تماسك القصيدة. كذلك نلحظ في المقطع الأخير – الثالث – أن أداة الإحالة ولفظها «قبل» عمل في الاتّجاهين؛ أي قبلياً وبعدياً، فهو يحيل بعدياً إلى السفر «قبل أن تسافري»، لكنه يحيل قبلياً إلى كل الأدوات المحيلة قبله بالتّكرار والنّصية أيضاً: «قبل 1، قبل 2، قبل 3».

أما الإحالة الأخيرة: قبل أن تسافري جعلت القصيدة ملتفّة على نفسها ومتماسكة بالإحالة التي عمل على تأكيدها ظرف الزمان: قبل، مع غياب ملحوظ لأدوات الإحالة الأخرى من جنس أسماء الإشارة، في تأكيد جديد لميل هذه النماذج من الشعر الإماراتي الحديث على منح الصدارة والسيطرة لأداة واحدة من أدوات الإحالة التي تنتمي إلى جنس واحد، وعلى ذلك يمكن أن نتصوّر شكل الإحالة في هذه القصيدة على النحو الآتي:

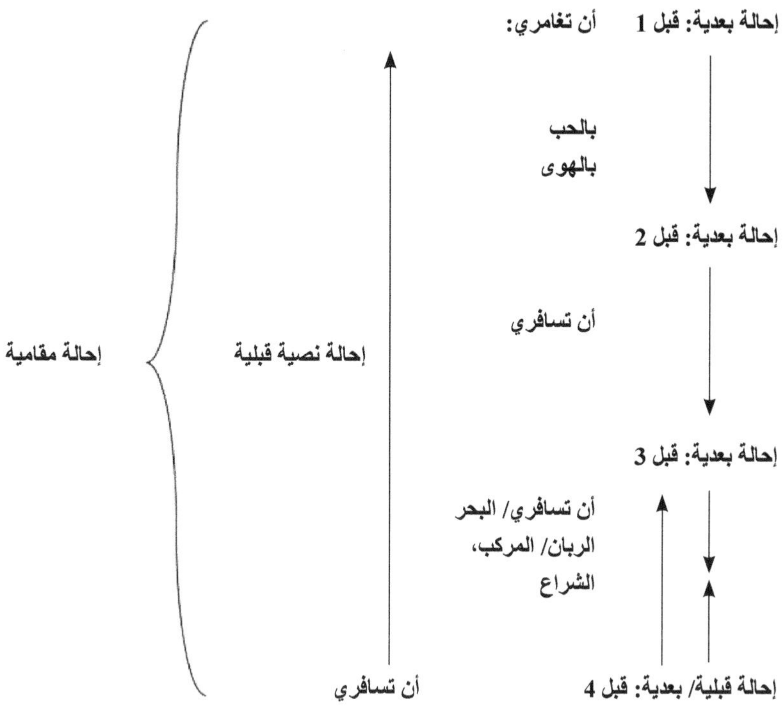

وبطبيعة الحال، فإن هذه الإحالات النّصية أشارت في الوقت عينه إلى المقام أو السياق الذي يحيط بها: السفر والغربة، سواء أكانت الغربة المقصودة فعليّة؛ أي في المكان والزمان، أم نفسية، تتجاوب مع ما يعتمل في نفس الذّات الشاعرة. ويبدو أن ارتباط الإحالات النّصية المستعملة في هذه النماذج من الشعر الإماراتي الحديث تقترن طيلة الوقت بإحالات مقاميّة، وهي إحالات موسّعة؛ تشير إلى سياق القصائد أو دلالاتها النفسيّة الموازية. وهذا أيضاً من طبيعة الشعر التي لا تتوفّر في النّصوص الأخرى غير الشعرية.

4.3.2.1 الإحالة المتعددة (بالظرف + الاسم الموصول + اسم الإشارة):

في هذا النموذج، تظهر فاعليّة الظرف في تماسك النّص على وجه الخصوص، إضافة إلى الاسم الموصول واسم الإشارة. ولعل هذا النموذج من

النماذج القليلة التي يظهر فيها الظرف بوصفه أداة رئيسة للإحالة. وهذا ما تمثله قصيدة (أرق)، من ديوان (صحراء في السلال)، لإبراهيم الملا، حيث يقول[96]:

«في الصمتِ الأكيد للّيل

في الصمتِ الأكثر دقّة

من الإبرةِ

خَرَجَت أرواحٌ بيضاءُ من الشجرِ

وكنّا نضيئها أكثر

بالحلمِ الفائضِ عن أسرّتنا

في الصمتِ الأخفّ

من الوهمِ

ضيفٌ وحيدٌ كانَ يدُّق أبوابنا

ذلك الذي نسميه: الأرق الذهبيّ

بتيجانه المرصّعة

ونبله الذي يضيء السواحل

بالرهافة ذاتها التي تهشّم الزجاج

وتُحمّر خدّ الياسمين

بالحنان المكوّر في القلب

يزورنا الأرق

في السرير ذاته

الذي سرّحناه يوماً

خارج النوافذ

إلى مسقطِ الروح تماماً

إلى أرصفةِ الطفولة السائلة

حيث النشيد الهرم للذكرى

وحيث الحمامات

التي تلاشت في الغيوم

مع طائراتنا الورقية

وعيوننا المعلّقة في النجم

في وسطِ الليل تماماً

رقّصنا الهدوء

وتركنا العقارب في الساعة

تلسعُ عين النوم

دون أن تسقط صورةٌ

من الإطار

أو يهربُ كتابٌ من الرّف

من مبتدأ الليل إلى آخرهِ

طابورٌ من السّحرة

وصورةٌ بالأبيض والأسود

لحصانٍ بلا ضجيج».

تحفل القصيدة بعدد كبير من أدوات الإحالة، تبلغ عشرين أداة بمعدل (54 %) من مجموع أسطر القصيدة البالغة سبعة وثلاثين سطراً. أما أدوات الإحالة نفسها فقد جاءت على النّحو الآتي:

أداة الإحالة	نوعها	عدد مرات التّكرار	المحال إليه	نوع الإحالة
الذي	الاسم الموصول	3	الأرق	بعدية
			النبل	قبلية/ بعدية (على جملة الصلة)
			السرير	قبلية/ بعدية (على جملة الصلة)
التي	الاسم الموصول	2	الرهافة	قبلية/ بعدية (على جملة الصلة)
			الحمامات	قبلية/ بعدية (على جملة الصلة)
ذلك	اسم الإشارة	1	الأرق	بعدية
يوماً	ظرف زمان	1	الأرق	قبلية
خارج	ظرف مكان	1	النوافذ	بعدية
حيث	ظرف مكان	2	النشيد الهرم للذكرى	بعدية
			الحمامات	بعدية
دون	ظرف مكان	1	صورة	بعدية
وسط	ظرف زمان	1	الليل	بعدية
تماماً	ظرف مكان	1	مسقط الروح	قبلية
	ظرف زمان	1	وسط الليل	قبلية
في الصمت (بمعنى داخل)	ظرف مكان	3	في الصمت	بعدية
في القلب (بمعنى داخل)	ظرف مكان	1	في القلب	بعدية

مبتدأ (بمعنى أول)	ظرف زمان	1	الليل	بعدية
آخره (بمعنى آخر)	ظرف زمان	1	الليل	قبلية

وأبرز ما يظهره هذا الجدول أن الإحالات في أكثرها كانت بعدية، حيث جاءت الإحالات البعدية في أربعة عشر موضعاً، بينما جاءت الإحالات القبلية في ثمانية مواضع. يُظهر الجدول كذلك أن مجموع الإحالات من كل نوع جاء على النّحو الآتي:

1 – اسم الإشارة: (ذلك)، ورد مرة واحدة.

2 – الاسم الموصول: (التي)، وردت مرتين.

3 – الاسم الموصول: (الذي)، ورد ثلاث مرات.

4 – ظرف المكان: (خارج، حيث، دون، تماماً)، ورد أربع مرات.

5 – ظرف الزمان: (يوماً، تماماً، وسط، أول، آخر)، ورد خمس مرات.

6 – المشعر بظرف المكان: (في الصمت، في القلب)، ورد أربع مرات.

وما يلفت النظر أيضاً أن ظرف المكان لم يكتفِ بألفاظه الدالة على الظرفية، فأضاف إليها ألفاظاً مشعرةً بالمكان في أربعة مواضع، وهي تتميز بالتكرار لفظاً: (في الصمت، في القلب). وبحسب هذه المعدلات للتكرار يمكن القول إن ثمة توازناً واضحاً بين استخدام الأسماء الموصولة والظرف بنوعيه؛ زماناً ومكاناً، وإن كان ظرف المكان – بالنظر إلى ما أضافه إلى نفسه من ألفاظ دالة على الظرفية – يسيطر على أسماء الإشارة، بحكم وروده في ثلاثة عشر موضعاً.

وهذا كله يعني أن التماسك المعتمد على أدوات الإحالة في هذه القصيدة اعتمد على أداتين اثنتين: الظرف والاسم الموصول، وإن تنوعت الأدوات المستخدمة خاصة في الظروف، بينما تركزت في الاسم الموصول على الاسم الموصول للمفرد، تذكيراً وتأنيثاً.

وبالنظر إلى عدد أدوات الإحالة ومواضعها قياساً إلى عدد أسطر القصيدة (20/ 37)، بنسبة تجاوزت (50%)، يمكن القول إنَّ أدوات الإحالة في هذه القصيدة ظهرت بمعدل مرة واحدة كل سطرين. وهذا يدلّ على وظيفتها في تحقيق التماسك في القصيدة. ومن هنا، يمكن القول إن أدوات الإحالة في هذه القصيدة عملت بصورة خطية رأسية، من بداية القصيدة إلى آخرها، وهو ما يمثله الشكل الآتي:

في الصمت ← ....

في الصمت ← ....

....

في الصمت ← ....

....

في القلب ← ....

....

ذلك الذي ← ....

....

داخل/ خارج ← ....

....

حيث/ وسط ← ....

....

أول/ آخر ← ....

إحالة مقامية

سياق الأرق

وأيّاً كان الشكل الذي تصنعه أدوات الإحالة في النّص الشعري الإماراتي، فإن الأكيد أنها تمارس وظيفتها بفاعليّة في تحقيق التماسك النّصي، سواء بانفراد واحد منها بالسيطرة على النّص من أوله إلى آخره، أو كان بتفاعل اثنين منها، أو بتفاعل الأنواع الثلاثة من أدوات الإشارة. والأكيد أيضاً، أن أياً من أدوات الإحالة لا تمارس وظيفتها في النّص الشعري بمفردها، فهناك الضمائر وأدوات المقارنة. وقد أشرت إلى وجودها بقدر ما سمح التحليل، مع المحافظة على إبراز الأداة الرئيسة المقصودة بالتحليل في موضعها، ذلك أن كل واحدة منها تستحق التوقف أمام وظيفتها بمفردها، وقد أظهرت في الفصلين السابقين وظيفة الضمائر، ثم في هذا الفصل وظيفة أسماء الإشارة. بقي أن أتناول بالتحليل وظيفة أدوات المقارنة، وهذا موضوع الفصل الآتي.

3.1 الإحالة بالمقارنة (Comparative reference):

الإحالة بالمقارنة هي الأداة الثالثة من أدوات الإحالة النّصية بحسب هاليداي (Haliday) ورقية حسن (R.Hassan) اللذين قسّما الإحالة النّصية إلى: شخصية، وإشارية، ومقارنة[97]. ويُقصد بالمقارنة «وجود عنصرين يقارن النّص بينهما»[98].

وتنقسم المقارنة إلى: «عامة يتفرّع منها التطابق (ويتم باستعمال عناصر مثل SAME)، والتشابه (وفيه تُستعمل عناصر مثل: SIMILAR...)، والاختلاف (باستعمال عناصر مثل: OTHERWISE,OTHER)، وإلى خاصة تتفرّع إلى كميّة (تتم بعناصر مثل: MORE...)، وكيفية (أجمل من، جميل مثل...). أما من منظور الاتساق فهي لا تختلف عن الضمائر وأسماء الإشارة في كونها نصّية، وبناء عليه فهي تقوم مثل الأنواع المتقدمة، لا محالة بوظيفة اتّساقية»[99].

الإحالة بالمقارنة إذن تضم قسمين رئيسين: عامة وخاصة، والعامة تتفرّع إلى التطابق والتشابه والاختلاف، بينما تتفرّع الخاصة إلى (كمية وكيفية). وفي

ضوء ما سبق يمكن أن نلاحظ عدّة ظواهر تتعلق بالمقارنة في نماذج من الشعر الإماراتي الحديث، ذلك أن هذه النماذج تعتمد على صور مختلفة للمقارنة؛ يؤدي كل منها وظيفة فنية في موقعه من القصيدة. ويأتي في صدارة هذه الصور استخدام التقابل بين الألفاظ، باعتباره أكثر الصور استخداماً في هذه النماذج، ويتساوى بعد ذلك استخدام صور أخرى كالمقارنة بالتشبيه، والمقارنة بالتّضاد، والمقارنة بالتجانس.

كما نلاحظ أن أكثر هذه الصور حين تظهر في قصيدة فإنها تظهر بمفردها، أي يمكن القول إن استخدام هذه الصور المختلفة للمقارنة يأتي منفرداً، ونادراً ما تظهر صورتان من هذه الصور، أو تظهر مجتمعة. ولأن هذا الظهور الجماعي لصور المقارنة يكشف عن طبيعتها وعن طبيعة استخدامها في القصيدة – أي الوظيفة الجماليّة التي تؤديها ضمن فاعلية الاتساق في القصيدة – فسوف أبدأ بعرض نموذجين لهذا الحضور الجماعي لصور المقارنة في القصيدة، ثم أثنّي بالصور المنفردة في بقية النماذج.

1.3.1 الفاعلية المتعددة لأدوات المقارنة وصورها:

1.1.3.1 الفاعلية المقارنة في نصّ شعري كامل:

في قصيدته (قلق يتصاعد)، من ديوانه (تحت الظل الكثرة)، يقول أحمد عيسى العسم[(100)]:

«ما يقلقني

هذا الصباح

صوت الماء المتسرّب

من الحنفيّة

لم أنمْ طوال الليل

قلبي كرنين ساعة

ودقاته متسارعة

أبكي سرّاً

مستسلماً للفراش

يتصاعدُ القلق

وحيداً أفكّر بالعمى

أراقبُ الهدوء في الظلام

أفكّر بما قلتُ للأصدقاء

في حوارنا الساخن

عن الكتابة والارتجال

والنشر السريع

صوتُ الماء المتسرّب

غير عاديّ بكل صدق

أصابع ضخمة

تطبقُ على أنفاسي

ليست لديّ مقاومةٌ

أخسرُ صوتي».

تصف القصيدة لحظة قلق تنتاب الذّات الشاعرة، ويتّضح ذلك عن طريق تتبّع تفاصيل هذا الإحساس؛ بداية من صوت الماء المتسرّب، ثم تداعي الأفكار التي تأخذ أفكار الذّات الشاعرة إلى الجدل حول أحوال الكتابة، ثم العودة مرة أخرة إلى صوت الماء المتسرّب؛ أي إلى مبعث اللحظة القلقة.

كما نلاحظ أن القصيدة تعتمد على صنع مشهد عام للإحساس بالقلق عن طريق تجاور الموصوفات نفسها، ومن هنا يبرز في هذه الصور المتجاورة صور بلاغية، منها التشبيه في قوله: قلبي كرنين الساعة، إضافة إلى ما يمكن أن يتأمله القارئ من مواضع الاستعارات المكنية والكنايات والمجاز المرسل؛ بتأويل التراكيب اللغويّة المختلفة.

وما يهم في هذه التراكيب كونها اشتملت على أكثر من أداة من أدوات المقارنة؛ عمل كل منها على إحداث التماسك في موضعه من القصيدة، إضافة إلى التماسك العام الذي يحدثه وجودها معاً في النّص نفسه. وهذه الأدوات يمكن حصرها فيما يأتي:

م	موضع المقارنة	نوعها	المحيل	المحال إليه
1	صوت الماء المتسرّب	التجانس	الماء	الصوت/ التسرّب
2	قلبي كرنين الساعة	مقارنة بالتشبيه	قلبي	رنين الساعة
3	وحيداً أفكّر بالعمى	مقارنة بالعدد	وحيداً	أنا (الذّات الشاعرة)
4	أراقب الهدوء في الظلام	التجانس	الهدوء	الظلام
5	أفكر بما قلت للأصدقاء	العدد/ المقابلة	أنا (مفرد)	الأصدقاء (جماعة)
6	في حوارنا الساخن عن الكتابة والارتجال	المقابلة	الكتابة	الارتجال
7	الكتابة والارتجال والنشر السريع	التجانس	الكتابة والارتجال	النشر السريع
8	صوت الماء المتسرّب	التجانس	الماء	الصوت/ التسرّب
9	أصابع ضخمة	الجزء/ الكل	أصابع	أيدٍ/ رجال

ويمكن هنا أن نلاحظ أن مواضع المقارنة وردت في تسعة مواضع، منها موضع واحد متكرر (صوت الماء المتسرّب)؛ أي إنه يقوم بوظيفة مزدوجة: المقارنة والتّكرار. إضافة إلى أن هذا العدد من أدوات المقارنة ومواضعه بالقياس إلى عدد أسطر القصيدة (اثنين وعشرين سطراً)، يجعل من فاعلية المقارنة في إحداث التماسك تصل إلى (40 %) أربعين في المائة. وهي نسبة مرتفعة تبيّن التأثير الفعلي لأدوات المقارنة في إحداث التجانس والتماسك في القصيدة. وترتفع هذه النسبة إذا لاحظنا العدد الفعلي للجمل المكوّنة للقصيدة (ثلاث عشرة جملة)، ومن هنا ترتفع نسبة الفاعلية بالمقارنة نحو (70 %) سبعين في المائة. وهذا ما يتضح في الجدول الآتي:

م	الجمل الفعلية	مركبات المقارنة
1	ما يقلقني هذا الصباح صوت الماء المتسرّب من الحنفية	صوت الماء المتسرّب (1)
2	لم أنم طوال الليل	
3	قلبي كرنين ساعة	قلبي كرنين الساعة (2)
4	ودقاته متسارعة	
5	أبكي سرّاً مستسلماً للفراش	
6	يتصاعد القلق	
7	وحيداً أفكر بالعمى	وحيداً أفكر بالعمى (3)
8	أراقب الهدوء في الظلام	أراقب الهدوء في الظلام (4)
9	أفكر بما قلت للأصدقاء في حوارنا الساخن عن الكتابة والارتجال والنشر السريع	أفكر بما قلت للأصدقاء (5) الكتابة والارتجال والنشر السريع (6)
10	صوت الماء المتسرّب غير عادي بكل صدق	صوت الماء المتسرّب (7)
11	أصابع ضخمة تطبق على أنفاسي	أصابع ضخمة تطبق (8)
12	ليست لديّ مقاومةٌ	
13	أخسر أنفاسي	

كما يتّضح أن التجانس في هذه الأدوات تكرر في (أربعة مواضع) بوصفه الوظيفة الجماليّة الأبرز في النّص؛ بما يجعله يتجاوز الوظيفة المحدودة للربط بين المحيل والمحال إليه في الجملة إلى الربط بين سائر الجمل في القصيدة.

2.1.3.1 فاعلية المقارنة في مقطع واحد من القصيدة:

على مستوى آخر، فإن هذه الفاعلية لأدوات المقارنة المجتمعة، قد تظهر في مقاطع منفصلة من قصائد طويلة، ومن هنا فإن فاعليتها تظهر بكثافة في مثل هذه المقاطع. وهو ما يعبّر عنه المقطع الآتي من قصيدة (الأم الوطن) لعلي الشعالي، حيث يقول(101):

«لكِ أنتِ وحدكِ

كلّها

بدلالها

بجمالها

بثلوجها بلهيبها

وبأمها وأبيها».

ما يلفت النظر في هذه القصيدة أن المرجع السياقي فيه نوع من الغموض يصعب معه تحديد المضمر في ضمير الغائبة المؤنث (هي) اللاحق بسبع كلمات من كلمات المقطع العشر. فقد يكون عائداً على الزهور التي أشار إليها الشاعر في المقطع الأول من القصيدة، وقد يكون عائداً على النخلة الممشوقة في المقطع الثاني، وقد يكون عائداً على كل ما تحمله صورة الوطن/ الأم الذي يتصدّر عنوان القصيدة.

ومع ذلك، فالمقطع هنا يحمل من أدوات المقارنة عدداً لافتاً بالقياس إلى حجمه؛ خاصة مع تكوّنه من جملة واحدة فحسب. أما أدوات المقارنة المقصودة فهي: أنتِ وحدك/ كلها، وهو يصنع المقارنة من باب العدد؛ حيث الواحدية المفردة في مقابل الجميع الغائب. وكذلك الدلال/ الجمال، الذي يصنع المقارنة في باب التجانس بالمرادفة، والثلوج/ اللهيب بمقارنته التي تدخل في باب المقابلة، وأخيراً الأم والأب اللذين يدخلان في باب المقارنة بالتّضاد. أي إن مجموع أدوات المقارنة في مقطع واحد مكون من ستة أسطر هو أربعة مواضع، تنوعت فيها ما بين المقارنة بالعدد، والتجانس بالترادف، والمقابلة والتّضاد. وهذا ما يجعل من قوة التماسك في المقطع واضحة؛ خاصة أن المقطع نفسه حمل ظاهرة أخرى من ظواهر الإحالة، هي الضمائر التي تكررت في الأسطر الستة.

كذلك الإحالة في هذه المواضع الأربعة تحمل نوعاً من الإحالة المغلقة، أي التي تعود على نفسها، أو تعود على نظيرها في شكل من أشكال التبادل للإحالات في الموضع الواحد، على النّحو الذي يبيّنه هذا الشكل:

ولذلك فإن الجدول الذي يعبر عن الإحالة سيعكس مثل هذا التبادل بين عناصر المقارنة في هذا المقطع، حيث يكون اللفظ الواحد محيلاً ومحالاً إليه في الوقت نفسه، على هذا النّحو:

م	عناصر الإحالة	المحيل	المحال إليه	نوعها
1	أنتِ وحدكِ كلها	وحدكِ / كلها	وحدكِ/ كلها	مقارنة بالعدد
2	بدلالها، بجمالها	بدلالها/ بجمالها	بدلالها/ بجمالها	التجانس بالمرادفة
3	بثلوجها، بلهيبها	بثلوجها/ بلهيبها	بثلوجها/ بلهيبها	مقارنة بالمقابلة
4	بأمها وأبيها	بأمها/ بأبيها	بأمها/ بأبيها	مقارنة بالتّضاد

ومع عناصر المقارنة هذه، وفاعلية الضمائر، إضافة إلى عنصر التّكرار الواضح في المقطع عن طريق تكرار شبه الجملة المكون من (الباء والاسم المجرور)، فإن فاعلية التماسك في المقطع تصل إلى نسبة (100 %) مائة في المائة، وإن تكن المقارنة هي الظاهرة المعنية بالرصد والتحليل في هذا الموضع.

2.3.1 الفاعلية المفردة لأدوات وصور المقارنة:

في مقابل النموذجين السابقين لفاعلية المقارنة باجتماع صور من أدوات المقارنة، فإن نماذج أخرى من قصائد الشعر الإماراتي تبدي اعتماداً على صورة واحدة من هذه الصورة في تحقيق التماسك والانسجام النّصي في القصيدة. وهذه الأدوات تتنوّع فاعلياتها الجماليّة وتختلف بحسب ما يحتاج إليه الموضع الذي ترد فيه، لكنها تظل محافظة على قدرتها ووظيفتها في تحقيق الانسجام والتماسك في القصيدة، وهو ما يظهر في الصور الآتية.

1.2.3.1 المقارنة بالتقابل:

في قصيدته (العائلة) من ديوان (غد)، يبدي حبيب الصايغ اعتماداً على

فاعلية المقارنة عن طريق التقابل. وهو الذي أسهم في تحقيق الانسجام والتماسك على طول القصيدة، إلى جانب فاعلية التّكرار، حيث يقول[102]:

«آه لو تمضي سنوات العمر

وأنا غافلٌ أو نائم

وأنا لاهٍ عنها بجمعِ الطوابع

وحل الكلمات المتقاطعة

آهِ لو أستطيع أن أزيح ركام السنواتِ

عن أهداب عينَيّ

وأصل سريعاً إلى غدٍ سحيق

أجلسُ فيه جنب الموقد

وحولي عددٌ من أحفادي

بينما الأحفاد الآخرون

منهمكون في جمعِ المزيدِ من الأغصان».

تمثّل القصيدة لحظة تأمل في الحاضر، وهروب منه إلى المستقبل، تتمنّى فيها الذّات الشاعرة أن تتخطّى حدود الزمن الحاضر، لتشهد تكوّن العائلة، وتحليق الأحفاد من حولها. ولتتحقّق هذه الأمنية، فإن الذّات الشاعرة تجسّدها عن طريق عدة أدوات؛ من بينها المقارنة. وصورة المقارنة الرئيسة في هذه القصيدة تتمثّل في المقابلة التي وقعت في عدّة مواضع، بداية المقابلة بالنظير بين الغفلة والنوم، ثم التأكيد هذه الحالة الغافلة بتكرار مرادف للغفلة، هو التلهّي (لاهٍ)،كما يمكن أن نضيف إليها مقابلة بين الحاضر والمستقبل بين أزيح ركام السنواتِ

في مقابل الغد السحيق، ثم التقابل الضمني بين الأحفاد/ والأحفاد (أحفادي/ أحفاد آخرون)، وهو تقابل يعتمد ظاهرياً على تكرار المادة المعجمية، وإن يكن التّكرار بين المفرد والجمع، وهو ما يُعدّ تأكيد للمقابلة بينهما. لاختلاف مرجعية الحفيد بين اللفظين.

وإجمالاً يمكن أن يلاحظ الباحث أن حالات المقارنة في هذه القصيدة وصلت إلى ست، منها أربع اعتمدت على المقابلة، في حين أن (لاهٍ/ غافل) تضمنت الترادف والمقابلة في آن واحد، بينها وبين النوم. كما اعتمدت واحدة منها على المقارنة بين الحاضر والمستقبل، وتمثّل الحاضر في (ركام السنوات)، بينما تمثّل المستقبل في الـ (غد سحيق).

وإجمالاً، يمكن أن نلحظ أن حالات المقارنة في القصيدة مثّلت ما يقرب من (54 %) من عملية تحقيق التماسك والانسجام في النّص، قياساً إلى عدد أسطرها البالغ أحد عشر سطراً، وهو ما يعبر عنه الشكل الآتي:

م	المحيل	المحال إليه	نوع الإحالة
1	غافل/ نائم	غافل/ نائم	مقابلة بالنظير
2	سنوات العمر – ركام السنوات (الحاضر)/ غد سحيق	الحاضر/ المستقبل	مقابلة بالضد
3	غافل/ لاهٍ	غافل/ لاهٍ	ترادف
4	غافل – لاهٍ/ نائم	غافل – لاهٍ/ نائم	مقابلة بالنظير
5	أحفادي/ الأحفاد الآخرون	أحفادي/ الأحفاد الآخرون	تكرار
6	أحفادي/ الأحفاد الآخرون	أحفادي / الأحفاد الآخرون	مقابلة بالضد

والبارز في هذه الحالات المتعددة للمقارنة بواسطة التقابل أن الظاهرة الواحدة منها، يمكن أن تتعدّد فاعليتها، حيث تجاوزت المقابلة إلى ترادف، كالترادف بين (غافل – لاه) كما برز التقابل باجتماع (غافل – لاه – نائم)، وإن تضمن النوم معنى الغفلة، وكذلك العلاقة بين (أحفادي – والأحفاد الآخرون) حيث تضمنت

تقابلاً بالضد وتكراراً بين أحفادي/ والأحفاد الآخرون، وقد يكون هذا الاستعمال خاص بلغة الشعر، والتي مكنت الشاعر من صنع مثل هذا الازدواج بكل سلاسة.

2.2.3.1 المقارنة بالتشبيه:

المقارنة هنا التي يقوم بها التشبيه (التي تهدف إلى التقريب بين العنصر المحيل والعنصر المحال إليه)، وتستخدم أداتين من أدواتـه: كما، ومثلما. والمقارنة في هذه الحالة تقوم بوظيفة المقاربة أو التقريب بين العنصرين، أي المقارنة بين صفتين أو أكثر لدى عنصرين، بينهما عناصر مشتركة وعناصر مختلفة[(103)]. وهذا يحقق غرضاً جمالياً أساسياً من أغراض المشابهة يتمثّل في إخراج المجهول إلى المعلوم[(104)].

وهذا المقارنة تتوافق مع الغرض الجمالي في القصيدة؛ إذ تعمد الذّات الشاعرة إلى تقريب إحساسها بالموضوع الذي تتناوله القصيدة. وهذا ما يظهر في قصيدة (بخار)، من ديوان (صحراء في السلال) لإبراهيم الملا، حيث يقول[(105)]:

«الضبابُ

قرب المصابيح

سائل

ويغسلُ القمر

الضبابُ

نحبّهُ

كما نحبّ أرواحاً قديمة

نحبّه كذلك لأنه الصحراء متبخّرة فوق الشوارع

قرب الأكواخ

وعلى شعر الصبيّة الشقراء

نحبّهُ

مثلما تكونُ الوداعةُ

إرثَ العصافير

ومثلما تذهبُ الظنون

إلى حتفها العالي

الضباب لحاف هذا العالم

على الأعمدة

يلوّنُ صمتَنا».

يرسم الشاعر صورة للضباب عن طريق مجموعة من المشاهد المتنوعة. ومن ثم يتحدّد طبيعة هذا الضباب وصورته، فهو: مضيء، سائل، محبوب، صحراء متبخّرة/ أو صحراء منعكسة على الشوارع وشعر الصبية، وديع، إرث عصافير، ظنون ذاهبة إلى حتفها، لحاف يلف هذا العالم، رسّام يلوّن بطبيعته صمتنا.

هذه هي الصورة العامة للضباب كما رسمه الشاعر. وهي صورة فاتنة، فيها من الإحساس بالدفء بالقدر الذي فيها من البرودة، وفيها من الاتساع بقدر ما فيها من المحدودية والضيق. وقد حقق الشاعر هذا التصوير عن طريق استخدام أدوات للتشبيه؛ تعمل على تقريب هذه الصورة. وهذه الأدوات تنحصر في أداتي التشبيه: كما، مثلما، لكن يمكن أن نضيف إليها التشبيه الذي

ظهر في عدة مواضع، دون استخدام أداة، لكن مع تحقيق الهدف الجمالي نفسه؛ أي التقريب. وهذا ما يظهر في الجدول الآتي:

م	جملة المقاربة	المحيل	المحال إليه
1	الضباب قرب المصابيح سائل	سائل (الماء)	الضباب
2	الضباب قرب المصابيح سائل	المصابيح (مضيء)	الضباب
3	نحبه كما نحب أرواحاً قديمة	حب الأرواح القديمة	الضباب
4	نحبه لأنه الصحراء متبخِّرة فوق الشوارع	الصحراء المتبخرة فوق الشوارع	الضباب
5	نحبه لأنه الصحراء.... قرب الأكواخ	قرب الأكواخ	الضباب
6	نحبه لأنه... على شعر الصبية	شعر الصبية	الضباب
7	نحبه.. مثلما تكون الوداعة	الوداعة	الضباب
8	نحبه.. مثلما تذهب الظنون..	الظنون الذاهبة	الضباب
9	الضباب لحاف هذا العالم	لحاف العالم	الضباب
10	على الأعمدة يلوّن صمتنا	يلون صمتنا (رسام)	الضباب

ونلاحظ في كل هذه الإحالات أنها جميعاً تحيل إلى مصدر واحد؛ هو الضباب. وهذا طبيعي ومنطقيّ باعتباره موضوع القصيدة. ومن هنا، فكل الإحالات التي اقترنت به مثّلت خيوطاً دلالية ممدودة من المصدر؛ تكشف طبيعته، وتقرّب صورته لذهن القارئ؛ خاصة أن هذه الأدوات والمواضع الخاصة بالتشبيه تنتشر في كل أسطر القصيدة، وتعمل على ربط الأسطر ربطاً متوالياً، وهذا يؤكد قيمة التشبيه وفاعليته باعتباره فرعاً من فروع المقارنة في إحداث الانسجام والتماسك في الشعر الإماراتي الحديث.

4.1 الإحالة المقاميّة (Exophora reference):

1.4.1 مفهوم الإحالة المقاميّة ومنظورها:

الإحالة المقاميّة هي النوع الثاني من أنواع الإحالة حسب تصنيف هاليداي

(Haliday) ورقية حسن (R.Hassan)[106]، ويُقصد بها «إحالة عنصر لغوي إحالي على عنصر إشاري غير لغوي موجود في المقام الخارجي؛ كأن يحيل ضمير المتكلم المفرد على ذات صاحب المتكلم، حيث يرتبط عنصر لغوي إحالي بعنصر إشاري غير لغوي، وهو ذات المتكلم»[107]. وبعبارة أوضح، هي إحالة عنصر لغوي داخل النّص على عنصر غير لغوي خارج النّص[108].

والإحالة المقاميّة بهذه الخصائص القادرة على عبور النّص إلى العالم الخارجي، فإنها «تساهم في خلق النّص، لكونها تربط اللغة بسياق المقام، إلا أنها لا تساهم (...) في اتّساقه بشكل مباشر»[109]. والمشكلة هنا تكمن في تحديد المقام، إذ تتوقف معرفته «على معرفة سياق الحال أو الأحداث والمواقف التي تحيط بالنّص حتى يمكن معرفة المحال إليه من بين الأشياء والملابسات المحيطة بالنّص»[110].

2.4.1 التّناص والإحالة:

يقتضي هذا تحديد السياق الذي يتحدّث عنه النّص، ومن ثم البحث عن العناصر اللغويّة التي تحيل إليه من داخله. والحقيقة أن هذا السياق أوسع بكثير من حصره في المكان/ والزمان/ المتكلم/ المخاطب/ القارئ، على ما يشير إلى ذلك بعض الباحثين[111].

فهذه العناصر على الرغم من أهميتها في تعيين حدود السياق غير اللغوي للنصّ، فإنها تعمل عن طريق عناصر لغويّة؛ تقترن بعناصر للإحالة في حدود الضمائر وأسماء الإشارة والمقارنة. وهي عناصر تم تناولها في المباحث السابقة، وإعادة تناولها باعتبارها حصراً على المقام سيدخل البحث في لون من التداخل والتّكرار. ومن ثم، فتحديد سياق المقام يحتاج إلى أداة أكثر دقةً.

وتحديد مثل هذه الأداة المناسبة للكشف عن امتداد النّص خارج حدوده

اللغويّة إنما يتم بالعودة إلى طبيعة النّص نفسه، فلا بدّ من معرفة الحدود الخاصة بطبيعة النّص لمعرفة طبيعة علاقته بالعالم الخارجي.

إن كل نصّ جديد هو في حقيقته «نتاج لملايين النّصوص المختزنة في الذاكرة الإنسانية؛ خاصة في شقها اللاواعي. ومثلما أن النّص ناتج لها، فإنه أيضاً مقدمة لنصوص ستأتي. وهذا يجعل مبدأ تداخل النّصوص منعطفاً تمرّ كل النّصوص به (...)»[112]. وهذا ما تشير إليه جوليا كريستيفا (Jolia Kristiva) في حديثها عن طبيعة النّص؛ إذ إنه «ترحال للنصوص وتداخل نصّي، ففي فضاء نصّ معيّن تتقاطع وتتنافى ملفوظات عديدة مقتطعة من نصوص أخرى»[113].

كما ترى جوليا كريستيفا (Jolia Kristiva) أن النّص هو: «إنتاجية تستند إلى التّناص، فالنّص ليس بنية منغلقة،...»[114]. وهذا ما يجعل النّص عن طريق العملية التّناصية نفسها منفتحاً على البعد التاريخي والاجتماعي، أي منفتحاً على «لغات الإحالة (العلاقات مع العالم) لغات التضمين، أي اللغات الانعكاسية (العلاقات مع النّص)»[115].

وهذا ما يجعل من التّناص الأداة المثالية لتتبّع آثار العالم الخارجي في النّص؛ إذ «يعيد النّص توزيع اللغة (وهو حقل إعادة التوزيع هذه). إن تبادل النّصوص أشلاء نصوص دارت أو تدور في فلك نصّ يعتبر مركزاً، وفي النهاية تتحد معه»[116]. وبهذا المعنى «يمثّل النّص عملية استبدال من نصوص أخرى، أي عملية تناص InterTextualite ففي فضاء النّص تتقاطع أقوال عديدة، مأخوذة من نصوص أخرى،...»[117].

وفي الأخير، فإن التّناص بهذا المعنى يجعل النّص الجديد يتضمن – أقوالاً – إشارات إلى نصوص أخرى سابقة. والتضمين بهذا المعنى ليس بعيداً عن التّناص؛ إذ «يرتبط التصوّران بفكرة انتقال المعنى من نصّ لآخر، ومن عمل أدبي لآخر»[118].

وما يلفت النظر هنا أن التضمين بهذا المعنى يلتقي مع مفهوم الاقتباس في

البلاغة العربية القديمة، فهو كما يعرفه البلاغيون «تضمين النثر أو الشعر شيئاً من القرآن الكريم أو الحديث الشريف من دلالة على أنه منهما، ويجوز أن يُغيّر في الأثر المقتبس قليلاً»(119). غير أن التضمين يتجاوز حدود القرآن الكريم والحديث الشريف إلى كل أنواع النّصوص.

ومن ثم، فإن تتبّع آثار العالم الخارجي في النّص اللغوي سيجعل من أهدافه كل الآثار التي تتركها نصوص أخرى سابقة، والتي ستعمل على تفسير النّص وتأويله وربطه بالعالم الخارجي.

3.4.1 الإحالة المقاميّة/ التّناص في الشعر الإماراتي:

كشف تتبّع حالات التّناص في الشعر الإماراتي الحديث عن ظاهرة لافتة تخص الإحالة المقاميّة، ذلك أن هذا الشعر ترتبط فيه الإحالات المقاميّة/ التّناص بالصورة الكليّة التي يعبر عنها شعر الشاعر، ومن هنا تؤكد هذه الإحالات ما يعبّر عنه الديوان أو ما تعبّر عنه القصيدة، وذلك عن طريق تكثيف الإحالات المقاميّة/ التّناصات التي ترتد إلى الواقع الخارجي المرتبط بموضوع القصيدة/ الديوان. وهذا ما يجعل من هذه الإحالات أساسية في تحديد السياق الكلي المحيط بالقصيدة/ الديوان.

وعلى سبيل المثال ترتبط ذكريات الطفولة عند كريم معتوق في ديوانه الأول: طفولة، بمظاهر الحياة على شاطئ الخليج العربي، ولذلك تنتشر أيضاً في الديوان الإحالات التي تستحضر هذا الشاطئ وحياة الناس عليه في الزمن القديم، بما في ذلك من سفن وأشرعة وحفلات سمر وألعاب لهو طفولية، بل وحكايات الأجداد عن الخرافات الشعبية، وكذلك الألعاب الطفولية وأهازيج الأطفال باللهجة المحكية(120).

وهذا يعني أن النماذج التي تم تناولها في الشعر الإماراتي الحديث، تعكس

ارتباطاً بين تكثيف الإحالات المقامية، وما تدل عليه من واقع خارجي؛ يمثّل تناصّاً بالنسبة إلى الدلالة الكلية في القصيدة. وهو ما ظهر في الإشارات المتكررة للمحات من واقع حياة الناس على شاطئ الخليج، أو في البيئة العامة للخليج، كما انعكس في الاستدعاء المباشر لنصوص أخرى معروفة، على نحو ما ظهر في استدعاء قصائد للشاعر أمل دنقل، على ما سأوضح في الفقرات التالية من البحث.

كما أن الإحالات النّصية المباشرة التي تستحضر أسماء أو أحداث بعينها تُعدّ بالقياس إلى الإحالات غير المباشرة في هذا الشعر قليلة. واللافت في الإحالات المباشرة أن حال الوطن العربي الراهن يتردد في هذا الشعر، بما يدل على تأثيره في الشعر الإماراتي الحديث. أما في الإحالات غير المباشرة، فإن الصورة العامة للخليج العربي، ماضيه وحاضره ومستقبله، هي المسيطرة على حضور الصورة في رسم هذا الواقع المحيط، بما يدل على مدى انشغال الشعراء بهذا الواقع، وعلى مدى ارتباطهم بالوطن وشدة انتمائهم إلى ترابه وإلى رموزه.

ولذلك، فإنه من الصعب الفصل بين هذه الإحالات ومقصد صاحبها من استحضارها، فإن لكل شاعر – كما ذكرت – مقصداً خاصاً من إحالاته، يرتبط بتجربة الديوان الذي وردت فيه. ولذلك فإن تصنيف هذه الإحالات يقتضي مراعاة هذه المقاصد؛ حتى يظهر السياق الذي اقترنت به. ومن ثم، فسوف أعمل في عرض هذه الإحالات على إظهار ارتباطها بالسياق الذي وردت فيه.

4.4.1 حالات الإحالات المقاميّة وصورها/ التّناص في الشعر الإماراتي الحديث:

1.4.4.1 ذكريات الطفولة والحنين إلى الماضي:

تُعدّ ذكريات الطفولة والحنين إلى الماضي الموضوع الأبرز في هذا الشعر،

بسبب تكرره لدى أكثر من شاعر. فهو موجود لدى كل من: كريم معتوق، وإبراهيم الملا، وبطبيعة الحال، من الممكن العثور على آثار لهذه الذكريات لدى آخرين، لكنها أكثر بروزاً لدى من ذكرت من الشعراء، ومن ثم فحضور ذكريات الطفولة لديهم واقترانها بالحنين إلى الماضي نموذج دال في موضوعه.

أما كريم معتوق فقد خصص ديوانه الأول: (طفولة لهذه الذكريات). كما أنه قسّم ديوانه/ قصائده إلى لوحات مرقمة، من الأولى إلى العشرين. وكل لوحة من هذه اللوحات تبدأ بجملة دالة متكررة في صدر هذه القصائد/ اللوحات. ومنها يقول في اللوحة الثانية[121]:

«حين كنا في الصغرْ

كانت الأمواج حرّاس الجزيرةْ

لم نكن نخشى من البردِ

ومن حرّ الظهيرةْ

وإذا جاء الليل وقالوا ها هي أم ادويسْ

لكن لم تجئْ

كان الحزن يأتينا

ويأسٌ يَبتدئْ..

يحتوينا

وإذا قالوا هناك الجنّ فاحذرْ

لم نكن نعرف ما معنى الحذرْ».

والقصيدة كما هو واضح من موضوعها ترسم لحظة من لحظات الطفولة

التي يستهلها الشاعر بقوله: «حين كنا في الصّغرْ». ولكي تـأخذ اللوحة شكلاً مادياً ملموساً؛ يصلها بالواقع، فإنها تستحضر ثلاثة ملامح من ملامح تلك اللحظة الطفولية الخاصة: حرّاس الجزيرة، وأم ادويس التي يضع الشاعر هامشاً خاصاً بها يوضح أنها خرافة اجتماعية لإخافة الأطفال وقت الظهيرة[122]، وأخيراً الجن الذي هو قيمة ثقافية أساسية من القيم الشائعة لدى الشعوب.

وكل من «أم ادويس» و«الجن» لهما دلالة خاصة بإحالاتهما إلى السلوك الاجتماعي السائد آنذاك في التعامل مع «شقاوة» الطفولة ومحاولة السيطرة على اندفاعاتها المستمرة. أما حرّاس الجزيرة، فبالتأكيد تستحضر صورة الخليج العربي، الذي يحميه عدد من الحرّاس، من المخاطر المحيطة به.

ولا حاجة إلى القول إن الإحالات الثلاث ترتبط بالمقام، أي بالسياق الثقافي المحيط بتلك الذكريات. وهو المقام الذي يحوّل القصيدة من كلمات مجرّدة معزولة، إلى انعكاس للحياة الواقعية التي يعيشها الشاعر. وهذا بالضبط ما يعمل على تصويره إبراهيم الملا في ديوانه: (صحراء في السلال)، مستحضراً صورة البيت على ساحل الخليج؛ مشيراً إلى طبيعة الطعام والشراب، والحياة القاسية التي تولّد الخوف، كما تدفعهم إلى السفر والمغامرة، حتى لو تولّد عن ذلك إحساس دائم بالغربة[123]. ومن ذلك يقول جامعاً ذكريات البيت مع البحر، في قصيدته (ذكرى)[124]:

«الينبوع الذي تدفّئنا بهِ

على خشب السنواتْ

الينبوع الذي سرقنا

من اليقظةِ

والظلال التي وزّعتنا في الجهاتِ

خارج البيوت

وقرص الخبز الذي يشبه القمر

خارج الحبّ والحساء الدافئ

حيث رطّبْنا الألم

وجعلناه تمثالاً من الشمع والحكايات

إلى الينبوع رمينا الخرافة كلها

وقلنا غداً

سوف يزهر في قلبنا ساحلٌ أبيض

وأن النورس سوف يُعيرنا

قلبه الوحشيّ

وسوف يطير بنوايانا

إلى غابة الحواسّ الخضراء

دون أن نرمش لتلويحة الجناح

ودون التفاتةٍ للخوف الذي صادقناه في السرّ».

والإحالات في هذه القصيدة غير مباشرة وتحتاج إلى تأويل بسبب التركيب المجازي الذي تبنى من خلاله عبارات القصيدة، لكن انتشارها بطول القصيدة يؤكد دلالتها ووظيفتها البارزة في صناعة الصورة العامة لذلك الماضي السعيد؛ الماضي المتكئ على الحكايات حول النار المشتعلة للتدفئة، مع لمسة حب واضحة في الحساء الساخن. وهي ذكرى تختلط بحنين واضح وإحساس بالألم بسبب التفرّق في الجهات المختلفة.

وأياً يكن الأمر، فقد عملت هذه الإحالات المتتابعة بانتشارها الواضح بطول القصيدة على اتساق الجو العام الذي تنقله إلى قارئها. وهذا جميعاً ما يدل عليه الجدول الآتي مبيّناً إحالات الطفولة المرتبطة بذكريات الماضي السعيد في الخليج العربي:

المقام	إحالات ذكريات الطفولة			
الشاعر/ الديوان	القصيدة	المحيل	المحال إليه	السياق
كريم معتوق ديوان الطفولة	لوحة 2	– حراس الجزيرة – أم ادويس – الجن	– شاطئ الخليج العربي – خرافات الطفولة وحكاياتها	الواقع الاجتماعي في الخليج العربي في الزمن الماضي
إبراهيم الملا ديوان صحراء في السلال	ذكرى	– الينبوع – تدفئنا – خشب السنوات – الينبوع – قرص الخبز الذي يشبه القمر – الحساء الدافئ – الحكايات – الخرافة – ساحل أبيض – النورس – غابة الحواس – الجناح	– البيت السعيد – خرافات الطفولة – الخليج	

2.4.4.1 صوت الخليج العربي وصورته:

يمثل صوت الخليج في هذا الشعر صورة للواقع الفعلي؛ أي لحركة الناس والأشياء في هذا الواقع. وهذه الصورة تمثّلها تجربة أحمد عيسى العسم في ديوانه: (تحت ظل الكثرة)، ومنه قصيدة: (في الشيء نفسه)[125]. في هذه القصيدة يستحضر الشاعر صوت الخليج الحاضر وصورته المعاصرة، وذلك

عن طريق تمثيل رمزيّ يعبر عن طبيعة الخليج في صورة ذلك البحار الذي يتحدّث عنه الشاعر.

وبعبارة أخرى، يستحضر الشاعر صورة الخليج العربي، وما يتصل به من أدوات مادية وتمثيلات رمزية، فيستدعي شخصية البحّار، دون أن نعرف إن كان المحال إليه (البحّار) تمثيلاً مادياً حقيقياً، أو مجرد تمثيل رمزيّ للحالة نفسها؛ أي دون أن نعرف إن كان الشاعر يقصد بالبحّار شخصاً حقيقياً، أو مجرد صورة عامة لشخصية الرجل في الخليج؛ تمثلها شخصية البحّار. ومن هنا فإن الإحالة تجسد صورة الخليج المعاصر وتاريخه الضارب بجذوره في ماضي الأجداد التليد، حيث يقول[126]:

«مزاج هذا البحّار

عند الفجر لا تفهمه

على الإطلاق

حتى نظرته للماء

لا يمكن أن تجزم بأنها انكسار

الخلايا في دمهِ

لكن باستطاعتي تحديد

الشيء نفسه حين ألمس يدهُ

وحين تظهر السنّ الذهبيّةُ

في فمهِ وهو يدخّن

أحبّه أبيضَ

دون ضغينةْ».

وما يلفت النظر في الإحالات المرتبطة بالبحّار المشار إليه، أنها جميعاً ترتبط بحالة من حالاته: نظرته للماء، يده، السن الذهبية، فمه وهو يدخن. وبالطبع يمكن أن يضاف إلى هذه الإحالات، الخلايا، أبيض. وهذه الإحالات تعمل على تجسيد صورة ذلك البحّار ونشرها بطول القصيدة، كأنما يتعمد الشاعر رسم تلك الصورة جزءاً جزءاً، من باب التشويق.

لكن هذا الانتشار نفسه لأجزاء الموصوف/ المحال إليه في القصيدة، هو الذي عمل على تأكيد اتساقها بتلك الإحالات المتوالية. كما يتضح في الجدول الآتي:

المقام	صوت الخليج وصورته			
الشاعر	القصيدة	المحيل	المحال إليه	السياق
أحمد عيسى العسم	– في الشيء نفسه	– البحّار – الماء – يده (البحّار) – السن الذهبية (البحّار) – وهو يدخن (البحّار)	– الواقع الاجتماعي في الخليج – الخليج الحاضر – ساحل الخليج	– الواقع الفعلي (الآني) للخليج – والتاريخ التليد والحاضر المشرق

3.4.4.1 أصوات الواقع العربي المعاصر:

ظهر الواقع العربي المعاصر عن طريق ثلاثة أصوات، تشتبك مع هذا الواقع وتعبّر عنه عن طريق الإحالات المقاميّة الدالّة عليه. لكنها تختلف في طريقة التّعبير عن هذا الاشتباك، فأحدها يتّخذ صوت الشاعر القديم تعبيراً عن الغوص في هموم هذا الواقع؛ جامعاً بين القديم والجديد، والثاني يتّخذ صوت الشاعر الثوريّ الذي يجسد بصوته الثائر حال الوطن العربي، والأخير صوت الشاعر الواقعي الذي يقوم بترجمة هذا الواقع ترجمة مباشرة. وفي كل حالة من هذه الإحالات، تتوافق الإحالات مع هذا الغرض، وترسم شخصية الشاعر الذي يعبّر عن هذا الواقع.

1.3.4.4.1 صوت الشاعر القديم:

يأتي هذا الوصف: صوت الشاعر القديم من اعتماد الشاعر على مكونات عالم الشاعر الجاهلي على نحو خاص[127]. ومن ثم، تشيع في هذا الشعر إحالات تستحضر الصحراء بمكوناتها؛ الخيمة، الجمال، الجياد، الفرسان.. إلخ. وقد استغل الشاعر المعاصر هذا العالم في التعبير عن تعقيدات الحياة العربية المعاصرة. وهو ما يظهر خاصة في الديوان/ القصيدة: (علي بن المسك التهامي يفاجئ قاتليه) لعارف الخاجة.

وعلى الرغم من أن الديوان المذكور يضمّ قصائد أخرى، فإن القصيدة المركزيّة فيه – من حيث الحجم – هي القصيدة التي يتّخذ منها الديوان عنوانه: (علي بن المسك التهامي يفاجئ قاتليه)، بما يدل على مركزيّتها وأهميّتها. والقصيدة المذكورة تتّخذ شكل الملحمة أو القصيدة الطلليّة المعروفة؛ حتى في مفتتحها الذي يبدأ بالتساؤل:

«من حزنها

أدفأتَ قامتكَ المديدة

أم من الجسد المخبّ بما ارتعش؟»[128].

ومن ثم تتابع القصيدة عرضها للواقع المعاصر في ظل استحضار أطياف من حياة الشاعر القديم، بما فيها الصراع بين علي بن أبي طالب ومعاوية بن أبي سفيان، ومعهما ظلال من ملاحم وحروب بكر وتغلب في الجاهلية. ومن هنا فالقصيدة تستعرض التاريخ العربي، بأبرز رموزه وأحداثه، إذ تنتشر فيها بكثافة كل تلك الرموز الإحالية، محمولة على صوت الشاعر العربي القديم؛ الشاعر الذي يتساءل مراراً عن حكمة الصراع وعن مصير الهوية:

«ثلّة قد بادرتك بسرّها

قبل الجميع

وبادرتك بسيفها

ماذا ستفتح من بلادٍ

ثم تحكمها

وتكسرُ في ضريحِ شبابها

من أجل أحلامك؟

ماذا سترسمُ أو سترحمُ

إنْ حُمِلتَ على أوارِكَ

واستجبتَ لما سينجبه العناقُ

وما سترميه المباهج حول أيامك؟».

ومن اليسير هنا أن نلمح ظلال هذا العالم القديم في: (الثلّة، السيف، الفتح، الحكم). فكلها يشير إلى الصراع وإلى رحلة الشاعر الجاهلي في محاولته اختراق حصار الصحراء من حوله. وهو العالم الذي نلمح إشارات أخرى له منتشرة بطول القصيدة، منها:

«وهند حبلى من محبتك القديمةِ

....

هل هند حبلى»(129)

ومنها أيضاً هذا المقطع الدال على الصراع بين بني العمومة، حيث يقول:

«ها هم بنو أعمامك العظماءِ

يقتتلون في جنح الضلالةِ

عند مورد خيلهم

من أجل دلوٍ واحدٍ

أو شقّ تمرةْ»[130].

والمقطع كما هو واضح من كثرة الخطوط التي وضعت تحت كلماته دال على مدى اشتباك الواقع المعاصر بحالات العالم القديم: بنو العمومة، يقتتلون، جنح الظلالة، مورد الخيل، دلو واحد، شق تمرة.

وهذه الإحالات تستحضر مواقف من ذلك الزمن القديم: اقتتال بني العمومة في مثل داحس والغبراء، أو صراع البقاء بينهم على دلو ماء أو شقّ تمرة. أما ما يربط هذه الإحالات بعالمنا المعاصر فتلك الإحالات التي تعتمد على استحضار صوت الحياة المعاصرة في السياق نفسه من الصراع الإنساني المستمر:

«يا هند لو ساعةْ .. نكَرا هوى لِدْيارْ

كم كِثْروا الباعةْ .. باعوا الوطَنْ بالعارْ

الرّوح ملْتاعةْ .. والنفس فيها نارْ

لا شوف ولا طاعةْ .. إلا ابْكَصاص أو ثارْ»[131].

وما زالت هند والثار والعار حاضرة في هذا الصراع، والإحالة هنا ترسم الرابط بين العالمين: القديم والمعاصر. ولذلك فقد تبدو هذه الإحالات منصهرة وذائبة في التركيب؛ إلّا أن التأويل وحده يبرز ما فيها من إشارات/ إحالات مقاميّة، تجعل الداخل النّصي متصلاً بخارجه المقامي، كما تجعل الحاضر النّصي متصلاً بماضيه التاريخي الطويل، كما يتضح في الجدول الآتي:

المقام	المقام			
الشاعر	القصيدة	المحال	المحال إليه	السياق
عارف الخاجة ديوان علي بن المسك التهامي	علي بن المسك التهامي	– الاستفهام (المطلع) – ثلّة – بسيفها – ستفتح – تحكمها – هند حبلى – بنو أعمامك – يقتتلون – جنح الضلالة – مورد خيلهم – دلو واحد – شقّ تمرة – نكَرا هوى لِذيار	– صوت الشاعر القديم – (عالم الشاعر/ الشعر الجاهلي: – المعارك – الصحراء – الثأر) – اللهجة المعاصرة للخليج العربي – الشعر الشعبي	الواقع العربي المعاصر في مرآة الشعر القديم (اضطراب الأحوال العربية المعاصرة واختلاف الأشقاء وبني العمومة)

2.3.4.4.1 صوت الشاعر الثوري:

الشاعر الثوري يجسّد بصوته الثائر حال الوطن العربيّ في لحظته الراهنة، بأحداثه الجسام. وهو ما يعبر عنه إبراهيم محمد إبراهيم في ديوانه: (صحوة الـورق)، حيث يشير بإحالاته إلى ما يعانيه هذا الوطن من انشقاق أبنائه وتناحرهم حول المصالح الضيقة، بينما ينادون بالاتحاد (غير العملي) تحت راية الاجتماعات العربية الدورية التي يسمونها: قمماً عربية. وهو ما تجسّده قصيدة (قِمّـة)، حيث يقول(132):

«القمة تَتْبعها قِمهْ

والأُخرى تعقِبُها قِمهْ

ورقابُ الأحرارِ جسورٌ

ما بينَ القمّةِ والقمهْ

والأملُ الباردُ ملتهبٌ

مضطربٌ في قلبِ الأُمهْ

فمتى تنصهرُ الغُمّهْ

ومتى تنبعثُ الهِمّهْ

لا يبدو للنصّرِ سبيلٌ

وبنود الغيرة قَد حُذِفَتْ

من جدولِ أعمالِ القمهْ».

والإحالات التي تحملها القصيدة تميل إلى السخرية الشديدة من الواقع العربي متمثّلاً في الحدث الأبرز المتكرر في حياة هذه الأمة، وهو ما تمثّله (القمة) العربية التي تنعقد خلف قمة وتعقبها قمة. ووسط هذا التعاقب ينال الاضطراب (قلب الأمة)، وتنعقد (الغمة)، ويظل السؤال معلقاً في فراغ هذه القمم المتوالية: متى تنبعث الهمة؟، وهو السؤال الذي ينبعث ضمنياً عن حذف الغيرة من (جدول أعمال القمة). فهذه الاجتماعات العربية على الرغم من انعقادها فإنها لا تحرّك ساكناً، ولا تغيّر شيئاً من حقيقة هذا الواقع وما يحدث فيه، وكما تتّضح الإحالات في الجدول الآتي:

المقام	صوت الشاعر الثوري			
الشاعر	القصيدة	المحيل	المحال إليه	السياق
إبراهيم محمد إبراهيم ديوان صحوة الورق	القمة	– القمة تتبعها قمة – رقاب الأحرار – الأمة – القمة – الهمة – جدول أعمال القمة	– القمم العربية – الشعوب العربية – الأمة العربية – الواقع العربي – الأمل/ السراب – القمم العربية	اضطرابات الواقع العربي المعاصر وتخاذله أمام تدخل الأعداء

3.3.4.4.1 صوت الشاعر الواقعي:

وفي الأخير، يأتي الشاعر الواقعي ليضع عينيه على حركة هذا الواقع ويترجمها في صورة إحالات دقيقة تعود إلى أجزاء صغرى من هذا الواقع. وهذا ما يمثّله ناصر البكر الزعابي في قصيدته (المطار)، حيث يقول[(133)]:

«المطار

مكانٌ رائعٌ للتأملْ

في ساعات الانتظار الطويلْ

المطار يشعر بالضجرْ

أطفالٌ يلعبونْ

عمالٌ متذمّرونْ

رجلٌ يدخّنْ

حزينٌ اشتاق لأهلهْ

فتاةٌ تبحث عن حلمٍ

حقائب ثقيلةٌ

شاعر حائرٌ بين غربتينْ».

القصيدة على الرغم من حجمها الصغير نسبياً فإنها تمتلئ بالإحالات المقاميّة في كل سطر من أسطرها العشرة، بل وفي كل كلمة من كلماتها. وما يؤسّس هذه الإحالات هو العنوان في صدارتها، ثم العنوان نفسه متكرراً في السطر الثالث بوصفه كلمة من كلمات القصيدة. وكل إحالة من هذه الإحالات ترتبط بواقع المطار وبحالة الحركة فيه: مكان، ساعات انتظار، أطفال يلعبون، عمال متذمرون، رجل يدخن، حزين اشتاق إلى أهله، فتاة تبحث عن فتى أحلامها، حقائب ثقيلة، شاعر حائر بين غربتين.

وهذا يعني أن الإحالات المقاميّة في القصيدة رسمت صورة متحركة للمحال إليه (المطار). وهو ما يعني أيضاً أن الإحالات المقاميّة تؤكد ارتباط النّص بالعالم الخارجي، وهي تعمل على تحويل السياق اللغوي إلى صورة بصرية. كما أن القصيدة تنتمي إلى قصيدة النثر المعاصرة؛ القصيدة التي تعمل عن طريق مبدأ: التفاصيل والحياة اليومية[134]، لتجسّد واقع الحياة المعاصرة أدق تمثيل.

المقام	صوت الشاعر الواقعي			
الشاعر	القصيدة	المحيل	المحال إليه	السياق
ناصر البكر الزعابي ديوان لا بوح بعد هذا	المطار	– مكان للتأمل – ساعات انتظار – المطار – أطفال – عمال يتذمرون – رجل يدخن – حزين يشتاق – فتاة تبحث عن حلم.. – حقائب ثقيلة – شاعر حائر بين غربتين	– ساحات المطار – غربة المسافرين – غربة الشاعر	الواقع العربي المعاصر بكل تفاصيله المادية والنفسية

4.4.4.1 أصوات الراحلين:

تكمن أهمية الإحالات هنا في ربطها المباشر بين النّص اللغوي في الشعر الإماراتي المعاصر وأصوات الشعراء على مستوى الوطن العربي. وهذا دليل على وعي الشاعر الإماراتي الحديث بتاريخ شعره العربي في كل أرجاء الوطن العربي.

وهذا ما يظهر في استدعاء أسماء وأصوات أمثال حافظ إبراهيم من الشعراء المعاصرين، وحنظلة؛ النموذج الكاريكاتيري المبهر للمرحوم ناجي العلي، بكل ما حمله هذا الرمز الأسطوري من معالم ثقافية عربية ضدّ حملات التشويه والترهيب للعدو الصهيوني. نحن إذن أمام شاعر مثقف، يعي حدود ثقافة وطنه العربي، ويصل جديده بقديمه. وهذه هي دلالة هذه الإحالات في هذا الشعر.

1.4.4.4.1 المرأة أصل المجتمع:

يقول كريم معتوق في قصيدته (الأم)[135]:

والأم مدرســـة قالوا وقلتُ بها　　　كل المدارسِ ســـاحاتٌ لها تقفُ

ها جئتُ بالشعرِ أدنيها لقافيتي　　　كأنما الأم في اللاوصفِ تتصفُ

والإحالة المحددة بطبيعة الحال، لا تستدعي فحسب حافظ إبراهيم في بيته المشهور:

الأم مــدرســـةٌ إذا أعــددتــهــا　　　أعددْتَ شعباً طيب الأعراقِ[136].

وما يشير إليه قول كريم معتوق في القصيدة يدخل في باب التّناص المباشر مع نصوص سابقة، تحديداً قصيدة حافظ إبراهيم في افتتاح مدرسة البنات ببورسعيد، إذ قصيدة حافظ إبراهيم كُتبت بمناسبة افتتاح مدرسة البنات ببورسعيد – مصر 1910[137]، لكنه يستدعي معه موقفاً ثقافياً يتجاوز مجرد الاحتفاء بالأم، ومن هنا

فإن قصيدة كريم معتوق التي تستدعي هذه المناسبة تتجاوز بوظيفتها الاحتفاء التقليدي بالأم وبرّها، إلى التعبير عن موقف ثقافي عام، يرى في الأم والأمومة منبع الحياة. مبتعداً عن الصورة التقليدية لهنّ في المجتمع.

2.4.4.4.1 حنظلة – القضية لا تموت:

تمثل شخصية الكاريكاتير «حنظلة» التي ابتدعها الفنان الفلسطيني الكبير ناجي العلي، في ثمانينيات القرن الماضي، رمزاً لاستمرار الكفاح العربي ضد الاحتلال الصهيوني لفلسطين. وقد استفاد ظاعن شاهين من هذه القيمة الثقافية في التعبير عن منطق القوة الذي تعبّر عنه الحجارة في غزة الثائرة، حيث يقول في قصيدته (نطق الحجر)[138]:

«ما بين سارية ترفّ على بروج العشق

تنشر وجه حنظلة استقامت بلدةٌ

أشخاصها حجرٌ ونارْ...

كانت وجوه الناس أشباحاً

وكانت خيمة بيضاء كالنور البهيّ

تلوح في خدّ النجوم وتتقي

مسد النهار

حلمٌ ودارْ..

تلويحةٌ، عرقٌ، رصاصٌ، صرخةٌ، جسدٌ

توارى كالغبارْ

ودمٌ على أطراف يافا ينتخي: الله أكبرْ

إنّ هذا الجبن عارْ».

إن الإحالات التي تتضمنها القصيدة تشير بوضوح إلى الانتفاضة الفلسطينية الأولى – كُتب الديوان ونشر في 1990 – وذلك عن طريق: حنظلة، حجر ونار، تلويحة، عرق، رصاص، صرخة، جسدٌ توارى كالغبار، يافا. وهذا يجعل من السياق المقامي المحيط يتخذ بعداً إنسانياً وثورياً، إلى جانب دلالته الثقافية المتمثّلة في شخصية حنظلة الكاريكاتيرية.

وهذا يدلّ على أن كل الإحالات التي عرضتها فيما سبق، لا تعمل فحسب على ربط النّص اللغوي بالمقام الخارجي، ولكنها أيضاً تُحمّل المقام بأبعاد اجتماعية وسياسية وتاريخية وثقافية، ومن ثم فليست كل الإحالات سواء، وينبغي مراعاة ما تشير إليه لفهم القصيدة وتأويلها. ويمثل الجدول الآتي الإحالات الموجودة في أصوات الراحلين:

المقام	أصوات الراحلين			
الشاعر	**القصيدة**	**المحيل**	**المحال إليه**	**السياق**
كريم معتوق **ديوان كريم معتوق ج 2**	**الأم**	**– الأم مدرسة قالوا وقلتُ**	**– الأم مدرسة إذا أعددتها أعددت شعبا طيّب الأعراق (حافظ إبراهيم)**	**المرأة أصل المجتمع**
ظاعن شاهين (آية للصمت)	**نطق الحجر**	**– وجه حنظلة** **– حجر ونار** **– تلويحة** **– عرق** **– رصاص** **– صرخة** **– جسد توارى**	**– شخصية حنظلة (ناجي العلي)** **– الانتفاضة الفلسطينية الأولى**	**القضية الفلسطينية والواقع العربي**

ثانياً: الاستبدال (Substitution):

1 – مفهوم الاستبدال وطبيعته وأنواعه:

الاستبدال بطبيعته «عملية تتم داخل النّص، وإنه تعويض عنصر في النّص بعنصر آخر»[139]. وهذه العملية – كما يشرح خطابي – «علاقة تتم في المستوى النّحوي – المعجمي بين كلمات أو عبارات»[140]. وهذه «العلاقة بين عنصري الاستبدال (المستبدِل والمستبدَل) علاقة تقابل تقتضي إعادة التحديد والاستبعاد... أي استبعاد وصف وإحلال وصف آخر محله»[141]. وبناء على ذلك، فإن العلاقة بين عنصري الاستبدال «لا تقوم على التطابق، وإنما على التقابل والاختلاف الذي ينتج عنه الاستبعاد»[142].

وإذا كان من طبيعة هذه العلاقة أنها بين عنصر متقدم وعنصر متأخر، فإن هذا ما يجعل من الاستبدال «مصدراً أساسياً من مصادر اتساق النّصوص»[143]. وهو في الأخير، بحسب ما ينقل خطابي عن هاليداي (Haliday) ورقية حسن (R.Hassan)، ينقسم إلى استبدال اسمي (Nominal Substitution)، «ويتم باستعمال العناصر same, ones,one»[144]، واستبدال فعلي (Verbal Substitution)، «ويمثله استعمال العنصر do»[145]. واستبدال قولي (Clausal Substitution)، «ويستعمل فيه العنصران not,so»[146].

هذا ما ينقله خطابي عن هاليداي (Haliday) ورقية حسن (R.Hassan)، غير أن بعض الباحثين الذين تناولوا الاستبدال، أشار إلى رؤية مختلفة لما ذكره خطابي، نقلاً عن هارفج (Harweg): «الاستبدال عند هارفج (Harweg) – وهو من أعلام النّص الذين تحدّثوا عن الاستبدال – هو: إحلال تعبير لغوي محل تعبير لغوي آخر معيّن، ويُسمّى التعبير الأول من التعبيرين: المنقول أو المستبدل منه، والآخر الذي حل محله: المستبدل به. وإذا وقع المستبدل منه والمستبدل به في مواقع نصّية متوالية، فإنهما يقعان – حسب هارفج (Harweg) – في علاقة استبدال نحوية بعضهما ببعض»[147].

وبناء على هذه النظرة المختلفة للاستبدال، فإنه ينقسم إلى: «أ – استبدال المطابقة (نحو تكرير الوحدة المعجمية)، ب – استبدال المشابهة (نحو الإعادة من خلال المترادفات)، جـ – استبدال التلاصق (تحقيقات مختلفة للإعادة الضمنية)»[148]. وكما يؤكد الباحث في موضع آخر، فإن «هناك من أطلق مصطلح الإبدال بدلاً من الاستبدال، وأدرجه ضمن أدوات التماسك الداخلية»[149].

نلاحظ أن ثمة اختلافاً جوهرياً حول تحديد طبيعة الاستبدال. فالاعتماد على كلام خطابي يعني استقصاء ظواهر محددة من الاستبدال، تقتصر على عناصر مفردة؛ فعلية أو اسمية، أو حتى قولية، وبشرط أن يكون العنصر الثاني من عنصري الاستبدال مخالفاً للعنصر الأول – علاقة تقابل – ، ومستبعداً له، وإن كان يحتفظ بجزء من المعلومات الموجودة في العنصر الأول[150].

وهذا التحديد لطبيعة الاستبدال يفرض على الباحث أن يضع عينيه فحسب على العناصر التي ترتبط بعلاقة التعارض دون غيرها من العلاقات المحتملة. والحقيقة أن مثل هذه العناصر محدودة جداً بالقياس إلى التأمل في نماذج الشعر الإماراتي الحديث، وربما تكون محدودة في سائر الشعر العربي الحديث. وهو ما يعني أن الاستبدال بحضوره القليل هذا لا يؤدي وظيفة أساسيّة في التماسك على عكس ما يقول خطابي.

أما نظرة هارفج (Harweg) وتقسيمه لأنواع الاستبدال، فإنه يوسّع من دائرة البحث: مطابقة، ومشابهة، وتلاصق، ويجعل من عناصر الاستبدال منتشرة بصورة مكثفة في نماذج الشعر الإماراتي، بسبب تنوّع العلاقات الموجودة بين العناصر الاستبدالية حسب هذه النظرة، وبسبب كونها في الأساس تعتمد على ظاهرة التّكرار بصوره المختلفة.

ومن هنا، فإن تتبّع ظواهر الاستبدال حسب مفهوم هارفج (Harweg)، يعدّ أكثر ملاءمة لبحث فاعلية الاستبدال؛ خاصة أن أنواعه بحسب هذا المفهوم،

لا تمنع من ملاحظة أنواعها الموازية لدى خطابي؛ أي الاستبدال الاسمي، والاستبدال الفعلي، والاستبدال القولي. وبناء عليه، فسوف أعتمد في دراسة ظاهرة الاستبدال في الشعر الإماراتي الحديث على مفهوم هارفج (Harweg)، مع الإشارة إلى تصنيف خطابي المنقول عن هاليداي (Haliday) ورقية حسن (R.Hassan)، كلما أتاح التحليل ذلك.

2 – الاستبدال في الشعر الإماراتي الحديث:

يعد الاستبدال – بحسب منظور هارفج (Harweg) – واحدة من أبرز الأدوات التي يعتمد عليها الشعراء الإماراتيون في إحداث التماسك النّصي في قصائدهم المختلفة. وهو ما يتجلى في كثافة حضور ظواهر الاستبدال في هذا الشعر، سواء عن طريق استبدال المطابقة، واستبدال المشابهة، واستبدال التلاصق. وهي الأنواع التي تعمل على تكثيف الدلالة وتكثيف العلاقة بين العناصر المختلفة، على النّحو الذي تظهره النماذج الآتية.

1.2 استبدال المطابقة:

يشمل هذا النوع من الاستبدال بصفة أساسية تكرار الوحدة المعجمية، على ما يقول هارفج (Harweg)[151]. وهو التّكرار الذي يمكن أن يتحقق عن طريق عدة ظواهر أساسية في اللغة العربية، منها تكرير اللفظ بصيغته وحروفه؛ أي ما يُسمّى في النّحو التوكيد اللفظي، وتكرار ما يدل عليه مسنداً إلى ضميره باستخدام (نفس) و(كل) و(جميع)، على ما يقول النحاة في التوكيد المعنوي[152]. ومنها أيضاً البدل والنعت، وهي جميعاً ظواهر نحويّة تعبّر عن ارتباط التابع بمتبوعه، وتشترك في ظواهر التّكرار والتحديد والاستبعاد[153]. والمطابقة أيضاً بهذا المعنى تشمل أنواعاً أخرى من العلاقات الدلاليّة التي تهتم بوصفها البلاغة في كل من ظواهر الترادف والتّكرار[154].

وقد أشار إلى هذه الأدوات جميعاً، سواء ما يختص منها بالمستوى النّحوي، أو اختص بالمستوى البلاغي الدلالي صبحي إبراهيم الفقي في تحديده لمستويات وأدوات التحليل النّصي؛ مؤكداً «أنه في وجود هذه الأدوات يحدث الترابط النّصي»[155]. ومن ثم، يتحقق استقرار النّص شكلياً ودلالياً.

وبالنظر إلى الشعر الإماراتي الحديث فيمكن للباحث أن يلاحظ وفرة لهذه الظواهر مجتمعة في حدود النّصوص الشعرية، لكنها تختلف من حيث كثافة الحضور، ما بين القلة التي تصل إلى حد الندرة، وإلى الوفرة التي تتجاوز في حدود فاعلياتها مجرد الاستبدال، خاصة أنها طيلة الوقت تختلط بظواهر التّكرار. وهذا طبيعي في ظل كون ظواهر الاستبدال تعتمد ضمن مكونها الأساسي على التّكرار بمستوياته المختلفة.

1.1.2 استبدال التابع النحوي:

أما الندرة فيمثلها البدل، على اعتبار أن البدل عين المبدل منه، هو «التابع المقصود بالنسبة، بلا واسطة»[156]، كما في ألفاظ الكنية[157]. ويقصد من ذلك اقتران لفظين بعلاقة البدل، فيكون الثاني منهما بدلاً، والأول مبدلاً منه. ومن ذلك قول إبراهيم محمد إبراهيم في قصيدة (صحوة الورق)[158]:

«غزلتها بخواطري

ونسجتها بحياتي

حتى رأيت الكون هذا صفحتي

والغيم شِعري

والطيور رواتي».

والاستبدال المقصود في المقطع هو العلاقة بين الكلمتين: المستبدل (الكون)، والمستبدل منه (هذا). وهي في الحقيقة علاقة نحويّة، يحددها نوع الارتباط بين

اللفظين، باعتبار أن الثاني نعتاً للأول، يتمم معناه ويخصصه ويؤكد حضوره الدلالي. ومثل ذلك قول الشاعر نفسه أيضاً في موضع لاحق من الديوان في قصيدة (تلك الحكاية)[159]:

«كنّا،

وحتى اليوم هذا لا نزالُ

بمسرح الأحداث آيةْ

هدفاً يجرّب صبية الخنزيرِ

في أعراضنا فنّ الرمايةْ

تلك الحكاية، في البدايةِ

والنهايةُ

في البدايةْ».

فقد جاء الاستبدال في موضعين من هذا المقطع: (اليوم هذا، تلك الحكاية). والملاحظ أن الاستبدال في الموضعين، كما في المثال الذي جاء في النموذج الأول، تضمن اسم إشارة (هذا، تلك). وهو ما جعل العلاقة بين المستبدل والمستبدل منه تتحرك نحوياً بين علاقتين: النعت والبدل. ولذلك، فالمواضع الثلاثة قائمة على علاقة التابع بمتبوعه نحوياً، أي التوكيد والوصف والتحديد[160]. إلى جانب وظيفتها الجماليّة والدلاليّة. وهو ما يمكن أن يعبر عنه الجدول الآتي:

الجملة	المستبدل منه	المستبدل	نوع العلاقة نحوياً	تصنيف هارفج	تصنيف هاليداي ورقية حسن
حتى رأيت الكون هذا صفحتي	الكون	هذا	نعت	مطابقة	اسمي
وحتى اليوم هذا لا نزال	اليوم	هذا	نعت	مطابقة	اسمي
تلك الحكاية في البداية	تلك	الحكاية	بدل	مطابقة	اسمي

والجدول يكشف بوضوح أن العلاقة الأساسية المسيطرة على المستبدل والمستبدل منه هي علاقة الاسميّة بحسب تصنيف هاليداي (Haliday) ورقية حسن (R.Hassan)، وهي بطبيعة الحال علاقة مطابقة من وجهة نظر هارفج (Harweg) الذي تبنى تصنيفه الأساسي لهذه الظواهر. أما من الناحية النّحوية فالعلاقة بين المستبدل والمستبدل منه جمعت بين تابعين من التوابع الأساسية: النعت والبدل. وهو ما يكشف عن أهمية اللسانيات النّصية في كونها تعيد قراءة العلاقة بين الظواهر اللغويّة بما يكشف عن فاعلياتها الدلاليّة والتركيبيّة في إحداث التماسك النّصي.

2.1.2 استبدال التوكيد اللفظي:

وفي هذا النوع من الاستبدال تتكرر لفظة أو يتكرر مركب لغوي بلفظه مفيداً التوكيد اللفظي للمستبدل منه. ومن هنا فالتوكيد اللفظي هو «تكرار اللفظ الأول بعينه اعتناء به»[161]. والعلاقة بينهما هي علاقة التابع بمتبوعه، حيث يصير «التابع والمتبوع معاً كمفرد منسوب إليه»[162]. ويمثّل هذا النوع من الاستبدال المقطع الثالث من قصيدة (اللغة الحرام) لكريم معتوق، حيث يقول[163]:

«لم أدخل اللغة الحرامَ (1)

نأيتُ معتذراً لكل مساوئي

ووعدتُ صفحي أنْ أجرِّبَهُ ويرعبني اقترابي

ورأيتُ منكِ حكايةً والعابرونَ بسرْدِها

عبروا عليَّ فقلتُ ما بي

منكِ ما بي، منكِ ما بي (2)

فادخلي لغتي (1)، استعيري مطلعاً

ما شئتِ من قلقي، استعيري (3)

من قواميسِ اغترابي».

يحفل هذا المقطع بعدد لافت من الاستبدالات المتنوعة، وهي الاستبدالات التي تقوم بوظيفة واضحة في إحداث التماسك النّصي في المقطع، على ما يظهر خاصة في الاستبدال الثاني: (فقلتُ ما بي، منكِ ما بي، منكِ ما بي). وتظهر قيمة هذه الاستبدالات المتنوعة في انتشارها في خمسة أسطر من مجموع تسعة أسطر تُكوّن المقطع.

وهذا الانتشار للاستبدالات بطول المقطع يجمع بين المطابقة والمشابهة، كما في قوله: (لم أدخل اللغة الحرام..../ فادخلي لغتي(1)). فتكرار المادة اللغويّة للفعل دخل، تُدخل السطرين في علاقة تكرار؛ يجعل الثاني منهما استبدالاً من الأول، سواء اعتبرنا تكرار مادة (دخل) تكراراً لفظياً تاماً، أي تكرار مطابقة، أو تم اعتباره تكراراً للمادة دون التطابق اللفظي؛ أي إنه تكرار بالمشابهة.

وتظهر كثافة الاستبدالات وانتشارها في الاستبدال من الثاني إلى الثالث، التي تظهر متوالية ومتداخلة، من بداية السطر الخامس إلى السطر الثامن، حيث يقول: (عبروا عليَّ فقلتُ ما بي/ منكِ ما بي، منكِ ما بي (2)/ فادخلي لغتي، استعيري مطلعاً/ ما شئتِ من قلقي، استعيري (3)).

ففي الاستبدال رقم (2) يظهر استبدال المطابقة في: (منكِ ما بي، منكِ ما بي)، كما يظهر استبدال المطابقة بين: فقلتُ ما بي/ منكِ ما بي، منكِ ما بي وهو استبدال يعتمد على التلاعب اللفظي بترتيب الألفاظ في الجملة بعد زيادة لفظ القول وتقديره في الجملة المكررة، أما الاستبدال رقم (3)، فيظهر فيه استبدال المطابقة بتكرار مادة ولفظ: استعيري. وهذه الظواهر المتعددة للاستبدال في المقطع السابق من القصيدة يعبر عنها الجدول الآتي:

الجملة	المستبدل منه	المستبدل	تصنيف هارفج	تصنيف هاليداي ورقية حسن
– لم أدخل اللغة الحرام – فادخلي لغتي	لم أدخل اللغة الحرام	– فادخلي لغتي	مشابهة	قولي
	فادخلي	وادخلينا	مطابقة	فعلي
فقلتُ ما بي منكِ ما بي منكِ ما بي	فقلت ما بي	– منكِ ما بي – منكِ ما بي	مطابقة	قولي
	منكِ ما بي	– منكِ ما بي	مطابقة	قولي
استعيري مطلعاً، ما شئت من قلقي استعيري	استعيري مطلعاً	– ما شئت من قلقي استعيري	مشابهة	قولي
	استعيري	– استعيري	مطابقة	فعلي

ولعل أكثر ما يكشف عنه الجدول السابق من ظواهر لافتة هو تلاحم الاستبدالات وتداخلها، وهو ما جعل المواضع الثلاثة للاستبدالات تضم في إطار الموضع الواحد أكثر من صورة من صور الاستبدال. وهو ما جعل مجموع الاستبدالات الفعلية يصل إلى ست صور، منها – حسب تصنيف هارفج (Harweg) – استبدالان من نوع المشابهة، وأربعة من نوع المطابقة، مع غياب تام لاستبدال التلاصق، وفي المقابل حسب تصنيف هاليداي (Haliday) ورقية حسن (R.Hassan)، ثمة أربعة مواضع للاستبدال القولي، وغياب تام للاستبدال الاسمي، ومرتان للاستبدال الفعلي.

وفي الأخير، فإن هذا التداخل والتّكرار لأنواع الاستبدال يؤكد فاعلية هذه الظاهرة في إحداث التماسك النّصي، وإن كانت يمكن أن تدخل في تصنيف ظواهر التّكرار. وليس في هذا تعارض، فالاستبدال ينظر إلى تركيب النّص من وجهة نظر شكلية؛ أي التركيب اللغوي، بينما ينظر التّكرار إلى التركيب نفسه من وجهة نظر دلالية.

والتداخل بين ظواهر الاستبدال وميلها إلى التطابق والتشابه هو من الظواهر

اللافتة في هذا الشعر، وذلك أن تركيب الشعر يعمل على تقريب المسافات الدلاليّة بين الظواهر المختلفة، والتداخل بين الظواهر وتعدد تصنيفها هو من الأدلة التي تؤكد قوة التماسك في الشعر الإماراتي الحديث.

2.2 استبدال التشابه:

وإذا كان النموذج السابق من قصيدة كريم معتوق بيّن أن استبدال المشابهة اعتمد على استبدال قول بقول من منظور هاليداي (Haliday) ورقية حسن (R.Hassan)، فإن التأمل في نماذج أخرى من هذا الشعر يكشف عن تنويعات داخلية داخل هذه الأقـوال. وهو ما يظهر في شكل تكرار المركب اللغوي الأساسي في المقطع، وهو ما يبين قوة تماسك المقاطع الداخلية في بناء الشعر الإماراتي الحديث.

1.2.2 استبدال التشابه المقطعي:

ويمثل هذا النوع قصيدة (ضجيج الوهم) لأسماء بنت صقر القاسمي، ونجد أن هذه الاستبدالات تعمل في مقطع بعينه في القصيدة، ومن ثم تصبح القصيدة كلها من هذا المنظور مجموعة من المقاطع التي يعتمد كل واحد منها على استبدال داخلي يميّزه. ومن ذلك قولها[164]:

«بغير قرابين لن يثمل الموتُ

لن يستعيد الشياطين دولتهم

لن تتهجّى الذئاب ملامحنا

لن ينام القمر».

المقطع يتكوّن من أربعة أسطر، تتعلق كلها بشبه الجملة: بغير قرابين الموت.

وكأنَّ ثمة سؤالاً ضمنياً يرافق هذا التركيب الذي يتصدر المقطع، مفاده: ماذا يحدث بغير (وجود) قرابين الموت؟ ومن ثم تأتي الإجابة في الأسطر المتوالية، متماثلة في التركيب اللغوي الأساسي: لن النافية + الفعل المضارع، وكأن هذا التركيب اللغوي تأكيد على العلاقة الاستبدالية بينها، وتأكيداً على التشابه فيما بينها، على ما يبينه الجدول الآتي:

الجملة	المستبدل منه	المستبدل	تصنيف هارفج	تصنيف هاليداي ورقية حسن
- بغير قرابين لن يثمل الموتُ - لن يستعيد الشياطين دولتهم - لن تتهجّى الذئاب ملامحنا - لن ينام القمر	بغير قرابين الموت	- لن يثمل الموتُ - لن يستعيد الشياطين دولتهم - لن تتهجّى الذئاب ملامحنا - لن ينام القمر	مشابهة	قولي

إن أبرز ما يبيّنه الجدول، وعن طريق تتبع صور الاستبدال ووظيفتها الفعّالة في تماسك المقاطع الداخلية في بناء الشعر الإماراتي الحديث، الأمر الذي جعلها مهيمنة على طبيعة التماسك التركيبي وكيفيته، وهو ما يبيّن أهمية الاستبدال في الشعر الإماراتي الحديث.

3.3 استبدال التلاصق:

استبدال التلاصق كما قدمه هارفج (Harweg): «تحقيقات مختلفة للإعادة الضمنية»[165]، أي إن استبدال التلاصق يستبعد من تصنيفه كل التّكرارات المعتمدة على التّكرار المعجمي للفظ أو للمركب بلفظه، كما يستبعد التّكرار المعتمد على الترادف في استبدال المشابهة[166]، ويهتم بكل أنواع التّكرار الأخرى المحتملة، وهو المفهوم من لفظ التعريف: «الإعادة الضمنية» التي تضيف معلومات للمستبدل.

ومثل هذه الإعادة الضمنية التي تظهر في نماذج الشعر الإماراتي تتميز

بخاصيّتين؛ الأولى – أنها تعتمد على تكرار المركب، وليس المفرد، والثانية – أنها بوجه عام قليلة في هذا الشعر إلى حد الندرة، وربما يكون سبب هذه الندرة أن النماذج نفسها تعتمد أكثر على استبدال التطابق واستبدال المشابهة، من ناحية، كما تعتمد على التداخل بين النوعين السابقين من الاستبدال، على ما ظهر في التحليلات السابقة.

لكن ما يميّز استبدال التلاصق أنه يعمل بوضوح على إضافة معلومات للمستبدل منه؛ بصورة تؤدي حتماً إلى نمو الدلالة في القصيدة، كما تؤدي إلى نمو حجمها.

1.3.3 استبدال التلاصق الكلي:

ويمثل هذا النوع من الاستبدال أحمد عيسى العسم في قصيدته: (عزيز البلد)، من ديوانه: (تحت ظل الكثرة). القصيدة التي يرثي فيها «الراحل المعلم علي عبد اللـه الدبالي»، ذاكراً أياديه البيضـاء على تلاميذه، وتفانيه في

خدمة الدولة، حتى يقول في الختام[167]:

«رحل معلم الروح

وأستاذ الإنسانية

الذي يجتمع من حوله الناس

صديق الأمكنة

والمرضى وزوّار البلاد

إنسان البوح الصادق».

وكأنما بهذا البوح الصادق ختم الشاعر بوحه الذي يكشف عن لوعته وتقديره

للمعلم الراحل. وهو الكشف الذي تمثّل في جمع كل الصفات الإنسانية التي تُعرّف بحقيقة الراحل العزيز. ومن ثم، فصفات هذا المعلم: معلم الروح، أستاذ الإنسانية، واجتماع الناس حوله، وصداقته للأمكنة، وللزوار وللمرضى، وعلى الإجمال: إنسان البوح الصادق. وهي الصفة التي تختم بها القصيدة بوحها.

ومن ثم جاءت كل أسطر هذا المقطع في صورة سلسلة من الاستبدالات المتلاحمة. وقد يكون من اللافت فيها أنها جاءت أيضاً في ختام القصيدة، كمؤشر على الوظيفة الأساسية لهذا النوع من الاستبدال؛ أي جمع الدلالة الكليّة للقصيدة وتلخيصها في صورة مقطع مكثّف؛ يؤكد دلالتها ويشحنها بكل الطاقة اللازمة ليبقى إحساس القصيدة حاضراً بعد نهايتها. وهو ما يعبر عنه الجدول الآتي:

المستبدل منه	المستبدل	تصنيف هارفج	تصنيف هاليداي ورقية حسن
معلم الروح	أستاذ الإنسانية	تلاصق	قولي
	الذي يجتمع حوله الناس	تلاصق	قولي
	صديق الأمكنة	تلاصق	قولي
	والمرضى	تلاصق	قولي
	زوّار البلاد	تلاصق	قولي
	إنسان البوح الصادق	تلاصق	قولي

ثالثاً: الحذف (Ellipsis):

اهتم النّحاة والبلاغيون بهذه الظاهرة، قديماً وحديثاً، وقد مدحها عبد القاهر الجرجاني (ت 417هـ) بقوله: «ترك الذكر أفصح من الذكر، والصمت عن الإفادة أزيد للإفادة، وتجدك أنطق ما تكون إذا لم تنطق، وأتم ما تكون بياناً إذا لم تبن»[168]، ورأيه ينم عن رأي صائب وبصيرة نافذة بأهمية هذه الظاهرة.

ومما لا شك فيه أن حذف أي شيء من الكلام يحتاج إلى دليل، يقول ابن جنّي (ت 392هـ): «حذفت العرب الجملة والمفرد والحرف والحركة. وليس

شيء من ذلك إلا عن دليل عليه، وإلا كان فيه ضرب من تكليف علم الغيب في معرفته»[169]، فشرط الحذف عنده توفر الدليل.

1 – مفهوم الحذف:

معنى الحذف في لغة التواصل «إسقاط الشيء وقطعه وجعله مبتوراً»[170]. أما الحذف عند هاليداي (Haliday) ورقية حسن (R.Hassan)، فيما ينقل محمد خطابي: «علاقة داخل النّص، وفي معظم الأمثلة يوجد العنصر المفترض في النّص السابق. وهذا يعني أن الحذف عادة علاقة قبلية»[171]. وهو فيما ينقل بعض الباحثين عن روبرت دي بوجراند (R.DeBeaugrande)، «الاكتفاء بالمعنى العدمي»[172]. وهو ما يوضحه عمر أبو خرمة في تعليقه على صور الحذف وعمله؛ إذ يؤكد أن الحذف «ليس طرداً لعنصر كامل، بل هو اقتصاد في ذكر الملفوظ بكل عناصره»[173].

2 – طبيعة الحذف وأهميته في إحداث الاتساق:

وما يميّز الحذف عن الاستبدال في ذلك، كون الاستبدال يترك أثراً في النّص؛ يعبر عنه أحد عناصر الاستبدال، «بينما علاقة الحذف لا تُخلّف أثراً. ولهذا فإن المستبدَل يبقى مؤثّراً يسترشد به القارئ للبحث عن العنصر المفترض، مما يمكنه من ملء الفراغ الذي يخلقه الاستبدال، بينما الأمر على خلاف هذا في الحذف، إذ لا يحل محل المحذوف أي شيء، ومن ثم نجد في الجملة الثانية فراغاً بنيوياً يهتدي القارئ إلى ملئه اعتماداً على ما ورد في الجملة الأولى أو النّص السابق»[174].

ومن ثم، فإن فاعلية الحذف ووظيفته في النّص ينبغي البحث عنها في العلاقة بين الجمل وليس في الجملة الواحدة[175]. وعلى هذا تتحدد أنواع الحذف، بحسب هاليداي (Haliday) ورقية حسن (R.Hassan)، كما قسم الباحثان الاستبدال إلى

اسمي وفعلي وقولي، فإنهما يفعلان نفس الشيء بالنسبة إلى الحذف؛ أي إنه يقع في الأسماء وفي الأفعال وفي الأقوال[176].

والأهمية الفعلية للحذف تكمن في طبيعته التي تختصر الملفوظ اللغوي في التركيب النّصي، بما يجعل النّص أكثر تركيزاً على المعنى الدلالي. أي إنه اقتصاد في الملفوظ اللغوي[177]، يلجأ إليه مستعملو اللغة «بوصفه وسيلة لتجنب التّكرار وملاذاً لإخفاء الأسرار»[178]، أي إنه «أحد المطالب الاستعمالية»[179] التي لا يستغني عنها أصحاب اللغة، لأغراض مختلفة.

3 – الحذف في اللغة العربية:

وكما يلاحظ الباحثون، فإن اللغة العربية، كغيرها من اللغات، يكثر فيها الحذف[180]، «فغالباً ما يقع في الجملة الصلة إذا استطالت، وأسلوب الشرط، وأسلوب القسم، وفي سياق العطف، وفي غيرها من المواضع»[181]. وهذا الحذف مشروط بكون الباقي المذكور في الجملة «كافياً في أداء المعنى. وقد يحذف أحد العناصر لأن هناك قرائن معنوية أو مقالية تومئ إليه وتدل عليه، ويكون في حذفه معنى لا يوجد في ذكره»[182].

وبناءً على ذلك، فإن الحذف «جائز في كل ما يدل الدليل عليه، وفي كل تركيب ترشد القرينة إلى اللفظ المحذوف ومعناه ومكانه»[183]، وبشرط ألا يكون الحذف «على حساب المعنى، ويجب ألا يتأثر به التركيب»[184].

ومن ثم، فقد «تناول البلاغيون في مباحث علم المعاني سياقات الكلام التي يرد فيها حذف أحد طرفي الإسناد، وذلك من منطلق أن النظام اللغوي يقتضي في الأصل ذكر هذه الأطراف، ولكن التطبيق العملي من خلال الكلام قد يسقط أحدهما اعتماداً على دلالة القرائن المقالية أو الحالية»[185]. والخلاصة في ذلك، أن الحذف – فيما يرى البلغاء من الناس – عنوان للبلاغة، ومقياس للذكاء، وفي وجوده دليل على القدرة الفائقة على التعبير البديع[186].

4 – الحذف في الشعر الإماراتي الحديث:

يبدو الحذف في هذا الشعر قليلاً ودقيقاً، فهو قليل قياساً لظواهر الوصل والاستبدال والتّكرار في نماذج الشعر الإماراتي الحديث، ودقيق؛ بمعنى أنه يحتاج إلى تأمل لتبيّن وجوده في هذه النماذج. وهو مع هذه القلّة والدّقة يقترن بغيره من ظواهر التماسك التركيبي.

وإجمالاً، فإن الحذف في هذه النماذج يقترن على وجه الخصوص بكل من التّكرار والاستبدال. وهو ما يمكن معه تسمية النوع الأول بالحذف التّكراري، والثاني: الحذف الاستبدالي. وهذا لا يمنع من وجود مظاهر أخرى للحذف؛ يقترن فيها بغيره من الظواهر. لكن الظاهرة الأبرز في هذه المظاهر أن الحذف في أغلبها حذف غير لازم، أي إن شكل الحذف وضرورته في موضعه لا يرتبط بالقاعدة اللغويّة، وإنما يرتبط بتأويل النّص نفسه، وبوجود عناصر تكرارية (مذكورة) تفسّر المحذوف (المقدر) في موضعه. وهو ما تعبّر عنه النماذج الآتية:

1.4 الحذف التّكراري:

1.1.4 الحذف غير اللازم المقترن بالتّكرار:

والمقصود بالحذف غير اللازم أنه يجوز تقدير المحذوف بوصفه عنصراً من عناصر التركيب، ويجوز عدم تقديره، لعدم حاجة التركيب إلى هذا التقدير. والأمر مرهون بحساسية المتلقّي ورؤيته في ضرورة وجود العنصر المحذوف أو عدم ضرورته. وهو ما يعبر عنه مطلع قصيدة: (دقيقة بوح) لرهف المبارك، حيث تقول[187]:

«رجوتُها توقفي

توقفي دقيقة

قبل أن تغامري..

بالعمرِ.. بالهوى

قبل أن تسافري لهوّةٍ سحيقة..».

فهذا المطلع القصير من قصيدة رهف المبارك يتميّز باعتماده الظاهر على التّكرار، سواء في تكرار فعل الأمر (توقّفي)، أو في تكرار شبه الجملة (قبل أن...). وفي هذا النموذج التّكراري يظهر الحذف في مواضع عدة، فالشاعرة لا تكرر التركيب تكراراً حرفياً، وإنما تُسقط منه وتزيد فيه مما يؤدي إلى نمو القصيدة. وبناء على المذكور يمكن تقدير المحذوف كالآتي:

رجوتها توقفي (دقيقة)

(رجوتها) توقفي دقيقة

(رجوتها توقفي دقيقة) قبل أن تغامري..

(رجوتها توقفي دقيقة قبل أن تغامري) بالعمر.. (رجوتها توقفي دقيقة قبل أن تغامري) بالهوى

(رجوتها توقفي دقيقة) قبل أن تسافري لهوّة سحيقة..

وكما هو واضح من النموذج، فالحذف تكرر بتكرار التركيب، والعناصر المحذوفة تزيد وتقل بزيادة أو قلّة العناصر المتكررة. وعلى ذلك، فالحذف يشمل الكلمة المفردة (اسماً وفعلاً وحرفاً)، كما يشمل الجملة الكاملة، مع تغير حجم هذه الجملة بتغير حجم العنصر المتكرر. ومن هنا، فالحذف ما هو إلّا انعكاس للعناصر التّكرارية في القصيدة.

فإذا كان التّكرار يهدف إلى تأكيد المعنى، ويسهم في نمو حجم القصيدة وإيضاح دلالتها؛ فإن الحذف يعمل على تماسك القصيدة عن طريق اختصار عناصرها المتكررة.

2.4 الحذف الاستبدالي:

1.2.4 حذف – غير واجب – مقترن بالاستبدال:

وهذا الحذف تقديره مبني على أساس أن الموضع يحتمل وجوده ولا يحتمله في الوقت نفسه؛ أي يمكن فيه تقدير المحذوف، ويمكن عدم تقديره. وربما لهذا السبب يعدّ هذا النوع من الحذف أقل الأنواع ظهوراً في نماذج الشعر الإماراتي، وهو محدود في فاعليته، أي بحدود الجمل التي يظهر فيها، لكنه مع ذلك يعمل على ترابط النّص الشعري. ومثاله ما جاء في مقطع من قصيدة إبراهيم محمد إبراهيم: (صحوة الورق)، حيث يقول[188]:

«يا ظلمة الأمس الكئيب تبدّدي

قد آنَ أن أحيا بزوغ نهاري

وأرى وشاح الياسمين على الرّبى

وأعي حديث النور للنوّارِ

وأرى بلادي

حرّةً بين الطيور، كطفلةٍ سمراءَ

خضبها الربيع بحلّة الأزهارِ».

ومواضع الحذف المقصودة في هذا المقطع من القصيدة تتحدد في ثلاثة مواضع؛ وهي التي تتعلّق بحذف أن المصدرية التي تدخل على الفعل المضارع: (أن أحيا...، وأرى..، وأعي..، وأرى..) وهذا الحذف مبني على أساس أن الفعل الأول منها (أن أحيا) دلّ بالمقال (ذكر الحرف الناصب) على المحذوف: (أن المصدرية). ومن ثم فالأفعال: (أرى، أعي، أرى) المعطوفة عليه منصوبة بأن المصدرية المقدرة، أو منصوبة بعطفها على المحل بحسب رأي النّحاة في

ذلك[189]. ومن هنا، فحذف أن المصدريّة غير لازم، لكنه مقدّر في هذه المواضع. وهو مقترن بتكرار التركيب: (أن + الفعل المضارع) الذي تأتي مفرداته بشكل استبدالي يفسّر الفعل: (قد آنَ أنْ...). وهذا كله ما يعبر عنه الجدول الآتي:

الجملة	المحذوف المقدر	نوع المحذوف
وأرى وشاح الياسمين..	وأن أرى وشاح الياسمين	أن المصدرية
وأعي حديث النور للنوار	وأن أعي حديث النور للنوار	أن المصدرية
وأرى بلادي..	وأن أرى بلادي	أن المصدرية

وواضح من الجدول فاعلية التّكرار والاستبدال في إعطاء الحذف وظيفة في تحقيق تماسك النّص، عن طريق الارتباط بنموذج تركيبي واحد، وعن طريق الاقتران بمرجع دلالي واحد، كما هو الحال في نموذج أن المصدرية + الفعل المضارع مع العودة إلى ضمير الشاعر المتكلم في كل واحد من هذه الأفعال؛ لذلك، اقترن الحذف في هذا النموذج بالاستبدال.

3.4 الحذف الذي يستجيب للقاعدة اللغويّة:

وهذا النوع من الحذف يقع في الجملة الاسمية كحذف خبرها، وهو قليل ونادر، لاعتبارات التعبير الفني في هذا الشعر؛ ولذلك فمن الصعب العثور على نماذج له إلا بالتدقيق والتأمل في التركيب الدلالي للقصائد، ولولا القاعدة التي تفترض وجود المحذوف في هذا الموضع لما أمكن تبيّنه.

1.3.4 حذف خبر لا النافية للجنس:

ومن نماذجه النادرة ما جاء لدى إبراهيم الملا في قصيدته: (عتمة)، يستخدم قاعدة حذف خبر لا النافية للجنس في صدارة القصيدة، مكرراً الحذف للتأكيد على غياب المحذوف. يقول[190]:

«في الحديقة المظلمة

حيث لا بريق

إلا وهو ميّتٌ

ولا شعاع إلا وهو مكسورٌ كنصلْ

رأيت الأرواحَ

وهي تحدّث الفصول البعيدةْ».

فلا النافية للجنس في هذا المقطع الذي يتصدر القصيدة، تعمل على تحديد حالة الظلام وشكله (حيث لا بريق..، لا شعاع..) وتؤكده بتكرارها. ولتكون هذه الحالة واضحة دون أن يشتت دلالتها أي عنصر لغويّ زائد، فإن القاعدة اللغوية تجيز حذف خبرها الذي يقدّره النّحويون بموجود أو كائن أو مستقر(191). والتقدير: لا بريق موجود..، لا شعاع موجود. فالحذف هنا يستجيب للقاعدة اللغويّة التي تجيزه، ويحقق عن طريق وجوده – أي الحذف – التركيز على الدلالة التي يحملها المذكور: لا النافية للجنس واسمها. وهو ما يظهر في الجدول الآتي:

الجملة	الجملة قبل الحذف	العنصر المحذوف	نوعه
لا بريق إلا وهو ميت	لا بريق موجود إلا..	موجود	اسم: خبر لا النافية للجنس
لا شعاع إلا وهو مكسور كنصل	لا شعاع موجود إلا وهو مكسور كنصل	موجود	اسم: خبر لا النافية للجنس

2.3.4 حذف الخبر:

أما حذف الخبر صراحة فقد جاء أيضاً لدى كريم معتوق في صدارة قصيدته: (الفراق الجميل)، حيث يقول(192):

«لا أحمل العُقد القديمة

فالسلام على ضياعكِ من دمي

سكت الكلامْ

فلتأذني لي مرة أخرى لأعلن سرّ غربتنا».

والحذف المقصود وقع في قوله: فالسلام على ضياعكِ من دمي. فالسلام مبتدأ، وخبره محذوف، والتقدير: فالسلام موصول أو كائن. يفسره شبه الجملة المتعلق به في الجملة: على ضياعكِ. وقد وقع في المقطع أيضاً حذف للحرف الناصب، وهو مقدر وجوباً في: لأعلن سرّ غربتنا. فالفعل أعلن منصوب بأن المضمرة المقدرة وجوباً بحسب قاعدة نصب الفعل المضارع في مثل هذا الموضع[193]. والخلاصة في ذلك أن الحذف الذي وقع في هذا المقطع جاء على النّحو الآتي:

الجملة	تقدير الجملة قبل الحذف	العنصر المحذوف	نوع العنصر المحذوف
فالسلام على ضياعكِ من دمي	فالسلام موصول أو قائم على ضياعكِ من دمي	موصول أو قائم	اسم: خبر المبتدأ
لأعلن سر غربتنا	لأن أعلن سر غربتنا	أن	حرف: أن الناصبة للفعل المضارع

إن قيمة الحذف في كل هذه النماذج هي التركيز على المذكور في الجملة، وعدم تشتيت المرجع الدلالي الذي يعتمد عليه القارئ في فهم الجملة؛ لأن انشغال مثل هذا القارئ بالعنصر المحذوف يفسد إحساسه بالمذكور، ويقلل من تفاعله مع قيمته الجماليّة في التعبير الشعري.

ومن ثم، فكل هذه الأشكال والأحوال والنماذج من الحذف على النّحو الذي عرضته، تُظهر قيمة الحذف في إحداث التماسك التركيبي للقصيدة، فهو من

ناحية يعمل على إيجاز التركيب اللغوي، واضعاً في هذا التركيب أكبر قدر من الدلالة، على اعتبار أن البلاغة هي الإيجاز، والإيجاز في رأي بعض البلاغيين القدماء مبنيّ على الحذف[194]. كما تظهر فاعلية الحذف عن طريق ارتباطه بالظواهر الأخرى للتماسك التركيبي؛ خاصة الاستبدال والتّكرار، وهو ما ظهر عن طريق النماذج السابقة.

لكن أبرز ظواهر الحذف التي أظهرها التحليل كونه يقع في الحرف،كما يقع في التركيب اللغوي، سواء أكان جملة كاملة أو بعضاً من الجملة. وهذا هو الأكثر استعمالاً في الشعر الإماراتي الحديث. وهو حذف لا تقتضيه القاعدة اللغويّة بقدر ما يقتضيه التركيب الفني للقصيدة.

أما الحذف الذي يستجيب للقاعدة اللغويّة، فهو نادرٌ ويقع في الخبر. وهو ما يعبر عن توجه الشعراء في هذا الشعر؛ حيث يركزون على التصوير الحركي عن طريق الفعل، بينما يأتي التعبير عن طريق الجملة الاسمية نادراً؛ لكونها تعبّر عن حقائق، بينما الشعر في حقيقته يعبر عن المحتمل وعن المفتوح من المعاني والتأويلات[195].

رابعاً: الوصل (Conjonction):

1 – مفهوم الوصل وطبيعته:

يقصد بالوصل من وجهة نظر هاليداي (Haliday) ورقية حسن (R.Hassan): «تحديد للطريقة التي يترابط بها اللاحق مع السابق بشكل منظم»[196]، فهو عبارة عن ترابط قائم بين المفردات والجمل يعزز استمرارية النّص كما أنه يقويه[197]، بينما هو عند روبرت دي بوجراند (R.DeBeaugrande) «يشير إلى العلاقات التي بين المساحات، أو بين الأشياء التي في هذه المساحات»[198]. ومن هنا، يعد الوصل علاقة اتساق أساسية في النّص، كونه عبارة عن مجموعة من الجمل أو مجموعة متتاليات متعاقبة في النّص[199].

ولا شك في أنّ كل رابط في النّص له خصوصية من حيث المعنى، ويؤدي دلالة محددة في سياقه الخاص، ويسهم في ربط أجزاء النّص بعضها مع بعضها الآخر، ويشكّل تجمّعها ضرورة قصوى؛ لأنها «علامات على أنواع العلاقات القائمة بين الجمل، وبها تتماسك، وتبين مفاصل النظام الذي يقوم عليه النّص، ويرتبط استعمالها بطبيعة النّص من حيث موضوعه وأشكاله»[200].

والوصل بذلك، هو المظهر الاتساقي الخامس، وهو مختلف عن كل أنواع علاقات الاتساق السابقة، «وذلك لأنه لا يتضمن إشارة موجهة نحو البحث عن المفترض فيما تقدم أو ما سيلحق، كما هو شأن الإحالة والاستبدال والحذف»[201].

وبناء على ذلك، فقد قدّم هاليداي (Haliday) ورقية حسن (R.Hassan) تصنيفاً واسعاً لعناصر العلاقات الترابطية التي يمكن تحقيقها على مستوى الأدوات في النّص، حيث تربط بين أجزاء النّص، وتتفرّع وسائل الربط – الوصل – بين الجمل، إلى: وصل إضافي، ووصل عكسي، ووصل سببي، ووصل زمني[202].

وسأعتمد على تصنيف هاليداي (Haliday) ورقية حسن (R.Hassan) لهذه العلاقات: إضافي، عكسي، سببي، زمني، مع الوضع في الاعتبار نوع الأدوات التي يستعملها الشعراء في تحقيق هذا التواصل بين الجمل في الشعر الإماراتي الحديث.

2 – ظواهر الوصل في الشعر الإماراتي الحديث:

إن المتأمل في الشعر الإماراتي الحديث يلاحظ أن ظواهر الوصل؛ بما في ذلك أدواته ووظائفه الجماليّة، تختلف عن مجرد الوظيفة اللغويّة التي تؤديها في التماسك. ومثال ذلك يتّضح في (الواو) التي تقوم في الأصل بالجمع بين ما قبلها وما بعدها بحكم وظيفتها اللغويّة التي تعني أن ما بعدها يشارك ما قبلها

في الحكم[203]، وهذا يعني أنها تقوم في الأصل بوظيفة الوصل الإضافي حسب تصنيف هاليداي (Haliday) ورقية حسن (R.Hassan)[204]، لكنها إلى جانب ذلك تقوم بوظيفة قريبة من وظيفة (لكن) الاستدراكية في اللغة[205]، الأمر الذي يحول وظيفتها من الوصل الإضافي إلى الوصل العكسي.

يُلاحظ الاختلاف في الوظيفة التي تقوم بها شبه الجملة؛ سواء أكانت مكونة من الجار والمجرور – خاصة حرف الجر في – أو من الظرف وما يُضاف إليه، فهما يقومان بوظيفة التحديد المكاني الذي يضيف معلومات إلى ما سبقه؛ أي إنه يقوم بوظيفة الوصل الإضافي. في الوقت الذي يقوم فيه المصدر المؤول بالوظيفة نفسها؛ أي الوصف الإضافي، لكنه يقوم بهذا من باب شرح وتفصيل ما قبله أو تعيينه.

هذا عن الوظائف التي تقوم بها أدوات الوصل، أو التي تقوم بوظيفتها في تحقيق الوصل في الشعر الإماراتي الحديث. أما من ناحية الكم والنوعية، فإن الأكثر هو استعمال أدوات الوصل الإضافي، مع التنويع بين الواو وشبه الجملة والمصدر المؤول، بينما يقل استعمال الوصل العكسي قياساً إلى الوصل الإضافي، وبالمثل يقل استعمال كل من الوصل السببي والوصل الزمني.

هذا إضافة إلى أدوار خاصة يقوم بها كل نوع على حدة في هذا الشعر، إذ تشتمل القصيدة أو المقطع على أكثر من نوع أو أداة منها، ولكن تظهر سيطرة أداة على باقي الأدوات في كثير من الأحيان، وسأتناول فيما يأتي النماذج المتعلقة بذلك؛ محاولة إظهار الوظائف الدلاليّة والجماليّة التي يقوم بها كل واحد منها.

1.2 الوصل الإضافي:

الوصل الإضافي يتم بواسطة استخدام «و» و«أو» وتندرج ضمنها علاقات أخرى مثل: التماثل الدلالي المتحقق في الربط بين الجمل بواسطة تعبير من

نوع: بالمثل...، وعلاقة الشرح، وتتم بتعابير مثل: أعني، بتعبير آخر... وعلاقة التمثيل، وذلك باستخدام تعابير مثل/ مثلاً، نحو[206]. ومن هنا نجد أن وظيفة الوصل الإضافي هي معلومات مضافة إلى معلومات سابقة، فالوظيفة تختلف باختلاف الأداة.

وهذا ما نجده في قصيدة (مشهد مسرحي)، للشاعرة صالحة عبيد غابش، تقول[207]:

«هناك فوق بيتنا

جمعت كل زاويةٍ

في قلبي الذي يتوق للقمر

لعلّه يُقرئني

مشهد مسرحيّة دثّرت الستائرَ المرتجفةْ

ببسمة مطرْ

تطل من ورائها – من قبل أن ترفعها

الغيومُ –

وردةً شقيّةً مستعجلة

وكلّ ورد العالم المسكون بالضجرْ

لم يملأ المقاعدَ الحضورَ لا..

ولا الغيابْ

غير مقعدٍ وحيدٍ في الطرفْ

في وسط القاعة بين ألف صفٌ

تجلس فيه شمعةٌ

تراوغ انطفاءها

لعلّهُ..

يُقرئها مَشاهِداً يرحل فيها

الحلمُ

والموسيقا

والإضاءة...».

تعرض الشاعرة فكرة المشهد المسرحي للقلب الذي يشعر بالوحدة والضجر، فتجعل من (ورد العالم) مشاهدين لهذا العرض المسرحي، وتجعل من نفسها (شمعة) تجلس في مقعد وحيد، (في وسط القاعة بين ألف صف.. تراوغ انطفاءها). وهو تعبير يجمع بين الحقيقة والخيال.

واللافت في ذلك، أن التعبير نفسه جاء كوحدة واحدة من أول القصيدة إلى آخرها؛ ناسب فكرة المشهد المسرحي التي تعمل كإطار خيالي للفكرة. ولتحقيق وحدة التعبير فقد كان من الضروري استعمال مجموعة من أدوات الوصل التي تحقق هذا التماسك الشديد بين عبارات التعبير اللغوي. وقد تحقق هذا الاستعمال عن طريق:

الظرف (فوق) الذي عمل على التحديد المكاني؛ مضيفاً بتحديده ذاك معلومات إلى ما قبله، مستعيناً بشبه الجملة (الجار والمجرور) الذي يعمل أيضاً كوصل إضافي؛ يتصل بالاسم الموصول (الذي) يضيف ما بعده إلى ما قبله بما يحمله من معلومات تُضاف إلى ما سبقه في التعبير.

أي إن كلاً من: الظرف، والجار والمجرور، والاسم الموصول، عملت كلها كأدوات للوصل الإضافي في المقطع الأول الذي يتصدر القصيدة:

«هناك فوق بيتنا

جمعت كل زاويةٍ

في قلبي الذي يتوق للقمر».

ثم تستأنف القصيدة عرض المشهد المسرحي لتجربة هذا القلب، وهو ما احتاجت معه إلى وصل من نوع آخر – وصل سببي – قام به حرف التعليل: (لعلّ) ليربط ما بعده بما قبله، ويفسّر أسباب اجتماع كل زاوية في قلب الشاعرة: (لعله يقرئني/ مشهد مسرحية دثّرت الستائر المرتجفة/ ببسمة مطر).

ويمكن هنا أن نلاحظ أن الجملة التي وقعت في تأثير عمل حرف التعليل بالوصل السببي: لعله يُقرئني، تضمنت موضعين للوصل الإضافي: الفعل الواقع في محل نعت للمسرحية: دثرت، وحرف الجر (الباء) الذي يضيف ما بعده كأداة تم بها فعل الإحاطة في دثّرت.

وهو التأثير نفسه الذي يقوم به الفعل (تطلّ) في السطر المتعلق بشرح حالة بسمة المطر: (تطل من ورائها – من قبل أن ترفعها الغيوم/ وردة شقية مستعجلة). وقد تضمن التعبير نفسه وصلين إضافيين باستعمال شبه الجملة: (من قبل)، والمصدر المؤول: أن + الفعل المضارع (أن ترفعها). فكل هذه الأدوات تتميز بكونها تكوّن جملة أو شبه جملة؛ تضيف معلومات إلى ما قبلها.

ثم يأتي المقطع الثالث من القصيدة، بمعلومات مخالفة:

«وكلّ ورد العالم المسكون بالضجرْ

لم يملأ المقاعدَ الحضورَ لا..

ولا الغيابْ

غير مقعدٍ وحيدٍ في الطرفْ

في وسط القاعة بين ألف صفّْ

تجلس فيه شمعةٌ

تراوغ انطفاءها».

وهو مقطع يبدأ بمعلومات مخالفة، تعبّر عنها «واو» الاستئناف التي تعني أن ما بعدها لا يتصل بما قبلها. ومعنى ذلك أن الواو هنا لا تقوم بوظيفتها المشهورة في إضافة ما بعدها إلى ما قبلها، وإنما تقوم بتحديد بداية جديدة للكلام؛ أي إنها تقوم بالوصل العكسي لا الوصل الإضافي. وهي الوظيفة نفسها التي يقوم بها في المقطع عينه اسم الاستثناء (غير)، مستثنياً من غياب المقاعد أو غياب الحضور على المقاعد مقعداً وحيداً يجلس في الطرف.

ومع ذلك، فقد تضمن التعبير نفسه ثلاثة مواضع للوصل الإضافي، تبدأ بالفعل المضارع المنفي بلم: لم يملأ، ثم الواو كحرف عطف يضيف الغياب إلى الحضور: ولا الغياب، ثم الفعل المضارع المثبت الذي يقوم بوظيفة النعت في وصف الشمعة: تراوغ انطفاءها. وهنا يبدأ المقطع الأخير من القصيدة، بوصل سببي:

«لعلّهُ..

يُقرئها مَشاهِداً يرحل فيها

الحلمُ

والموسيقا

والإضاءة».

فالحرف (لعل) يصل ما بعده وصلاً سببياً بما قبله، لكنه – مثل المقاطع السابقة – يحتاج إلى أدوات وصل إضافي؛ تمتد بالمقطع حتى يصل إلى نهايته. وهذا الوصل الإضافي تحقق بالفعل المضارع: يرحل، الذي يعمل كنعت للمشاهد، ثم الواو التي ظهرت مرتين في ختام القصيدة، لتضيف الموسيقى إلى الحلم، والإضاءة إلى الموسيقى.

ومعنى ذلك، أن الوصل الإضافي تحقق بست أدوات: الظرف، حرف الجر، والاسم الموصول، والمصدر المؤول، والنعت بالجملة الفعلية، والواو العاطفة. أما الظرف وحرف الجر، فقد عملا أساساً على تحديد المكان، وإضافة معلوماته إلى ما قبله، في حين أضاف الاسم الموصول شرحاً إلى ما قبله، وكذلك جملة الفعل المضارع النعتية بإضافة صفات جديدة إلى العنصر الذي تتعلق به قبلها، أما المصدر المؤول فقد أضاف شرحاً تفصيلياً للمعلومات التي وردت قبله. في حين عملت الواو على إضافة ما بعدها إلى ما قبلها كعنصرين متشاركين في الحكم، ومتساويين في الفعل.

وقد ظهر مع هذه الأدوات الأساسية للوصل الإضافي أداة أساسيّة للوصل السببي، هي حرف التعليل: لعل، بينما ظهرت أداتان للوصل العكسي؛ واحدة منهما طبيعية ومتوقعة في وظيفتها، هي: غير، بينما كانت الأخرى غير متوقعة؛ إذ انقلبت الواو عن وظيفتها المعروفة في الإضافة لتقوم بالوصل العكسي بدلاً من الإضافي. وهذا كله ما يعبر عنه الجدول الآتي:

م	الجملة	الأداة	نوع الوصل	الوظيفة الدلاليّة/ إضافة معلومات بـ:
1	هناك فوق بيتنا	فوق	إضافي	تحديد المكان
2	في قلبي الذي يتوق للقمر	في	إضافي	تحديد المكان
3		الذي	إضافي	إضافة صفات للعنصر السابق

4	لعله يقرنني مشهد مسرحية دثَّرت الستائر المرتجفة ببسمة المطر	لعله	سببي	تعيين السبب
5		دثَّرت	إضافي	إضافة صفات
6		الباء: (ببسمة)	إضافي	تعيين الأداة
7	تطل من ورائها – من قبل أن ترفعها الغيوم – وردةٌ شقية مستعجلة	(حرف الجر): من ورائها	إضافي	تحديد المكان
8		حرف الجر + الظرف: (من قبل)	إضافي	تعيين الزمان
9		أن ترفعها (المصدر المؤول)	إضافي	تفسير الحدث وتعيينه
10	وكل ورد العالم المسكون بالضجر/ لم يملأ المقاعد الحضور لا../ ولا الغياب../ غير مقعد وحيد في الطرف/ في وسط القاعة بين ألف صف/ تجلس فيه شمعة/ تراوغ انطفاءها	واو الاستئناف: وكل	عكسي	تعديل معلومات ما قبلها
11		(فعل مضارع) لم يملأ	إضافي	إضافة معلومات
12		الواو: ولا	إضافي	إضافة معلومات
13		غير	عكسي	تعديل معلومات ما قبلها
14		حرف الجر: في وسط القاعة	إضافي	تحديد المكان
15		الظرف: بين ألف صف	إضافي	تحديد المكان
16		الفعل المضارع: تراوغ	إضافي	إضافة صفات
17	لعله../ يقرنها مشاهداً يرحل فيها/ الحلم/ والموسيقا/ والإضاءة	لعله	سببي	تحديد السبب
18		الفعل المضارع: يرحل	إضافي	إضافة صفات
19		الواو: والموسيقا	إضافي	مشاركة ما بعدها لما قبلها في الفعل
20		الواو: والإضاءة	إضافي	مشاركة ما بعدها لما قبلها في الفعل

والجدول السابق يبين أن عدد حالات الوصل في القصيدة بلغ عشرين حالة، بما يعني أنه يبلغ من درجة الكثافة في حضوره في القصيدة: 90 %، على اعتبار أن عدد أسطر القصيدة اثنان وعشرون سطراً.

وقد بلغت مواضع الوصل الإضافي في ذلك ستة عشر موضعاً، في مقابل موضعين للوصل السببي؛ وموضعين للوصل العكسي، بإجمالي أربعة مواضع لكليهما، وبنسبة 18 %.

أما الوصل الإضافي فهي معلومات مضافة إلى معلومات سابقة، فالوظيفة تختلف باختلاف الأداة، فقد قام بهذه الوظيفة من منطلق ثماني جهات دلالية: تحديد المكان في خمس حالات، إضافة صفات في أربع حالات، وإضافة معلومات في حالتين، ومشاركة ما بعد الوصل لما قبله في العمل في حالتين، ثم تعيين الأداة في حالة، وتعيين الزمان في حالة، وتفسير الحدث في حالة أخيرة.

في حين عمل الوصل السببي على تعيين السبب في حالتين، وعمل الوصل العكسي على تعديل المعلومات في حالتين. وكثافة الوصل الإضافي تعبّر عن قوة الاتّصال بين مقاطع القصيدة، والحقيقة أن هذه الأدوات والحالات الدلاليّة المتنوعة للوصل الإضافي، يصعب أن تجد ما يخالفها أو يزيد عليها، في باقي نماذج الشعر الإماراتي الحديث.

2.2 الوصل العكسي:

يعتمد الوصل العكسي على الربط «بين صورتين بينهما علاقة تعارض أو تقابل»[208]، ويتم بواسطة أدوات مثل: «لكن»، «بل»، «مع ذلك»[209]. أي إنه في حقيقته يقوم على التعارض بين معلومات جملتين؛ يصل بينهما أدوات من طبيعتها التعبير عن هذا التعارض؛ كحرفي: لكن، وبل، أو تعبيرات تؤدي المعنى نفسه من إظهار التعارض.

غير أن المتأمل في الشعر الإماراتي الحديث يلحظ الغياب شبه الكامل للتعبيرات التي تدل على التعارض، وكذلك غياب حرف العطف الدال على مخالفة ما بعده لما قبله: «بل». في مقابل حضور دائم لحرف الاستدراك: «لكن»، للتعبير عن مثل هذه المواقف المتناقضة من ناحية، وإسناد وظيفة التعبير عن التناقض لحروف أخرى ليس من طبيعتها التعبير عنه.

هذا مع قلة عامة لمواقف التعارض التي يتم معها استخدام مثل هذه الحروف أو التعبيرات. فحرف مثل: «لكن» قد يظهر في القصيدة الواحدة مرة أو مرتين على الأكثر. أما الحروف الأخرى التي تقوم بهذه الوظيفة نفسها أي التعبير عن التعارض فهي نادرة، والحقيقة أن الحروف الأخرى التي تقوم بهذه الوظيفة انحصرت في (الفاء) التي من المفترض أنها تقوم بالوصل الزمني لطبيعة الترتيب في معناها.

ونتيجة ذلك كما أشرت، هي استعمال «لكن» كأداة وحيدة للتعبير عن الوصل العكسي. وهو استعمال قليل أيضاً؛ يجعل «لكن» نفسها لا تظهر إلا مرة أو مرتين في القصيدة الواحدة، كما يتيح الفرصة لغيرها من الأدوات التعبير عن وظيفة الوصل العكسي نفسها. ومع ذلك فهذا الاستعمال القليل لأدوات الوصل العكسي يتوافق مع حركة الدلالة في القصيدة.

1.2.2 الوصل العكسي بـ(لكن):

ظهرت (لكن) مرتين في قصيدة محمد خليفة: (الممكن واللاممكن)، من ديوانه: (وهج الأنثى). وهي قصيدة طويلة، مقسومة إلى مقطعين. وقد ظهرت (لكن) في كل مقطع مرة واحدة، بما يجعل ظهورها يتوافق مع ظهورها الطبيعي في الشعر الإماراتي الحديث؛ أي مرة واحدة في المقطع الأول، يقول[210]:

«في صراع الممكن واللاممكن عندي

كنتِ أنتِ نقطة فراغ

حاولتُ أن أراكِ الممكن دوماً

لكنكِ كنتِ اللاممكن

غابة وهمٍ

فمتى يتحوّل الوهم إلى يقينْ».

ويمكن أن يُلاحظ هنا أن (لكن) ظهرت في المقطع الافتتاحي للقصيدة؛ أي في صدارتها، بعد أن أسّس الشاعر دلالتها على تأكيد حضور فكرة الممكن في علاقته بالمحبوبة، فإذا بـ(لكن) تأتي لتؤكد النتيجة العكسية لهذه المحاولة، ومن ثم كان الوهم الذي أفسد يقين الشاعر، ثم يعود ليقول في صدارة المقطع الثاني من القصيدة[211]:

«في يوم العيد

جاء اليوم وغاب العيد

قلتُ العيد سبيلي

كي أتزحزح عن صمتي

كي أعرف أن الممكن حق

لكن ما ليس حقّ[212]

أن أبحث في اللاممكن».

والفكرة نفسها في هذا المقطع؛ أي إن الشاعر حاول الخروج من الصمت، لقدوم مناسبة مفرحة: (العيد)، لكن العيد الذي انتظره الشاعر لم يأتِ. ومن ثم، ترتب على ذلك أن اكتشف الشاعر أن بحثه منذ البداية عن (اللاممكن) لم يكن

هو الصواب. أي إن (لكن) بظهورها في هذا الموضع عبّرت عن إقرار الشاعر بتراجعه عما كان يعتقده لظهور ما يخالف هذا الاعتقاد.

ويمكن أن نفيد من استخدام الشاعر لـ(لكن) في الموضعين بملاحظة طبيعة حضورها في النّص الشعري، فالشاعر يمهّد لهذا الظهور بتأكيد حقيقة من الحقائق، ثم تأتي (لكن) لتنفي هذه الحقيقة التي تعبّر عنها القصيدة.

ومعنى ذلك أن القصيدة تضمنت موقفين للوصل العكسي؛ عبّرت عن التوتر الانفعالي بين الشاعر ومحبوبته التي لا تتجاوب معه في مشاعره، على النّحو الذي يظهر من الجدول الآتي:

م	الجملة	الأداة	نوع الوصل	الدلالة
1	لكنكِ كنتِ اللاممكن	لكنك	عكسي	نتيجة عكسية لما قبلها
2	لكن ما ليس حقّ	لكن	عكسي	نتيجة عكسية لما قبلها

2.2.2 الوصل العكسي بـ(الفاء):

أشرت إلى أن نماذج الشعر الإماراتي الحديث أظهرت لجوء الشعراء إلى استعمال أدوات أخرى للتعبير عن الوصل العكسي، خاصة «الفاء»، واستعمال هذه الأدوات كوصل عكسي مبني على التأويل لا التصريح المباشر في معناها؛ إذ إنها تعبّر عن مفارقة ما بعدها لما قبلها في دلالته. ومن ذلك ما جاء به كريم معتوق في سياق مخاطبته وإشادته بصاحب السمو الشيخ محمد بن زايد آل نهيان، ولي عهد أبوظبي نائب القائد الأعلى للقوات المسلحة – حفظه الله – ، حيث قال في قصيدته (وحدتَ في حب البلاغة أمة)[213]:

وإذا تعـذرت القصيـدة جئتُها بالسّحر أرفعها إلى عُنقِ السما

حاولتُ أن أدنيـك من أقطابها فرأيـت حرفي عاجـزاً متثلّماً

والمعنى واضح، فالفعل الذي سبق الفاء هو محاولة تقريب صاحب السمو الشيخ محمد بن زايد، من أقطاب البلاغة ببلاغة الشاعر نفسه في ذلك، لكنه وجد أن بلاغته وبلاغة الأمة تعجز عن تحقيق هذا الفعل، لرفعة قدر صاحب السمو الشيخ محمد بن زايد، وتأبى مكانته على التقريب لأي كان من البلغاء. ومن ثم فقد عبّرت الفاء عن المفارقة بين الفعل قبلها وما ترتب عليه بعدها، وكان حقها أن تقوم بالوصل الزمني على اعتبار الترتيب بين الفعلين، لكنها – ببلاغة الشعر – تحوّلت إلى التعبير عن المفارقة؛ أي الوصل العكسي.

م	الجملة	الأداة	نوع الوصل	الدلالة
1	حاولتُ أن أدنيك من أقطابها.. فرأيت حرفي عاجزاً متثلّماً	الفاء	عكسي	المفارقة بالتأويل

3.2 الوصل السببي:

إذا كان الوصل السببي «يمكننا من إدراك العلاقة المنطقية بين جملتين أو أكثر، ويعبر عنه بعناصر مثل: (إذن)، (لذلك)»[(214)]، فإن مثل هذه العلاقة المنطقية تتحقق في نماذج الشعر الإماراتي الحديث عن طريق مظهرين أساسيين: الأول – استعمال أدوات التعليل المعروفة: اللام وكي وحتى. والثاني – استعمال العلاقة المنطقية المتحققة بين جملتين بعلاقة الشرط على نحو الخصوص.

وإن كانت أدوات التعليل لا يظهر منها في هذا الشعر سوى: اللام وكي، أما علاقة الشرط فهي تحتمل التأويل على أساس أنها تحمل في معناها الترتيب بين الشرط وجوابه. والملحوظ في ذلك غياب أي تعبيرات تعبّر عن مثل هذه العلاقة المنطقية كاستعمال عبارات من قبيل: من أجل ذلك. ويبدو أن السبب في ذلك يعود إلى خاصيّة الشعر التي تميل إلى الإيجاز، كما تعود لاختيار شعراء الإمارات لحروف دالة على التعليل مباشرة، بدلاً من استعمال تعبيرات شارحة.

ويمكن حصر الحالات التي ظهرت فيها العلاقات المنطقية بين الجمل في

حالتين: الأولى: استعمال اللام أو كي للتعليل. والثانية: استعمال جملة الشرط استغلالاً للعلاقة المنطقية بين الشرط والجواب.

والحقيقة أن الحالتين تعتمدان على أن العلاقة الأساسية التي تربط بين الجملتين – ما قبل وما بعد الأداة – هي علاقة التعليل، كما أن اختيار إحدى هذه الأدوات دون غيرها هو تفضيل جمالي للشاعر صاحب القصيدة، ولا يمكن القول إنه تعبير عام عن اختيار شائع بين كل شعراء الإمارات، فكل واحد منهم يختار في شعره، وربما في قصيدته ما يراه مناسباً للتعبير عن مثل هذه العلاقة.

والدليل على ذلك يظهر في تكرار استعمال أسماء بنت صقر القاسمي لحرف التعليل (كي) دون غيره من أدوات التعليل في التعبير عن هذه العلاقة، بينما يميل كريم معتوق إلى استعمال التركيب الشرطي في التعبير عن العلاقة نفسها.

1.3.2 التعليل باللام وكي:

ويظهر هذا في قصيدة صالحة عبيد غابش: (رسالة من مدينة تحتضر)، حيث تقول[215]:

«دعونا نموتُ

دعوا السيف فوق الجدار

يرتّب معركة ضد كل المرايا

لتلمع فيه وسامتكم».

يأتي المقطع في صدارة القصيدة التي تهديها الشاعرة إلى مدينة البوسنة إبّان الأزمة التي مر بها هذا البلد المسلم، دعماً لهذا البلد المنكوب، وسخرية من الموقف المتخاذل من بقية المسلمين.

ولتحقق هذه السخرية تبدأ قصيدتها بدعوة للموت، ثم تؤكدها بدعوة أخرى

لترك السيف خاملاً فوق الجدار، ثم يأتي التعليل باللام: (لتلمع فيه وسامتكم). ومن هنا يتحول السيف من أداة دفاع وحفظ للحقوق إلى أداة زينة؛ يستعملها الرجال – كما النساء – في ضبط هندامهم أمام الصفحة اللامعة للسيف.

أما التعليل بـ(كي)، فهو أقل ظهوراً وأقل استعمالاً من اللام، لكنه يظهر متكرراً في شعر أسماء بنت صقر القاسمي، حيث تقول – مثالاً – في قصيدتها: (ماذا يقول الأكورديون للماء)[216]:

«أنا لا أنفخ أصابعي عند الحداد

لأكتب قصيدة هجاء

لا أحدّ شفرة أحداقي

كي أنظر رغوة اللهب في ذاته الزرقاء».

وهو المقطع الذي يظهر فيه استخدام التعليل في موضعين، متجاورين، بما يجعلهما وصلاً للأسطر الأربعة في المقطع، (اللام) في قولها: لأكتب قصيدة هجاء، وبـ(كي) في قولها: كي أنظر رغوة اللهب. ومثل أسماء في ذلك، يقول كريم معتوق في قصيدته: (وحدت في حب البلاغة أمة)، وهو البيت الذي يأتي في حب الإمارات دولةً وشعباً وقيادةً[217]:

صبّتْ علينا الجود من محرابها　　　كي لا نرى في البخل باباً أو حِمى

وهو ما يجعل استعمال اللام وكي في هذه النماذج على النّحو الآتي:

م	الجملة	الأداة	نوع الوصل	المعنى الدلالي
1	لتلمع فيه وسامتكم	لام التعليل	سببي	التعليل
2	لأكتب قصيدة هجاء	اللام	سببي	التعليل
3	كي أنظر رغوة اللهب في ذاته الزرقاء	كي	سببي	التعليل
4	صبّت علينا الجودَ.. كي لا نرى..	كي	سببي	التعليل

2.3.2 الوصل بالشرط:

ويظهر من هذا اللون استعمال (لو) الشرطية غير الجازمة دوناً عن أدوات الشرط الأخرى. وتوظيف (لو) يظهر على نحو واضح في قصيدة (الغريب) لإبراهيم الملا، حيث يجعلها هي الأداة الأساسية لا في الوصل بين جملتين في القصيدة، وإنما هي العنصر الأساسي الذي تنمو به القصيدة، وذلك حيث يقول[218]:

«لو أن القمر

لم يخدش

الضوء الصغير في قلبك

لو أنّ الفراشاتِ

تريّثتْ قليلاً

قبل أن تختفي في المرايا

لو أن آلهة صغيرةً

نامت بقربكْ

وجعلت أحلامك

بيضاء كالروحْ

لو أنهم ماتوا

قبل أن تأتي السنونوات

وقبل أن تخضرّ عشبةٌ في المقلة

لكان قلبك الآنَ

أخفّ وطأة

من هواء السهول

ولكنتَ شفيفاً

مثل طعنةٍ في الماء».

وأهمية (لو) تظهر عن طريق تكرارها أربع مرات في القصيدة، بينما جاء الجواب بلام التأكيد الداخلة على الفعل كان مرتين، بما جعل تنويع الشرط والجواب على طول القصيدة يستغرقها من أولها إلى آخرها، كما جعل الشرط والجواب أساس نمو القصيدة.كما يتّضح في الجدول الآتي:

م	الجملة	الأداة	نوع الوصل	الدلالة
1	لو أن القمر.. لكان/ ولكنتَ	لو / لكان – لكنت	سببي	تعليق الجواب على الشرط
2	لو أن الفراشات.. لكان/ ولكنتَ	لو / لكان – لكنت	سببي	تعليق الجواب على الشرط
3	لو أنَ آلهةً.. لكان/ ولكنتَ	لو / لكان – لكنت	سببي	تعليق الجواب على الشرط
4	لو أنهم ماتوا.. لكان/ ولكنتَ	لو / لكان – لكنت	سببي	تعليق الجواب على الشرط

4.2 الوصل الزمني:

الوصل الزمني هو «علاقة بين أطروحتي جملتين متتابعتين زمنياً، وأشهر تعبير عن هذه العلاقة هي: ثـم»[(219)]. ومعنى ذلك أن العلاقة الأساسية بين الجملتين المترابطتين في هذا النوع من الوصل هو الترتيب، مثلها مثل علاقة الوصل السببي التي تعتمد أيضاً على الترتيب.

غير أن الترتيب في الوصل السببي هو ترتيب السبب والنتيجة، ولذلك كانت العلاقة الأساسية المبنية على ذلك هي التعليل، على نحو ما ظهر في النماذج

السابقة. أما العلاقة الأساسية المتحكمة في الترتيب هنا فهي العلاقة الزمنية.

وبالنسبة إلى الشعر الإماراتي الحديث، فإن هذا النوع من العلاقات الزمانية بين الجمل يظهر على أنحاء مختلفة، كاستعمال الفاء الدالة على الترتيب والتعقيب، أو استعمال الظرف الدال على الزمن، وهذه الأدوات كان لها وظيفة فعّالة في صنع الترتيب الزمني بين الجمل في الشعر الإماراتي الحديث على النّحو الآتي:

1.4.2 الوصل الزمني بالفاء:

ويظهر مثل هذا النوع من الربط في قصيدة صالحة غابش: (كالحلم)، من ديوانها: (رب ظلال تغريني أن أصبح ممكنة)، حيث تقول[220]:

«ونجري بعيداً بعيداً

إلى أن يداهمنا مطرُ

كالحلم

فيأخذنا الغيم نحو طفولةِ

أيامنا

فنفتّش عن ريشةٍ أو قلم

تصير قصيدة عشق».

والقصيدة في حقيقة الأمر تمتلئ بالتحولات الزمنية التي يترتب بعضها على بعض، ولذلك فكل تحول منها تعبّر عنه أداة من أدوات الربط الزمني التي تصل الجمل بعضها ببعض، بداية من الفعل (نجري) في صدارة القصيدة، موصولاً (بمداهمة المطر) بحرف الجر وبالحرف المصدري الذي يصله بالجملة بعده.

ومن ثم، يترتب على ذلك فعل الأخذ بالغيم: (فيأخذنا الغيم)، وهو الذي يترتب عليه فعل آخر من أفعال الطفولة: (فنفتش عن ريشة أو قلم)، وهي التي تتحول بالفعل (صار) إلى (قصيدة عشق).

ومعنى ذلك، أن القصيدة تحولت بأدوات الوصل الزمنية هذه إلى وحدة متصلة، يتعلّق بعضها ببعض، ويترتب بعضها على بعض، فيما يشبه السلسلة. ودليل ذلك أنه لو تم حذف الفعل الأول منها (ونجري)، لما ترتب عليه الفعل الثاني: (فيأخذنا..)، وهكذا إلى أن تتفكّك القصيدة جزءاً فجزءاً. وهو ما يبيّن وظيفة الوصل الزمني في تحقيق تماسك القصيدة، على النّحو الذي يظهر في الشكل الآتي:

ونجري... إلى أن... فيأخذنا.. فنفتّش... تصير..، وهو ما يعني أن القصيدة احتوت على أدوات الوصل الزمانية على النّحو الآتي:

م	الجملة	الأداة	نوع الأداة	دلالته
1	ونجري بعيداً بعيداً إلى أن يداهمنا المطر	إلى	حرف	الغاية الزمنية
2	فيأخذنا الغيم نحو طفولة أيامنا	الفاء	حرف	ترتيب الفعل على ما قبله
3	فنفتش عن ريشة أو قلم	الفاء	حرف	ترتيب الفعل على ما قبله
4	تصير قصيدة عشق	تصير	فعل	التحول

2.4.2 الوصل الزمني بالظرف:

هذا النوع من الوصل المعتمد على الظرف تستعمله رهف المبارك في قصيدتها: (دقيقة بوح)، الظرف: (قبل أن). وهو الظرف الذي يعمل على الامتداد الزمني بأحداث القصيدة من بدايتها إلى نهايتها،كما في القصيدة الآتية[221]:

«رجوتها توقفي

توقفي دقيقة

قبل أن تغامري..

بالعمرِ.. بالهوى

قبل أن تسافري لهوةٍ سحيقة

....

....

قبل أن تسافري

إياكِ أن تغامري..».

وواضح هنا أن وظيفة الظرف مع ما أضيف إليه من المصدر المؤول يحدد ما ترجوه الذّات الشاعرة من مخاطبتِها: تغامري..، تسافري..، وهما الفعلان اللذان يترتب عليهما – كما تقول الشاعرة – أن تفقد الذّات بُوصلة توجهها وَصِلتها بالماضي، لتضيع في المستقبل، على النحو الذي يظهر فيما يأتي:

م	الجملة	الأداة	نوع الأداة	دلالتها
1	توقفي دقيقة قبل أن تغامري.. بالعمرِ.. بالهوى	قبل أن	ظرف + المصدر المؤول	تحديد غاية الفعل
2	قبل أن تسافري لهوةٍ سحيقة	قبل أن	ظرف + المصدر المؤول	تحديد غاية الفعل
3	قبل أن تسافري إياكِ أن تغامري..	قبل أن	ظرف + المصدر المؤول	تحديد غاية الفعل

الفصل الثالث:

الاتساق المعجمي
في الشعر الإماراتي الحديث

1 – مفهوم الاتساق المعجمي وأنواعه:

يعد الاتساق المعجمي (Lexical Cohesion) «آخر مظهر من مظاهر اتساق النّص، إلا أنه مختلف عنها جميعاً؛ إذ لا يمكن الحديث في هذا المظهر عن العنصر المفترِض والعنصر المفترَض، كما هو الأمر سابقاً، ولا عن وسيلة شكليّة نحويّة للربط بين عناصر في النّص»[222].

وهذا يعني أن العلاقات الحاكمة في هذا المظهر هي علاقات معنوية، تعتمد على الحدس اللغوي للقارئ؛ وهو ما يظهر خاصة في العلاقة بين الكلمات التي لا يتّضح فيها نوع الرابط، كما في العلاقة بين الكلمتين: المحاولة، النجاح. فهاتان الكلمتان تحتملان في نوع العلاقة بينهما الترادف، كما تحتملان الجزئية، على اعتبار أن المحاولة جزء من النجاح. وكل ذلك يعتمد على السياق ومدى فهم القارئ لنوعية العلاقة بينهما.

وقد وضع روبرت دي بوجراند (R.DeBeaugrande) هذه العلاقات الممكنة بين الألفاظ تحت وسائل السبك – الاتساق – وناقش آراء الباحثين فيها[223]، ثم عاد وفصّل حالات الترابط بين الألفاظ من وجهة نظر هذه العلاقات، تحت مسمى عام، هو: إعادة اللفظ[224]. وقرر في أثناء مناقشته لهذه الحالات أن التّكرار بوجه عام، قد يؤدي إلى صنع مفاهيم لغويّة جديدة، وقد يضر بالإعلاميّة في النّص ما لم يكن هناك تحفيز قوي يُستفاد من وراء عملية التّكرار[225].

وقد أشار إلى ذلك أيضاً أحمد عفيفي، مؤكداً أن «التّكرار في ظاهر النّص

يصنع ترابطاً بين أجزاء النّص بشكل واضـح»[226]، ثم أشار إلى أن صور التّكرار تتنوع ما بين التّكرار المحض والتّكرار الجزئي والترادف وتكرار لفظ الجملة والتضام[227].

ويلاحظ هنا أن عفيفي عدّ التضام من بين صور التّكرار، بينما يورده محمد خطابي في لسانيات النّص، باعتباره القسم الثاني من أقسام الاتساق المعجمي تبعاً لنظرية هاليداي (Haliday) ورقية حسن (R.Hassan)[228]. والحقيقة أنّ الباحثين في تعاملهم مع ظواهر الاتساق المعجمي اختلفوا في تصنيف العلاقات الدلاليّة ما بين الكلمات، فجعلها بعضهم ترِد ضمن وسائل الإحالة، موسّعاً مفهوم الإحالة ليشمل الإحالة التركيبية، كما في أسماء الإشارة من جهة، والإحالة المعجمية التي تختص بالعلاقة الدلاليّة بين الكلمات، بما في ذلك التّكرار والتّضاد[229]، ولذلك فقد سماها الأزهَر الزنّاد: الإحالة التّكرارية[230].

وكما اختلف الباحثون في مسألة إعادة اللفظ أو تكراره من حيث هو مظهر اتّساقي دلالي منفصل عن الاتساق التركيبي، أو من حيث هو واحد من مظاهر الاتساق، ويقع ضمن مظاهر الإحالة، فقد اختلفوا في المصطلح نفسه، فجعلوا للتكرار مسمى موازياً، هو التكرير[231]، بينما التضام يأتي أيضاً تحت مسمى المصاحبات اللغويّة[232].

وعلى الرغم من هذا الاختلاف بين الباحثين في المصطلح الدقيق للاتّساق المعجمي، وفي تصنيفه في الإحالة أو خارجها، فإنهم اتّفقوا على أنه من وسائل الاتساق الأساسي في النّص، كما شاع بينهم أن الاتساق المعجمي ينقسم إلى: «الاتساق المعجمي التّكراري، والاتساق المعجمي التضامي. ويُعرّف الأول بأنه إعادة عنصر معجمي أو مرادفه أو شبيهه أو عنصر عام يشمله. ويُعرّف الثاني بأنه توارد زوج من الكلمات بالفعل أو بالقوة، نظراً لارتباطهما بحكم علاقة ما»[233].

وعلى الرغم من الخلاف سأعتمد في تناول الاتساق المعجمي على التقسيم

الذي أورده محمد خطابي في لسانيات النّص، نقلاً عن هاليداي (Haliday) ورقية حسن (R.Hassan)[234]؛ نظراً لشيوع هذا التقسيم، ولوضوحه دون لبس يمكن أن يتداخل في فهم المعنى المقصود به. ومن هنا، حسب هذه النظرة ينقسم الاتساق المعجمي إلى:

أ – التكرير (Reiteration): «وهو شكل من أشكال الاتساق المعجمي؛ يتطلب إعادة عنصر معجمي، أو ورود مرادف له أو شبه مرادف، أو عنصراً مطلقاً أو اسماً عاماً»[235]، كما في العلاقة بين الكلمات: الصعود، التسلق، العمل، الشيء، هو، في جملة مكونة على النّحو الآتي: شرعت في الصعود إلى القمة (الصعود، التسلق، العمل، الشيء، هو) سهل للغاية[236].

فالكلمات بين القوسين تقع موقع الاستبدال من بعضها بعضاً، والعلاقة بينها هي علاقة الترادف، بما يجعلها تقوم بوظيفة الاتساق المعجمي عن طريق التكرير.

ب – التضام (Collocation): «وهو توارد زوج من الكلمات بالفعل أو بالقوة؛ نظراً لارتباطها بحكم هذه العلاقة أو تلك»[237]. ويتضمن مثل هذا الازدواج علاقات نسقيّة مختلفة؛ أوضحها التّضاد، كما في العلاقة بين ولد وبنت، في المثال: «ما لهذا الولد يتلوّى في كل وقت وحين؟ البنات لا تتلوّى»[238]. ويضاف إلى مثل هذا التّعارض بين ولد وبنت، أو ليل ونهار علاقات مثل الجزء والكل، أو الجزء – الجزء. واكتشاف مثل هذه العلاقات ليس أمراً هيناً، ومن ثم فهي تعتمد على حدس القارئ وحسه اللغوي[239].

وهذا يعني في الأخير أن الاتساق المعجمي يعتمد على وجود علاقة بين زوجين من الكلمات يردان في النّص نفسه. وهذه العلاقة تعتمد على الدلالة المعجمية للكلمتين المزدوجتين في النّص. والحقيقة أن تحديد مظاهر الاتساق المعجمي على هذا النّحو يرتد بالباحث إلى تصنيف البلاغة العربية في مواضع

مختلفة؛ خاصة في مبحثي التكرير والتضام اللذين يعدان من مظاهر البديع[240]، فمباحث البلاغة العربية في هذا الجانب تقدم معيناً وافياً على تصنيف مثل هذه العلاقات المحتملة بين الكلمات.

ومن ناحية أخرى، فلا بد أن يضع الباحث في اعتباره أن الشعر بطبيعته بنية تكرارية؛ حيث يعتمد على تكرار كل عناصره، بداية من الجزء إلى الكل؛ أي بما يشمل تكرار الصوت المفرد، فالكلمة المفردة، فالجملة أو الجزء من الجملة، والصورة الشعرية، والبنية العروضية، والقافية[241]. وهذا يعني ارتفاع معدلات التّكرار في الشعر الإماراتي الحديث، والتي تسهم في الاتساق المعجمي للنصّ الشعري.

2 – الاتساق المعجمي في الشعر الإماراتي الحديث:

عند التأمل في النماذج المختلفة للشعر الإماراتي الحديث، فإنه يتبيّن للباحثة أن صور الاتساق المعجمي بقسميه الرئيسين: التكرير والتضام تتوفّر على نحو ظاهر؛ يجعله يسهم بصورة واضحة في الاتساق المعجمي، خاصة في هذا الشعر.

وتحديداً، في نموذج مكوّن من ثماني قصائد من ستة دواوين مختلفة، تبين أن التكرير يحظى بالعناية في هذا الشعر؛ إذ اعتمدت خمس من القصائد المشار إليها على التكرير بوصفه أداة أولى مسيطرة في صنع الاتساق المعجمي في تلك النماذج. أما التضام فظهر بوصفه أداة مسيطرة إلى جانب التكرير في ثلاث قصائد، وهو يعني أن طبيعة الاتساق المعجمي في الشعر الإماراتي الحديث تأتي وفق النسب الآتية:

الأداة	نسبة التّكرار
التكرير	% 62.5
التضام + التكرير	% 37.5

وهذه النسب بطبيعة الحال تقريبية، لأنها تعتمد على عينة عشوائية من مجموع نماذج الشعر الإماراتي المتاحة، لكنها تبقى دالة فيما تشير إليه من طبيعة الاتساق المعجمي في الشعر الإماراتي الحديث. ومن ناحية أخرى، فإن التكرير يعتمد أكثر على تكرار اللفظ المعجمي نفسه، بلفظه أو بصورة من صوره المعجمية، وهذا ما يفسّر كون التكرير يبدو أكثر حضوراً في هذا الشعر. بينما يعتمد التضام على علاقة التعارض أو التقابل أكثر من اعتماده على غيرها من العلاقات، كالكل والجزء أو نحوها من العلاقات المختلفة.

وفي كل الأحوال، فأياً تكن العلاقة الحاكمة بين هذه الكلمات، فإن وجودها في هذا الشعر يبقى لافتاً وفاعلاً عن طريق أداء وظائف جماليّة تكتسبها من طبيعتها المعجميّة الدلاليّة. وسأتناول فيما يأتي هذه النماذج؛ مبرزة وظائفها الدلاليّة والجماليّة في نصوصها الشعريّة.

3 - ظواهر التكرير والتضام في الشعر الإماراتي الحديث:

1.3 ظواهر التكرير:

1.1.3 التكرير بوصفه أداة تحوّل:

يدل التكرير في هذا النموذج على التحول بمعناه العام؛ خاصة الزمني. وهو ما يظهر في قصيدة حبيب الصايغ (العائلة)، حيث يقول[242]:

«آه لو تمضي سنوات العمر

وأنا غافلٌ أو نائمْ

آه لو تمضي سنوات العمر

وأنا لاهٍ عنها بجمع الطوابع

وحلّ الكلمات المتقاطعة

آهِ لو أستطيع أن أزيح ركام السنوات

عن أهداب عيني

وأصل سريعاً إلى غدٍ سحيق

أجلس فيه جنب الموقد

وحولي عددٌ من أحفادي

بينما الأحفاد الآخرونَ

منهمكون في جمع المزيد من الأغصانْ».

والقصيدة كما هو واضح من بنيتها، تعتمد على صور التّكرار من بدايتها إلى نهايتها، سواء بتكرار اللفظ نفسه، بداية من لفظ (آه) الذي يعمل كمفتتح للأسطر الشعرية، ويفتح أمامه أفق الدلالة في إشارة إلى الأمنيات التي يحلم بها الشاعر. يلي هذه الأمنيات: (سنوات العمر) التي تكررت بنصّها مرتين، ثم تكررت مرة أخرى مع تغيير في الصيغة، لكنه دال على المعنى نفسه: (ركام السنوات). ومثلها: (أحفادي – الأحفاد الآخرون).

وفي مقابل هذا التّكرار اللفظي، جاءت عبارات أخرى تتكرر بالمعنى، حيث تدل على الفعل نفسه: (غافل/ نائم/ لاهٍ، بجمع الطوابع/ حل الكلمات المتقاطعة/ جمع المزيد من الأغصان). والمحصلة في ذلك، أن هذه التّكرارات المتعددة عملت على تمثيل حالة الذّات الشاعرة التي تحلم بطيّ سنوات العمر.كما يتّضح في الجدول الآتي:

نوع التّكرار	تكرار لفظي	تكرار بالمعنى	الدلالة
1	آه / آه / آه	....	الدلالة على التحول
2	سنوات العمر/ سنوات العمر	ركام السنوات	
3		غافل/ نائم/ لاه	
4	....	الأحفاد/ الأحفاد الآخرون	
5	....	جمع الطوابع/ حل الكلمات المتقاطعة/ جمع المزيد من الأغصان	

2.1.3 التكرير بوصفه أداة لتثبيت الزمن:

وفي نموذج مختلف، يعمل التكرير بوصفه أداة على تثبيت اللحظة الزمنية، وهو ما يظهر في قصيدة رهف المبارك (دقيقة بوح)، حيث تقول[(243)]:

«رجوتها توقفي

توقفي دقيقة

قبل أن تغامري

بالعمرِ.. بالهوى

قبل أن تسافري لهوةٍ سحيقة».

ففي هذا المطلع اللافت للقصيدة، تعتمد الشاعرة على استخدام التكرير بصورتين: تكرير لفظي للكلمة نفسها: (توقفي/ توقفي..، قبل أن../ قبل أن..)، وتكرير بالمعنى (تغامري بالعمر/ بالهوى/ تسافري لهوةٍ سحيقة).

الأمر الذي يجعل من المقطع متسقاً معجمياً، كما هو متسق تركيبياً، ليدل على عملية تثبيت الزمن الذي تريد أن تحققه الذّات الشاعرة من عمليّة خطاب

الآخر، في عملية تأمل للحظة الحاضرة، لأنها تخشى المغامرة، على خلاف ما ظهر في نموذج حبيب الصايغ السابق الذي استخدم التكرير كأداة للتحوّل. وهو ما يعني أن الشاعر الإماراتي في هذه النماذج، يوظّف ظواهر الاتساق – تركيبياً ومعجمياً – لخدمة الأغراض/ المعاني الدلاليّة في القصيدة. كما يتّضح في الجدول الآتي:

تكرار لفظي	تكرار بالمعنى	الدلالة
توقفي/ توقفي دقيقة	....	
قبل أن..	تغامري بالعمر/ بالهوى	الدلالة على تثبيت اللحظة الزمنية/ التأمل في الحاضر
قبل أن..	تسافري لهوة سحيقة	

3.1.3 التكرير بوصفه أداة للتأكيد:

يعمل التكرير في هذا النموذج على تأكيد المعنى الأساسي الذي يشير إليه المقطع الذي يظهر فيه. وهو ما يعبّر عنه ناصر البكر الزعابي في قصيدته: (معلمة اللغة العربية)، ومثله أحمد عيسى العسم في قصيدته: (عزيز البلد). يقول ناصر الزعابي[244]:

«مجنونٌ أنت يا صديقي

ومغرورٌ

طاووسٌ مهمل

وأظنك تكتب في الليلِ

قصيدة نثر طويلة».

ويأتي هذا التأكيد باستعمال التكرير في ختام القصيدة، ربما ليؤكد المعنى الذي يحمله المقطع، أو ليؤكد العلاقة بين ذات الشاعرة وصديقه – أحمد العسم

الذي يرد ذكره في القصيدة – تأكيداً للذكريات المشتركة بينهما، على طاولة اللغة العربية؛ ممثلة في المعلمة التي يحملان لها التّقدير، أو ممثلاً في قصيدة النثر التي يكتبها هذان الشاعران الكبيران.

كما أن هذه العلاقة تتأكد عن طريق وصف يحمل نوعاً من الدعابة، حيث كان ينادي صديقه بـ: (مجنون/ مغرور/ طاووس). وعلى النّحو نفسه يستعمل أحمد عيسى العسم التكرير بوصفه أداة للتأكيد، أيضاً في ختام القصيدة، بما يشير إلى موقع التكرير المعتاد عند استخدامه بوصفه أداة للتأكيد، فيقول أحمد العسم في قصيدته (عزيز البلد)[245]:

«رحل معلم الروح

وأستاذ الإنسانية

الذي يجتمع من حوله الناس

صديق الأمكنة

والمرضى وزوار البلاد

إنسان البوح الصادق».

فالمقطع يكرر معنى الأستاذية بصور مختلفة: (معلم الروح/ أستاذ الإنسانية/ الذي يجتمع من حوله الناس/ إنسان البوح الصادق)، كما يؤكد معنى صداقته بالمكان عن طريق استحضار الأمكنة ومن ينتمي إليها، بعلاقة الجزء/ الكل: (الأمكنة/ المرضى/ زوار البلاد)، وهذا من باب التضام لا التّكرار، لكنه يؤكد معنى الإنسانية الذي يعتمد عليه المقطع في بنائه. ولا بد من الالتفات إلى أن عمل التكرير هنا يتوازى مع عمل الاستبدال الذي تمت الإشارة إليه من قبل، تأكيداً على عمل ظواهر الاتساق معاً، سواء أكانت تركيبية أو معجمية. كما يتّضح في الجدول الآتي:

تكرار باللفظ	تكرار بالمعنى	التضام	نوعها	الدلالة
مجنونٌ/ ومغرورٌ/ طاووسٌ	....		....	
معلم الروح/ أستاذ الإنسانية/ الذي يجتمع حوله الناس/ إنسان البوح الصادق	....		....	الدلالة على التأكيد
	....	الأمكنة/ المرضى/ زوار البلاد	علاقة تضام الجزء/ الكل	

3.1.4 التكرير بوصفه أداة تفسير:

وفي هذا النموذج يعمل التكرير بوصفه أداة تفسير، على نحو ما يظهر في قصيدة أحمد عيسى العسم السابقة: (عزيز البلد)، لكن مع ملاحظة أن التكرير يأتي موزعاً بطول القصيدة، ليسمح بتفسير العنصر المشار إليه في القصيدة. وذلك حيث يقول[246]:

«البلد فقدت عزيزاً عليها

....

....

....

لأن من ينظر كل فجرٍ

إلى شروق الشمسِ

بعد الصلاةِ

أغمض عينيه إلى الأبد».

ويمكن هنا أن نلاحظ أن علاقة التفسير قامت على أساس أن «عزيزاً» احتاجت إلى تفسير، فجاءت القصيدة بما يشرح معناها: «من ينظر كل فجر إلى شروق الشمس بعد الصلاة»، مثلما احتاج اللفظ «فقدت» إلى شرح يفسّر معناها: «أغمض عينيه إلى الأبد». وهذا التفسير أضاف تماسكاً دلالياً بين الأسطر الشعرية.

اللفظ	تكراره	الدلالة
فقدت	أغمض عينيه إلى الأبد	التفسير
عزيزاً	من ينظر كل فجر...	

2.3 الظواهر المشتركة بين التضام والتكرير:

1.2.3 التضام والتكرير بوصفهما أداة نمو بالقصيدة:

في هذا النموذج يعمل التضام والتكرير بوصفهما أداة نمو بالقصيدة، عن طريق تفسير العنصر الرئيس فيها، والاعتماد على علاقة الجزء والكل التي تجمع الأطراف المتباينة في القصيدة. وهو ما يظهر في قصيدة (المطار) لناصر البكر الزعابي، حيث يقول[247]:

«مكانٌ رائعٌ للتأمل

في ساعات الانتظار الطويل

المطار يشعر بالضجر

أطفالٌ يلعبون

عمالٌ متذمّرون

رجلٌ يدخّن

حزينٌ اشتاق لأهله

فتاةٌ تبحث عن حلم

حقائب ثقيلةٌ

شاعرٌ حائرٌ بين غربتين».

إن القصيدة تعتمد على علاقة التضام الأساسية التي تجمع بين عناصرها المبثوثة في أسطرها العشر، وكلها يرتبط بعلاقة الإحالة الضمنية التي تعود إلى عنوان القصيدة: (المطار)، وفي الوقت نفسه ترتبط العناصر نفسها بعلاقة التضام على المستوى المعجمي؛ إذ كلها يفسّر المكان الرائع/ المطار؛ خاصة أن هذا المكان – كما يقول الشاعر – يشعر بالضّجر، أو بالأحرى يسبب الإحساس بالضّجر لمن يمكثون به في ساعات الانتظار الطويل؛ خاصة بالنسبة إلى الشاعر الذي يشعر بالحيرة بين غربتين.

وعلى ذلك، ترتبط ألفاظ: «أطفال/ عمال/ رجل/ حزين/ فتاة/ حقائب/ شاعر» بعلاقة الجزء من الكل: «المطار»، أي بعلاقة التضام المعجمية، في الوقت الذي ترتبط فيه أيضاً بعلاقة الاستبدال على المستوى الشكلي. ولا تقتصر علاقات الترابط بين هذه الألفاظ على علاقة الجزء/ الكل، إذ بينها على المستوى الداخلي علاقات أخرى، فتأتي علاقة الترادف بين: «رجل/ حزين/ شاعر» لتحول العلاقة من التضام إلى التكرير، ويأتي التضاد بين: «رجل – شاعر/ فتاة»، وعلاقة التجاور أو التلازم بين: «عمال/ حقائب»، وعلاقة الكل/ الجزء بين: «عمال/ رجل – حزين – شاعر».

وقبل ذلك كله علاقة الاستبدال التركيبي والتضام المعجمي بين: «مكان/ مطار» التي تتأسس عليها القصيدة. وهذا التّنوع الكبير في العلاقات بين ألفاظ القصيدة، مع انتشارها بطول الأسطر الشعرية، يجعل من علاقة التضام المظهر المعجمي الأساسي في تماسكها، محققاً النمو الدلالي والتركيبي الشكلي في القصيدة، وصانعاً صورة كلية للمكان الذي ترسم تفاصيله ببراعة. كما يتّضح في الجدول الآتي:

التضام	نوعه	التّكرار	نوعه	دلالته
أطفال، عمال، رجل، حزين، فتاة، حقائب، شاعر / المطار	الجزء من الكل	رجل/ حزين/ شاعر	ترادف	أداة لنمو القصيدة
رجل – شاعر/ فتاة	تضاد	عمال/ حقائب	التجاور/ التلازم	
عمال/ رجل – حزين – شاعر	الجزء من الكل	....	......	

2.2.3 التضام بوصفه أداة مفارقة غير مباشرة:

تعد المفارقة من الظواهر الأساسية في الشعر الحديث[(248)]، يستخدمها الشاعر ليحقق مقاصد جماليّة مختلفة. وفي هذا النموذج تعمل المفارقة على تأكيد الموقف المتناقض الذي تأخذه الذّات الشاعرة من العالم، دون أن تعلن عن تفاصيل هذا الموقف أو أسبابه. وقد استخدم الشاعر التضام بوصفه أداة أساسية لصنع هذه المفارقة، وهو ما يظهر في قصيدة (لا) لخالد بدر، حيث يقول[(249)]:

«لا تسألوا

لا تسألوا

ها هي

الأزقة

تتهاوى

ها هي مملكتي

نائمةٌ سعيدة».

وكما يظهر من تركيب القصيدة، فهي لا تعتمد فحسب من ناحية الاتساق المعجمي على التضام الذي يجمع بين «الأزقـة/ مملكتي – تتهاوى/ نائمة سعيدة»، لكنها أيضاً تعتمد على التكرير اللفظي بين التركيبين: «لا تسألوا/ لا تسألوا – ها هي/ ها هي».

هذا إلى جانب التضام الذي يجمع بعلاقة الجزء/ الكل من ناحية، والتّضاد من ناحية أخرى، بين: «الأزقة/ مملكتي – تتهاوى/ نائمة سعيدة» بما يصنع في نهاية الأمر تلك المفارقة التي تؤكد موقف الذّات الشاعرة من العالم، باعتباره موقفاً متناقضاً، قد نؤوله على معنى الرفض لهذا العالم، وقد نؤوله على معنى عدم المبالاة، أو غيرها من المعاني المحتملة، لكنها جميعاً تؤكد معنى المفارقة وتشكل صورتها الكليّة في القصيدة.كما يتّضح في الجدول الآتي:

التضام	نوعها	التكرير اللفظي	الدلالة
الأزقة/ مملكتي	الجزء/ الكل	لاتسألوا/ لا تسالوا	المفارقة/ موقف المتناقض من العالم يعبر عن الرفض أو اللامبالاة
تتهاوى/ نائمة سعيدة	الجزء/ الكل	ها هي/ ها هي	
نائمة/ سعيدة	الجزء/ الكل		

3.2.3 التضام بوصفه أداة تضاد:

في هذا النموذج يعمل التضام بوصفه أداة تضاد تجسّد الصراع النفسي الذي تعبر عنه الذّات الشاعرة في علاقة حبها المتوترة، وهو ما يظهر في قصيدة محمد خليفة (الممكن واللاسكن أنتِ)، حيث يقول[(250)]:

«في صراع الممكن واللاممكن عندي

كنتِ أنتِ نقطة فراغ

حاولتُ أن أراكِ الممكن دوماً

لكنكِ كنتِ اللاممكن

غابة وهمٍ

فمتى يتحوّل الوهم إلى يقين

متى أفتح بابي لاستقبال الممكن

شرخٌ يكبر بالروح

ومصاريع الألم

تطبق على القلب العميد».

في هذا المقطع الافتتاحي من القصيدة تتركز عناصر التّضاد التي تتفجر منها حدّة الصراع النفسي والإنساني بين: «الممكن واللاممكن»، وهو ما يتجلّى في عدة صور متكررة من التناقض أو التّضاد الذي يعبّر عن هذا الاختلاط والتذبذب في المشاعر. منها التّضاد الذي يسمى في البلاغة العربية: الطباق بالسلب(251) بين «الممكن/ واللاممكن»، ومنها التّضاد المباشر في المعنى المعجمي بين: «الوهم/ اليقين»، ومنها التكرير بالمعنى بين: «شرخ/ مصاريع الألم – الروح/ القلب».

وبطبيعة الحال، فإن هذه العلاقات المختلفة للتّضام تصنع من ذلك كله صورة الصراع والتوتر النفسي الذي تعبّر عنه القصيدة. كما يتّضح في الجدول الآتي:

التضام	التكرير	الدلالة
الممكن/ اللاممكن	شرخ/ مصاريع الألم	الصراع النفسي وتوتر علاقة الحب
الوهم/ اليقين	الروح/ القلب	

وما يجب تأكيده في ذلك أن تنوّع العلاقات بين الألفاظ في مثل هذه القصائد تتحكم فيه ذائقة القارئ، وهذه الذائقة يمكن أن ترى ما لا ينتهي من العلاقات المتنوّعة، وهو ما يؤدي إلى اختلاف التصنيف الذي تحتمله هذه العلاقات. لكن يبقى من ذلك التأكيد على أن هذا التنوّع الكبير للعلاقات الجامعة بين ألفاظ القصيدة، مع انتشارها بطول القصيدة يؤكد فاعلية الاتساق المعجمي في إحداث تماسك القصيدة.

الفصل الرابع:

ظواهر الاتساق
في الشعر الإماراتي الحديث

1 – ظواهر الإحالة في النّص الشعري الإماراتي الحديث:

تتعدد ظواهر الاتساق في الشعر الإماراتي الحديث، تعداداً يصعب معه حصر ظواهره ووظائفه. وما يلفت النظر في هذه الظواهر أن كل واحدٍ منها يقترن بوظيفة من الوظائف الجماليّة التي تؤديها هذه الظواهر.

والإحالة النّصية في الشعر الإماراتي الحديث تعمل عن طريق شبكة من العلاقات الدلاليّة؛ تصنعها العلاقات المتوالية للضمائر؛ إضافة إلى أدوات الإحالة الأخرى من أسماء الإشارة وأدوات المقارنة.

1.1 الإحالة بالضمائر – شبكة الإحالة النّصية والضمير التأسيسي في القصيدة:

وإذا تأملنا طريقة توزيع الضمائر وعلاقاتها في النّص الشعري، فسنلاحظ أنها تصنع شبكة من العلاقات التي ترسم وجود ضمير تأسيسي، وهي من أبرز الظواهر التي يكشف عنها الشعر الإماراتي الحديث، وأهميّتها تعود إلى كشفها عن الطريقة التي تتماسك بها هذه القصائد، باستخدام الضمائر. ويمكن القول: إن هذا الضمير التأسيسي يعمل في صورة خط رأسي ممتد من أول القصيدة إلى آخرها، ويتفرّع عنه أمام كل سطر شعري – أو بيت شعري في النماذج العمودية – خطوط أفقية ترتبط بالعناصر التي تظهر على مستوى هذه الأسطر. وما يؤكد أهمية هذا الضمير التأسيسي، كونه ثابتاً في مركزه، يشدّ إليه كل العناصر الصغرى في مرجعياتها الدلاليّة المختلفة.

وما يلاحظ على الضمائر في هذه القصائد أن الإحالة تعمل على مستويين أساسيين: مستوى كلي، يحيل إلى ضمير تأسيسي؛ هو الضمير الرئيس في القصيدة، يحيل في الوقت نفسه مقامياً إلى السياق/ موضوع القصيدة. والمستوى الثاني: مستوى جزئي؛ تظهر فيه ضمائر مرتبطة بعناصر إحالية مؤقتة في ظهورها، ومحدودة في وجودها في القصيدة بحدود المقطع الذي تظهر فيه.

وهنا ينبغي أن نلاحظ أمرين: الأول: أن ضمائر أدوار الكلام – على خلاف ما ينقل الباحثون عن هاليداي (Haliday) ورقية حسن (R.Hassan)[252] – هي الضمائر الرئيسة في تأسيس الإحالة والتماسك في القصيدة. وربما هذا يعود إلى طبيعة الشعر نفسه، حيث يعتمد على صوت الذّات الشاعرة؛ أياً كان هذا الصوت، مفرداً أو جماعةً، مذكراً أو مؤنثاً[253].

الثاني: أن ضمائر الأدوار الأخرى – ضمائر الغيبة – هي التي تقوم بتأسيس الإحالة إلى المستوى الجزئي في القصيدة.

ومن هنا يمكن أن نلاحظ، أن تأسيس التماسك عن طريق حركة الضمائر على مستوى القصيدة، يعتمد على وجود تلازم ومنافسة بين مستويين من الضمائر: ضمائر رئيسة، وهو في الغالب ضمير واحد – أحادي الصوت والمرجع – يعبر عن صوت الذّات الشاعرة في القصيدة. وضمائر أخرى متنوّعة ومختلفة في المرجع، مؤقتة في الظهور، ومتنوعة كذلك في مرجعياتها الدلاليّة.

وكلما زادت تلك الضمائر المؤقتة زاد تعقيد الشبكة، وكلما قلّ وجودها قلّ التعقيد المرتبط بدرجة تماسكها. وهذا بدوره ينعكس على السياق الكلي للقصيدة؛ أي على ما يمكن أن يفهمه القارئ من إحالاتها، بتأويل سياقها المرتبط بدلالاتها المباشرة وغير المباشرة.

2.1 الإحالة بأسماء الإشارة (Demonstrativ):

تنقسم الظواهر الأساسية للإحالة باستخدام اسم الإشارة في الشعر الإماراتي

الحديث إلى حالتين رئيستين: الحالة الأولى: يسيطر فيها واحد من أسماء الإشارة (اسم الإشارة أو الظرف) على القصيدة من أولها إلى آخرها، ويقوم بتقسيم القصيدة إلى مقاطع أو أجزاء شبه متكررة، كما يربط مجمل القصيدة بالإحالة إليه، في صورة إحالة موسعة؛ بعدية أو قبلية.

على أن وظيفة الاسم الموصول في هذه الإحالة، يكتفي بوصفه عنصراً مساعداً على إحداث التماسك بين جملتين أو أكثر في مقطع محدود من القصيدة، أي إن إحالته موضعية، إلى جانب وجود أحد الاسمين المسيطرين في الإحالة: اسم الإشارة أو الظرف.

والحالة الثانية: استخدام أسماء الإشارة بأنواعه الثلاثة: اسم الإشارة والظرف والاسم الموصول، حيث تجتمع هذه الأدوات الثلاث للإحالة في القصيدة الواحدة، أو على الأقل تجتمع فيها أداتان للإحالة؛ خاصة اسم الإشارة والظرف، وفي هذا تأكيد للوظيفة الأساسية التي تؤديها هاتان الأداتان للتماسك في القصيدة باستخدام الإحالة.

وفي هذه الحالة أيضاً، لدينا مظهران أساسيان للإحالة؛ ينتجان عن استخدام هذه الأدوات في صنع التماسك النّصي في القصيدة:

المظهر الأول: هو الإحالة الموسّعة، وذلك حالة انفراد واحدة من هذه الأدوات بالسيطرة على مواضع التماسك النّصي في القصيدة.

أما المظهر الثاني: للإحالة باستخدام أدوات الإشارة، فهو ما يمكن أن نسميه الإحالة الموضعيّة؛ أي الإحالة التي تلتزم بمكان معيّن وحيّز معين للجملة.

ويتّضح أن – الإحالة الموسعة – يكثر استخدامها في نماذج الشعر الإماراتي الحديث، وهذا يتناسب مع طبيعة الشعر التي تميل إلى تعدد الدلالات أو تعدد وجوه التأويل.

3.1 الإحالة بالمقارنة وظواهرها في الشعر الإماراتي الحديث:

تعتمد ظواهر المقارنة في نماذج الشعر الإماراتي الحديث، على صور مختلفة للمقارنة؛ يؤدي كل منها وظيفة فنية في موقعه من القصيدة. ويأتي في صدارة هذه الصور استخدام التقابل بين الألفاظ، باعتباره أكثر الصور استخداماً في هذه النماذج، ويتساوى بعد ذلك استخدام صور أخرى كالمقارنة بالتشبيه، والمقارنة بالتّضاد، والمقارنة بالتجانس.

كما نلاحظ أن أكثر هذه الصور حين تظهر في قصيدة فإنها تظهر بمفردها، أي يمكن القول إن استخدام هذه الصور المختلفة للمقارنة يأتي منفرداً، ونادراً ما تظهر صورتان من هذه الصور، أو تظهر مجتمعة. وهذا الظهور الجماعي لصور المقارنة يكشف عن طبيعتها وعن طبيعة استخدامها في القصيدة، أي الوظيفة الجماليّة التي تؤديها ضمن فاعليّة الاتساق في القصيدة.

4.1 الإحالة المقاميّة والتّناص في الشعر الإماراتي الحديث:

كشف تتبّع صور وحالات التّناص في الشعر الإماراتي الحديث عن ظاهرة لافتة تخص الإحالة المقاميّة، ذلك أن الشعر ترتبط فيه الإحالات المقاميّة/ التّناص بالصورة الكليّة التي يعبّر عنها شعر الشاعر، ومن هنا تؤكد هذه الإحالات ما يعبّر عنه الديوان أو القصيدة، وذلك عن طريق تكثيف الإحالات المقاميّة/ التّناصات التي ترتدّ إلى الواقع الخارجي المرتبط بموضوع القصيدة/ الديوان. وهذا ما يجعل من هذه الإحالات أساسية في تحديد السياق الكلي المحيط بالقصيدة/ الديوان.

كما أن الإحالات النّصية المباشرة التي تستحضر أسماء أو أحداث بعينها تُعدّ بالقياس إلى الإحالات غير المباشرة في هذا الشعر قليلة. واللافت في الإحالات المباشرة أن حال الوطن العربي الراهن يتردد في هذا الشعر، بما يدلّ على تأثيره في الشعر الإماراتي الحديث.

أما في الإحالات غير المباشرة، فإن الصورة العامة للخليج العربي، ماضيه وحاضره ومستقبله، هي المسيطرة على حضور الصورة في رسم هذا الواقع المحيط، بما يدل على مدى انشغال الشعراء بهذا الواقع، وعلى مدى ارتباطهم بالوطن وشدّة انتمائهم إلى ترابه وإلى رموزه.

ولذلك، فإنه من الصعب الفصل بين هذه الإحالات ومقصد صاحبها من استحضارها، فإن لكل شاعر – كما ذكرت – مقصداً خاصاً من إحالاته، يرتبط بتجربة الديوان الذي وردت فيه. ولذلك فإن تصنيف هذه الإحالات يقتضي مراعاة هذه المقاصد؛ حتى يظهر السياق الذي اقترنت به.

2 – الاستبدال في الشعر الإماراتي الحديث:

يعدّ الاستبدال واحدة من أبرز الأدوات التي يعتمد عليها الشعراء الإماراتيون في إحداث التماسك النّصي في قصائدهم المختلفة. وهو ما يتجلى في كثافة حضور ظواهر الاستبدال في هذا الشعر، سواء عن طريق استبدال المطابقة، أو استبدال المشابهة، أو استبدال التلاصق. وهي الأنواع التي تعمل على تكثيف الدلالة وتكثيف العلاقة بين العناصر المختلفة، على النّحو الذي أظهرته النماذج التي تم تناولها في الجزء التحليلي الخاص بظواهر الاستبدال في الشعر الإماراتي الحديث.

3 – الحذف في الشعر الإماراتي الحديث:

ويبدو الحذف في الشعر الإماراتي الحديث قليلاً ودقيقاً، فهو قليل قياساً لظواهر الوصل والاستبدال والتّكرار في نماذج هذا الشعر، ودقيق؛ بمعنى أنه يحتاج إلى تأمل لتبيّن وجوده في هذه النماذج. وهو مع هذه القلة والدّقة يقترن بغيره من ظواهر التماسك التركيبي.

وإجمالاً، فإن الحذف في هذا الشعر يقترن على وجه الخصوص بكل من

التّكرار والاستبدال. وهو ما يمكن معه تسمية النوع الأول بالحذف التّكراري، والثاني: الحذف الاستبدالي. وهذا لا يمنع من وجود مظاهر أخرى للحذف؛ يقترن فيها بغيره من الظواهر، لكن الظاهرة الأبرز في هذه المظاهر أن الحذف في أغلبه حذف غير لازم، أي إن شكل الحذف وضرورته في موضعه لا يرتبط بالقاعدة اللغويّة، وإنما يرتبط بتأويل النّص نفسه، وبوجود عناصر تكرارية (مذكورة) تفسّر المحذوف (المقدر) في موضعه.

كما يمكن تصنيف ظواهر الحذف في الشعر الإماراتي الحديث من حيث كونها حذفاً تكرارياً، ومنه الحذف غير اللازم المقترن بالتّكرار، حيث يجوز تقدير المحذوف كعنصر من عناصر التركيب، ويجوز عدم تقديره، لعدم حاجة التركيب إلى هذا التقدير. والأمر مرهون بحساسية المتلقّي ورؤيته في ضرورة وجود العنصر المحذوف أو عدم ضروريته.

لكن أبرز ظواهر الحذف التي أظهرها التحليل كونه يقع في الحرف، كما يقع في المركب اللغوي، سواء أكان جملة كاملة أو بعضاً من الجملة. وهذا هو الأكثر استعمالاً في الشعر الإماراتي الحديث. وهو حذف لا تقتضيه القاعدة اللغويّة بقدر ما يقتضيه التركيب الفني للقصيدة، أما الحذف الذي يستجيب للقاعدة اللغويّة، فهو نادرٌ ويقع في الخبر.

4 - الوصل في الشعر الإماراتي الحديث:

المتأمل في الشعر الإماراتي الحديث يلاحظ أن ظواهر الوصل؛ بما في ذلك أدواته ووظائفه الجماليّة، تختلف عن مجرد الوظيفة اللغويّة التي تؤديها في التماسك. ومثال ذلك يتّضح في (الواو) التي تقوم في الأصل بالجمع بين ما قبلها وما بعدها بحكم وظيفتها اللغويّة التي تعني أن ما بعدها يشارك ما قبلها في الحكم[254]، وهذا يعني أنها تقوم في الأصل بوظيفة الوصل الإضافي حسب تصنيف هاليداي (Haliday) ورقية حسن (R.Hassan)[255]، لكنها إلى جانب

ذلك تقوم بوظيفة قريبة من وظيفة (لكن) الاستدراكية في اللغة[256]، الأمر الذي يحول وظيفتها من الوصل الإضافي إلى الوصل العكسي.

ويُلاحظ كذلك الاختلاف في الوظيفة التي تقوم بها شبه الجملة؛ سواء أكانت مكونة من الجار والمجرور – خاصة حرف الجر (في) – أو كانت مكونة من الظرف وما يُضاف إليه. فهذان الشكلان من التركيب لشبه الجملة يقومان بوظيفة التحديد المكاني الذي يضيف معلومات إلى ما سبقه؛ أي إنه يقوم بوظيفة الوصل الإضافي. في الوقت الذي يقوم فيه المصدر المؤول بالوظيفة نفسها – الوصف الإضافي – لكنه يقوم بهذا من باب شرح وتفصيل ما قبله أو تعيينه.

هذا عن الوظائف التي تقوم بها أدوات الوصل، أو التي تقوم بوظيفتها في تحقيق الوصل في الشعر الإماراتي الحديث. أما من ناحية الكم والنّوعيّة، فإن الأكثر هو استعمال أدوات الوصل الإضافي، مع التّنويع بين الواو وشبه الجملة والمصدر المؤول، بينما يقل استعمال الوصل العكسي قياساً إلى الوصل الإضافي، وبالمثل يقل استعمال كل من الوصل السببي والوصل الزمني.

هذا إضافة إلى أدوار خاصة يقوم بها كل نوع على حدة في هذا الشعر، إذ تشتمل القصيدة أو المقطع على أكثر من نوع أو أكثر من أداة منها، ولكن تظهر في ذلك سيطرة أداة على باقي الأدوات في كثير من الأحيان.

5 – الاتساق المعجمي في الشعر الإماراتي الحديث:

عند التأمل في النماذج المختلفة للشعر الإماراتي الحديث، فإنه يتبيّن للباحث أن صور الاتساق المعجمي بقسميه الرئيسين: التكرير والتضام، تتوفّر على نحو ظاهر؛ بما يسهم بصورة واضحة في الاتساق المعجمي في هذا الشعر.

ومن هنا نلاحظ أن التكرير يعتمد أكثر على تكرار اللفظ المعجمي نفسه، بلفظه أو بصورة من صوره المعجميّة، وهذا ما يفسّر كون التكرير يبدو أكثر

حضوراً في هذا الشعر، بينما يعتمد التضام على علاقة التّعارض أو التّقابل أكثر من اعتماده على غيرها من العلاقات، كالكل والجزء أو نحوها من العلاقات المختلفة.

وفي كل الأحوال، فأياً تكن العلاقة الحاكمة بين هذه الكلمات، فإن وجودها في هذا الشعر يبقى لافتاً وفاعلاً عن طريق أداء وظائف جمالية تكتسبها من طبيعتها المعجميّة الدلاليّة.

وما يجب تأكيده في ذلك أن تنوّع العلاقات بين الألفاظ في مثل هذه القصائد تتحكم فيه ذائقة القارئ. وهذه الذائقة يمكن أن ترى ما لا ينتهي من العلاقات المتنوعة، وهو ما يؤدي إلى اختلاف التصنيف الذي تحتمله هذه العلاقات، لكن يبقى من ذلك التأكيد على أن هذا التنوّع الكبير للعلاقات الجامعة بين ألفاظ القصائد في هذا الشعر، مع انتشارها بطول القصيدة الواحدة، يؤكد فاعلية الاتساق المعجمي في إحداث تماسك القصيدة في الشعر الإماراتي الحديث.

هوامش الباب الثاني:

1 – إبراهيم بشار: الخطاب الشعري من منظور لسانيات النّص – قصيدة عاشق من فلسطين لمحمود درويش أنموذجاً، مذكرة مقدمة لنيل شهادة الماجستير في علوم اللسان العربي، إشراف: محمد خان، قسم الأدب العربي، كلية الآداب والعلوم الإنسانية والاجتماعية، جامعة محمد خيضر – بسكرة – الجزائر، السنة الجامعية 2008م – 2009م، ص 52.

2 – حمودي سعيد: الانسجام والاتساق النّصي، ص 109.

3 – غنية لوصيف: الاتساق والانسجام في قصيدة مديح الظل العالي، ص 24.

4 – بوبكر نصبة: الاتساق والانسجام في شعر إبراهيم ناجي، ص 11 – 12.

5 – حمودي سعيد: الانسجام والاتساق النّصي، ص 109.

6 – إبراهيم بشار: الخطاب الشعري من منظور لسانيات النصّ، ص 53.

7 – دي بوجراند: النصّ والخطاب والإجراء، ص 300.

8 – ينظر: إبراهيم بشار: الخطاب الشعري من منظور لسانيات النصّ، ص 53.

9 – حمودي سعيد: الانسجام والاتساق النّصي، ص 106.

10 – غنية لوصيف: الاتساق والانسجام في قصيدة مديح الظل العالي، ص 29.

11 – إبراهيم بشار: الخطاب الشعري من منظور لسانيات النصّ، ص 53.

12 – ينظر: المرجع السابق: ص 54.

13 – وهو ما يشمله الباب الثاني من الكتاب المذكور، تحت عنوان: المساهمات العربية، وقد شمل هذا الباب الفصول من الخامس إلى السابع، مصنفة تحت عناوين: البلاغة والنقد الأدبي وعلوم القرآن وتفسيره. ينظر: محمد خطابي، لسانيات النصّ مدخل إلى انسجام الخطاب، ص 95 – 204.

14 – ينظر: تمام حسان، مناهج البحث في اللغة، ص 203 – 224.

15 – ينظر: محمد عبد المطلب، البلاغة والأسلوبية، ص 42 – 48.

16 – ينظر: محمد خطابي: لسانيات النصّ، ص 149 – 161.

17 – ينظر: المصدر السابق: ص 197 – 204.

18 – ينظر: جميل عبد المجيد: البديع بين البلاغة العربية واللسانيات النّصّية، الهيئة المصرية العامة للكتاب، القاهرة 1998م، ص 75 – 132.

19 – حمودي سعيد: الانسجام والاتساق النّصي، ص 107.

20 – ينظر: محمد خطابي: لسانيات النّص مدخل إلى انسجام الخطاب، ص 149 – 161.

21 – المصدر السابق: ص 163.

22 – غنية لوصيف: الاتساق والانسجام في قصيدة مديح الظل العالي، ص 58.

23 – الزركشي: بدر الدين محمد بن عبد الله، البرهان في علوم القرآن، تح: محمد أبو الفضل إبراهيم، ج 1، دار التراث، القاهرة، د.ت، ص 186.

24 – ينظر: محمد خطابي: لسانيات النّص مدخل إلى انسجام الخطاب، ص 197 – 204.

25 – السيوطي: معترك الأقران في إعجاز القرآن، تح: علي محمد البجاوي، ط 3، دار الفكر العربي، مصر 1973م، ص 55.

26 – ابن منظور: لسان العرب، مج 3، ص 927.

27 – سورة الانشقاق، آية 17.

28 – الفيروز آبادي: القاموس المحيط، مادة وسق، ط: دار الكتاب العربي، د.ت، د.ط، ص 298.

29 – Oxford, (Advanced learns Encyclopeedia), (Oxford: Oxsford University Press, 1989), P:173.

30 – إبراهيم بشار: الخطاب الشعري من منظور لسانيات النصّ، ص 52.

31 – نعيمة سعدية: الاتساق النّصّي ووسائله من خلال النخلة والمجداف للشاعر عز الدين ميهوبي، مذكرة ماجستير، جامعة محمد خيضر – بسكرة، الجزائر 2003م – 2004م، ص 42.

32 – محمد خطابي: لسانيات النّص مدخل إلى انسجام الخطاب، ص 5.

33 – بوبكر نصبة: الاتساق والانسجام في شعر إبراهيم ناجي، ص 30.

34 – إبراهيم بشار: الخطاب الشعري من منظور لسانيات النصّ، ص 53.

35 – ينظر: حمودي سعيد: الانسجام والاتساق النّصي، ص 109.

36 – جمعان عبد الكريم: مفهوم التماسك وأهميته في الدراسات النّصّية، مجلة علامات، مج 61، 2007م، ص 210.

37 – إبراهيم الفقي: علم اللغة النّصّي بين النظرية والتطبيق، ص 63.

38 – ينظر: المصدر نفسه: ص 63.

39 – المصدر نفسه: ص 64.

40 – مطلق محمد مبارك المرشاد: التماسك النصّي في لامية العرب، عالم الفكر، عدد 178، أبريل – يونيو 2019م، ص 10.

41 – المرجع السابق: ص 10.

42 – ينظر: حسام أحمد فرج: نظرية علم النصّ، ط 1، مكتبة الآداب، القاهرة 2007م، ص 78.

43 – الجاحظ: عمرو بن بحر: البيان والتبيين، تح: عبد السلام هارون، ط 2، مكتبة الخانجي بمصر والمثنى ببغداد، 1960م، ج 1، ص 67.

44 – أسامة بن منقذ: البديع في نقد الشعر، تح: أحمد بدوي وحامد عبد المجيد، مراجعة إبراهيم مصطفى، ط: وزارة الثقافة والإرشاد القومي، مصر، د.ت، ص 163.

45 – مطلق محمد مبارك المرشاد: التماسك النّصّي في لامية العرب، ص 10.

46 – ينظر: عمر أبو خرمة: نحو النص، ص 81 – 94.

47 – See: Marie- Anne Paveauet Georges- Elia Sarfati, Les grandes theories de la- linguistique de la grammaire comparee a la pragmatique, Armand Colin Mars 2003, P:188.

وينظر: محمد خطابي: لسانيات النّص مدخل إلى انسجام الخطاب، ص 16 – 25. وسوف أعود إلى شرح كل عنصر تفصيلياً في المباحث التطبيقية التالية من هذا الفصل، أي في بداية كل فصل يخص عنصراً من هذه العناصر.

48 – ينظر: صبحي إبراهيم الفقي: علم اللغة النصي، ص 116 – 121.

49 – ينظر: أحمد حساني: المرتكزات اللسانية النّصّية – بحث في الأسس المعرفية والمنطلقات المنهجية، كلية الدراسات الإسلامية والعربية دبي، 2016م، ص 236.

50 – ينظر: المصدر نفسه: ص 236 – 237.

51 – ينظر: محمد خطابي: لسانيات النّص مدخل إلى انسجام الخطاب، ص 21 – 22.

52 – ينظر: المصدر نفسه: ص 22 – 24.

53 – ينظر: المصدر نفسه: ص 24 – 25.

54 – إبراهيم بشار: الخطاب الشعري من منظور لسانيات النصّ، ص 54.

55 – ينظر: المرجع نفسه: ص 54.

56 – ينظر: محمد خطابي: لسانيات النّص مدخل إلى انسجام الخطاب، الباب الثالث التحليل والمناقشة، ص 207 – 384.

57 – ينظر: الأزهَر الزنّاد: نسيج النصّ، القسم الأول والثاني والثالث من الكتاب على الترتيب. وكمثال، ينظر: الفصل الأول من القسم الأول من الكتاب: نحو الروابط التركيبية، ص 25 – 28.

58 – ابن منظور: لسان العرب، مادة حول، ط: دار المعارف، ج 2، ص 1055.

59 – براون ويول، تحليل الخطاب، تر: محمد لطفي الزليطني، ومنير التريكي، النشر العلمي والمطابع، جامعة الملك سعود، الرياض، السعودية، 1997م، ص36.

60 – ينظر: محمد خطابي: لسانيات النّص مدخل إلى انسجام الخطاب، ص 16 – 17.

61 – المصدر نفسه: ص 17.

62 – المصدر نفسه: ص 17.

63 – مطلق محمد الرشاد: التماسك النّصّي في لامية العرب، ص 22.

64 – دي بوجراند: النصّ والخطاب والإجراء، ص 172.

65 – الأزهَر الزنّاد: نسيج النصّ، ص 118.

66 – ينظر: محمد خطابي: لسانيات النّص مدخل إلى انسجام الخطاب، ص 17.

67 – ينظر: المصدر نفسه: ص 17.

68 – صبحي إبراهيم الفقي: علم اللغة النّصّي بين النظرية والتطبيق، ص 41.

69 – وينظر: غنية لوصيف: الاتساق والانسجام في قصيدة مديح الظل العالي لمحمود درويش، ص 30.

70 – مطلق الرشاد: التماسك النّصّي في لامية العرب، ص 22.

71 – ينظر: المرجع نفسه: ص 22.

72 – ينظر: محمد خطابي: لسانيات النّص مدخل إلى انسجام الخطاب، ص 17 – 18.

73 – ينظر: تمام حسان: اللغة العربية – معناها ومبناها، ص 119 – 122، وص 197.

74 – ينظر: محمد خطابي: لسانيات النصّ، ص 19.

75 – ينظر: المصدر السابق: ص 18.

76 – ينظر: المصدر نفسه: ص 19.

77 – مريم جمعة عبد الله، ديوان: مبهورة بضوء، وزارة الثقافة وتنمية المعرفة، أبوظبي 2016م، ص 29 – 30 – 31.

78 – المصدر السابق: ص 18.

79 – صبحي الفقي: علم اللغة النّصّي بين النظرية والتطبيق، ج 1، ص 137.

80 – محمد خطابي: لسانيات النّص مدخل إلى انسجام الخطاب، ص 18.

81 – صالحة غابش: بانتظار الشمس شعر، ط 1، منشورات اتحاد كتاب وأدباء الإمارات 1992م، ص 64 – 65.

82 – سعيد الأفغاني: الموجز في قواعد اللغة العربية، دار الفكر للطباعة والنشر والتوزيع، بيروت، لبنان، د.ط، 2003م، ص 104.

83 – صالحة غابش، ديوان: بانتظار الشمس، ص 65.

84 – ينظر: حمودي السعيد، الانسجام والاتساق النّصي، ص 109.

85 – ينظر: خوسيه ماريا بوثويلو إيفانكوس: نظرية اللغة الأدبية، تر: حامد أبو أحمد، مكتبة غريب، القاهرة، بدون، ص 46، ص 77 – 78.

86 – عارف الخاجة: ديوان: علي بن المسك التهامي يفاجئ قاتليه، منشورات اتحاد كتاب وأدباء الإمارات، ط 1، 1989م، ص 11.

87 – محمد خطابي: لسانيات النّص مدخل إلى انسجام الخطاب، ص 17.

88 – حمودي السعيد: الانسجام والاتساق النّصي، ص 109.

89 – محمد خطابي: لسانيات النّص مدخل إلى انسجام الخطاب، ص 19.

90 – بوبكر نصبة: الاتساق والانسجام في شعر إبراهيم ناجي، ص 43.

91 – محمد خطابي: لسانيات النّص مدخل إلى انسجام الخطاب، ص 19.

92 – ينظر: عبد الرحمن محمد القعود: الإبهام في شعر الحداثة، عالم المعرفة، عدد 279، الكويت 2002م، ص 247 – 250.

93 – علي الشعالي، ديوان: وجوه وأخرى متعبة، دار الهدهد للنشر والتوزيع، ط 2، دبي – الإمارات 2016م، ص 19 – 23.

94 – صالحة غابش، ديوان: رب ظلال تغريني أن أصبح ممكنة، ط 1، لجنة إدارة المهرجانات والبرامج الثقافية والتراثية – أكاديمية الشعر، أبوظبي 2018م، ص 34.

95 – رهف المبارك، ديوان: يحاصرني الليل، إصدارات دائرة الثقافة، حكومة الشارقة 2011م، ص 39 – 42.

96 – إبراهيم الملا، ديوان: صحراء في السلال، ص 11 – 12.

97 – ينظر: صبحي إبراهيم الفقي: علم اللغة النّصّي، ص 116.

98 – غنية لوصيف: الاتساق والانسجام في قصيدة مديح الظل العالي، ص 31.

99 – محمد خطابي: لسانيات النّص مدخل إلى انسجام الخطاب، ص 19.

100 – أحمد عيسى العسم: ديوان:تحت الظل الكثرة، ط 1، اتحاد كتاب الإمارات – مجموعة أبوظبي للثقافة والفنون 2017م، ص 77 – 78.

101 – علي الشعالي: ديوان: وجوه وأخرى متعبة، ط 2، دار الهدهد للنشر والتوزيع، دبي – الإمارات العربية المتحدة 2016م، ص 20.

102 – حبيب الصايغ: ديوان: غد، ط 1، المستقبل للطباعة والنشر، أبوظبي – الإمارات 1996م، ص 7 – 8.

103 – ينظر: يحيى بن حمزة العلوي: الطراز المتضمن لأسرار البلاغة وعلوم حقائق الإعجاز، ج 1، ط: الذخائر، عدد 186، الهيئة العامة لقصور الثقافة، القاهرة 2009م، ص 261 – 273.

104 – ينظر: المرجع نفسه: ص 273 – 280.

105 – إبراهيم الملا: ديوان: صحراء في السلال، ص 10.

106 – ينظر: محمد خطابي: لسانيات النّص مدخل إلى انسجام الخطاب، ص 17 – 18.

107 – بوبكر نصبة: الاتساق والانسجام في شعر إبراهيم ناجي، ص 41.

108 – ينظر: إبراهيم بشار: الخطاب الشعري، ص 56.

109 – محمد خطابي: لسانيات النّص مدخل إلى انسجام الخطاب، ص 17.

110 – صبحي إبراهيم الفقي: علم اللغة النّصّي، ص 41.

111 – ينظر: محمد خطابي: لسانيات النّص مدخل إلى انسجام الخطاب، ص 52 – 56.

112 – عبد الله محمد الغذامي: تشريح النصّ، ط 1، دار الطليعة، بيروت 1987م، ص 81.

113 – جوليا كريستيفا: علم النصّ، تر: فريد الزاهي، ط 1، دار توبقال للنشر، الدار البيضاء – المغرب، 1991م، ص 21.

114 – مجموعة كتاب: مدخل إلى مناهج النقد الأدبي، تر: رضوان ظاظا، عالم المعرفة، عدد 221، الكويت، مايو 1997م، ص 136.

115 – المرجع نفسه: ص 136.

116 – رولان بارت: نظرية النصّ، ضمن آفاق التناصية – المفهوم والمنظور، تر: محمد خير البقاعي، الهيئة المصرية العامة للكتاب، القاهرة 1998م، ص 42.

117 – صلاح فضل: بلاغة الخطاب وعلم النصّ، ط: عالم المعرفة، المجلس الوطني للثقافة والفنون والآداب، الكويت، أغسطس 1992م، ص 229.

118 – المصدر السابق: ص 236.

119 – علي الجارم – مصطفى أمين: البلاغة الواضحة، دار المعارف – مصر، بدون، ص 270.

120 – ينظر: كريم معتوق: ديوان: طفولة، 1992م، ص 13، ص 17، ص 19، ص 39، وكذلك ديوان: مناهل، ص 67.

121 – كريم معتوق: ديوان: كريم معتوق، ج 1، هيئة أبوظبي للثقافة والتراث، أكاديمية الشعر، ط 1، 2011م، ص 13.

122 – ينظر: كريم معتوق: ديوان: كريم معتوق، ج:1، ص 13.

123 – ينظر: إبراهيم الملا: ديوان: صحراء في السلال، ص 8، 9، 10، 12، 15، 20.

124 – المصدر نفسه: ص 9.

125 – أحمد عيسى العسم: ديوان: تحت ظل الكثرة، اتحاد كتّاب وأدباء الإمارات، ط 1، 2017م، ص 76.

126 – المصدر نفسه:ص 76.

127 – استوحيت هذا العنوان من عنوان كتاب للأستاذ الدكتور مصطفى ناصف: صوت الشاعر القديم، يتحدّث فيه عن عالم الشاعر الجاهلي بكل مكوناته، وقد صدر الكتاب عن الهيئة المصرية العامة للكتّاب، القاهرة.

128 – عارف الخاجة: ديوان: علي بن المسك التهامي يفاجئ قاتليه، ص 11.

129 – المصدر السابق: ص 15.

130 – المصدر نفسه: ص 18.

131 – المصدر السابق: ص 22 – 23.

132 – إبراهيم محمد إبراهيم: ديوان: صحوة الورق، ط 1، سبتمبر 1990م، ص 20.

133 ـ ناصـر البكـر الزعابي: ديوان: لا بوح بعد هذا، وزارة الثقافة وتنمية المعرفة، الإمارات العربية المتحدة 2016، ص53.

134 ـ ينظر: صلاح فاروق العايدي: تحولات القصيدة العربية في النصّف الثاني من القرن العشـرين، ط 1، سلسلة كتابات نقدية، عدد 168، الهيئة العامة لقصور الثقافة، القاهرة 2007م، ص 160 ـ 168.

135 ـ كريـم معتوق: ديوان: كريم معتوق،ج 2، هيئة أبوظبي للثقافة والتراث، أكاديمية الشـعر، ط 1، 2011م، ص 31.

136 ـ ينظـر: ديـوان حافظ إبراهيـم: ج 1، ط: ذاكرة الكتابة، العدد 28، الهيئـة العامة لقصور الثقافة، القاهرة، بدون، ص 282.

137 ـ المصدر نفسه: ص 279.

138 ـ ظاعن شـاهين: ديوان: آية للصمت، ط 1، منشـورات اتحاد كتاب وأدباء الإمارات 1990م، ص 25.

139 ـ Halliday, M.A.K and R.Hasan, Cohesion in English, longman, London ,1976, P:88،

نقلاً عن: محمد خطابي، لسانيات النّص مدخل إلى انسجام الخطاب، ص 19.

140 ـ محمد خطابي، لسانيات النّص مدخل إلى انسجام الخطاب، ص 19.

141 ـ المصدر نفسه: ص 21.

142 ـ المصدر نفسه: ص 21.

143 ـ المصدر السابق: ص 19.

144 ـ المصدر نفسه: ص 20.

145 ـ المصدر نفسه: ص 20.

146 ـ المصدر نفسه: ص 20.

147 ـ بوبكر نصبة: الاتساق والانسجام في شعر إبراهيم ناجي، ص 51.

148 ـ المصدر السابق: ص 52.

149 ـ المصدر نفسه: ص 52.

150 ـ ينظر: محمد خطابي: لسانيات النّص مدخل إلى انسجام الخطاب، ص 21.

151 ـ ينظر: بوبكر نصبة: الاتساق والانسجام في شعر إبراهيم ناجي، ص 52.

152 ـ ينظـر: شـرح ابن عقيل علـى ألفية ابن مالك: تح: محمد محيي الديـن عبد الحميد، ج 3، ط 20، مكتبة دار التراث، القاهرة 1980م، ص 206 ـ 217.

153 ـ ينظر: محمد حماسة عبد اللطيف: في بناء الجملة العربية، ص 234 ـ 235.

154 ـ ينظر: بدر الدين بن مالك: المصباح في المعاني والبيان والبديع، تح: حسني عبد الجليل يوسف، يوسف، ط 1، مكتبة الآداب ـ القاهرة 1989م، ص 61.

155 ـ صبحي إبراهيم الفقي: علم اللغة النّصّي بين النظرية والتطبيق، ص 64.

156 ـ شرح ابن عقيل على ألفية ابن مالك: ج 3، ص 247.

157 ـ ينظر: المرجع السابق: ج 3، ص 247 ـ 254.

158 ـ إبراهيم محمد إبراهيم: ديوان: صحوة الورق، ط 1، 1990م، ص 10.

159 ـ إبراهيم محمد إبراهيم: ديوان: صحوة الورق، ص 14 ـ 15.

160 ـ ينظر: محمد حماسة عبد اللطيف: في بناء الجملة العربية، ص 234 ـ 235.

161 ـ شرح ابن عقيل على ألفية ابن مالك: ج 3، ص 214.

162 ـ محمد حماسة عبد اللطيف: في بناء الجملة العربية، ص 234.

163 ـ كريم معتوق: ديوان: كريم معتوق، ج 2، ص 49.

164 ـ أسماء بنت صقر القاسمي: ديوان: امرأة خارج الوقت، د.ط، د.ت، ص 19.

165 ـ بوبكر نصبة: الاتساق والانسجام في شعر إبراهيم ناجي، ص 52.

166 ـ ينظر: المرجع نفسه: ص 52.

167 ـ أحمد عيسى العسم: ديوان: تحت ظل الكثرة، ص 73.

168 ـ عبد القاهر الجرجاني: دلائل الإعجاز، تع: محمد عبد المنعم خفاجي، ط1، مطبعة القاهرة 1969م، ص 170.

169 ـ أبو الفتح عثمان ابن جني: الخصائص، ج 2، تح: محمد علي النجار، ط 3، الهيئة المصرية العامة للكتاب، القاهرة 1987م، ص 362.

170 ـ محمد عبد المطلب: البلاغة والأسلوبية، ط: الهيئة المصرية العامة للكتاب 1984م، ص 198.

171 ـ Halliday, M.A.K and R.Hasan, Cohesion in English, P:144، نقلاً عن: محمد خطابي: لسانيات النّص مدخل إلى انسجام الخطاب، ص 21.

172 ـ روبرت دي بوجراند: النصّ والخطاب والإجراء، ص340.

173 ـ عمر أبو خرمة: نحو النصّ، ص 167.

174 ـ محمد خطابي: لسانيات النّص مدخل إلى انسجام الخطاب، ص 21.

175 ـ ينظر: المصدر نفسه: ص 22.

176 ـ ينظر: غنية لوصيف: الاتساق والانسجام، ص 32 ـ 33.

177 ـ ينظر: عمر أبو خرمة: نحو النّص، ص 167.

178 ـ إبراهيم بشار: الخطاب الشعري من منظور لسانيات النصّ، ص 73.

179 ـ محمد حماسة عبد اللطيف: في بناء الجملة العربية، ص 259.

180 ـ ينظر غنية لوصيف: الاتساق والانسجام في قصيدة مديح الظل العالي، ص 33.

181 ـ طاهر سليمان حمودة: ظاهرة الحذف في الدرس اللغوي، الدار الجامعية للنشر، الإسكندرية مصر 1999م، ص 43.

182 – محمد حماسة عبد اللطيف: في بناء الجملة العربية، ص 259.

183 – ريمون طحان: الألسنية العربية – الألسنية 2، ط 1، دار الكتاب اللبناني، بيروت 1972م، ص 80.

184 – المرجع نفسه: ص 81.

185 – محمد عبد المطلب: البلاغة والأسلوبية، ص 235.

186 – ينظر: بكري شيخ أمين: البلاغة العربية في ثوبها الجديد – علم المعاني، ط 3، دار العلم للملايين، بيروت 1982م، ص 126.

187 – رهف المبارك: ديوان: يحاصرني الليل، ص 39.

188 – إبراهيم محمد إبراهيم: ديوان: صحوة الورق، ص 11 – 12.

189 – ينظر: شرح ابن عقيل على الألفية: ج 4، ص 4 – 24.

190 – إبراهيم الملا: ديوان: صحراء في السلال، ص 13.

191 – ينظر: شرح ابن عقيل على ألفية ابن مالك: ج 2، ص 25 – 27.

192 – كريم معتوق: ديوان: كريم معتوق، ج 2، ص 60.

193 – ينظر: شرح ابن عقيل على ألفية ابن مالك: ج 4، ص 8 – 17.

194 – ينظر: في بلاغة الحذف: محمد حماسة عبد اللطيف: في بناء الجملة العربية، ص 351.

195 – ينظر: لطفي عبد البديع: ميتافيزيقا اللغة، ط: الهيئة المصرية العامة للكتاب 1997م، ص 27 – 31.

196 – Cohesion in English, P:227، Halliday, M.A.K and R.Hasan,

نقلاً عن : محمد خطابي، لسانيات النّص مدخل إلى انسجام الخطاب، ص 23.

197 – أحمد حساني: المرتكزات اللسانية النّصّية – بحث في الأسس المعرفية والمنطلقات المنهجية، ص 237.

198 – روبرت دي بوجراند: النصّ والخطاب والإجراء، تر: تمام حسان، ص 346 – 347.

199 – ينظر: غنية لوصيف: الاتساق والانسجام في قصيدة مديح الظل العالي لمحمود درويش، ص 33.

200 – الأزهَر الزنّاد: نسيج النصّ، ص 37.

201 – محمد خطابي: لسانيات النّص مدخل إلى انسجام الخطاب، ص 22.

202 – ينظر: المصدر نفسه: ص 23 – 24.

203 – ينظر: شرح ابن عقيل على ألفية ابن مالك: ج 3، ص 226.

204 – ينظر: محمد خطابي: لسانيات النّص مدخل إلى انسجام الخطاب، ص 23.

205 – ينظر: شرح ابن عقيل على ألفية ابن مالك: ج 3، ص 235.

206 – ينظر: محمد خطابي، لسانيات النّص مدخل إلى انسجام الخطاب، ص 23.

207 ـ صالحة عبيد غابش، المرايا ليست هي، ط 1، 1997م، ص 25.

208 ـ غنية لوصيف: الاتساق والانسجام في قصيدة مديح الظل العالي، ص 34.

209 ـ ينظر: المرجع نفسه: ص 34.

210 ـ محمد خليفة: ديوان: وهج الأنثى، د.ط، د.ت، ص 63.

211 ـ المرجع السابق: ص 64.

212 ـ هكذا كتب الشاعر كلمة (حق) بالتسكين، ولو أطلقها لكان حقها النصب؛ أي هكذا: حقاً، لأنها وقعت خبراً لليس.

213 ـ كريم معتوق: ديوان كريم معتوق، ج 2، ص 14.

214 ـ غنية لوصيف: الاتساق والانسجام في قصيدة مديح الظل العالي، ص 34.

215 ـ صالحة عبيد غابش: ديوان: المرايا ليست هي، ص 33.

216 ـ أسماء بنت صقر القاسمي: ديوان: امرأة خارج الصندوق، ص 17.

217 ـ كريم معتوق: ديوان كريم معتوق، ج 2، ص 18.

218 ـ إبراهيم الملا: ديوان: صحراء في السلال، ص 17.

219 ـ غنية لوصيف: الاتساق والانسجام في قصيدة مديح الظل العالي، ص 34.

220 ـ صالحة غابش: ديوان: رب ظلال تغريني أن أصبح ممكنة، ص 34.

221 ـ رهف المبارك: ديوان: يحاصرني الليل، ص 39 ـ 41.

222 ـ محمد خطابي: لسانيات النّص مدخل إلى انسجام الخطاب، ص 24.

223 ـ ينظر: دي بوجراند: النصّ والخطاب والإجراء، ص 299 ـ 302.

224 ـ ينظر: المصدر نفسه: ص 303 ـ 306.

225 ـ ينظر: المصدر السابق: ص 306.

226 ـ أحمد عفيفي: نحو النصّ، ص 106.

227 ـ ينظر: أحمد عفيفي: نحو النصّ، ص 106 ـ 107.

228 ـ ينظر: محمد خطابي: لسانيات النّص مدخل إلى انسجام الخطاب، ص 24 ـ 25.

229 ـ ينظر: بوبكر نصبة: الاتساق والانسجام في شعر إبراهيم ناجي، ص 43 ـ 44.

230 ـ ينظر: الأزهَر الزنّاد: نسيج النصّ، ص 119.

231 ـ ينظر: محمد خطابي: لسانيات النّص مدخل إلى انسجام الخطاب، ص 24.

232 ـ ينظر: صبحي إبراهيم الفقي: علم اللغة النّصّي، ص 42.

233 ـ عمر محمد أبو خرمة: نحو النصّ، ص 83.

234 ـ ينظر: محمد خطابي: لسانيات النّص مدخل إلى انسجام الخطاب، ص 24 ـ 25.

235 ـ المصدر نفسه: ص 24.

236 ـ ينظر: المصدر السابق: ص 24 .

237 ـ المصدر نفسه: ص 25.

238 ـ المصدر نفسه: ص 25.

239 ـ ينظر: المصدر نفسه: ص 25.

240 ـ ينظر: بدر الدين بن مالك: المصباح في المعاني والبيان والبديع، مبحث التكرار، ص 232.

241 ـ ينظر: بيير جيرو: الأسلوبية، تر: منذر عياشي، ط 2، مركز الإنماء الحضاري 1994م، ص 120 ـ 123.

242 ـ حبيب الصايغ: ديوان: غد، ص 7 ـ 8.

243 ـ رهف المبارك: ديوان: يحاصرني الليل، ص 39.

244 ـ ناصر البكر الزعابي: ديوان: لا بوح بعد هذا، ص 23.

245 ـ أحمد عيسى العسم: ديوان: تحت الظل الكثرة، ص 73.

246 ـ أحمد عيسى العسم: تحت الظل الكثرة، ص 72 ـ 73.

247 ـ ناصر البكر الزعابي: ديوان: لا بوح بعد هذا، ص 53.

248 ـ ينظر: سعيد علوش: معجم المصطلحات الأدبية المعاصرة، ص 162.

249 ـ خالد بدر: ديوان: ليل، رياض الريس للطباعة والنشر، د.ط، د.ت، ص 21.

250 ـ محمد خليفة: ديوان: وهج الأنثى، ص 63.

251 ـ ينظر: علي الجارم: ومصطفى أمين، البلاغة الواضحة، ص 280 ـ 281.

252 ـ ينظر: حمودي السعيد: الانسجام والاتساق النّصي، ص 109.

253 ـ ينظر: خوسيه ماريا بوثويلو: نظرية اللغة الأدبية، ص 46، ص 77 ـ 78.

254 ـ ينظر: شرح ابن عقيل على ألفية ابن مالك: ج 3، ص 226.

255 ـ ينظر: محمد خطابي: لسانيات النّص مدخل إلى انسجام الخطاب، ص 23.

256 ـ ينظر: شرح ابن عقيل على ألفية ابن مالك: ج 3، ص 235.

الباب الثالث:

الانسجام النّصي في الشعر الإماراتي الحديث

الفصل الأول:

الانسجام مفهومه ومنظوره

1 - الانسجام والتماسك النّصي:

أشرت في تمهيد الفصل الأول من الباب الثاني: (الاتساق) إلى أن الانسجام يعدّ من وجهة نظر النّصانيين الوجه الثاني المكمّل لدراسة التماسك النّصي؛ ولذلك، فإن مقولتي الاتساق والانسجام، في هذا الشأن، «تمثلان في ترابطهما الموضوع الرئيس لهذه المعرفة المستجدّة التي تبحث في تماسك الخطاب ووسمه بسمة النّصية»[1]. وهذا ما ذهب إليه عدد من الباحثين، ملتفتين إلى العلاقة بين الاتساق والانسجام في صنع تماسك النّص.

وما يلفت النظر في هذا المجال أن الباحثين اهتموا بالانسجام اهتماماً يبدو في ظاهره أكبر من اهتمامهم بالاتساق بمعناه الحرفي. ولعل ذلك يعود إلى أن التراث العربي أولى هذه الظاهرة اهتماماً بارزاً في بحثه الملِحّ على انسجام النّص القرآني. وهو ما بدا في جهود علماء القرآن وعلماء التفسير الذين أشار إلى جهودهم باحثو النّص المعاصرون، فقد كان لأولئك المفسرين «أبرز الأدوار في المعالجة النّصية.. وهذا طبيعي، فعملهم يقوم أساساً على النظرة إلى النّص القرآني كاملاً؛ إلى درجة أنهم رأوا القرآن الكريم كالكلمة الواحدة؛ كله آخذ بعضه بيد بعض؛ فأكدوا التماسك الصوتي والصرفي، والنّحوي، والمعجمي والدلالي، وكذلك التماسك النّصي، وأيضاً أكدوا المناسبة بين حروف الكلمة الواحدة، ونصوص القرآن كله وهكذا»[2].

وهذا ما جعل واحداً كالجرجاني (ت 471هـ)، يشير إلى هذا التماسك والانسجام بين آيات الذكر الحكيم، مكتفياً بالمثال والمثالين[3]، كذلك البقاعي (ت

885هـ)، الذي أدرك وجود التماسك القرآني، «ليطبق تلك الفكرة على النّص القرآني كاملاً؛ ليثبت بالتتبع الحرفي لكل آية، أن القرآن نصّ مترابط دلالياً، وأنه لم يكن مقطعاً مجزأً، رغم نزوله منجماً»[4].

وليس الجرجاني ولا البقاعي وحدهما في هذا الشأن، فغيرهما من علماء التفسير الذين أثبت الباحثون المعاصرون جهودهم وإدراكهم المبكر لقيمة التماسك النّصي، وتحققه شكلياً ودلالياً في القرآن الكريم[5].

كذلك، فإن من الدلائل التي تشير بوضوح إلى عناية الباحثين النّصانيين ببحث الانسجام، عناوين بحوثهم التي صدّروا بها كتبهم، ومنها كتاب محمد خطابي الأشهر: (لسانيات النّص – مدخل إلى انسجام الخطاب)، هذا إضافة إلى عشرات الدراسات الجامعية والأكاديمية المحكمة التي تجعل من الانسجام عنصراً ثنائياً مع الاتساق في عناوين دراساتهم[6].

وخلاصة هذه الدراسات والبحوث الجامعية التي تجعل من بحث الاتساق والانسجام هدفاً لموضوعاتها الدراسية، أو تجعل من مصطلح التماسك بديلاً جامعاً للعنصرين، اعتماداً على أن التماسك يعني: «العلاقات أو الأدوات الشكليّة والدلاليّة التي تسهم في الربط بين عناصر النّص الداخلية، وبين النّص والبيئة المحيطة من ناحية أخرى»[7]، خلاصته أن الانسجام هو العنصر الثاني الضروري في ثنائية بحث التماسك النّصي.

ومن ثم، فالانسجام في هذا البحث يختص ببحث العلاقات الدلاليّة، في حين يختص الاتساق ببحث الأدوات التي تحقق الترابط الشكلي، أي إن «الاتساق أمر يتعلق بالجانب التركيبي، في حين أن الانسجام يتعلق بالجانب الدلالي»[8].

وكما أشرت من قبل، فإن الباحثين في مجال اللسانيات النّصية، تعددت لديهم المصطلحات، واختلطت المفاهيم المتعلقة بالانسجام والاتساق، ذلك أن أولئك الباحثين على جهدهم الكبير في الأمر، «أنفقوا الكثير من أوقاتهم ومن جهودهم

من أجل أن يحددوا مفهوم الاتساق والانسجام، أو السبك أو الترابط، فقد كثرت المصطلحات وتعددت المفاهيم. ولعل مرجع ذلك إلى أن كل واحد من هؤلاء نظر إلى القضيّة من الزاوية التي يريد الغوص من خلالها إلى الدرس اللغوي»[9].

2 – الانسجام في التّراث العربي:

اهتم الباحثون المعاصرون ببيان مظاهر الانسجام في التراث العربي، فتتبعوا تجلياته عند علماء تفسير القرآن على نحو خاص، إضافة إلى تجلياته لدى علماء البلاغة والنّحو والنقد الأدبي. وقد اختلف الباحثون في هذا التتبع ما بين تفصيل[10] وإجمال[11]، كما اختلفوا في تصنيف مظاهر تجلي الانسجام في التراث، لكن جاء أكثرها تحت عنوان التماسك، مع الإشارة إلى كونه يخص الجانب الشكلي، أو الجانب الدلالي في النّص[12].

وبوجه عام، فقد أولى هؤلاء الباحثون اهتماماً خاصاً بالوقوف عند جهود عدد بارز من العلماء في التراث العربي، يأتي في صدارتهم كل من عبد القاهر الجرجاني (ت 471هـ)، والقرطاجني (ت 684هـ)، والزركشي (ت 794هـ)، والسيوطي (ت 911هـ). وهم الذين يمثلون بجهودهم اتّجاه التفكير العربي في مسألة التماسك، سواء ما تجلّى منه في القرآن على نحو خاص، أو تجلّى في غيره من نصوص الشعر والأدب العربي بوجه عام. وهذه الجهود يمكن حصرها في عدد من الملامح التي تمثّل الأفكار الرئيسة لدى أولئك العلماء، فيما يتعلق بطريقة تفكيرهم وتناولهم لقضيّة التماسك. وهو ما يمكن حصره على النّحو الآتي:

1.2 حضور المعنى وغياب المصطلح:

ولذلك، فقد يكون من المناسب هنا أن أبدأ بإجابة سؤال جوهري؛ مفاده: هل عرف التراث العربي مصطلح الانسجام؟ والإجابة عن ذلك لا تحتاج إلى عناء في تبيّن فحواها، فمصطلح التماسك هو الأكثر وروداً في هذا التراث، على

نحو ما تشير إليه الكتابات المتوافرة، فيما يخص النّحو والبلاغة والتفسير. أما مصطلح الانسجام نصّاً، فلم يرد إلا مرة واحدة، على نحو ما يلاحظ صبحي الفقي، ولكن معناه يختلف عن المعنى المعاصر في اللسانيات النّصية.

وقد ورد المصطلح – أو بالأحرى الكلمة – عند السيوطي (ت 911هـ)، وعرفه بأنه: «يكون الكلام لخلّوه من العقادة، منحدراً كتحدّر الماء المنسجم، ويكاد لسهولة تركيبه وعذوبة ألفاظه أن يسهل رقة. والقرآن كله كذلك... وقد جاءت قراءته موزونة بلا قصد لقوّة انسجامه»[13].

فالسيوطي يتحدّث عن خلو الكلام من التعقيد، وسهولة التركيب، وعذوبة اللفظ والوزن. وهذا من وجهة نظر الفقي، لا يجعله دالاً على معنى الانسجام في الاصطلاح[14]. غير أنني أرى أن كلمة السيوطي لم تبعد عن فحوى الانسجام بمعناه المعاصر؛ إذ إن تحدر الكلام « كتحدر الماء المنسجم»[15] – بتعبير السيوطي – لا يكون إلا إذا كان الكلام كله مترابطاً منسجماً، دلالياً وشكلياً.

لكن الأمر في نهايته ليس إلّا خلافاً في الرؤى، والمهم أن الكلمة بمعناها الاصطلاحي لم ترد في التراث العربي، بل ولم ترد في غير هذا المعنى في كلام المفسرين وعلماء اللغة والبلاغة، وهو ما يعود – في تقديري – إلى اعتمادهم على استخدام لفظ «التماسك».

2.2 التلاؤم بين الكلمات:

اهتمّ علماء التراث بإبراز التماسك النّصي، فقد أكّدوا ضرورة التلاؤم بين الكلمات، حتى لا تكون متنافرة أو يكون بعضها نابياً عن السياق الذي ترد فيه، ومن هنا يصبح المعنى كله قلقاً، فالجملة لا تكون مفيدة – على نحو ما يقول عبد القاهر الجرجاني (ت 471هـ): «إلا بضم كلمة إلى كلمة، وبناء لفظة على لفظة»[16]. والجرجاني يتحدّث هنا عن العلاقة المباشرة بين الكلمات على

المستوى الخطي في بناء الجملة، لكن هذا المستوى يمس على نحو مباشر المستوى العميق؛ أي العلاقات الدلاليّة أو التناسب بين هذه الكلمات.

وفي ذلك، كما يقول الجرجاني (ت 471هـ): «وقالوا لفظة متمكّنة ومقبولة.. وفي خلافه: قلقة ونابية ومستكرهة. وغرضهم أن يعبروا بالتّمكّن عن حسن الاتّفاق بين هذه وتلك من جهة معناها، وبالقلق... سوء التلاؤم، وأن الأولى لم تلق بالثانية في معناها»[17].

فالجرجاني هنا، يتحدّث عن ترتيب العلاقة الدلاليّة بين الكلمات، وما يترتّب على تجاورها من ناحية التصوّر اللغوي للمتلقي، في ضوء معرفته بهذه اللغة. ومن هنا، فهو يتحدّث عن «الارتباط، وهذا يلتقي مع صلب علم اللغة النّصي»[18].

وهذا النّحو من الحديث عن العلاقة الدلاليّة بين الكلمات يتكرر لدى الجرجاني، سواء من طريق الارتباط الشكلي أو طريق الارتباط الدلالي، ووظيفة المتلقي هي إدراك هذه العلاقة، فعلى المتلقي كما يقول الجرجاني أن يضع «كلاً من ذلك مكانه، ويستعمله على الصحة وعلى ما ينبغي له»[19].

وهذا الالتفات لوظيفة المتلقي في إدراك علاقة الانسجام بين الكلمات، «هو الذي يُقاس به تمايز النّصوص بعضها من بعض؛ إذ هو المُظهِر لوعي الناصّ، أو الناظم في ترتيب كلامه، حسب توالي المعاني في النفس، من جهة، وتأثيره في المتلقي، من جهة ثانية»[20]. وهذا ما يدل عليه كلام الجرجاني نفسه؛ حيث يقول: «فإنما أرادوا بقولهم: ما كان معناه إلى قلبك أسبق من لفظه إلى سمعك، أن يجتهد المتكلم في ترتيب اللفظ وتهذيبه وصيانته من كل ما أخل بالدلالة وعاق دور الإبانة»[21].

وهذا ما يعني أن فكرة التماسك الدلالي أو الانسجام كانت من الوضوح في ذهن الجرجاني (ت 471هـ) ما جعله يعبّر عنها مراراً وتكراراً، وفي مواضع مختلفة من دلائله وإعجازه[22]. وعلى نحو ما يلاحظ الباحثون أيضاً،

فإن إدراك الجرجاني لفكرة التماسك النّصي، اتفقت مع المفهوم المعاصر له من جهات عدة، «وأولها النظرة الكليّة باعتبار النّص الوحدة الكبرى في التحليل، وثانيها ذكره لمصطلحات ذكرها علماء النّص، مثل التماسك، ويقابل عند المحدثين COHERENCE إذ ارتبط بالجوانب الدلاليّة المتعلقة بما يحيط بالنّص والإحالات الخارجية، ولذلك ذكر مصطلح الالتئام، وهو يقابل التماسك أو التماسك النّصي»[23].

3.2 التناســب بين آيات وســور القرآن الكريــم ووظيفته في تحقيق الانسجام:

أما علماء التفسير فقد اهتموا بالتناسب بين الآيات/ السور، والزركشي (ت 794هـ) واحد من هؤلاء العلماء الذين اهتموا بإبراز التناسب على مستويات عدة، منها: «مناسبة خاتمة السورة لفاتحتها؛ [إذ] إن مناسبة خاتمة السورة لفاتحتها فيه نوع من ردّ العجز على الصدر، ومن ثم تغدو هذه الوسيلة سمة مشتركة بين الخطاب الشعري والخطاب القرآني»[24]. وهو ما يعبر عنه الزركشي بقوله: «قال الزمخشري (ت 538هـ): وقد جعل الله فاتحة سورة المؤمنين (قَدْ أَفْلَحَ الْمُؤْمِنُونَ)، وأورد في خاتمتها (إِنَّهُ لَا يُفْلِحُ الْكَافِرُونَ)، فشتان بين الفاتحة والخاتمة»[25].

وما يعنيه الزركشي (ت 794هـ) بذلك – وهو واضح بيّن – أن فاتحة السورة ناسبت خاتمتها من جهة التّضاد على المستوى الشكلي (قد أفلح/ فإنه لا يفلح)، وهو ما سماه البلاغيون: تضاد بالسلب من بين ألوان التّضاد في البديع[26]، وعلى المستوى الدلالي، حيث التقابل بين (المؤمنين/ الكافرين)، وهو أيضاً، لون من ألوان التّضاد البديعية التي عرّفها البلاغيّون العرب.

أما السيوطي (ت 911هـ)، ولعله يكون الأشهر بين المفسرين القدماء، فقد تابع جهود الزركشي في هذا الباب، لكنه خطا بالأمر خطوة مهمة، حيث تجاوز

دراسة التناسب بين الآيات، إلى دراسة العلاقة بين السور[27]. وفي ذلك يقول: «ينبغي في كل آية أن يُبحث أول كل شيء عن كونها مكمّلة لما قبلها أو مستقلة، ثم المستقلة ما وجه مناسبتها لما قبلها؟ ففي ذلك علم جمّ، وهكذا في السور، يُطلب وجه اتصالها بما قبلها وما سيقت له»[28].

والجدير هنا، أن السيوطي في كلامه هذا أدرك علاقات التناسب بين الآيات والسور، ومتطلبات دراسة هذا التناسب، فوضع قاعدة عامة، تحكم ترتيب الخطاب[29]، حيث يقول: «إن القاعدة التي استقر بها القرآن، أن كل سورة تفصيل لإجمال ما قبلها، وشرح له، وإطناب لإيجازه. وقد استقر معي ذلك في غالب سور القرآن، طويلها وقصيرها»[30].

وهذه القاعدة، كما يلاحظ بعض الباحثين، يمكن وضعها في الإطار الآتي:

1 – علاقة الإجمال/ التفصيل بين السور.

2 – الاتّحاد والتّلازم.

3 – رد العجز على الصدر[31].

وقد أعطى السيوطي مثالاً على كل حالة أو علاقة من هذه العلاقات؛ إذ إن هذه «هي الأساليب التي تتآخذ بها الآيات والسور وتترابط فيما بينها في نظر الزركشي والسيوطي مُشَكّلَةً بذلك نصّاً منسجماً متناسقاً»[32].

أما البقاعي (ت 885هـ)، فأضاف ضرورة الالتفات إلى السياق الكلي في بحث هذا التناسب، يقول: «الأمر الكلي المفيد لعرفان مناسبات الآيات في جميع القرآن هو أنك تنظر الغرض الذي سيقت له السورة، وتنظر ما يحتاج إليه ذلك الغرض، من المقدمات، وتنظر إلى مراتب تلك المقدمات، في القرب والبعد من المطلوب، وتنظر عند انجرار الكلام في المقدمات، إلى ما يستتبعه من استشراف نفس السامع إلى الأحكام واللوازم التابعة له، التي تقتضي البلاغة شفاء العليل،

يدفع عنا الاستشراف إلى الوقوف عليها. فهذا هو الأمر الكلي المهيمن على حكم الربط بين جميع أجزاء القرآن، وإذا فعلته تبيّن لك – إن شاء الله – وجه النّظم بين كل آية وآية، في كل سورة، والله الهادي»[33].

وهذا يعني أن علماء التفسير، ومن قبلهم علماء اللغة والبلاغة، أدركوا أن القرآن الكريم نصّ واحد، لا يمكن إدراك وجه تماسكه وإعجازه إلا عن طريق التعامل معه كنصّ واحد. وهذا التماسك له وجهان: شكلي؛ يجري على سنن النّحو العربي، ودلالي، تُعمقه أوجه تماسكه عن طريق ترابطه المعنوي. وهذا الترابط تفسّره من بعض الوجوه، مراتب البلاغة العربية وتصنيفاتها.

فإذا كان الجرجاني أشار منذ أول الأمر، «أنه يسير وفق قوانين النّحو العربي، بلا خلاف، فألزم نفسه بأن يثبت سيره الدلالي، وفق قوانين البلاغة العربية... [فإن البقاعي، جاء من بعده] ليطبق تلك الفكرة على النّص القرآني كاملاً، ليثبت بالتّتبع الحرفي لكل آية، أن القرآن نصّ مترابط دلالياً، وأنه لم يكن مقطّعاً مجزّأ، رغم نزوله منجّماً»[34].

ولقد سار علماء التفسير المعاصرون على نهج الزركشي (ت 794هـ) والسيوطي (ت 911هـ) والبقاعي (ت 885هـ) وأمثالهم، فعمدوا إلى إبراز التماسك بين آيات القرآن الكريم وسوره، على مستوى كل سورة على حدة، ثم على مستوى القرآن الكريم كله، باعتباره نصّاً واحداً ووحدة كبرى واحدة.ومن هؤلاء المعاصرين مصطفى صادق الرافعي، إعجاز القرآن والبلاغة النبوية، إضافة إلى آخرين، تحدّثوا عن التماسك القرآني، في ضوء بنيتيه الشكلية والدلاليّة. فعملوا جميعاً على إبراز التناسب بين الآيات/ الآيات، والسورة/ السورة، بما يفضي إلى إدراك التماسك القرآني، في مستوييه: الشكلي والدلالي[35].

وفي ذلك، يقول الرافعي، نقلاً عن ابن العربي، في بعض كتبه قوله: «إن ارتباط آي القرآن بعضها ببعض، حتى يكون كالكلمة الواحدة، متّسقة، منسجمة المعاني، منتظمة المباني»[36].

وقد سمى الرافعي هذا الاتساق وذلك الانسجام بين آيات القرآن الكريم: روح التركيب[37]. فلولا هذه الروح – كما يقول الرافعي – «لم يكن بحيث هو كأنما وضع جملة واحدة ليس بين أجزائها تفاوت أو تباين.. وتعلّق بعضه على بعض»[38].

وعلى الإجمال، فقد اهتم علماء العربية، على مرّ العصور، ببيان وحدة القرآن وتماسكه، بعدّه نصّاً كلياً واحداً، وإن اعتمدت جهودهم في ذلك على الحدس، لكنه الحدس الصائب الذي ينبئ عن وجود «نظرية قائمة في عميق بنيتهم الفكرية، وإن لم تظهر على السطح عند التطبيق»[39]. ولقد وظفوا هذه البنية، عن طريق رؤيتهم الخاصة للعالم في إثبات الوحدة الدلاليّة في القرآن الكريم. وهي الرؤية التي تظهر عن طريق تناولهم لأسباب النزول والسيرة والحديث والتاريخ[40].

4.2 الجملة الأولى – مفتاح النّص:

ولقد تجلّت هذه البنية كأوضح ما يكون في اهتمامهم بالكلمة الأولى، أو الجملة الأولى، في كل سورة من سور القرآن الكريم. وهذا الرازي (ت 606هـ) يذكر أهمية سورة الفاتحة بالنسبة إلى ما بعدها، فيقول: «هذه السورة مسماة بأمّ القرآن، فوجب كونها كالأصل والمعدن، وأن يكون غيرها كالجداول المتشعبة منه، فقوله: (رَبِّ الْعَالَمِينَ) تنبيه على أن كل موجود سواه فإنه دليل على ألوهيّته»[41].

وقد لاحظ السيوطي (ت 911هـ) مثل هذه العلاقة بين سورة الفاتحة وما بعدها من سور القرآن الكريم، ففسّر في ضوء هذه العلاقة بداية السور المكية بالأنعام، في ملاحظة بالغة الذكاء؛ إذ تبدأ بالحمد، وكل ربع من أرباع القرآن [ما يمثّل 25 % منه] يبدأ مثلها بالحمد[42]، قال: «فالفاتحة تبدأ بالحمد، والأنعام بالحمد، والكهف إلى الربع الثالث، وسبأ وفاطر للربع الرابع»[43].

أما سورة الفاتحة نفسها، باعتبارها مفتتح القرآن، فيقول فيها السيوطي أيضاً:

«قال الطيبي: وجميع القرآن تفصيل لما أجملته الفاتحة، فإنها واقعة في مطلع التنزيل، والبلاغة فيه أن تتضمن ما سيق الكلام من أجله»[44].

وهذا الإدراك لعلاقة فواتح السور بما بعدها، جعل هؤلاء المفسرين بالمثل، قادرين على الإدراك الكلي لموضوع الخطاب وترتيبه وطبيعة وجوده كنصّ كلي، منسجم دلالياً، ومتّسق على المستوى الشكلي[45]. ووجود هذا الانسجام وذلك الاتساق – التماسك الكلي في القرآن الكريم – هو من وجوه إعجازه ومن أسباب بيان حسنه[46]. والخلاصة في ذلك، أن علماء التفسير لاحظوا «هذا الجانب المعجز في القرآن الكريم، وحاولوا دراسته، كل بما يناسب تفسيره»[47].

وأياً كانت السبل التي اتبعها هؤلاء العلماء، فجميعهم أدرك أن القرآن الكريم معجز بتركيبه وتماسك آياته، ووراء هذا التماسك انسجام بين آياته وسوره. ولذلك، يمكن القول، إن العلماء العرب – خاصة المفسرين – قدموا إسهاماً بارزاً في مجال تماسك النّص، وربما يكونون بما قدموه في هذا المجال، سابقين لكل علماء النّص المعاصرين.

3 – مفهوم الانسجام (Coherence):

1.3 مفهوم الانسجام لغةً:

الانسجام شأنه شأن الاتساق، يعدّ مظهراً أساسياً من مظاهر النّصية، ويشير هذا المصطلح إلى تماسك النّص[48]. «ويطلق على هذا المعيار أيضاً تسميات عديدة، منها: التماسك الدلالي، والحبك، والتقارن، والترابط الفكري»[49].

ومن الناحية اللغويّة، فإن المتتبع لهذه المادة يجد أنها «ارتبطت بمفاهيم أهمها القطران والانسياب والسيلان»[50]، فقد ورد في لسان العرب أن «سَجَمَتِ العين الدمع والسحابة الماء تسجُمُه سجماً وسجوماً وسجماناً: وهو قطران الدمع وسيلانه قليلاً أو كثيراً، وكذلك الساجم من المطر، والعرب تقول: دمع ساجم،

ودمع مسجوم: سجمته العين سجماً، وقد أسجمه وسجّمه، والسجم: الدمع، وأعين سجوم: سواجم. وكذلك عين سجوم وسحاب سجوم. وانسجم الماء والدمع فهو منسجم إذا انسجم، أي انصبّ، سجّمت السحابة مطرها تسجيماً وتسجاماً إذا صبّته. سجم العين والدمع الماء يسجم سجوماً وسجاماً إذا سال وانسجم»[51].

وعن طريق ما ورد في اللسان نلاحظ أن مادة سجم تشير إلى الاستمرار ودوام الانصباب دون انقطاع للمادة المنصبة، وذلك لتماسكها وعدم انفكاك أجزاء بعضها من بعض. كما يمكن ملاحظة أن مادة سجم تشير إلى سهولة الانصباب ويسره، كما تشير مادة سجم إلى السرعة في الانصباب.

وهو ما أشار إليه السيوطي (ت 911هـ) من قبل، حيث قال: «الانسجام أن يكون الكلام لخلوّه من الانعقاد منحدراً كتحدّر الماء المنسجم، ويكاد لسهولة تركيبه وعذوبة ألفاظه أن يسيل رقة»[52]. والسيوطي بهذه اللمحة الذكية، ينقل المعنى اللغوي لدلالة الانسجام من المجال العام الذي ارتبط لدى العرب بجريان الماء، إلى مجال اللغة والأدب على نحو خاص. ومن ثم، فقد «انتقلت هذه الدلالات إلى مجال اللغة والأدب، فصارت سمة لتناسق الكلام وجمال نظمه»[53].

ويمكن أن نضيف إلى هذه المعاني ما تشير إليه مادة (حبك) التي ترتبط اصطلاحاً بمادة (سجم) في الدلالة على التماسك النّصي. فهذه المادة – الحبك – كما يقول اللسان، تدلّ على «الإحكام والإتقان، وتجويد الصنعة»[54]. وقد ورد في لسان العرب: «الحبك: الشدّ، واحتبك بإزاره، احتبك به، وشدّه إلى يديه... والمحبوك: ما أُجيد عمله، والمحبوك: المحكم الخلق، من حبكت الثوب إذا أحكمت نسجه... وحبك الثوب يحبِكه ويحبكه حبكاً: أجاد نسجه وحسن أثر الصنعة فيه»[55].

فالانسجام إذن من الناحية اللغويّة، لا يعني الانصباب والتقاطر والسهولة واليسر في الجريان وسرعته فحسب، لكنه أيضاً يعني الإحكام والإتقان، وشدّ الأجزاء إلى بعضها بعضاً.

2.3 مفهوم الانسجام اصطلاحاً:

إذا كان الاتساق يتصل بظاهر النّص، ويتحقق عن طريق وسائل لغويّة؛ يمكن ملاحظتها وتحديد أثرها في تحقيق الترابط الشكلي على مستوى الجملة وما يفوق الجملة، فإن الانسجام يتصل بعالم الخطاب، ويعلن عن تحققه عن طريق مجموعة من العمليات[56] التي «تتطلب من الإجراءات ما تنشط به عناصر المعرفة لإيجاد الترابط المفهومي (Conceptual Connectivity) واسترجاعه. ويتدعم الالتحام [الانسجام] بتفاعل المعلومات التي يعرضها النّص مع المعرفة السابقة بالعالم»[57].

وهذا يعني أن الانسجام «يتناول المستوى الدلالي بالدرس، ثم يستثمر ما يمكن أن تُقدّمه تصوّراتنا عن العالم، وسيرورة الأشياء فيه عن علاقات تلازمية بين الأحداث والوقائع؛ تُيسّر إدراك انسجام المعطى اللغوي»[58]، ومن هنا يكون الانسجام أحد المظاهر الأساسية في تحقيق التماسك النّصي[59].

وفي هذا الإطار، يُنسب إلى فان دايك (Van Dijk) وضع التصوّر الرئيس في تحديد المقصود بالانسجام، ضمن تصوره لدراسة الخطاب الذي يشمل الدلالة والتداول[60]. والانسجام في هذا التصوّر يدخل إلى جوار الترابط والبنيات الكليّة في إطار بحث الدلالة، في مقابل السياقات والأفعال الكلامية وتداوليات الخطاب والأفعال الكلامية الكليّة التي تدخل في إطار بحث التداول.

ويمكن أن نلاحظ هنا أن العلاقة العميقة بين الانسجام والخطاب تتجلّى في الترابط المفهومي في البنية العميقة للخطاب، حيث تظهر «عناصر منطقيّة كالسببيّة والعموم والخصوص. وهي التي تعمل على تنظيم الأحداث والأعمال داخل بنية هذا الخطاب»[61].

ومن هنا، فالمتلقي في بحثه عن تماسك الانسجام «لايكتفي بالعناصر اللسانية التي تُكوّن البنية السطحية للنصّ، بل يتعداها إلى ما سواها، أي التولّج في البنية العميقة في النّص»[62].

واختلف الباحثون في تحديد مفهوم الانسجام الاصطلاحي، لكنّهم مع ذلك، اتفقوا في تحديد طبيعته ومجال عمله، حيث يتصل الانسجام بالخطاب من جهة، وبالتماسك النّصي متمثلا ًفي الترابط المفهومي في الجهة المقابلة؛ ذلك أن الانسجام من هذا المنظور «ليس إلا مظهراً خطابياً واحداً من مظاهر خطابية أخرى في المستوى الدلالي»[63].

وهذه المظاهر تشمل الترابط الذي يهتم بالعلاقات الدلاليّة للجمل، في إطار تعالق الوقائع وترتيبها الزمني وتأويلها بالنسبة إلى معرفتنا بالعالم وبموضوع الخطاب[64]، كما تشمل ترتيب الخطاب؛ أي «الترتيب العادي للوقائع في الخطاب، ذلك أن ورود الوقائع في متتالية معينة يخضع لترتيب عادي؛ تحكمه مبادئ مختلفة على رأسها معرفتنا بالعالم»[65].

وهذه المعرفة الخاصة بالعالم وترتيب الوقائع بناء عليها، تتفرّع لمجموعة من العلاقات التي تخضع لمبادئ معرفية، كالإدراك والاهتمام، منها علاقات العام/ الخاص، الكل/ الجزء، المجموعة/ المجموعة الفرعية – العنصر[66]. وهذه بدورها تدخل في علاقات دلالية تتعلق بموضوع الخطاب، من حيث تمامه ونقصانه، والبنية الكليّة/ موضوع الخطاب[67].

وهذا كله ما يجعل مفهوم الانسجام يشير إلى «تماسك النّص وانسجامه من حيث نقل المعلومات والمضامين»[68]. وهذا ما يترجمه فان دايك (Van Dijk)، حين يكشف طبيعة هذه المعلومات وتلك المضامين، حيث تتركز في كونه – أي الانسجام – «بمثابة مجموعة من العلاقات أو القواعد التي تحدث في المستوى الدلالي، على عكس الاتساق الذي يختص بالمستوى النّحوي المعجمي»[69].

وهذا المستوى الدلالي الذي يحدده فان دايك (Van Dijk) يتم عن طريق «الأبنية الدلاليّة المحورية الكبرى، وهي أبنية تجريدية عميقة»[70]. وهذا في مقابل الاتساق الذي «يتمثل في الأبنية النّحوية الصغرى، وهي أبنية تظهر على سطح النّص»[71].

ويُلاحظ هنا أن فان دايك (Van Dijk) انطلق من منهجية مختلفة عن تلك التي اعتمدها هاليداي (Haliday) ورقية حسن (R.Hassan) في إيجاد القواعد التي تسمح للمتلقي بالحكم على نصّ ما بالنّصية. وقد كان هدف فان دايك (Van Dijk) من ذلك «النظر إلى النّص من الداخل؛ أي النظر إلى بنيته، النظر إلى النّص في علاقته مع المتلقي»(72). وهذا ما يجعل من الانسجام خاصيّة دلاليّة للخطاب؛ قائمة على «تأويل كل جملة مفردة بتأويل الجملة التي قبلها وبعدها»(73).

ومعنى ذلك كله أن الانسجام «يعنى بالبنية الداخليّة للنصّ، أي يتحقق بفضل مجموعة من العلاقات الدلاليّة. ومن هنا فإن معيار الانسجام يهتم بدراسة المعنى ووصفه»(74). وهذا ما يجعل من وسائل تحقق الانسجام والروابط أو العلاقات الدلاليّة خفيّة وغير ظاهرة(75).

ومن هذا المنظور، فإن الانسجام يتسم بكونه «أعمّ من الاتساق وأعمق منه، بحيث يتطلب بناؤه صرف الاهتمام جهة العلاقات الخفيّة التي تنظم النّص وتولّده»(76). وهذا يفضي بالبحث عن هذه العلاقات وكيفية رصدها وتحليل وظيفتها في تحقيق التماسك الداخلي للنصّ.

4 – أدوات الانسجام وعلاقاته:

يؤكد محمد خطابي في بداية عرضه لمبادئ وعمليات الانسجام أن براون (Brown) ويول (Yule) وهما أبرز ممثلي دراسته، يجعلان القارئ/ المستمع في قلب عملية التواصل (Communication) التي تتحكم في المؤلف ككل(77)، ذلك أنهما «لا يعتبران انسجام الخطاب شيئاً معطى، شيئاً موجوداً في الخطاب ينبغي البحث عنه للعثور عليه (على مجسداته)، وإنما هو في نظرهما، شيء يُبنى، أي ليس هناك نصّ منسجم في ذاته ونصّ غير منسجم في ذاته باستقلال عن المتلقي، بل إن المتلقي هو الذي يحكم على نصّ بأنه منسجم، وعلى آخر بأنه غير منسجم»(78).

وهذا يعني أن النّص/ الخطاب يستمدّ انسجامه «من فهم وتأويل المتلقي ليس غير»[79]، ذلك أن ثمة مبدأين – من وجهة نظر براون (Brown) ويول (Yule) – يتحكمان في فهمنا لانسجام النّص/ الخطاب: الأول – أن النّص يستمد انسجامه من فهم وتأويل المتلقي. والثاني – «أن كل نصّ قابل للفهم والتأويل فهو نصّ منسجم والعكس صحيح»[80].

وعلى هذا تتأسس مبادئ الانسجام التي تشمل: 1 – السياق وخصائصه: وهو ما يعني أن قارئ النّص وهو يقوم بعملية فهم وتأويل الخطاب، عليه أن يأخذ بعين الاعتبار «السياق الذي يظهر فيه الخطاب»[81]، إذ إن «ظهور قول واحد في سياقين مختلفين يؤدي إلى تأويلين مختلفين»[82]. ولهذا، فإن عناصر السياق تشمل: المرسل، والمتلقي، والحضور: وهم «مستعملون آخرون يساهم وجودهم في تخصيص الحدث الخطابي»[83]، والموضوع: «وهو مدار الحدث الكلام»[84]، والمقام: وهو الذي يشمل زمان ومكان الحدث التواصلي، وقناة الاتصال: (كلام، كتابة، إشارة.. إلخ)، والنظام: «وهو اللغة أو اللهجة أو الأسلوب اللغوي المستعمل»[85]، وشكل الرسالة: (دردشة، جدال، عظة..)، والمفتاح: ويُقصد به إفادة الرسالة في تأدية غرضها ليكون نتيجة للحدث التواصلي، ومدى نجاحها في تأدية هذا الغرض[86].

وهذه العناصر السياقية التي ينقلها خطابي عن براون (Brown) ويول (Yule)، «ليست كلها ضرورية في جميع الأحداث التواصلية»[87]، غير أن معرفة القدر الضروري منها هو الذي يجعل القارئ قادراً على فهم وتأويل خطاب النّص.

ولأن إدراك القرّاء يختلف من واحد إلى آخر، بحسب موقف القرّاء؛ بل إن إدراك القارئ نفسه قد يختلف من موقف إلى آخر، فإن هذا السياق الذي يبدو مطلقاً فيما يمكن أن يقود إليه من فهم موضوع الخطاب أو رسالته، فإنه يحتاج إلى تقييد. وهو ما يسميه خطابي: مبدأ التأويل المحلّي[88]. وهو المبدأ الثاني الذي «يعلّم

المستمع ألا يُنشئ سياقاً أكبر مما يحتاجه من أجل الوصول إلى تأويل ما»[89].

وهذا يقود إلى المبدأ الثالث من مبادئ الانسجام؛ أي مبدأ التشابه، وهو نوع من القياس، حيث يحكم القارئ على النّص المقروء/ المسموع في ضوء معرفته السابقة بالنّصوص المشابهة. وهي المعرفة التي تمكنه من اكتشاف الثوابت والمتغيرات في النّص الجديد (المقروء) بالقياس إلى معرفته السابقة بالنّصوص المشابهة[90].

أما آخر المبادئ التي يعتمد عليها فهم وتأويل النّص لتحديد انسجامه أو عدم انسجامه، فهو مبدأ التغريض. وهو المبدأ الذي يشير إلى العلاقة الوثيقة بين موضوع الخطاب/ النّص وعنوانه أو نقطة بدايته، «مع اختلافٍ فيما يعتبر نقطة بداية حسب نوع الخطاب. وإن شئنا التوضيح قلنا إن في الخطاب مركز جذب يؤسسه منطلقه وتحوم حوله بقية أجزائه»[91]. ويتكوّن مثل هذا المركز بطرقٍ متعددة للتغريض؛ «منها: تكرير اسم الشخص، واستعمال ضمير محيل إليه، تكرير جزء من اسمه، استعمال ظرف زمان يخدم خاصية من خصائصه، أو تحديد دور من أدواره في فترة زمنية»[92].

ويُلاحظ هنا أن عنوان النّص يلعب وظيفة أساسيّة في تغريض الخطاب، فهو «وسيلة خاصة قوية للتغريض»[93]، تثير خيال المتلقي، وتوجّه تأويله للنصّ، مع ملاحظة أن عنوان النّص، وأسماء الأشخاص الموجودة في النّص تؤدي وظيفية رئيسة في تحقيق مثل هذا المبدأ الأساسي من مبادئ الانسجام.

وهذا كله يقود إلى عمليات الانسجام التي ترتبط بمبادئه الأربعة على النّحو الذي قدّمته. وهذه العمليات في إطارها العام تشير إلى الأطر المعرفية المختلفة التي يتم عن طريقها فهم وتأويل موضوع الخطاب/ النّص. وقد قدم خطابي تفصيلاً مطولاً لهذه الأطر وللعمليات المعرفية المرتبطة بها.

والحقيقة أن خطابي وهو يسهب في شرح هذه العمليات المعرفية الخاصة

بالانسجام نقلاً عن براون (Brown) ويول (Yule)، لا يقدم نموذجاً عملياً لكيفية تفسير مثل هذه العمليات في دراسة الانسجام، باستثناء أنه يترجم بعض الأمثلة باعتبارها التفسير المطلوب لتلك العمليات المعرفية[94].

ومن هنا فكل عمليات الانسجام التي يقدمها خطابي، هي في حقيقتها تصوّرات فكريّة مستمدة من مجالات مختلفة مثل: (علم نفس، اجتماع، فلسفة، ذكاء اصطناعي) تحاول شرح الكيفية التي يقوم بها القارئ لتأويل نصّ ما، ومن ثم الحكم على انسجام نصّ ما أو عدم انسجامه[95].

وهذا لأن هذه العمليات مبنية على افتراض براون (Brown) ويول (Yule) اللذين اعتمد عليهما خطابي، واللذين ذهبا – كما سبقت الإشارة – إلى أن الانسجام هو في حقيقته عنصر مُعطى من خارج النّص، وليس موجوداً في ذاته، ويعتمد وجوده على إدراك وفهم القارئ لطبيعة الرسالة الدلاليّة (الموضوع) التي يحملها النّص. أي إن انسجام النّص في هذا التصوّر الخاص ببراون (Brown) ويول (Yule)، يتعلّق بعملية التأويل.

وما يمكن قوله في نموذج براون (Brown) ويول (Yule) أن السياق من جهة، والمتلقي من جهة أخرى، هما اللذان يؤديان الوظيفة الحاسمة في الحكم على انسجام النّص أو عدم انسجامه[96]. أما فان دايك (Van Dijk) فقد قدّم تصوّراً مختلفاً لدراسة الانسجام؛ يعتمد على مظهرين أساسيين في تحليل الخطاب (Discourse Analysis): «أ – مراعاة علائق الانسجام الخطي الموجود بين الجمل. ب – البنية الكبرى أو مدار الحديث. وقد فصّل القول في آليات الانسجام الخطي بالاعتماد على عدّة علائق، مثل: المطابقة، والتداخل، وعلاقة الجزء بالكل، والإطار»[97].

وعلى هذا تترتّب وسائل الانسجام لدى فان دايك (Van Dijk) في صورة مجموعة من العلاقات، منها: التطابق الذّاتي، وعلاقات التضمّن (الجزء/ الكل، الملكية)، ومبدأ الحالة العادية المفترضة للعوالم، وأخيراً مفهوم الإطار[98]. وهذه

العلاقات تتجلّى عن طريق مجموعة مظاهر انسجام الخطاب، ومنها: ترتيب الخطاب، والخطاب التام والخطاب الناقص، وموضوع الخطاب/ البنية الكليّة. وهذه المظاهر تنعكس في صورة علاقات؛ ترتد إلى مجموعة العلاقات الأساسية التي ذكرها فان دايك (Van Dijk) في وسائل الانسجام[99].

وما يلفت النظر في ذلك أن هذه العلاقات ليست حاسمة في تصوّرها الأخير، فهي تختلف من باحث إلى باحث، بحسب فهمه وتقديره للسياق ولدور المتلقي في فهم وتأويل النّص عن طريقه.

ومما يؤكد اختلاف الباحثين في فهم مسألة العلاقات وتصنيفها، مع ثبات فكرة العلاقات نفسها باعتبارها الأداة الأساسية التي يتم عن طريقها رصد الانسجام وتحليله، تلك الطريقة التي قدم بها الأزهَر الزنّاد دراسته للتماسك النّصي، أو لنسيج النّص على ما يسميه هو. فالزّناد في دراسته – على نحو ما أشرت من قبل – قسّم دراسته إلى: الروابط التركيبية، والروابط الزمانية في النّصوص، وأخيراً الروابط الإحالية في النّصوص. والقسم الأخير يمكن بسهولة ملاحظة أنه ينتمي إلى ما جرى العرف لدى الباحثين النّصانيين إدراجه ضمن دراسة وسائل الاتساق.

أما نحو الروابط الزمانية، فهو أيضاً مما درج الباحثون على تصنيفه ضمن وسائل الانسجام. وهذا ما يمكن استنباطه من قوله: «وشملت بعض الأبحاث الأخرى عدة موضوعات تتصل بالعلاقة القائمة بين الجملة الفرعية والجملة الكبيرة التي تحتويها من حيث الزمان ووجوه التعبير عنه»[100].

وما يمكن ملاحظته في طريقة الزّناد في بحثه التماسك النّصي، أنه لم يفرّق تفريقاً واضحاً بين ما يخص الاتساق وما يخص الانسجام، بل إنه لم يشر حتى مجرد إشارة إلى وجود تمييز بين العنصرين، باستثناء إشاراته إلى وجود روابط شكلية تخص بناء الجملة[101]، وروابط زمنية تخص الدلالة أكثر من اختصاصها

بالترابط الشكلي[102]، وأخيراً إشارته إلى الإحالة، باعتبارها مظهراً من مظاهر التماسك الشكلي[103].

وفي الاتجاه نفسه، يَجمع صبحي إبراهيم الفقي في دراسته للسور المكية بين الاتساق والانسجام باعتبارهما عنصرين أساسيين في التماسك النّصي، ويكتفي في ذلك بالإشارة إلى وجود أنواع مختلفة من أدوات روابط التماسك النّصي؛ منها الشكلي، ومنها الدلالي[104]، ثم يعود ليؤكد أن السياق من الأدوات الضمنية التي تحقق التماسك النّصي؛ مشيراً إلى أن السياق يتعلّق بالبيئة الخارجيّة عن النّص، في مقابل البنية اللغويّة المصاحبة للنصّ[105]، فالفقي يؤكد وظيفة السياق كونه أداة لفهم أدوات التماسك.

ويضيف إلى ذلك بالإشارة العابرة أيضاً، أن من الأدوات التماسكية الدلاليّة: الترادف، والمطابقة[106]. وينتهي من ذلك إلى أن «أدوات التماسك النّصي كثيرة، ومتنوعة بين الخارجيّة والداخليّة، وبين الدلاليّة والشكليّة والمشتركة بينهم»[107].

وهذا يعني أن الانسجام من ناحية التصوّر النظري لأدواته، انقسمت بين اتجاهين أساسيين: اتجاه براون (Brown) ويول (Yule) اللذين ركزا على الجانب المنطقي في تصوّر العلاقات الدلاليّة والسياقية التي تحكم بناء النّص، عن طريق قدرة المتلقي على تأويله[108]. والاتجاه الثاني هو اتجاه فان دايك (Van Dijk) الذي ركّز على المنطق الصوري في تصوّر تلك العلاقات الدلاليّة[109].

والخلاصة في ذلك، أن كل علماء النّص في تناولهم لقضية الانسجام «لم يتعدوا إجمالاً الأفكار التي قُدّمت آنفاً، وبخاصة تلك التي قدمها فان دايك وبراون ويول، فقد عنوا جميعاً بمنطقية النّص، عن طريق المقدمات والمعنى والأسباب والنتائج»[110].

أما من ناحية التطبيق العملي لهذه المبادئ النظرية الخاصة بتصوّر عمليات الانسجام وأدواته، فقد اختلف الباحثون في تقديمها ما بين الإيجاز والتوسّع،

مع الاختلاف أيضاً في تقديم المفاهيم الأساسية التي تمثّل هذه الأدوات. ومع ذلك، فإن العنصر المشترك بين كل أولئك الباحثين يتمثّل في التركيز على فكرة العلاقات (المنطقيّة) بين المكوّنات الدلاليّة للنصّ، عن طريق تأويل المتلقّي للسياق المحيط بالنّص أو ببيئته الخارجيّة. والمشكلة هنا تكمن في عدم وجود اتجاه حاسم في جانب التّطبيق؛ فكل باحث يجتهد في توظيف العلاقات المنطقية.

ومن ثم، فإنني أرى أن أدوات الانسجام يمكن أن تتلخص – على ما ذهب بعض الباحثين – في: التأويل، الذي «هو رصد العلاقات الخفيّة بين أجزاء النّص»(111)، والسياق الذي «يعني الانزلاق من المستوى التحليلي إلى مستوى آخر يتعلّق بظروف إنتاج الخطاب، فالمرسل والمتلقي وزمن النّص ومكان إنتاجه والحالة النفسية للمرسل أو المتلقي كلها عوامل محددة للسياق»(112).

ومع هذا الحصر المتكرر لدى الباحثين لأدوات الانسجام في عنصريّ السياق والتأويل، فإنهما في حقيقة الأمر يشملان كثيراً من التفاصيل التي تتعلّق بكل واحد منهما. غير أن الباحثين في عرضهم لتلك التفاصيل تباينوا في العرض، كما تباينوا في الأصول النظرية التي اعتمدوا عليها، وإن كان اتجاه كل من براون (Brown) ويول (Yule) من جهة، وفان دايك (Van Dijk) في الجهة المقابلة هما المصدران اللذان اعتمد عليهما الباحثون في تأصيل إطارهم النظري.

ويبقى من ذلك كله، الكيفية التي يمكن بها ترجمة أدوات الانسجام المحصورة في كل من السياق والتأويل بكل ما يتعلق بهما من تشعبات، في صورة تطبيق عملي، يكشف عن حقيقة انسجام النّص؛ خاصة إذا ما كان مادة شعرية كالتي يعمل على دراستها هذا البحث.

لذلك، أرى أنه من الضروري ومن المناسب أيضاً، أن أعود إلى مناقشة هذه الكيفيّة في بداية كل فصل من الفصول التطبيقية التي يضمها هذا الباب، وعلى النّحو الذي يبرز خصوصيّة الشعر، باعتباره لغة في اللغة، لها منطقها الخاص بها.

الفصل الثاني:

وسائل الانسجام
في الشعر الإماراتي الحديث

1 - السياق (Contexte):

أتناول في هذا الفصل موضوع السياق وأثره في انسجام النّص الشعري الإماراتي الحديث، وهو موضوع تختلف فيه آراء الباحثين، مثله مثل موضوعات البنية الكليّة، والمعرفة الخلفيّة، لكنها في نهاية الأمر تصب في خانة استبطان الانسجام في النّص الشعري؛ أي تبيّن إلى أي مدى يتحقق الانسجام عن طريق السياق، والمعرفة الخلفيّة، والبنية الكليّة.

ولعل أبرز ما يتعلق بهذه الموضوعات أنها تتداخل في حدودها المعرفية، ويمثّل كل واحد منها بالنسبة إلى الآخرين، حداً معرفياً يعمل على تعيين خصائصه، ولذلك، فسوف أعتمد في تناول هذه الموضوعات على عرض أبرز الآراء في كل واحد منها، بما يحقق الحد الأدنى المشترك بين الباحثين في شأنها، ثم سأحدد طريقة تناولي لها عن طريق ما تم استفادته من تجارب الباحثين في هذا الشأن، وعن طريق ما أراه مناسباً في عملية التحليل؛ مستعينة بنظريات النقد وتحليل الخطاب على اتساعها في هذا المضمار.

1.1 السياق لغةً واصطلاحاً:

السياق في المعجم في أصله يدل على سوق الإبل، وانتقل بالمجاز إلى الدلالة على مهر العروس[113]، كما «يدل على الظرف أو الحال التي يحدث فيها الحدث لعلاقة الزمانية»[114].كما يدل بالمجاز على سياق الحديث[115]، وهو ما يُستفاد

من كلام الزمخشري (ت 538هـ): «وإليك سياق الحديث... وهذا الكلام مساقه إلى كذا، وجئتك بالحديث على سوقه: على سرده»[116].

السياق اصطلاحاً يعني «التركيب أو السياق الذي ترد فيه الكلمة، ويسهم في تحديد المعنى المتصوَّر لها»[117]. وعلى التحديد، فإن لفظ السياق Context، مكوّن من جزأين: «فالسابقة Con تعني المشاركة، أي توجد أشياء مشاركة في توضيح النّص، With the text وهي فكرة تتضمن أموراً أخرى تحيط بالنّص، كالبيئة المحيطة، والتي يمكن وصفها بأنها الجسر بين النّص والحال»[118]. وهو ما يعني أن النّص «تتجاذبه علاقتان، داخلية وخارجية، كي يتماسك. ومن ثم فهو واقع كذلك بين التأثير والتأثّر من قبل البيئة المحيطة»[119].

وهذا يعني أن النّص – على نحو ما ينقل الفقي عن هاليداي (Haliday) ورقية حسن (R.Hassan) – ليس إلّا «حالة خاصة من البيئة المحيطة... والمرجعيّة القبلية والمرجعيّة البعدية، كلتاهما تعتمدان على الفكرة التي تسعى لاستقصاء المعاني من البيئة المحيطة»[120].

وبوجه عام، ينقسم السياق قسمين: السياق اللغوي والسياق غير اللغوي. والأخير – غير اللغوي – يعني «كل ما يحيل على خارج النّص أو ما حوله من مؤثرات بيئية (تاريخيّة، اقتصاديّة، اجتماعيّة، نفسيّة..) من الممكن أن تنعكس على النّص فيصطبغ ببعض ألوانها. لذلك يسعى النقد التقليدي أن يتّخذ من السياق معولاً مرجعياً يتكئ عليه في سبيل الولوج إلى أغوار النّص وإضاءة جوانبه الداخلية»[121].

ومن هنا تتضح العلاقة بين النّص والسياق، فكل واحد منهما يمكن تفسيره بالرجوع إلى الآخر[122]. وهذا ما أكده جون لاينز (John Lyons) الذي يرى أن كلاً منهما متمم للآخر، حيث تعتبر النّصوص مكونات للسياقات التي

ترد فيها: «أما السياقات فيتم تكوينها وتحويلها وتعديلها بشكل دائم بوساطة النّصوص التي يستخدمها المتحدثون والكتّاب في مواقف معينة»[123].

ويمكن هنا أن نلاحظ أن السياق اللغوي «لا ينظر إلى الكلمات كوحدات منعزلة، فالكلمة يتحدد معناها بعلاقاتها مع الكلمات الأخرى في السلسلة الكلامية»[124]. أما سياق الحال أو سياق الموقف فهو «نوع من التجريد من البيئة أو الوسط الذي يقع فيه الكلام، وسياق الحال يشمل أنواع النشاط اللغوي جميعاً، كلاماً وكتابة»[125].

وسياق الحال هذا يتكون من: 1 – شخصية المتكلم والسامع ومَنْ يشهد الكلام ووظيفة المشاهد في المراقبة أو المشاركة. 2 – العوامل والأوضاع الاجتماعية والاقتصادية المختلفة بالحدث اللغوي. 3 – أثر الحدث اللغوي في المشتركين كالإقناع أو الفرح أو الألم أو الإغراء[126]. وقد توسّع الباحثون في تقسيم سياق الحال هذا أو سياق الموقف، فرأوه ينقسم إلى تداولي وإدراكي أو معرفي، ونفسي اجتماعي، واجتماعي، وعاطفي، وثقافي[127].

وجميع هذه التقسيمات تفضي إلى أن «المعنى هو ما يُفهم من السياق، سواء كان لغوياً، أو عاطفياً، أو ثقافياً، وكذلك من خلال الموقف، فكل هذه الأنواع تساعد على تدارك وفهم معاني النّص المختلفة»[128].

والحقيقة أن هذه التقسيمات مختلفة الهدف منها ما هو تنبيه للقارئ إلى طبيعة المعلومات التي تحيط بالنّص، لذلك ذهب براون (Brown) ويول (Yule) إلى أن محلل الخطاب «ينبغي أن يأخذ بعين الاعتبار السياق الذي يظهر فيه الخطاب (والسياق لديهما يتشكل من المتكلم/ الكاتب والمستمع/ القارئ، والزمان والمكان) لأنه يؤدي [أي القارئ] دوراً فعّالاً في تأويل الخطاب»[129].

فالقارئ إذن هو المعني بهذه الأنواع المختلفة من السياقات لمساعدته على

فهم وتأويل النّص، فهو صاحب «القراءة الثانية للنصّ... فالنّص يُعدّ حواراً قائماً بين قائل النّص والنّص والمتلقي»[130]؛ إذ إن النّص يلزمه لكي يتحقق أن تتم قراءته بواسطة قارئ ما، «ومن ثم تكون عملية القراءة هي التشكيل الجديد لواقع مُشكّل من قبل، هو العمل الأدبي نفسه»[131].

وعلى الإجمال، يُعدّ السياق من الأدوات الضمنيّة اللازمة لتماسك النّص، ويراد به – أي السياق – ما هو خارج النّص، وبه يقع تفسير النّص وبناء سياقه في آن[132].

2.1 السياق في النّص الأدبي:

وإذا كان علماء النّص حددوا الملامح الأساسية للسياق، وحصروها في العصر، ونوع الكلام، والجنس الأدبي، والموضوع، والمتكلم أو الكاتب، والمستمع أو القارئ وعلاقة كل منهما بالآخر، إضافة إلى المقام[133]، فقد لاحظ بعض الباحثين أيضاً أن هذه العناصر لا يمكن تطبيقها حرفياً على النّص الأدبي، لطبيعته التي تتميز بمفارقة الواقع، ولكون تحديد الزمان والمكان والمتكلم أو المرسل، والقارئ/ المستقبل، إضافة إلى الظروف المحيطة بإنشاء النّص، كلها مما يصعب إن لم يكن من المستحيل تحديدها ووصفها في النّص الأدبي، وخاصة في الشعر الحديث[134].

ولذلك يقترح خطابي لتجاوز مشكلة النّص الأدبي في عملية تكوين السياق، الاعتماد على تحديد الخصائص الثابتة – التيمات – في النّص من ناحية، والتقاليد الأدبيّة من ناحية ثانية، باعتبارهما العنصرين اللذين يعوضان غموض أو غياب العناصر التقليديّة للسياق في النّص الأدبي[135]؛ إذ النّص الشعري يصنع سياقه التأويلي الذي يجعله مقروءاً في سياق أعم هو التقاليد الأدبيّة التي أُنشِئ النص في أحكامها العامة، بما يجعل سياقه ممتداً وقابلاً للتطوير بعدد القراءات التي تتناوله، وبعدد القُراء الذين يقرؤونه[136].

وما ينبغي الالتفات له هنا، أن مسألة تعيين التيمات الثابتة في النّص الأدبي؛ أي ملامح موضوعاته المتكررة، وكذلك مدى تأثره بالتقاليد الأدبية، إنما تعتمد على ثقافة المتلقي، ومهارته في التأويل. هذا إضافة إلى أن تحديد ملامح السياق يدخل في تعيينها مؤثّرات داخلية، منها العنوان والتّكرارات النّصية. وهي محددات يمكن أن تدخل في تحديد السياق، كما تدخل في تحديد المعرفة الخلفية والبنية الكليّة.

فهذه المحددات، على الرغم من طابعها اللغوي، – أي تعلقها بالبنية الشكليّة، وهو ما يتصل مباشرة بالاتساق – فإنه أيضاً يتعلق بالبنية الدلاليّة؛ أي الانسجام؛ إذ السياق اللغوي أحد محددات السياق العام للنصّ، سياق الموقف أو سياق الحال، على تعدد تسمياته[137].

ومن هنا، فسأعتمد في تحديد سياقات النّص في الشعر الإماراتي على مؤشرات هذين العنصرين: الخصائص (الأسلوبية) المتكررة للفكرة في النّص، والتقاليد الأدبيّة التي أُنشِئت في ضوئها تلك النّصوص، مع الإفادة بكل ما يمكن أن يكون مؤشراً مساعداً في تحديد سياقات هذه النّصوص. وسوف يكون الهدف الأساسي من هذا التّتبّع المعتمد على التيمات المتكررة والتقاليد الأدبية هو تحديد السمات العامة للسياق في مجمل الشعر الإماراتي، لا في قصيدة بعينها.

3.1 السياق في الشعر الإماراتي الحديث:

القصيدة الإماراتية الحديثة تعتمد على التقاليد الفنية نفسها التي تعتمد عليها القصيدة العربية في كل مكان من الوطن العربي[138]. فقد ارتبط المضمون في هذه القصيدة بالقضايا الوطنية والقومية التي تعكس مواقف تدلّ على حب الوطن من جهة، كما ارتبطت بالمعاناة الذّاتية للشاعر الإماراتي بحسب تجربة كل شاعر في هذه القصيدة[139]. أما لغة هذا الشعر فهي بعيدة عن الابتذال والحشو، وهي محمّلة بالإيجاز والتكثيف، إضافة إلى الحيويّة والإبداع بالرمز[140].

كذلك، حفلت هذه القصيدة بالعمق المناسب لتجربتها الشعرية، وارتبطت بالزمان والمكان على وجه الخصوص، على نحو ما ينعكس في تكرار ذكر الأماكن المرتبطة بالإمارات، وكذلك تكرار ذكر المواقف الدالّة على الزمن في هذا الوطن العظيم[141]. كذلك الأمر في الإيقاع والشكل اللذين ارتبطا بتطور القصيدة العربية المعاصرة، وهو ما انعكس على إيثار الإيقاع الداخلي الهادئ، وشكل قصيدة النثر بطبيعتها الممتدة[142].

ومما سبق، يمكن القول إن القصيدة الإماراتيّة المعاصرة تمثّل نموذجاً من القصيدة العربيّة المعاصرة، ومن هنا، فخصائصها ترتبط بخصائص القصيدة العربيّة المعاصرة. ومع ذلك، يبقي السياق بحاجة إلى تحديد، إذ إن كل الملامح السابقة هي في حقيقتها ملامح عامة، ولا بد من إيجاد محددات خاصة تميّز هذه القصائد من غيرها في التجربة العربيّة المعاصرة.

وأحسب أن الاعتماد على مؤشرات التيمات المتكررة والعنونة في تلك النّصوص هو الأقرب لتحديده. ومن هنا، فسوف أعتمد في التحليلات الآتية على هذين المؤشرين الأساسيين؛ وصولاً إلى تحديد الملامح العامة في تجربة الشعر الإماراتي المعاصر.

4.1 الأطر العامة للسياق في القصيدة الإماراتية:

ويمكن تحديد هذه الأطر عن طريق ملاحظة الموضوعات الأساسية والعنونة التي دارت حولها القصائد/ الدواوين في الشعر الإماراتي المعاصر؛ خاصة أن الاعتماد على الزمان والمكان والكاتب/ المنتج، والمتلقي/ المستقبل، لن يقدم إطاراً حقيقياً يمكن الاعتماد عليه في هذا الشعر؛ إذ إن هذه المحددات التقليديّة للسياق في النّص لا تحقق نجاحاً ملموساً في مساعدة القارئ على تحديد السياق، وهو ما لاحظه محمد خطابي في تحليله لشعر أدونيس[143].

وعند التأمل في قصائد ودواوين الشعر الإماراتي بالنسبة إلى محددات

السياق المتعلقة بالعنونة والموضوعات التي تناولها هذا الشعر، فيمكن أن نلاحظ ما يأتي، عن طريق الجدول الآتي:

م	الشاعر/ة	الديوان	القصيدة/ القصائد	الموضوع	السياق المقترح
1	صالحة غابش	بانتظار الشمس	أمل	التحول من الطفولة إلى النضج	إدراك التحول والتأمل في اللحظة الحاضرة واسترجاع لحظات الماضي
2	إبراهيم محمد إبراهيم	صحوة الورق	صحوة الورق/ تلك الحكاية/ قمة	الوضع الحالي للأمة العربية	التأمل في اللحظة الحاضرة للأمة
3	إبراهيم الملا	صحراء في السلال	ذكرى/ بخار/ أرق/ عتمة/ الغريب	التأمل في اللحظة الحاضرة للذات الشاعرة	غربة الذّات عن الواقع
4	أسماء بنت صقر القاسمي	امرأة خارج الوقت	ماذا يقول الأكورديون للماء/ ضجيج الوجع	التأمل في اللحظة الحاضرة للذات الشاعرة	غربة الذّات الشاعرة
5	كريم معتوق	أعصاب السكر	الفكرة البكر/ وحدت في حب البلاغة أمة	مجد الكلمة، مجد الأمة، مجد الشاعر	شاعر الأمة
6	صالحة عبيد غابش	المرايا ليست هي	مشهد مسرحي/ أبو نواس	صراع المرأة/ الرجل	ذات المرأة
7	مريم جمعة عبد الله	مبهورة بضوء	سيرة طريق/ حكايات مدى	كينونة المرأة/ مرايا الشعر	كينونة المرأة في مرايا الشعر
8	عارف الخاجة	علي بن المسك التهامي يفاجئ قاتليه	علي بن المسك التهامي يفاجئ قاتليه	هموم الوطن/ القومية العربية	هموم الوطن وقضايا القومية العربية

9	رهف المبارك	يحاصرني الليل	دقيقة بوح	حوار داخلي/ التأمل في اللحظة الحاضرة للذات الشاعرة	غربة الذات الشاعرة عن الواقع
10	حبيب الصايغ	غد	العائلة	حوار داخلي/التأمل في اللحظة الحاضرة للذات الشاعرة	غربة الذات والتطلع إلى المستقبل
11	ظاعن شاهين	آية للصمت	نطق الحجر	ثورة الحجارة	الهم القومي والقضية الفلسطينية
12	صالحة غابش	رب ظلال تغريني	كالحلم	التأمل في اللحظة الحاضرة للذات الشاعرة	ضغوط الواقع
13	أحمد عيسى العسم	تحت الظل الكثرة	عزيز البلد/ قلق يتصاعد	الشأن العام/ التأمل في النفس	غربة الذات والتطلع إلى المستقبل
14	على الشعالي	وجوه وأخرى متعبة	الأم.. الوطن	هم الوطن والحاضر	حاضر الوطن
15	ناصر البكر الزعابي	لا بوح بعد هذا	معلمة اللغة العربية/ المطار	اللحظة الحاضرة	غربة الذات والتطلع إلى المستقبل
16	محمد خليفة	وهج الأنثى	الممكن واللاممكن	حوار الذّات مع نفسها/ فلسفة العلاقة	الشاعر المأزوم
17	خالد بدر	ليل	لا	حوار الذّات/ التأمل في اللحظة الحاضرة	الشاعر المأزوم/ هجاء الواقع

حاولت في هذا الجدول أن أستصفي أبرز الملامح التي يدلّ عليها كل ديوان أو قصيدة من مجموع المختارات التي تعتمد عليها هذه الدراسة. وبالطبع فهذه الملامح المستصفاة هي نتيجة انطباعي الشخصي، وهو ما اعتمدت فيه على

طول خبرتي بهذه المجموعة من القصائد التي تصل إلى نحو تسع وعشرين قصيدة، من سبعة عشر ديواناً، لخمسة عشر شاعراً، وقد أشرت إلى أبرز ملامحها على سبيل المثال لا الحصر.

وإجمالي الملامح التي يكشف عنها هذا العدد الكبير من القصائد يبرز في كونه يعكس التنوّع الموجود في تجربة الشعر العربي المعاصر، ما بين الاعتماد على الموضوعات التقليديّة ذات الحس الوطني. وهو ما يظهر في بعض قصائد كريم معتوق التي يحيي فيها مجد الكلمة ومجد الوطن، بينما يميل عارف الخاجة إلى استعادة مجد العروبة ومجد القوميّة العربيّة، وهو ما يؤكده ظاعن شاهين في تحيته لثورة الحجارة، فيما يسخر إبراهيم محمد إبراهيم من حال الأمة التي تحول مجدها إلى (ورق)، يعتمد على البلاغة واجتماعات متوالية لا تحرك ساكناً.

وفي المقابل، نجد مجموعة أخرى من الشعراء يميلون إلى تناول الوضع الراهن للأمة عن طريق انعكاس أوضاعها على ذات الشاعر/ة، ويبرز هنا الشعراء الرجال بمحاورتهم لهذا الواقع عن طريق رصد ملامحه اليوميّة اعتماداً على قصيدة النثر بما تتيحه من اشتباك مع هذا الحاضر اليومي، على نحو ما يظهر عند أحمد عيسى العسم، وناصر البكر الزعابي، وخالد بدر، فيما يميل حبيب الصايغ ومحمد خليفة إلى إضفاء طابع فلسفي تأملي على مفردات هذا الحاضر.

أما الشاعرات، فالظاهرة الأبرز في تجاربهن أنهن يوظفن هذا الشعر للتعبير عن ذات الأنثى وإثبات حضورها في مقابل الرجل الذي يفرض حضوره عليهن. وهذا يعني إننا بإزاء مجموعة من السياقات التي تتحكم في تجارب الشعراء، باختلاف تجاربهم، وباختلاف النماذج الشعرية التي اعتمدوها لعرض هذه التجارب. وهذا التنوّع يؤكد اتّصال ماضي القصيدة الإماراتيّة بحاضرها، كما يؤكد اتصالها بتجربة الشعر العربي قديمه وحديثه. وهو ما يمكن إيجازه في الملامح الآتية:

1 – سياق مجد الشاعر ومجد الوطن.

2 – سياق المجد العربي.

3 – سياق اللحظة الحاضرة للرجل/ الشاعر المأزوم.

4 – سياق اللحظة الحاضرة للأنثى في مقابل الرجل.

5 – سياق غربة الذّات الشاعرة (الرجل والمرأة معاً).

ويمكن أن نلاحظ على السياقات السابقة أنها تعبّر تاريخياً عن تطور الشعر العربي، كما يمكن أن نلاحظ أن السياقين الثالث والرابع الخاصين بالشاعر (الرجل والمرأة) يتصلان اتصالاً وثيقاً بالسياق الخامس (غربة الذّات الشاعرة)، بل يمكن القول إن السياق الخامس متولّد عن السياقين الثالث والرابع. وما ينبغي تأكيده أن هذه الملامح العامة للسياقات الموجودة في الشعر الإماراتي المعاصر هي (اقتراحات عامة) تعتمد على صلة هذا الشعر بتجربة الشعر العربي، كما تعتمد على القراءة الشخصية لكل تجربة من تجارب هذا الشعر، وهي في الأخير لا تنفصل عن بعضها بعضاً، فيمكن أن نجد لدى الشاعر الواحد أكثر من ملمح سياقي، كما أنها قابلة للامتداد على النّحو الذي لاحظه خطابي في بحثه السياق الشعري(144).

والأكيد أن هذه السياقات تترك أثرها في القصائد/ الدواوين التي تولّدت عنها، ومن ثم فسأتناول فيما يأتي نماذج لهذه السياقات، متتبعة أثرها في النّص الشعري.

1.4.1 سياق مجد الشاعر ومجد الوطن:

يظهر لنا في تجربة كريم معتوق حين يتحدّث عن الفكرة البكر، فإذا بهذه الفكرة تتحول إلى مجد الشاعر، ومجد الشعر، ومجد الوطن، في ثالوث متصل

لا ينفصل. ويمكن أن نقول: إن مثل هذا السياق يرتبط بالفخر عامة، الفخر بالنفس/ الشعر/ البلاغة، وكذلك الفخر بالوطن. أي إنه فخر مزدوج، جمع فيه الشاعر بين الفخر الشخصي والفخر بالوطن، فيقول في قصيدة الفكرة البكر[145]:

حدّثْ عن الحبّ واعزفْ أيها القمرُ	**لحنـــاً تفـــرّدَ ممـــا يعشـــقُ الـوترُ**
أرضي أحبّت عذوقَ الشعرِ فاختلقتْ	**للفكـــرةِ البكـــرِ ما لم يختلقْ بشـــرُ**
هنـــا التقينـــا وروداً فـــي خمـائلها	**نســـتمطرُ الغيمَ شـــعراً كلّهُ صورُ**
جئنـــا نعيدُ لمجـــدِ الضـــادِ رفعَتَهُ	**بالحبّ نطـــوي مجـــراتٍ ونبتكرُ**
دون الإمـــارة أفـــراحٌ تجاذبنـــا	**عرساً فطوبى لمن ظلوا ومن عبروا**
هـــذا لـــواءٌ كبيـــرٌ بـــاتَ يرقبـــهُ	**قـــاصٍ ودانٍ وموصـــولٌ ومنتـــظرُ**

....

هي الإماراتُ هل أبصرت من وطنٍ	**جِئ لي بـــأرضٍ كأرضي أيها القمرُ**

وإذا تأملنا هذه الأبيات سنجد أن الشاعر يتّخذ من الشكل العمودي المقفى إطاراً للتعبير عن معانيه. وهي معانٍ تدور حول الفخر بالوطن والفخر بالشعر. وهي معانٍ تقترن بالتعبير عن هذا الفخر، على الرغم من أن الشاعر مهّد له بالحديث عن الحب: «حدّث عن الحب واعزف أيها القمر .. لحناً تفرّد مما يعشق الوترُ»، لكنه ينتقل مباشرة من هذا التمهيد إلى الحديث عن الوطن، مقروناً بالحديث عن الشعر ورفعته ومحبته: «أرضي أحبّت عذوق الشعر فاختلقتْ .. للفكرة البكر ما لم يختلق بشرُ»، فإذا بالحديث يجمع بين حب الوطن والفخر به، وحب الشعر والفخر به. وهو ما حرص الشاعر على تفصيله في الأبيات الآتية: «هنا التقينا وروداً في خمائلها .. نستمطر الغيمَ شعراً كلّه صورُ/ جئنا نعيدُ لمجدِ الضادِ رفعَتَهُ .. بالحبّ نطوي مجراتٍ ونبتكرُ». إلى أن يصل الشاعر إلى

الختام، فيجعله خالصاً لحب الوطن وللفخر به: «هي الإماراتُ هل أبصرت من وطنٍ .. جئ لي بأرضٍ كأرضي أيها القمرُ».

من البديهي أن السياق يقع في إطار الفخر، فالشاعر يفخر بنفسه: «جئنا نعيد لمجد الضاد رفعته»، ويفخر بالوطن وهو موضع العزة والفخر «هي الإماراتُ هل أبصرت من وطنٍ...»، فالسياق سياق فخر، وبناء القصيدة يدعم هذا المعنى.

2.4.1 سياق المجد العربي:

لكن الشاعر الحديث أدرك مع تطور القصيدة العربيّة الأوضاع القاسية التي يعانيها الوطن الأكبر، لذا فقد اتّجهت عناية هذا الشاعر العربي إلى تأكيد ضرورة الاتحاد بين كل أبناء العروبة، لتحقيق مجدها؛ لا مجد الشعراء. ومن هنا ظهرت قصيدة القوميّة العربيّة، التي تدعو إلى توحيد هذا الوطن ضد أعدائه، وتحرص على تذكّر أمارات هذا المجد ومفرداته[146].

وفي السياق نفسه تأتي تجربة عارف الخاجة، وتجربة ظاعن شاهين، أما عارف الخاجة فيخصص ديواناً كاملاً لهذا الموضوع: «علي بن المسك التهامي يفاجئ قاتليه»، يتتبع فيه السيرة الشعرية للرمز الشعري: «علي بن المسك التهامي». وهي سيرة تذكرنا بسير الأبطال: كأبي زيد الهلالي، كما تذكرنا بسيرة «علي بن أبي طالب» الذي خاض صراع الحق من أجل الحفاظ على الأمة.

وهي سيرة شعرية تتسم بالتعقيد الرمزي في صور شديدة الكثافة ومتعددة الإشارات، حتى يبدو من العسير فك شفراتها المتداخلة، ومنها – على سبيل المثال – قوله[147]:

«يا غار الحرائق

بي حروقٌ شيّدتها شهرزادُ

ماذا أنختَ على سواكَ من الطقوس

وهندُ حبلى من محبتكَ القديمةِ

حين كنتَ بطول رشاشك؟

هل هند حبلى

مثل باقي الأغنيات».

ولا سبيل إلى تأويل مثل هذا المقطع إلا بالتنبّه لعدة أمور: الأول أن القصيدة مكتوبة في صورة سيرة شعرية، وهذا الشكل من الكتابة ليس جديداً في التاريخ المعاصر للقصيدة العربية، فمن قبل فعلها أمل دنقل حين تحدث عن رمز آخر للتحرر الإنساني، في: «كلمات سبارتكوس الأخيرة»[(148)].

نحن إذن في سياق استعادة سير الأبطال الذين يمثّلون رموزاً للتحرر وللمجد العروبي في ظرف معاصر يمنع من تحقق هذا المجد على نحو مرضٍ للشاعر ولأبناء العروبة. ولذلك، فمن الطبيعي أن يستدعي الشاعر في هذا السياق تقليداً فنياً عربياً قديماً، يعدّد فيه أسماء المحبوبة في القصيدة الواحدة، «هند، ودعد، وسعاد»، على نحو ما كان يفعل الشاعر القديم، كما في معلقة الحارث بن حلّزة[(149)]:

آذَنَتْنَــا بِبَيْنِهَا أَسْــمَاءُ   رُبَّ ثاوٍ يُمَلُّ مِنْهُ الثَّوَاءُ

وما يلفت النظر أن الأسماء التي استدعاها الشاعر في هذا المقطع هما اسمان شهيران، لهما وظيفة في الوجدان الثقافي العربي: هند، وهو من الأسماء المعروفة في قصائد الشعراء الجاهليين، وفي المقابل هناك شهرزاد، التي تمثّل القوة الإنسانية التي استطاعت بحنكتها ترويض سطوة الرجل في ليالي ألف ليلة وليلة[(150)].

ومعنى ذلك أننا أمام موقف شعري يستدعي فيه الشاعر المجد العروبي القديم، ليواجه به الواقع المعاصر، بعد فقد هذا المجد كثيراً من مقوماته؛ لذلك،

فإن ظاعن شاهين يشيد بقوة «الحجر» التي أعادت بعضاً من بريق هذا المجد، وحافظت على ماء وجهه في مواجهة العدو المعاصر[151]:

«نطق الحجرْ:

قالوا له: هيا فطارْ

قالتْ له كل الصغارْ

كل الكبارْ

يا سادتي.. نطق الحجر

حتى اشتكى منكم

وثارْ..».

من الذي قال هيا؟ ومن أولئك الصغار؟ ومن السادة الذين يخاطبهم الشاعر؟ في حقيقة الأمر لا قيمة لإجابة مثل هذه الأسئلة، لأن المناسبة التي تقترن بها القصيدة هي ثورة الحجارة، والمخاطبون أو المشار إليهم معروفون ضمنياً من الأحداث الجارية في الوطن العربي. والثورة هي كما عُرفت وشاع اسمها: ثورة الحجارة، لمواجهة العدو الصهيوني بالمقاليع الصغيرة؛ التي تحولت في يد الجيل الجديد إلى آلة مواجهة، هزت العدو وهزمت آلاته الحربية.

فإذا بهؤلاء الصغار يعيدون للعروبة قوتها، وينفضون عنها السكون «لينطق الحجر» – كما يقول الشاعر – بعد الصمت، وليبقى المجد العربي حيّاً في نفوس أبنائه، مهما تعرضت العروبة للضغط أو للمؤامرات.

3.4.1 سياق اللحظة الحاضرة للرجل/ الشاعر المأزوم:

هذه المؤامرات وتلك الضغوط، جعلت قسماً آخر من الشعراء يصرفون

أعينهم إلى التأمل في حقيقة هذا الواقع، بمفرداته، وبأشيائه التي حوّلت الخيال الشعري من خيال رومانسيّ؛ يعبّر عن نفسه عن طريق الصور الكثيفة واللغة المتداخلة، إلى لغة الواقع بمفرداته الماديّة، ليعبّر بهذه اللغة الجديدة عن الواقع وعن نفسه المأزومة بين ضغوط الماضي والحاضر[152]. وهو ما تعبّر عنه تجارب أحمد عيسى العسم، وناصر البكر الزعابي، ومحمد خليفة، وخالد بدر، على خلاف في درجة التعبير عن غربة الذّات الشاعرة ومدى إحساسها بالتشيؤ، لكنهم جميعاً يشتركون في هذا التعبير عن تأمل اللحظة الحاضرة والتعبير عن غربة النفس في الحركة المتسارعة للواقع من حولهم. ومن ذلك قول ناصر البكر الزعابي، في قصيدته المطار[153]:

«مكانٌ رائعٌ للتأمل

في ساعات الانتظار الطويلْ

المطار يشعر بالضجرْ

أطفالٌ يلعبونْ

عمالٌ متذمّرونْ

رجلٌ يدخّنْ

حزين اشتاق لأهله

فتاة تبحثُ عن حلمْ

حقائبُ ثقيلةٌ

شاعرٌ حائرٌ بين غربتينْ».

القصيدة تتميز بالإيجاز والتكثيف، إضافة إلى لغة الحياة اليومية، والمفردات الدالة على طابع العالم المعاصر، بما فيه تشيّؤ ومادية. أي إن القصيدة تتميّز

بكل ما يميّز قصيدة النثر المعاصرة[154]. وهذا يجعل من سياق القصيدة ميّالاً إلى استحضار كل ما يخص الواقع الحياتي المعاصر.

وفي هذا الواقع تبرز ضغوط هذه المعاصرة بما فيها العلاقات الاجتماعيّة التي صارت تعتمد الإيقاع السريع والتغريب في كل مفردات التعامل. ولعل ذكاء الشاعر يبرز في اختياره موضوعاً يلخّص كل هذه الطبائع المعاصرة، فجعل المطار «مكاناً» للحدث، وجعل البطولة فيه للعامة؛ فظهرت وجوه لكنها مجهولة غائبة: أطفال، عمّال، رجلٌ، حزين، فتاة، وشاعر حائر بين غربتين. والإشارة الأخيرة للشاعر الحائر في غربته إشارة جامعة لكل الأحاسيس التي عبّرت عنها الوجوه في ذلك المكان المميّز بطبيعته الدالة على الحلّ والترحال الدائمين، وببرودة أجوائه التي تجعل الجميع – مسافرين وعاملين – يشعرون بالضجر. إننا أمام سياق غربة الإنسان في هذا العالم، وهي غربة ضاغطة على أعصاب الإنسان في هذا الزمن، تجعله حائراً ضائعاً.

4.4.1 سياق اللحظة الحاضرة للأنثى في مقابل الرجل.

وهذا الإنسان المعاصر انشغل بقضايا عدة، منها الصراع بين الرجل والمرأة على إثبات الهويّة، وإحقاق المساواة بين الجنسين. وهذا ما يبرز خاصة في قصيدة الشاعرات الإماراتيات، حيث يتخذن من صورة شهرزاد المعاصرة تعبيراً عن هذه العلاقة المتوترة. ولعل من أوضح التجارب التي تعبّر عن هذا، قصيدة صالحة عبيد غابش (أبو نواس)، حيث تقول[155]:

«بعض الشعراء..

يؤمنون أن نساء العالم

كل نساء العالم

أدنى من معشوقته الممسوسةِ

بالجنّ الليليّ

لم يؤمن بعد بأن اللعنةَ

تملأ أقداح الحاناتِ

المختبئاتِ وراء الريح

الهاربة من رئة الليلْ».

ففي هذا النّص القصير تتّخذ الشاعرة موقف المدافع عن بنات جنسها ضد نرجسيّة الشعراء الذين لا يفكرون إلا في أنفسهم، وربما يظنون أنهم ممثلون لشهريار الحداثة، وتؤكد أن السياق هو سياق الحوار بين الرجل والمرأة في عالم لم يعد يؤمن بالتفرقة بين الجنسين.

5.4.1 سياق غربة الذّات الشاعرة (الرجل والمرأة معاً):

غربة الإنسان هي الموضوع الحقيقي للصراع، وهي سياقه الحاكم في كل تجلياته الشعرية، سواء أكان الشاعر رجلاً أم أنثى، وهذا ما تدل عليه النماذج المختلفة التي حفل بها الشعر الإماراتي الحديث، وهذا ما عبر عنه أحمد عيسى العسم في قصيدة صريحة الدلالة على التوتر الانفعالي والنفسي الذي يصاحب إنسان هذا العصر ويلازم ليله ونهاره، على الرغم من كل ما حققه من تقدم، فيقول في قصيدة (قلق يتصاعد)[(156)]:

«ما يقلقني هذا الصباح

صوت الماء المتسرّب

من الحنفية

لم أنم طوال الليل

قلبي كرنين ساعة

ودقاته متسارعة

أبكي سراً

مستسلماً للفراش

يتصاعدُ القلق

وحيداً أفكر بالعمى

أراقب الهدوء في الظلام

أفكر بما قلت للأصدقاء

في حوارنا الساخن

عن الكتابة والارتجال

والنشر السريع

صوت الماء المتسرب

غير عادي بكل صدق

أصابع ضخمةٌ

تطبقُ على أنفاسي

ليست لديّ مقاومةٌ

أخسرُ صوتي».

ومرة أخرى نحن بحاجة إلى التقاط الكلمات المفاتيح أو الجمل التي يمكن أن تشكّل التركيب النفسي الداخلي لحياة القصيدة ولحياة الشاعر. وأحسب أن وصفه

المُلِحّ على مظاهر قلقه: «لم أنم طوال الليل.. قلبي كرنين ساعة..، أبكي سراً مستسلماً للفراش..، وحيداً أفكر بالعمى..، أراقب الهدوء في الظلام...، أفكر بما قلت للأصدقاء في حوارنا الساخن عن الكتابة والارتجال والنشر السريع..».

في حقيقة الأمر ينبغي أن نلتفت إلى أن القصيدة كوحدة واحدة ليست إلا وصفاً متتابعاً لمظاهر القلق تلك، وأن صوت الماء المتسرّب هو المرجع الذي اعتمد عليه الشاعر في استحضار تلك المظاهر، إلّا أن صوت الماء لا علاقة له بالإحساس بالتوتر أو الهدوء. الأمر كله نابع من داخل الشاعر، ولعل تفكيره بالعمى، وعن العلاقة بين الكتابة والارتجال والنشر السريع باعتبارها مظاهر دالة على طبائع العصر، هو المصدر الحقيقي للقلق.

إن ما يبعث الخوف في نفس الشاعر، ويثير قلقه، هو ذلك الإيقاع المتسارع للحياة المعاصرة، الإيقاع الذي لا يعطيه فرصة للتأمل في نفسه وفي حياته، وبالطبع لا يعطيه فرصة للاستمتاع بكل ما حقق الإنسان المعاصر من تقدّم. فإذا كان الإنسان المعاصر حقق الرقيّ الحضاري الذي ينعكس في كل وسائل الراحة الحديثة، فإن هذه الوسائل نفسها – الماء المتسرّب من الحنفية في القصيدة – هي نفسها التي شتّتت ذهن الإنسان وصرفته عن نفسه، ونزعت عنه هدوءه.

نحن إذن أمام سياق عام للتوتر، داخله الإحساس بالغربة، والإحساس بالخوف والوحدة، ولعله هو السياق الذي يعبر عن الحياة المعاصرة كلها، أي عن غربة الإنسان وأزمته، على الرغم مما حققه أو يحققه من مظاهر مادية للرقي وللحضارة.

2 - المعرفة الخلفية (Background Knowledge):

1.2 المعرفة الخلفية – المفهوم والتصوّر:

المعرفة الخلفية هي البناء الخفي للمعلومات في الذهن. وهو بناء ينمو ويتشكل

«من خلال ملاحظاتنا وتصوراتنا عن الأشياء والعالم الخارجي،..... ولا يمكن لواصف اللغة الإحاطة به»[157]. أو هي تمثيلات المعرفة التي تتّسم بأنها منظمة وثابتة في الذهن كوحدة واحدة[158].

وقد تم التعبير عن هذه التمثيلات بواسطة مجموعة من المصطلحات المستعارة من علم النفس والذكاء الاصطناعي، مثل: الخطاطة، والمدونة، والسيناريو، والأطر. وهي في مجموعها مصطلحات تشير إلى المعنى نفسه؛ أي الكيفية التي يتم بها ترتيب المعلومات في ذهن المتلقي[159]. وحسب هذه المصطلحات، تفترض اللسانيات النّصية أن القارئ عند مواجهته للنصّ يسحب من ذاكرته المعلومات المناسبة لفهم وتأويل النّص الذي يواجهه[160].

ومن هنا، يمكن أن يُفهم من هذه المصطلحات أن المقصود بالمعرفة الخلفية، تلك المعرفة أو المعلومات الخاصة التي تساعد متلقي النّص في عملية الفهم والتأويل، عن طريق ما يلتقطه من إشارات دلالية في النّص.

وهنا تتّضح وظيفة المتلقي في فهم النّص وتأويله؛ إذ إن القارئ من هذا المنظور يعدّ شريكاً للكاتب في عمليّة إنتاج النّص، «وهو شريك مشروع، لأن النّص لم يكتب إلا من أجله»[161]. وتتّضح مثل هذا الوظيفة في النّص الأدبي خاصة؛ إذ إن القارئ «يختار من المخزون الهائل من المعلومات ما يلائم معلقة طُرفة [مثالاً] أو جزءاً منها»[162].

ولذلك، يُقرأ النّص الأدبي، «في ضوء معرفتنا الخلفية لعالمه كآلية من آليات انسجام الخطاب؛ إذ تُشكِل أرضية هامة للدخول من خلالها إلى عالم القصيدة، لتشكيل الخطاب وإنتاجه، وذلك بالاعتماد على ثقافة المتلقي وأدواته المعرفية، وما لديه من قدرة على التصور الذهني للأشياء»[163].

وإذا كان دي بوجراند (DeBeaugrande)، اعتمد على هذه المفاهيم الخاصة بعملية تكوين المعرفة الخلفية، في تصنيف النّصوص إلى وصفيّة وسرديّة

وحجاجيّة[164]، فقد لاحظ دارسو الأدب أن النّص الأدبي خاصة يجمع بين هذه النماذج المختلفة «التي تتضمن خليطاً من الوصف والسرد والحجاج، مما يدعو إلى البحث عن معيار آخر للتمييز»[165].

وهذا المعيار الآخر وجده الباحثون في التّناص الذي اكتسب أهمية بالغة في الغرب، نظراً لما يقدّمه من فهم أفضل لعمليّة الخلق الأدبي[166]. والتّناص في أدنى تعريفاته: «فسيفساء من نصوص أخرى أدمجت فيه بتقنيات مختلفة»[167]. ومعنى ذلك أن القارئ يستعين بتأثيرات النّصوص الأخرى في النّص الذي يواجه – باعتبارها عمليّة تناص – أثناء عمليّة الفهم والتأويل، إلى جانب ما يظهر في النّص أيضاً من آثار الرموز واستراتيجيات التشفير الدلالي الأخرى[168].

على أننا يجب أن ننتبه إلى أن مسألة المعرفة الخلفية لا تتعلق بقارئ النّص وحده؛ أي المتلقي، فهي تتعلق أيضاً بالكاتب الذي ينشئ النّص، «فأساس إنتاج أي نصّ هو معرفة صاحبه للعالم، وهذه المعرفة هي ركيزة تأويل النّص من قبل المتلقي أيضاً»[169]. ومن هنا، يمكن أن يتصوّر الباحث نوعية المعرفة الخلفية التي يمكن أن يتعامل معها القارئ عند مواجهته للنصّ الأدبي، فهي بإيجاز كل ما يعتقده الكاتب والقارئ عن عمليات إنشاء النّص وإنتاجه، متضمّنة التقاليد الفنيّة التي تحكم الإنتاج والتلقي.

2.2 المعرفة الخلفية في الشعر الإماراتي الحديث:

المعرفة الخلفيّة تساعد في فكّ الشفرات الدلاليّة، والتي تنعكس في صورة دلالات تناصيّة ورموز فنيّة، تملأ الفجوات الدلاليّة في النّص الأدبي، على اعتبار أن هذا النّص بطبيعته يميل إلى صنع فجوات دلاليّة بينه وبين العالم، على النّحو الذي شرحه خطابي في العمليّات الخاصة بالاستدلال[170]. والهدف من ذلك أن يتعرّف القارئ إلى انسجام النّص عن طريقها، أي عن طريق تلك المعلومات التي يقوم النّص بتنشيطها عند عمليّة القراءة[171]. وهذه المعلومات

تتضمن حوار الكاتب مع نفسه ومع غيره من الكتّاب، كما تتضمن حوار النّص مع غيره من نصوص ومضامين ثقافية[172].

فإذا تأملنا في الشعر الإماراتي الحديث، فسوف نلاحظ بداية أن عمليات الحوار المشار إليها تتركز على الحوار الداخلي؛ أي حوار الشاعر مع نفسه. وهذا طبيعي بحكم أن الشعر عملية استبطان داخلي؛ يقرأ خلالها الشاعر ما يدور في نفسه من مشاعر وأفكار[173]. ويستثنى من ذلك تلك النماذج التي تعتمد على منطق الخطابة المباشر، حيث يتوجه الشاعر إلى جمهور محدد في عملية استنفار لمشاعر (الجمهور) عن طريق التشكيل العمودي على وجه الخصوص، باعتبار أن الشاعر في هذا النموذج ينطق بلسان قومه لا بلسان نفسه، متقمصاً صورة الشاعر الحكيم[174].

وهذا يعني أيضاً، أننا بإزاء نوعين من النّصوص، فيما يخص عملية تنشيط المعلومات التي يحتويها النّص: نصوص تعتمد على استدعاء نصوص أخرى بشكل مباشر. وهذا النوع من النّصوص يبدو أوضح في إشارته إلى النّصوص التي يحاورها، ومن هنا فهو أقرب إلى التأويل. والنوع الثاني، في هذا الشعر، قصائد بحكم كونها تعتمد على حوار الشاعر مع نفسه، فإنها تبدو أكثر تعقيداً من حيث اكتشاف وتحديد المعلومات التي يتم تنشيطها في بنيته الداخلية.

ويبقى السؤال: أيّاً كانت طبيعة النّص وطبيعة المعلومات التي ينشطها، فكيف أسهمت هذه المعلومات في انسجامه؟ والسؤال الأهم: كيف تحقق هذه النّصوص انسجامها؟ وبمعنى أوضح: ما هي السبل أو الوسائل التي اعتمد عليها الشعر الإماراتي الحديث في تحقيق انسجامه؟

3.2 سبل تحقيق الانسجام بواسطة المعرفة الخلفية:

التأمل في نصوص هذا الشعر تكشف عن سبيلين كبيرين لتحقيق الانسجام، الأول: يمكن أن نعتبره داخلياً، حيث تكتفي القصيدة بنفسها أو بتجربتها المباشرة

التي تنتمي إليها في عملية تحقيق الانسجام. والثاني: خارجي، تعتمد فيه القصائد على الامتداد والانتشار على مساحة أوسع من النّصوص والتجارب الموازية. وبالطبع، أنا هنا أتحدّث عن الانسجام الذي يتحقق عن طريق عملية تنشيط المعلومات التي يحملها هذا النّص أو ذاك. وبالتأكيد، فإن لهذه العملية اتّصالاً بالسياق الذي مرّ الحديث عنه في المبحث السابق، واتّصالاً بمبحث موضوع الخطاب الذي سيأتي الحديث عنه.

1.3.2 القصيدة المكتفية بنفسها:

في هذا النوع من النّصوص، تعتمد القصيدة على نفسها في تنشيط المعلومات اللازمة لفهم وتأويل تجربتها الخاصة، حيث تنقسم داخلياً إلى مجموعة مقاطع؛ يدلّ عليها التقسيم الشكلي لبنائها، سواء كان هذا التقسيم قائماً على التمييز الخطي بالنقاط أو المسافات المتباعدة، أو بالترقيم الداخلي في بعض الحالات، أو كان معتمداً على تغيير القافية التي تنتهي بها الأسطر الشعرية.

ويمثل هذا النوع قصيدة كريم معتوق: (حين يرتبك الفراغ من الزحام) [175]، ففيها يعتمد الشاعر على قدرة القصيدة اعلى لاكتفاء بنفسها في تفسير إشاراتها الدلاليّة. وتحديداً، فإن الشاعر في هذه القصيدة يقدّم في مطلعها إشارة مكثّفة لموضوعها، ثم يستأنف تفسير هذا الموضوع عن طريق مقاطع متتالية، ويختص كل مقطع منها بفهم وتأويل جزء من الإشارة الأولى المكثّفة، حيث يقول[176]:

«هو ليس هجراً إنما

لن نلتقي يوماً

ولن نرتاد أعصابَ الكلامْ

لم تدخلي غضبي

ولم أفتح صناديقَ انتقامي

لن أهيئ قبر قصتنا

لأقرأ فيه فاتحةً

وأقرئهُ السلامْ».

هذه رسالة وداع، يؤكد فيها الشاعر لمحبوبته أنهما لن يلتقيها مرةً أخرى، كما يؤكد أنه لا يشعر بالغضب، ولن ينتقم، بل ولن ينهي قصة حبه. وهذا عجيب، فعلى الرغم من أن الشاعر يفتتح قصيدته بالتأكيد على أنه لم يهجر تلك المحبوبة، فإنه يعود فيؤكد سريعاً أنهما لن يلتقيا مرة أخرى. ومع هذه التأكيدات المتوالية تظهر فراغات في الدلالة تحتاج إلى إجابات.

ومن تلك الفراغات التساؤل عن الفرق من وجهة نظر الشاعر بين الهجر وعدم اللقاء؟ وكذلك التساؤل عن الغضب الذي يعنيه الشاعر والانتقام الذي لم يفتح صناديقه؟ وكذا التساؤل عن عدم نهاية قصّة الحب على الرغم من عدم اللقاء؟

المقطع يثير عدداً من الأسئلة بقدر ما يقدم من تصورات «معرفة خلفية» جاهزة للمتلقي. فالمتلقي بعد قراءة هذا المقطع يعرف أن ثمة توتراً في علاقة الشاعر بمحبوبته، وهو ما نتج عنه انقطاع في تلك العلاقة، لكن أسباب الانقطاع، وتفسير الهجر والانتقام وسواهما من المواضع الدلاليّة الأخرى تبقى غائبة في هذا المقطع، ومن ثم ينبغي البحث عن ملء هذه الفجوات الدلاليّة، والاستدلال بما تقدمه مقاطع القصيدة الآتية لمعرفة ما قصده الشاعر من كل ذلك.

فإذا تأملنا في بقية القصيدة وجدناه يشير إشارات متوالية إلى أسباب القطيعة، وإلى ردود الأفعال التي ترتبت عليها، بداية من نهاية المقطع الثاني الذي يقول فيه[177]:

«لم تأذني ليَ بالعتابِ

ولم أقلْ إني أريدُ

وصدفةً أوصيتُ نسياني

وأوصيتُ الليالي أن تردَّكِ..

للأمامْ».

هذه نهاية المقطع الثاني من القصيدة، بعد أن أكد في أسطر طويلة أن الهجر لم يُفقده تماسكه، وأنه لم يبكِ، ولم يحزن... نحن إذن أمام انقلاب في ترتيب الأحداث، فوعيد الشاعر بعدم اللقاء كان في حقيقة الأمر رداً على هجر المحبوبة التي سبقت بالفراق. وهذا يفسر تمييز الشاعر بين الهجر وعدم اللقاء في المقطع الأول.

الشاعر يتمسك بنبل العشاق، تهجره حبيبته فيتمسك بحبها ولا يفقد الأمل، وهو يعرف أنها هي التي هجرته، وأنه لن يلتقيها. وحتى يخفف عن نفسه حدّة الموقف، يقول إنه هو الذي لن يلتقيها. يحاول بذلك أن يحفظ قلبه من الانهيار. لكن ما أسباب هذه القطيعة؟ يقدم المقطع طرفاً من الإجابة، كأنّما يحرص الشاعر على أن يحتفظ بتشويق القارئ وإثارة مخيلته. وعلى طريقة العرض السينمائي يقدّم ويؤخر في الأحداث، وبدلاً من الإجابة المباشرة، يذكر ردة فعل المحبوبة: «لم تأذني لي بالعتابِ، ولم أقل أني أريدُ».

أي إن هناك موقفاً يترتب عليه العتاب، فما ذلك الموقف؟ خاصة أن زمناً مضى على ذلك الموقف المجهول: «وصدفةً أوصيت نسياني، وأوصيت الليالي أن تردّكِ للأمامْ». يأتي المقطع الآتي ليقدم هذه الإجابة في صدارته[178]:

«الدارُ تلفظنا وآخرُ حفلةٍ في الدارِ

قلتُ أحبها

ورميتُ أثقالي وقلتُ تحبني

والغيم يرصدُ دفتري ماذا سأكتبُ

والسهام هي السهامْ

لم أستعرْ وداً من الغرباءِ

كانوا خيمةً كبرى

تطرِّزها النميمةُ

فاشتعلت مسافةٌ

حين اشتعلتِ قصيدةً سكرى

لتُجنبنا مواويل الغرامْ».

المفاجأة التي يقدّمها هذا المقطع أن قصّة الحب تلك ما لبثت أن انتهت بمجرد بدايتها، فحين صرّح الشاعر بحبه – في آخر لقاء بينهما – كانت تلك فيما يبدو المرة الأولى، وكان يظن أنها تبادله مشاعره: «قلتُ أحبها/ ورميت أثقالي، وقلتُ تحبني..». لكن المفاجأة الكبرى أن المحبوبة لا تبادله مشاعره، ولعلها بادلته، لكن الغرباء الذين شكلوا في اللقاء «خيمة كبرى» آخذين بالنميمة من كل طرف، أشعلوا المسافة بين الحبيبين، فوقعت الفرقة، وكان الهجر.

هذه بداية القصّة، وهذه هي حقيقتها، ولذلك، حين ينتهي الشاعر من سرد قصته (الشعرية) تلك، وبعد أن اكتملت عناصرها وتوضّحت أجزاؤها الغامضة، يصل إلى اللحظة الحاضرة، ليؤكد في الختام[(179)]:

«لم أخسرْ الدّنيا

فلا تستأثري بالنّصرِ

لا هجرانَ قلناها

وقد لا نلتقي يوماً

ولا نرتادُ أفئدةَ الكلامْ».

أي إنه خرج من تجربته تلك أقوى مما كان، وإن بقيَ على رأيه، فلا «هجران» لأن العلاقة بينهما لم تبدأ في الأصل، ولا كلام؛ لا عتاب، ولا آمال محبين تُنتظَر. والشاهد من كل ذلك، أن القصيدة استطاعت تحقيق انسجامها عن طريق توظيف المعرفة الخلفية في تقسيم المعلومات وتوزيعها على كامل النّص الشعري بطريقة العرض السينمائي، فحققت بذلك اكتفاءها الذّاتي في معرفة تلك المعلومات التي نشطتها الفراغات الدلاليّة المختلفة، وأصبح كل مقطع يجيب عن جزء من التساؤلات التي قد تصادف قارئ النّص. وربما وَجد قارئ آخر غير تلك الدلالات، وربما فسّر الإشارات على أنحاء تختلف عما قدمته في تأويلها، لكن أي قراءة جديدة لا بد لها أن تضع في تقديرها ما تصنعه المقاطع المختلفة في القصيدة من شبكة دلاليّة واحدة متصلة.

2.3.2 النّص يقرأ نفسه:

في هذا النموذج، نحن بإزاء تجربة كاملة، تنتشر بطول ديوان واحد، تتساند قصائده مع بعضها بعضاً. ومعنى ذلك أن التجربة في هذا النموذج تتخذ مساحة أكبر من حيث تنشيط المعلومات القابلة للتأويل.

لكن اللافت أيضاً، أن مثل هذا النموذج يأتي على صورتين، صورة تكتفي فيها التجربة بالانتشار عبر مساحة الديوان الواحد، دون أن تحتاج إلى تنشيط أي معلومات خارجه. والصورة الثانية، هي صورة التجربة التي لا تكتفي بنفسها، فتمتدّ إلى خارجه مستدعية نصوصاً أخرى، أو مضامين ثقافيّة أخرى، أي إن التجربة هنا تدخل على نحو مباشر إلى منطقة التّناص.

واللافت أيضاً أن نسبة لا بأس بها من دواوين الشعر الإماراتي الحديث تميل إلى اتباع الصورة الأولى، على غرار تجارب كريم معتوق في ديوانه (طفولة)، وإبراهيم محمد إبراهيم في ديوانه (صحوة الورق)، وديوان إبراهيم الملا (صحراء في السلال). أما الصورة الثانية لهذا النموذج فتبدو أقل من حيث الوجود في تجارب الشعر الإماراتي الحديث.

ويبدو أن مرجع ذلك إلى تحميله بدرجة عالية من الترميز والثقافة، بما يعني أنه يتميّز بدرجة عالية من التعقيد الدلالي، كما يحتاج إلى درجة عالية من الوعي بآليات التأويل. ويمثل هذا النموذج ديوانا عارف الخاجة (علي بن المسك التهامي يفاجئ قاتليه)، وقصيدة (لك النجاة) المهداة لأمل دنقل.

1.2.3.2 الانتشار بحدود مساحة الديوان:

ديوان إبراهيم محمد إبراهيم (صحوة الورق)، يمثل نموذج التجربة التي تنتشر بطول الديوان، حيث يمكن أن نلاحظ أن قصائد الشاعر تتضمن إشارات عدّة إلى الواقع الثقافي الذي يعيشه الشاعر، ما بين غربة ذاتيّة، وغربة ماديّة، نتيجة ما يعيشه الوطن العربي من أحداث مؤلمة.

ولذلك فقد يكون من العسير تفسير القصيدة الواحدة بالتركيز على إشاراتها وحدها؛ إذ إن هذه الإشارات لا تقدّم التفسير الكافي لما يعنيه الشاعر. وعلى سبيل المثال، في قصيدته (صحوة الورق)[180]، وهي القصيدة الافتتاحية في الديوان، نجد أن القصيدة تبدأ بهذا المقطع[181]:

«حلمٌ تجلّى كالنَّدى،

في صَحوة الورقِ

أواهُ من نوم العيون على القَذى

أواهُ يا أرقي

لِما تعثَّرتِ الخُطى بتفرّقِ الطرقِ

تَعِبَ التطامُ الموجِ

من بأسي ومن غَرقي».

فالمقطع يبدأ بكلمة «الحلم». وهو لفظ قد يثير في النفس تجربة رومانسية يعيشها الشاعر، خاصة أنها تقترن بالنّدى: «حلُمٌ تجلّى كالنَّدى». ولذلك، فقد يتجه التأويل إلى فهم القصيدة في ضوء معنى عام؛ هو فرح الشاعر بالتجربة نفسها، أي تجربة الشاعر. لكن المقطع التابع لهذا المقطع مباشرة، يحمل إشارة مناقضة، ويحيل إلى معنى مختلف؛ هو الإحساس بالغربة؛ إذ يقول(182):

«بكتِ العيونُ معي،

على ميلادِها فرحاً، فأمطرتِ السماءُ

تبشّر الآتينَ من أقصى بلادِ القهرِ بالعَبراتِ

فَأنخْتُ راحِلَتي

وكلَّ مآربي.. في روْضةٍ خضراءَ

تحكي للحيارى قصَّةَ الآتينَ

من ثَغْرِ الصباحِ الآتي».

وهذا يعني أن الفرح الذي سماه الشاعر في أول القصيدة «حلماً» إنما هو الفرح بالعودة إلى الوطن. وهو ما يتأكد في المقطع الثالث من القصيدة، حيث يقول(183):

«يا ظُلمةَ الأمسِ الكئيبِ تبدَّدي

قد آنَ أنْ أَحْيا بُزوغَ نَهاري

وأرى وِشاحَ الياسمينِ على الرُّبى

وأعي حديثَ النورِ للنوّارِ

وأرى بلادي

حرّةً بين الطيورِ، كطفلةٍ سمراءَ

خضّبها الربيعُ بِحلَّةِ الأَزهارِ

تجري..

فيسبقُها الفراشُ إلى المروجِ

وتنثني نحو الغديرِ؛

تُثيرُ صفوَ الماءِ بالأحجارِ».

ومعنى ذلك أن القصيدة تنشّط في ذهن قارئها المعلومات الخاصة بالغربة، سواء أكانت داخلية؛ يشعر بها الشاعر في ذاته، أم ماديّة خارجيّة، نتيجة عوامل أخرى كالسفر مثلاً، أو المعاناة من ظروف ضاغطة. وهذا ما يشير إليه المقطع الأخير في القصيدة، حيث يقول(184):

«فلقد رحلتُ،

وفي فؤادي لهفةٌ للعودِ،

لكنني رحلتُ

وما عجبتُ لقسوتي وعنادي

إني رحلتُ إلى بلادٍ

تستريحُ على رُباها خَيمتي، ودفاتِري، ومِدادي

فوجدتُ أنّ أَحِبّتي رَحَلُوا معي

ووجدتُ في تلكَ البلادِ

بِلادي».

والحقيقة أن مثل هذا الختام يثير اضطراباً في عملية التأويل، لأن الدلالة المباشرة تعني أن الشاعر غادر وطنه لأسباب تتعلق بمعاناته الشخصيّة. ولذلك فهو حين غادر موطنه حمل معه بلاده وأصدقاءه، وكأنه لم يرحل، أي إن تجربة القصيدة تتعلق بالغربة والسفر، وليس العودة، على نحو ما أشارت بعض مقاطعها. وهنا يثير السؤال: لماذا الغربة؟ وما دواعي السفر؟

والإجابة تقدّمها القصائد الأخرى في الديوان؛ إذ تحمل كل قصيدة إشارة إلى تلك الأسباب. ومنها ما تشير إليه قصيدته (تلك الحكاية)[185]:

«قبلَ اضطرامِ النارِ

بالجثثِ المليئة بالشَّجنْ

قبل اختناق البحرِ

في رئةِ الزمنْ

قبل انتحارِ الناقلاتِ

على سفافيدِ الحمايةْ

قبل اجتماعاتِ الدعايةْ

قبل اضطراباتِ اليمن

كنَّا،

وحتى اليوم هذا لا نزالُ

بمسرحِ الأحداثِ آيةْ».

ومثل ذلك ما يقدمه في قصيدته (أمسية عند قارعة الطريق)، حيث يقول[186]:

«ألقيتُ أشعاري..

وألقى كل ذي فنّ فُنونهْ

حِقَبُ الزمانِ بخاطري،

وعلى تَضاريس الجَبينِ مرصّعٌ تعبُ السفرْ

وجميعنا في سُنّةِ التاريخِ متهمٌ بإغراقِ السفينةْ

تَعِبَ اليراعُ من التّسَكُّعِ بين عوراتِ المدينةْ

....

....

عبثاً نقاتلْ

لا مجيرَ اليوم من وهجِ الحريقِ سوى الحريقْ

فاحملْ يراعَكَ والدفاترَ يا صديقي

وامضِ بعدي

إنّني ماضٍ إلى ذاكَ البريقْ..

لنقيمَ أمسيةَ الكرامةِ

عند قارعةِ الطريقْ..».

المشكلة إذن ليست في الإحساس بالغربة فحسب، ولا في الاضطرار إلى الرحيل، المشكلة في الإحساس بالمهانة نتيجة ما يعيشه الوطن العربي من أحداث.

وهو ما تجلّى بأقصى درجات السخرية في قصيدته (قمة)، حيث يقول[187]:

«القمةُ تَتْبَعها قِمهْ

والأُخرى تعقِبُها قِمّهْ

ورقابُ الأحرارِ جسورٌ

ما بين القمّةِ والقمهْ

والأملُ الباردُ ملتهبٌ

مضطربٌ في قلبِ الأمهْ

....

....

لا يبدو للنّصرِ سبيلٌ

وبُنود الغيرةِ قَد حُذِفَتْ

من جدولِ أعمالِ القمّهْ».

ومعنى ذلك أن الشاعر نسج تجربته الشعرية كلها في هذا الديوان حول ما يعيشه الوطن العربي من اضطرابات، تعوق تقدّمه، وتنعكس على نفوس أبنائه في صورة إحساس بالمهانة والغربة. وهو ما يظهر في الإشارات المتعددة لتلك القصائد، كما يظهر في كلمات تتكرر على نحو واضح، مثل الكلمات: اضطراب، مضطرب، رحيل، سفر، الدّرب.. إلخ.

وكل هذه الإشارات تجاوبت مع بعضها في صنع التجربة الكليّة للديوان. وكما ظهر من نماذجه، فالقصائد كلها تشير إلى بعضها بعضاً، وإشاراتها تفسّر نفسها بالرجوع إلى مشابهها في المواضع المختلفة من الديوان. ومن هنا،

استطاع الشاعر عن طريق إسناد القصائد إلى بعضها بعضاً تحقيق الانسجام المطلوب في تجربته، كما يستطيع القارئ فهم إشاراتها وتفسيرها بالاعتماد على الإسناد نفسه، وقراءة التجربة في ضوء أجزائها المختلفة.

وهذا ما نلقاه في تجارب مماثلة، كما في تجربة كريم معتوق في ديوانه (طفولة 1992)[188]، حيث اعتمد على التقنية نفسها حين بنى قصائد الديوان على تجربة الطفولة، وجعل من جملته المركزية المتكررة: «حين كنا في الصغر» مفتتحاً لهذه القصائد، بل وختم بها بعض قصائده التي سماها «لوحات»، في إشارة أخرى واضحة إلى اعتماد القصائد على بعضها بعضاً في تنشيط المعلومات وسد الفجوات الدلاليّة المطلوبة لفهم التجربة وتفسيرها.

2.2.3.2 الانتشار خارج حدود النّص الشعري:

وعلى خلاف النموذج السابق، فإن بعض تجارب الشعر الإماراتي الحديث تعتمد في تحقيق انسجامها وتنشيط المعلومات على الانتشار خارج حدود النّص الشعري، ذلك أن الإسناد الداخلي لتنشيط المعلومات لا يكفي لملء الفجوات الدلاليّة الناتجة عن عملية تنشيط المعلومات في ذهن المتلقي. ومن هنا تحتاج المعرفة الخلفيّة إلى مصدر إضافي لإكمال الصورة الكليّة لما تحويه من معلومات.

وهذا يدخل بالتجربة مباشرة في منحى التّناص مع مضامين ثقافيّة متعددة. ومن أبرز النماذج الشعرية المبنية على هذه الطريقة، قصيدة عارف الخاجة (إليك النجاة)، وهي القصيدة التي يهديها إلى أمل دنقل، الشاعر المصري المعروف. والقصيدة تشير في كثير من مقاطعها إلى أعمال دنقل، ومنها قوله في صدارة القصيدة[189]:

«منارةَ الحظِ ويا طَعْمَ النخيلْ

يا نجمتي في سهري الطويلْ».

فهذا المطلع تحديداً يشير إلى قول أمل دنقل في قصيدته (نجمة السراب)[190]:

«صديقتي شدّت على يدي

وقالت: لن أزور غرفتكْ

إن شئتَ فلنبق معاً إلى الأبدْ

ولم أردْ

لأن ثوب العرس – في معارض الأزياءْ

نجمة تدور في سرابْ».

ثم يقول عارف الخاجة[191]:

«كل الذي تبقى

من لحظة الحصادِ

لبسته جمراً على ذنوبي

فكيف قيصر الصبا

يودّع الأماسي؟».

وهذا يشير أيضاً إلى واحدة من أشهر قصائد أمل دنقل: كلمات سبارتكوس الأخيرة، حيث يقول[192]:

«في شارع الإسكندر الأكبرْ

لا تخجلوا.. ولترفعوا عيونكم إليّ

لأنكم معلّقون إلى جانبي.. على مشانق القيصرْ

فلترفعوا عيونكم إليّ

لربما إذا التقت عيونكم بالموت في عينيّ

يبتسم الفناء داخلي.. لأنكم رفعتم رأسكم مرة!».

وهكذا يستمر الحوار بين الشاعر ورمزه الذي يستعيد ذكراه ويستعيد مواقفه المشهورة في معارضة كل أشكال القهر والتسلط. وهو ما يستدعي من القارئ أن يعود إلى أعمال أمل دنقل وسيرته ليفهم ما تعنيه تلك الإشارات المتوالية في القصيدة النموذج. وكل الظن أن القارئ سيجد كثيراً من المتعة وهو يوائم بين الطرفين المتحاورين، ليكتشف إشارات الشاعر.

وهي إشارات ليس الغرض منها فحسب استدعاء شعر أمل دنقل بكل ما فيه من خصائص جمالية، وإنما القصد الأساسي أن يكشف الشاعر – عارف الخاجة – عن مشاعره الخاصة وأفكاره التي تشارك أمل دنقل في أصولها، أي في البحث عن حرية الإنسان وتمجيد كفاحه نحو إثبات جدارته، ومن ثم يمكن فهم وتأويل قول الشاعر(193):

«كل الذي تبقى

من لحظة الحصادِ

لبسته جمراً على ذنوبي

......

يا سيّدي..

ما القوم عادوا آهةً

تكرّ بيننا

ما الفجر عاد مركباً

تسير نحو الدار شوقاً قبلنا

هل كان بينهم وبيننا تناقض؟

هل كان بين العشق والعشاق

فَصْلٌ للجيوش؟

....

يا سيّدي

تضاجع الفراقْ

وعندما ترتعد القلوب

تجرح من قداستي

وتحكم الوثاقْ

يا سيد النخل ويا رب البحار

أراك كُلَّ طاقتي

لك النجاةُ

لك النجاةُ

من بعد أن عمّ الدمارْ...».

وهذا يجعل القارئ يدرك مباشرة أن الشاعر يشكو إحساسه بالأسى لما تمر به بلادنا العربية. وهو فهم مبني على تجربة أمل دنقل التي مجدت العروبة ورفعت شعارها في كل شعره[194]. لكن الأهم هنا، أن هذا الإحساس هو إحساس الشاعر المعاصر.كما تحقق القصيدة انسجامها بالتجاوب مع صوت أمل دنقل

في طرف، وصوت الشاعر في الطرف المقابل، وأصوات القرّاء الذين يقرؤون الشاعرين، ويتابعون الحوار المتبادل بينهما.

3.3.2 النّص الشفَّاف:

النّص الشفاف هو ذلك النّص الذي يبدو في ظاهره غير محتاج إلى تأويل، فلغته قريبة، ومعانيه متداولة، وموضوعه واحد من موضوعات حياتنا اليومية. لذلك فهو شفاف، يغري القارئ بتجاوز إشاراته، لكن هذا القارئ ما يلبث أن يدرك الخدعة؛ إذ تظل كلمات النّص عالقة في ذهنه، وتظل معانيها تتردّد في صدره. ومن ثم يعود إلى التساؤل حول ما قرأ، ثم يعيد القراءة. وهكذا في كل مرة يدرك أن النّص أثار شيئاً، وأن المعرفة الخلفيّة التي تكمن في أعماق دلالته تمثّل الجسر الأساسي للتواصل بينهما.

هكذا يمكن أن نقرأ قصيدة (سيرة طريق) لمريم جمعة عبد الله، القصيدة التي تمتلئ بالإشارات، فالنّص يشير إلى أبعد مما يقول، على نحو ما تقول[195]:

«الطريق الذي توارى خلف حرقة الشجونْ

احترّته النوافذْ

ووهبت له ستائر العزلة

حين تداعت مسافاته وَهَنَا

سكنته رهبة الريحْ

صارَ يحتضنُ أزهار خطواتٍ غاربةْ

وضباب حزنه – باتساع نبضهِ – يمتدّ».

هذا هو المقطع الأول من ثلاثة مقاطع تكوّن القصيدة. وفي كل مقطع منها تضيف الشاعرة تفصيلاً صغيراً يبيّن حالة الطريق المشار إليه:

«تبعثرَ حلم وصوله

وتفاصيل العابرين التي اضمحلّت أخذت معها شغف رؤاه

تدارى بعيداً

وحيداً

وأطرافه تقرضُ رملَ عمرهِ».

الطريق إذن – يمكن أن نقول – غريب أو عابر سبيل، مسافر طال به السفر، ويحلم بالعودة إلى دياره، لكنّه فيما يبدو، كلما اقترب من تلك العودة باعدت بينه وبين حلمه الأيام والعوائق. ولذلك كما تقول الشاعرة في المقطع الأخير:

«بعد أن تشظّى قلبه بين جبل وسماء وغيم

حاول أن يرسم خريطته بفاجعة فَقْد

مرتبكة اتجاهاتهُ

مشوّشةٌ ذاكرتهُ

سرابه ممعنٌ في أمنيةٍ صغيرة

كم

تمنى

لو

خلع

ثوب غوايتهِ».

ولذلك، استسلم الطريق المسكين لقدر غربته، ورسم «خريطته بفاجعة

فقد». نحن إذن أمام سيرة شعرية، لشخصية ما، اسمها الطريق. والشاعرة تختم القصيدة بقولها:

«مسكين ذلك الطريق

ضيّع بوصلتهُ».

أي إنها تؤكد حالة الضياع والتيه التي يعيشها ذلك الطريق. وقد يكتفي القارئ بهذه المعلومات، وقد يراها ممتعة؛ إذ تعرّف إلى مأساة «طريق» من الطرق، ومن ثم يغلق دفتيّ الديوان وينصرف إلى شأنه. لكن، هل فعلاً انتهت القراءة! أكبر الظن أن القارئ الحصيف المتمرّس بالقراءة سيسأل نفسه بضعة أسئلة، أقلها: من ذلك الطريق؟ وهل هو فعلاً طريق؟ أم إنه رمز لصاحبه – صاحب الطريق.

وأيّاً يكن التقدير، فالأكيد أن ذلك القارئ لن يطمئن للحكاية التي ترويها الشاعرة، ولن يكتفي بمعرفة أن ثمة طريقاً ضل سبيله. ولا بد أن يسأل أو أن يفترض أن الطريق يرمز لرجل ما، ذلك أن الطريق في عرف اللغة مذكر، فهو إذن رجل. والشاعرة تروي عنه ما تعرفه، لتبرّر موقفاً ما. فهل كانت الشاعرة تعرفه؟ هل تحكي عن صديق ما! حبيب ما! أم تحكي عن ذاتها، عن اختياراتها! الاختيارات التي ضلّت سبيلها!؟

أحسب أن كل هذه الاحتمالات واردة، وأحسب أن التفكير فيها سيشبع قليلاً نهم القارئ للمعرفة، وستكون كافية ليفهم أن الطريق ليس هو الطريق بالضرورة، وأنه قد يكون الإنسان بمعناه العام، وقد يكون رفيقاً للذات الشاعرة، وقد يكون الذّات الشاعرة نفسها، أو يكون اختياراتها الضالة. وفي كل الأحوال نحن أمام صورة رمزية، متماسكة أطرافها، منسجمة في لغتها «توارى، ستائر العزلة، مسافاته... إلخ»، قادرة على تكوين «حكاية كلية» لكنها من المرونة بما يسمح للقارئ أن يضيف إليها من عنده التفاصيل التي يراها مناسبة لإحكام «القصة».

هذا على الرغم من بساطة التركيب، وقرب اللغة والحكاية والموضوع. فالشفافيّة التي قُدّم بها النّص هي التي جعلته بهذا العمق الخادع، وجعلته في الآن نفسه منسجماً مع ذاته ومع موضوعه، منسجماً مبنى ومعنى، روحاً وشكلاً.

3 - البنيـة الكليّـة (Macro – structure) وموضـوع الخطـاب (Topic of discourse):

1.3 مفهوم وطبيعة البنية الكليّة وموضوع الخطاب:

تعدّ البنية الكليّة من العناصر الأساسية في تحقيق الانسجام الدلالي للنّص؛ ذلك أن كل نصّ يفترض لتحقيقه وجود «أبنية نصيّة ذات طابع شموليّ هي التي تُسمّى أبنية كبرى،.. ذات صبغة دلاليّة،.. وترتبط هذه البنى الكبرى بالقضايا المعبّر عنها بجمل النّص بواسطة ما يُسمّى بالقواعد الكبرى، فهذه القواعد تحدد ما هو الأكثر جوهريّة في مضمون نصّ متناول ككل»[196]. وهذا المضمون يظهر «في أرجاء النّص كلها»[197].

وخلاصة القول في ذلك، «إن لكل خطاب بنية كليّة ترتبط بها أجزاء الخطاب، وإن القارئ يصل إلى هذه البنية الكليّة عبر عمليات متنوّعة، تشترك كلها في سمة الاختزال، على أن البنية الكليّة ليست شيئاً معطى، حتى وإن كانت هناك بيّنات متنوّعة أو مؤشرات على وجود هذه البنية، وإنما هي مفهوم مجرد (حدسي) به تتجلّى كليّة الخطاب ووحدته»[198].

فإذا كانت البنية الكليّة بهذا الشكل من التجريد، واكتشافها يعتمد على حدس القارئ ومهارته في إدراك التكوين الكلي للنصّ، فكيف يمكن الكشف عنها؟ هذا ما أجاب عنه محمد خطابي في تناوله لهذا الموضوع، وبه تتجلى العلاقة بين مفهوم البنية الكليّة ومفهوم آخر شديد الالتصاق به، هو «موضوع الخطاب». يقول خطابي: «تعد البنية الكليّة افتراضاً يحتاج إلى وسيلة ملموسة توضحه

وتجعله مقبولاً كمفهوم، وقد وجد ديك أن مفهوم موضوع الخطاب هو هذه الوسيلة»[199]. فما المقصود بموضوع الخطاب؟

موضوع النّص أو الخطاب هو «الفكرة الأساسية والرئيسة في النّص التي تتضمن معلومة المحتوى الهامّة المحدِّدة للبناء في كامل النّص بشكل مركز ومجرّد»[200]. ومعنى ذلك أن موضوع الخطاب، مثله مثل البنية الكليّة، هو في حقيقته «بنية دلاليّة بواسطتها يتم وصف انسجام الخطاب، وبالتالي يُعدّ أداة إجرائية حدسية، بها تقارب البنية الكليّة للخطاب»[201].

ومن هنا، إذا كان موضوع الخطاب «ليس إلا أداة عملية لمقاربة بنية أكثر تجريداً هي البنية الكليّة»[202]، فإن البنية الكليّة للنصّ «ترتبط بموضوعه الكلي؛ إذ تتجلّى في ضوئها تلك الكفاءة الجوهريّة لمتكلم ما، والتي تسمح له بأن يجيب عن سؤال مثل: عمّ كان الكلام؟ أو ماذا كان هدف هذا الحوار؟ حتى بالنسبة لنصوص طويلة معقدة. هذه الكفاءة في استنتاج الموضوعات ووصف أهداف النّص أو تقديم ملخصات له هي التي تسهم في كشف أبنيته»[203].

وإذا كانت وظيفة موضوع الخطاب هي أن يختزل ويصنف الإخبار الدلالي للمتتاليات ككل[204] فهذا يعني أن وصف مفهوم موضوع الخطاب ومفهوم البنية الكليّة متطابقان، فكلاهما تمثيل دلالي من نوع ما، «إما لقضية من القضايا، أو لمجموعة من القضايا، أو لخطاب بأكمله»[205]. والفرق بينهما يكمن في أن «تأسيس البنية الكليّة يتم عبر عمليات أساسها الحذف والاختزال، بينما موضوع الخطاب يُستخلص عن طريق رصد مجموعة من الجمل التي تخص هذا الموضوع»[206].

على أن عمليّات الحذف والاستخلاص تلك لا يكفي فيها الحدس وحده، ولا إدراك القارئ؛ خاصة في النّص الأدبي، فالنّص الشعري «كل معقد مركب»[207]، ولا بد لإدراك بنيته الكليّة وتحديد موضوعه من النظر إليه في كليّته[208]؛ ومراعاة طبيعته التي تعتمد على مراكمة عناصره الصوتيّة

والمعجميّة والدلاليّة[209]. ويعني هذا حدسياً، «أن تناولنا للجمل وللترابطات فيما بينها منقول إلى القيمة الشاملة التي تغدو المبدأ الأول المنظم للنصّ في هذا المستوى الدلالي»[210].

ويترجم هذا عملياً عند قراءة النّص الأدبي وإدراك محتوياته إلى: العنوان، والتغريض، والجملة الأولى، والكلمات المفاتيح. فكل واحد من هذه العناصر له وظيفة أساسية في إدراك موضوع الخطاب، ومن ثم بنيته الكليّة. فالخطاب ينتظم «في شكل متتاليات من الجمل، متدرجة من البداية حتى النهاية»[211]. ومن ثم، يبدأ تحليل النّص، «من معرفة الموضوع الأساسي الذي يعالجه النّص»[212].

وهذه المعرفة تبدأ بملاحظة عنوان النّص، «فعن طريق العنوان تتجلى جوانب أساسيّة أو مجموعة من الدلالات المركزية للنصّ الأدبي»[213]. والوضع نفسه بالنسبة إلى الجملة الأولى، «فالاستهلال يحتل مكانة بارزة من حيث أهميته من ناحية، ومن حيث علاقته ببقية أجزاء النّص»[214]، والجملة الأولى في أي نصّ «تمثّل معلماً تقوم عليه سائر مكوناتها»[215]. ويضاف إلى ذلك الكلمات المفاتيح وكل العناصر التكريرية التي تشير إلى موضوع النّص وتحدد بنيته الكبرى[216].

2.3 مؤشـــرات البنية الكليّة وموضوع الخطاب في الشـــعر الإماراتي الحديث:

وبناء على ما سبق، يبرز السؤال: كيف يمكن تحديد البنية الكليّة في إطار علاقتها بموضوع الخطاب؟ وبمَ يتميزان؟ والسؤال الأهم: بمَ يتميّز كل من البنية الكليّة وموضوع الخطاب في الشعر الإماراتي الحديث؟

أما عن السؤال الأول، فأظن أن في إشارات الباحثين السابقة عن ارتباط كل من البنية الكليّة وموضوع الخطاب بالعنوان وبالجملة الأولى في النّص، إضافة إلى التغريض والكلمات المفاتيح، عناصر يتحدد بها الكشف عن موضوع

الخطاب. وهو نفسه – أي موضوع الخطاب – يقود إلى تحديد البنية الكليّة، على اعتبار أن كليهما وجهان لحقيقة واحدة في النّص، هذا إذا ما أخذنا بالفصل بينهما. أما إذا اعتبرناهما – كما فعل خطابي[217] – شيئاً واحداً، فلن يحتاج البحث إلى الفصل بينهما في عملية التحديد، وسيكون موضوع الخطاب هو عينه البنية الكليّة للنصّ.

لكنني سأبدأ بتعيين بعض الملاحظات التي تعين على التحديد المبدئي لأبرز مظاهر البنية الكليّة في الشعر الإماراتي الحديث.

1 – بالنسبة إلى موضوع الخطاب، يمكن أن نلاحظ أن أكثر موضوعات الشعر الإماراتي الحديث تنعكس عن طريق (السياق) الذي تم بحثه من قبل. وهذا طبيعي؛ إذ إن السياق نفسه مؤشر أساسي من مؤشرات موضوع الخطاب وبنيته الكليّة[218]. وهذا يعني أن موضوعات الخطاب المتوقعة في هذا الشعر تنحصر بين العناصر السياقيّة الخمسة التي تمّ تحديدها من قبل؛ أي سياق مجد الشاعر ومجد الوطن، سياق المجد العربي، سياق اللحظة الحاضرة للرجل/ الشاعر المأزوم، سياق اللحظة الحاضرة للأنثى في مقابل الرجل، سياق غربة الذّات الشاعرة (الرجل والمرأة معاً).

وهذه السياقات الخمسة يمكن أن نلخصها في ضوء موضوعاتها العامة؛ أي مجد الشاعر ومجد الوطن، والإحساس بالغربة للشاعر المعاصر، وشهرزاد المعاصرة التي تعبّر بمواقفها (الشعرية) عن قضايا الصراع بينها وبين الرجل. ومن ثم، يمكن أن نعتبر هذه السياقات/ الموضوعات مداخل عامة لقصائد الشعر الإماراتي الحديث؛ أي يمكن النظر إلى موضوع القصيدة في ضوء واحد من هذه المداخل المحتملة.

2 – أما بالنسبة إلى عناوين هذه القصائد، فمن الملاحظ أن نسبة كبيرة من هذه العناوين ترتبط بموضوع قصائدها؛ إذ إن هذه العناوين تعمل بوصفها مرايا

كاشفة لما يليها من كلمات، أي دالةً بمعنى ما على ما يليها. وهو ما يظهر – مثالاً – في قصيدة عارف الخاجة (لك النجاة)[219]، أو على نحو ما يظهر في قصيدة مريم جمعة عبد الله (سيرة طريق)[220].

3 – وبالنسبة إلى التغريض، يتعلق بالارتباط الوثيق بين ما يدور في الخطاب/ النّص وأجزائه، وبين عنوان الخطاب[221] فإن نسبة كبيرة من هذه القصائد، تدل على موضوعها عن طريق اعتماد ألفاظها على الارتباط (بمجال دلالي محدد)، عن طريق (قائمة موحدة من الألفاظ) الدالة على مفاهيم معجمية واحدة أو متقاربة، كما تدل على موضوعها عن طريق اقتران كل المراجع الدلاليّة والشكلية – الإحالة بأنواعها – بمصدر واحد أو عنصر واحد، على نحو ما يظهر – مثالاً – في قصيدة عارف الخاجة الطويلة (علي بن المسك التهامي يفاجئ قاتليه)[222].

4 – ويرتبط بهذا التغريض، كما يرتبط بالعنوان، تلك الكلمات المفاتيح؛ الكلمات التي تؤدي وظيفة محورية في الإشارة إلى موضوعها، على نحو ما يظهر في قصيدة محمد إبراهيم (صحوة الورق)، حيث تؤدي كلمة «بلادي» وظيفة محورية في الكشف عن موضوع القصيدة[223].

5 – ومثل التغريض في تلك الجملة الأولى في هذه القصائد، فهي دالّة في مكانها، وترتبط بما بعدها، وتشير إلى الموضوع، على نحو ما يظهر في ديوان كريم معتوق (طفولة)، فمنذ الكلمة الأولى في الديوان، إلى آخر كلمة فيه، يدور الحوار (الشعريّ) كله حول الجملة المركزية في الديوان (حين كنا في الصغر) [224].

وبطبيعة الحال، فإن تحديد موضوع القصيدة، ومن ثم بنيتها الكليّة يحتاج إلى ملاحظة وظيفة كل هذه العناصر في صناعة الإطار العام لكليهما، وصولاً إلى الوقوف على الطرق أو الأشكال الرئيسة التي يتحقق بها الانسجام في الشعر الإماراتي الحديث، عن طريق هذه العناصر مجتمعة، والتي تُعتبر مؤشرات أساسيّة لعمليّة الانسجام نفسها.

ومن ثم، فسأحاول قراءة هذه النماذج عن طريق فاعليّة هذه العناصر مجتمعة، في ضوء شكلها الأساسيّ أو نموذجها الفنيّ، وصولاً إلى تحديد موضوعها فبنيتها الكبرى.

3.3 تشــكيل القصيدة وفاعليّة عناصر الانسجام في تشكيل الموضوع والبنية الكليّة:

1.3.3 البنية المقطعية للقصيدة – غربة الذّات الشاعرة:

في هذا النموذج، تعتمد القصيدة على تقسيم أساسي لبنيتها، يتّخذ شكل المقاطع القصيرة. وهو التشكيل الذي يتخذ صورتين: صورة تنقسم فيها القصيدة نفسها إلى مقاطع، مقرونة بترقيم داخلي للمقاطع، أو بفواصل طباعية تتّخذ شكل النقاط أو الفراغ الطباعي. وهذا ما يظهر خاصة في ديوان مريم جمعة عبد الله (مبهورة بضوء). والصورة الثانية، تكون فيه القصيدة نفسها بحجم مقطع متوسط الطول، مقرونة بعنوان يميّزها عن غيرها. وهذا يتضح في ديوان إبراهيم الملا (صحراء في السلال).

وللتمييز بين الصورتين، يمكن أن نسمّي الصورة الأولى البنية المقطعية المتصلة، والثاني: البنية المقطعية المنفصلة. على أن نلاحظ أن في الصورتين لهذه البنية المقطعية، الارتباط الشديد بين عنوان القصيدة ومقطعها. فالعنوان في مثل هذه القصائد يعمل بوصفه مرايا كاشفة لموضوع القصيدة.

1.1.3.3 البنية المقطعية المتصلة:

وهو ما يمثله نموذج القصائد في ديوان مريم جمعة عبد الله (مبهورة بضوء). فقصائد الديوان جميعاً، تشترك في هذا التقسيم الداخلي للقصائد على صورة مقاطع مرقمة، يجمعها عنوان القصيدة الرئيس. ولو لاحظنا هذه العناوين

في علاقتها بموضوع القصيدة، فسوف نلاحظ أيضاً الدلالة المباشرة على الموضوع؛ خاصة أن الموضوع العام لقصائد الديوان، يكاد ينحصر في علاقة الذّات الشاعرة بالتجربة الشعرية من ناحية، وعلى إحساس الذّات الشاعرة بالاغتراب في الناحية المقابلة. وهو ما يمكن تمثيله في الجدول الآتي:

م	القصيدة	الموضوع
1	**حكاية مدى**	**تصوير رمزي لحياة الذّات الشاعرة وغربتها**
2	**حين تمر الفكرة**	**التجربة الشعرية و(غربة الذّات الشاعرة)**
3	**خلف أبجدية شهية**	**التجربة الشعرية و(غربة الذّات الشاعرة)**
4	**سيدي الشعر**	**التجربة الشعرية و(غربة الذّات الشاعرة)**
5	**سيرة طريق**	**تصوير رمزي لحياة الذّات الشاعرة وغربتها**
6	**على مدارج روحي**	**تصوير رمزي لحياة الذّات الشاعرة وغربتها**
7	**في بعد آخر**	**تصوير رمزي لحياة الذّات الشاعرة وغربتها**

واللافت فعلاً في هذه القصائد اشتراكها في عنصرين أساسيين: التصوير الرمزي للتجربة الشعرية، بما في ذلك الحديث عن الشعر نفسه. والتصوير الرمزي لحياة الـذّات الشاعرة وغربتها. هذا إضافة إلى التقسيم المقطعي، والعنونة الدالة على موضوع التجربة. بما يعني، أن الشاعرة – صاحبة التجربة – وهي تكتب هذه القصائد، كان لديها نموذج ذهني لتشكيل التجربة؛ جعل القصائد كلها تتشارك في قواسمها الأساسية المميّزة.

وهذا ما يتأكد مع ملاحظة اشتراك هذه المقاطع في فكرتها الرئيسة، بل واشتراكها في ألفاظها التي تعدّ مؤشراً داخلياً دالاً على الموضوع، بما يجعلها – أي الألفاظ – مفاتيح. الأمر الذي يجعل من تماسك هذه القصائد – على مستوى الديوان كله – قوياً إلى الدرجة التي يمكن معها اقتطاع أجزاء من هذه المقاطع ووضعها إلى جوار بعضها بعضاً، بما يؤلّف قصيدة موازية لقصائد الديوان.

وهذا التماسك يظهر حين نبحث في كل قصيدة عن المقطع الدال؛ المقطع الذي يتصل بغيره من مقاطع القصائد الأخرى. ففي قصيدتها (حكاية مدى) تقول[225]:

«(1)

على الحافة

مدى غارق في زرقة

مستغرقٌ في خضرة فارهة

فضاءات جذلى

مسترسلة في حب الشمس

(9)

مسكينة تلك الغيمة الوحيدة البعيدة

لم تفطن لها الحشائش وهي تُودع ضفائر الشمس

(10)

صوتُ المطر

وعود صغيرة.. صغيرة»

ويمكن أن نلاحظ هنا أن العنوان منذ البداية أثار توقعاً عن (حكاية)، وهذه الحكاية عن أفق مفتوح: (مدى). وكأن الشاعرة بهذا العنوان تهيئ قارئها لاستقبال ما ترويه عن علاقتها بعالم الشعر من ناحية، وعالمها الأنثوي الخالص. ولذلك، فمنذ البداية، فاجأتنا القصيدة بجملتها المركزيّة، في المقطع الأول: «على الحافة/ مدى غارق في زرقة/ مستغرق في خضرة فارهة/ فضاءات جذلى/ مسترسلة في حب الشمس».

وهذه الجملة المركزية – الجملة التي تمثل المقطع الأول من القصيدة – تشمل في داخلها مجموعة من الألفاظ التي تشير إلى غيرها من المقاطع في القصائد الأخرى، ومن هذه الألفاظ: المدى، الزرقة، الخضرة، السماء، الغيم، والشمس. وهذه الألفاظ نراها في قصائد تالية: «حين تمر الفكرة» في مثل قولها[226]:

«حين تمر الفكرة

ألوذ بثنايا الغيم

أستقصي أرض الزرقة

أذيب لهفتي عند لجة سماء وعنفوان بحر

أنشغل بالتلاشي

بالحدِّ الفاصلِ بينهما».

وهنا يمكن أن نلاحظ أن الزّرقة انتقلت من السماء إلى الأرض، فشكّلت خطاً جامعاً بين الأرض والسماء، وقد علقت الذّات الشاعرة – كما تقول – في الحدّ الفاصل بين الأرض والسماء، أو بين الواقع والخيال، بين التوتر والاستقرار. وهو توتر طبيعيّ بالنسبة إلى ذات شاعرة تبحث عن الفكرة الهاربة. وهو ما يظهر واضحاً في قصيدتها المركزيّة في الديوان (سيدي الشعر)، حيث تصرح في المقطع الثالث بأنها عالقة، وجلة على أبواب الصمت، في حكاية متصلة لعلاقتها بعالم الشعر[227]:

«حكاياتي معك لم تُروَ

تقف وجلة على أبواب الصمت».

ولذلك، تختم قصيدتها بهذا التضرّع الحار للشعر[228]:

«سيّدي الشعر

افتح لي باباً

مدايَ قفصٌ

وسماؤك رحابة».

ويمكن أن نستمر مع بقية قصائد الديوان لنتأكد من صحة انتشار هذه الألفاظ في بقية القصائد، لكني أعتقد أن النماذج السابقة دالة بما فيه الكفاية، لكن المهم في ذلك دلالة هذه العناصر على طبيعة البنية الكليّة فيها. فالكلمات المفاتيح من ناحية، والعنوان من ناحية أخرى، دالة على الموضوع: التجربة الشعريّة وغربة الذّات الشاعرة.

وكلها: الكلمات المفاتيح، العنوان، والموضوع، دال على طبيعة البنية في هذه القصائد؛ إذ تبدو هذه العناصر السابقة كالوحدة المركزيّة التي تنفجر في كل مكان، وتنتشر لتُكون القصائد في الديوان. وهذا نفسه ما يتأكد في الصورة الثانية من هذه البنية؛ صورة المقاطع المنفصلة.

2.1.3.3 البنية المقطعية المنفصلة:

في هذا النموذج، يتكون الديوان في صورة قصائد مقطعية؛ أي إن كل قصيدة بنفسها تمثّل مقطعاً. ومجموع المقاطع/ القصائد يكوّن تجربة الديوان. وهذا ما يمثله ديوان إبراهيم الملا (صحراء في السلال). ولذلك فقصائد الديوان قصيرة نسبياً؛ لا تزيد في حجمها على صفحة، أو صفحة وبضع صفحة.

ومع ذلك، فسوف نلاحظ أيضاً ارتباط المقاطع/ القصائد ببعضها بعضاً، عن طريق الكلمات المفاتيح، والعنونة الدالة. أما الجملة الأولى في هذه المقاطع/ القصائد فهي دالة على تجربة قصيدتها المقطعية، وهذا ما يمكن ملاحظته أيضاً عن طريق عناوين هذه القصائد، على النّحو الآتي:

م	عنوان القصيدة	موضوع القصيدة	موضوع التجربة
1	هجرة	عزلة الذّات الشاعرة	غربة الذّات الشاعرة
2	بيت	فراغ البيت من ساكنيه وعزلة الذّات الشاعرة	غربة الذّات الشاعرة
3	ذكرى	ذكريات الذّات الشاعرة	غربة الذّات الشاعرة
4	بخار	تأمل اللحظة الحاضرة / فجراً	غربة الذّات الشاعرة
5	أرق	تأمل اللحظة الحاضرة / ليلاً	غربة الذّات الشاعرة
6	عتمة	تأمل لحظة الليل	غربة الذّات الشاعرة
7	سفر	فراق المحبوبة وذكراها	غربة الذّات الشاعرة
8	الدهليز	تأمل اللحظة الحاضرة	غربة الذّات الشاعرة
9	الغريب	غربة النفس	غربة الذّات الشاعرة
10	زوال	تأمل حياة الإنسان	غربة الذّات الشاعرة
11	عودة	فراق المحبوبة وذكراها	غربة الذّات الشاعرة
12	مهنة	فراق المحبوبة وذكراها	غربة الذّات الشاعرة

واللافت في هذه العناوين كونها قصيرة جداً – كلمة واحدة – ؛ كأنها تدل بحجمها على قصيدتها المقطعيّة، وكلها أيضاً يشمل معنى الغربة والفراق والتأمل في اللحظة الحاضرة وذكرى الراحلين، بمن فيهم المحبوبة المفارقة.

كذلك نلاحظ أن القصائد كلها – على الرغم من وضوحها الظاهري – فإنها تعتمد على الرمز، يقترن باستحضار مفردات الحياة اليوميّة. وبوجه عام يمكن أن نلاحظ أن هذه القصائد تدور حول موضوعين: تأمل اللحظة الحاضرة. والثانية، ذكرى المحبوبة المفارقة. وكلا الموضوعين يرتبط بغربة الذّات الشاعرة في هذا العالم. وكمثال على ذلك يمكن أن نقرأ قصيدته الأولى في هذه القصائد باعتبارها الجملة الأولى في الديوان، لنرى تردّد صداها في بقية قصائد الديوان. وعلى ذلك يقول في قصيدته (هجرة)[229]:

«إذ ربما

نسيتهم

وتركتَ الحجر

يرتعشُ في عزلته

ربما تركتَ الساحر

يرتعُ في الذهول

ربما ذكرى عصفور

قَتَلْتَه بغيابك

بمشاغلك أيضاً

وأنتَ تسرّح البراري

والموسيقا

وهذيان الحب

ربما بقلبٍ فارغٍ كما الليل

ستترك لهم حزناً

يشبه جنازات

في الفجرْ».

فضلاً عن العنوان (هجرة) الدال على المفارقة والغربة، تبدأ القصيدة بجملة غريبة في تكوينها: «إذ ربما نسيتهم...»، فهي تبدأ بظرف، بعده حرف دال

على الاحتمال: «ربما». وهما معاً دالان على التفسير لأمر قبلهما. بما يعني أن هذه البداية تبدو كما لو كانت استئنافاً على قول سابق. أما القول السابق، فهو محصور في كلمة: «هجرة». أي كأنه قال: هاجرت لأن كذا وكذا، ثم يستأنف القول معطياً بمزيدٍ من التفسير.

وهذا التفسير يؤكد فكرة الهجرة والاغتراب: «نسيتهم وتركت لهم الحجر..، تركت الساحر يرتع..، ربما ذكرى عصفور..، ستترك لهم حزناً..». المسألة إذن في هجرة معنوية ومادية، ربما أُضطرت لها الذّات الشاعرة. ولنلاحظ فكرة ومضمون الغياب والذكرى والسفر والتأمل الذي يتردد في هذه القصيدة. وهو ما يظهر في القصائد الآتية على نحو أكثر وضوحاً، كأنما هو تأكيد لما ورد في افتتاحية الديوان/ القصيدة، ومن ذلك قوله في:

• قصيدة (بَيْت):

«البيت ممتلئ بك

البيت الذي يشبه معبد المجوسِ

سوف يتذكرك

كلما هبّتْ رائحتك

على العتبةْ»[230].

....

• (قصيدة ذِكْرَى)

«الينبوع الذي تدفّئنا بهِ

على خشب السموات

الينبوع الذي سرقنا

من اليقظة

والظلال التي وزّعتنا في الجهات

خارج البيوت

وقرص الخبز الذي يشبه القمر

خارج الحبّ والحساء الدافئ»[231].

....

• (قصيدة أَرَقْ)

«في الصمتِ الأخف

من الوهمِ

ضيف وحيدٌ كانَ يدقُّ أبوابنا

ذلك الذي نسميه: الأرق الذهبيّ»[232].

.....

• (قصيدة سَفَرْ)

«تركنا بيتاً حزيناً على الساحل

واشتقنا لوردةٍ أضاعت في أفريقيا»[233].

وهذه المقاطع المختلفة من قصائد الديوان، تدور في معناها العام على الهجرة والاغتراب وتذكر اللحظة الماضية، وتأمل اللحظة الحاضرة. ولعل كلمة «أفريقيا» في المقطع الأخير دالة على التّرحال الذي أخذ الشاعر بعيداً عن

الأهل والوطن، لكن المهم في ذلك أن هذه المقاطع بألفاظها ودلالاتها في القصائد المختلفة، تدلّ على أن ثمة عالماً واحداً تنطلق منه، هو عالم تجربة الديوان؛ تجربة الغربة والسفر.

كما أن الفكرة المركزية/ الموضوع في الديوان، تدل على الإحساس بالغربة. وقد انعكست هذه الفكرة المركزيّة في صورة تنتشر في كل قصيدة. وتكشف عن جانب من بنيتها وتفسّر موضوعها، بألفاظها المنبئة عنها، وبعناوينها الدالة على طبيعتها.

2.3.3 بنية المسرح المفتوح:

في هذا النموذج، يعتمد تشكيل القصيدة على ترميز موضوعها بصورة مباشرة، في صورة أقرب إلى مسرحة العالم الشعري. وهذا الترميز يبدأ من العنوان نفسه، وهو ما يمثله ديوان إبراهيم محمد إبراهيم (صحوة الورق). وهذه الصورة يظهر فيها التشاؤم المقترن برؤية سوداوية للعالم، تعبّر عن ضجر الشاعر من العالم واليأس من إصلاحه.

يعتمد هذا النموذج على الشكل المسرحي في بناء القصيدة، لكنه يميل إلى شكل الملهاة[234] فيها، حتى يحقق ما يمكن اعتباره سخرية من الواقع. ولذلك تُعدّ القصائد في هذا النموذج كما لو كانت مشاهد منفصلة/ متصلة، وكما أشرت، يمثّل هذا النوع ديوان إبراهيم محمد إبراهيم (صحوة الورق)، فهو مكرس لنقد هذا الواقع والسخرية منه، بداية من الإهداء: «إلى كل الغرباء في أوطانهم... هذه المجموعة»[235].

وهو ما يعني أن الشاعر منذ البداية يملك تصميماً معيناً لقصائد الديوان، كما يوجه خطابه الشعري إلى قارئ بعينه: الغرباء في أوطانهم. وهو ما يتأكد بما يسميه الشاعر – بعد الإهداء مباشرة – تقديم، حيث يقول[236]:

نتألَّـمُ فـي ليـلِ المِحَـنْ ونذوبُ على سفحِ الزَّمَنِ

نَنْسـابُ لحونـاً مُرْهَفَـةً مـا بيـنَ المِلَّـةِ والوَطَنِ

غنينا فـي الصَّحْـوِ وقُلنا وكتبْنا في عينِ الوَسَـنِ

منْ أرضِ الغبـراءِ عَدَوْنَا بالحرفِ إلى قلـبِ اليمنِ

وخرجْنا من قَفَـصِ الدُّنْيا كخروجِ الروحِ من البَدَنِ

نَشـدو فنشـيّدُ تاريخـاً ونجوبُ الأرضَ بلا سكنِ

وصوت الشاعر هنا، هو صوت الجماعة لا صوت الذّات الشاعرة، صوت الراوي الذي يحكي هذا التاريخ، لكن فكرة التقديم نفسها التي يضعها الشاعر عنواناً للقصيدة – وكما ذكرت بعد الإهداء مباشرة – يجعلنا أمام راوٍ مسرحيّ، وعنوان الديوان (صحوة الورق).

وهذه الملهاة، يروي لنا فصولها الشاعر/ الراوي في كل القصائد الآتية؛ منتقياً مشاهد دالة على مأساوية الواقع والسخرية منه في آن واحد، بداية من المفتتح – القصيدة الأولى – حيث يقول[237]:

«حُلمٌ تجلّى كالنَّدى

في صحوةِ الوَرقِ

أواهُ من نومِ العيونِ على القَذى

أواهُ يا أرقي

لما تعثّرت الخُطى بتفرّقِ الطرقِ

تَعِبَ التطامُ الموجِ

من بأسي، ومن غرقي».

وهو تقديم شعريّ يشير إلى إحساس الأسى الذي يعانيه الشاعر الراوي. فما هو السبب في ذلك؟ يأتي الجواب في آخر القصيدة، حيث يقول[238]:

«إني رحلتُ إلى بلادٍ

تستريحُ على رُباها خَيمتي، ودفاتِري، ومِدادي

فوجدتُ أنَّ أحِبّتي رَحَلُوا معي

ووجدتُ في تلك البلادِ

بِلادي».

ولنلحظ هنا حضور «الخيمة» باستحضارها لأجواء القبيلة والصحراء العربية، ومن ثم تتوالى فصول الملهاة/ المأساة في هذه المسرحية، حيث يبدأ استحضار فصول الرحلة بداية من القصيدة التي تليها، في تلك الحكاية[239]:

«قبلَ اضطرامِ النارِ

بالجُثثِ المليئةِ بالشَّجنْ

قبل اختناقِ البحرِ

في رئةِ الزمنْ

قبل اجتماعاتِ الدعايةْ

قبل اضطراباتِ اليمنْ

كنّا،

وحتى اليوم هذا لا نزالُ

بمسرحِ الأحداثِ آيةْ

هَدفاً يجرّبُ صبيةُ الخِنزيرِ

في أعراضِنا فَنَّ الرمايةْ

تلك الحكايةُ، في البدايةِ

والنهايةُ

في البدايهْ..».

ونلاحظ هنا أمرين: استحضار الشاعر المباشر للواقع العربي بصراعاته المختلفة حول الثروات الطبيعية والسيادة في محيط الخليج العربي واليمن، ثم انتقاله مباشرة إلى أكبر القضايا العربية الراهنة المتمثّلة في المأساة الفلسطينيّة. ولذلك، يستخلص الشاعر الحكمة من كل هذه الأحداث في قوله البليغ: «تلك الحكاية في البداية، والنهاية في البداية» مشيراً إلى تكرر الأحداث، دون أن نتعلّم منها شيئاً. ولذلك فموقفنا السلبيّ هذا، هو الذي يقود – كما يقول – إلى النهاية، أي نهايتنا نحن.

ولذلك ينتقل الشاعر بفصول ملهاته إلى محطة جديدة، لكنه يقف فيها عند موقف الشاعر/ الراوي نفسه، حيث يقول في قصيدة (أمسية عند قارعةِ الطريق) [(240)]:

«ألقيتُ أشعاري..

وألقى كلُّ ذي فنّ فنونهْ

حقبُ الزمانِ بخاطري

وعلى تَضاريسِ الجَبينِ، مرصّعٌ تعبُ السَّفرْ

وجَميعُنا في سُنَّةِ التاريخِ متّهمٌ بإغراقِ السّفينةْ

....

....

آه لو تَدرين يا غبراءُ، كيفَ نُلملِمُ التّقْوى

ونَقْتَبسُ الضّياءَ من السّحرْ

خَبَتِ الحماسةُ في المحابرِ والقصائدُ تنتحرْ

....

....

لا مجيرَ اليوم من وهجِ الحريقِ، سوى الحريقْ

فاحملْ يراعَكَ والدفاترَ يا صديقي

وامضِ بعدي..

إنّني ماضٍ إلى ذاكَ البريقْ

لنقيمَ أمسيةَ الكرامةِ..

عند قارعةِ الطريقْ..».

الشاعر يئس من قومه ومما يفعلونه، كما يئس من قدرة قصائده وقصائد كل الشعراء على إثارة الحماسة في نفوس صانعي القرار. ولذلك، فقد قرر أن يأخذ جانباً لمراقبة الأحداث، وهو يرى أصحاب القرار يجتمعون المرة بعد المرة، فلا يصلون لأي جديد، ولا شيء يتغيّر[241]:

«القمةُ تَتْبعها قِمّهْ

والأُخرى تعقِبُها قِمّهْ

ورقابُ الأحرارِ جسورٌ

ما بين القمّةِ والقمهْ

والأملُ الباردُ ملتهبٌ

مضطربٌ في قلبِ الأُمهْ

فمتى تنصهرُ الغُمّهْ

ومتى تنبعثُ الهِمةْ

لا يبدو للنصّرِ سبيلٌ

وبُنود الغيرةِ قَد حُذِفتْ

من جدولِ أعمالِ القمهْ».

نستطيع القول إننا أمام تقرير مفصل لأحوال الأمة. وهو تقرير – حسب وصف الشاعر – لا تسر تفاصيله، ولا تتغيّر وتيرة أحداثه، لكن المهم في التقرير هذا/ موضوع القصائد – الديوان، أن الشاعر صاغه في صورة مسرحية، تميل إلى الملهاة الخالصة، بنبرتها الساخرة مرة، ومرة تميل إلى الأسى حزناً على مأساوية الحدث الفاجع في حياة الأمة. وهو حدث متكرر، لا يعلم إلّا الله تعالى، متى تنزاح غمّته.

3.3.3 بنية القصيدة المغلقة:

كذلك من التنويعات الأساسية التي يتّخذها موضوع الخطاب وارتباطه بالبنية الكليّة في الشعر الإماراتي الحديث، ما يمكن اعتباره بنية القصيدة المغلقة، حيث تبدو القصيدة كما لو كانت عالماً مستقلاً؛ لا ترتبط بما قبلها، ولا بما بعدها. وإنما تكتفي بكونها قولاً شعرياً يتجاوب مع الأحوال النفسيّة للشاعر، فتعبّر عن أفكاره، وتتأثر بموقفه من فكرة الشعر نفسها. أما السمات

العامة التي يمكن أن تكون مشتركة بينها وبين غيرها من القصائد، فهي لا تتجاوز فكرة القول الشعري نفسه، وكونها بنية مغلقة بسبب الالتزام بحدود هذا القول الشعري.

وعلى ذلك، نجد في الشعر الإماراتي الحديث قصائد تعبّر عن ذاتية صاحبها، بحسب الأحوال النفسية التي تعتريه. وهي أحوال تقترن في غالبها بالتعبير عن غربة الشاعر في هذا العالم، أو تعبّر عن الصراع بين عالم الرجل وعالم الأنثى.

1.3.3.3 القصيدة تلتفّ على نفسها:

في هذا النموذج، تعبّر القصيدة عن صاحبها تعبيراً ذاتياً؛ تستجلي أحلامه، وتعبّر عن مواقفه من العالم. ويستوي في ذلك أن يكون الشاعر رجلاً أو يكون أنثى، لكن القصيدة في مثل هذه الحالة، تتأثر بشخصية صاحبها؛ رجلاً أو أنثى، أي إن تعبيرها يخضع لطبيعة التكوين النفسي في رؤية العالم، لدى كل من الرجل والأنثى في ذلك. أما صوت الرجل، فيمكن أن نراه في قول حبيب الصايغ عن العائلة(242):

«آه لو تمضي سنوات العمر

وأنا غافلٌ أو نائم

آه لو تمضي سنوات العمر

وأنا لاهٍ عنها بجمع الطوابع

وحلّ الكلمات المتقاطعة

آه لو أستطيعُ أن أزيح ركام السنواتِ

عن أهداب عينيّ

وأصل سريعاً إلى غدٍ سحيق

أجلسُ فيه جنب الموقدِ

وحولي عددٌ من أحفادي

بينما الأحفاد الآخرون

منهمكون في جمعِ المزيد من الأغصانِ»

هذه هي القصيدة من أولها إلى آخرها، لم يقل فيها الشاعر شيئاً كثيراً عن نفسه، سوى أنه يتمنى أن تمضي به سنوات العمر ليصل إلى لحظة النهاية؛ متمتّعاً بما يتمتّع به الرجال في أواخر أعمارهم: النوم، الغفلة، جمع الطوابع وحل الكلمات المتقاطعة، ومشاكسة الأحفاد، لكننا من هذه الإشارات القليلة نستطيع أن (نخمّن) الحالة النفسية للشاعر في لحظته الحاضرة، فهو ضجر من الحياة ومن نفسه، يعاني كما يعاني غيره من الناس.

إلا أننا لا نستطيع أن نقرر وجه معاناته، فقد تركها الشاعر غامضة، ويمكننا أن نختار ما نشاء من أوجه المعاناة لنتصوّر أنها سبب في ما يشعر به الشاعر. وهذه في الحقيقة سمات القصيدة المعاصرة، من حيث الاعتماد على اللحظة الذّاتية العابرة، واللغة البسيطة الموحية، وتعدد أوجه التأويل المحتملة. أي إن الشاعر اختار لبنية قصيدته تقاليد القصيدة المعاصرة بكل تجلّياتها الممكنة[243].

ولذلك، فالقصيدة تتسم بهذا الحجم المحدود، وربما لا تهتم بحشد ظواهر البلاغة للتعبير عن شاعرها. ولنلاحظ هنا، أن القصيدة تعبّر عن لسان حال (الرجل)، تتبع شؤونه، وتصف شواغله المعتادة للرجال. أما القصيدة التي تنتمي إلى الشاعرات، فهي تعبّر عن شواغل النساء، وتتبّع شؤونهن، وإن بقيت ملتزمة بالتقاليد الفنية للقصيدة المعاصرة، على نحو ما يظهر في قصيدة صالحة عبيد غابش (إليك قهوتي)، حيث تقول[244]:

«من أين جئت

كيف مزّقت يداك خيمتي

وكيف صارَ العشبُ من حولي

شاطئاً من ياسمين

كيف قلبتَ صفحة اللغات كلها

ثم اقتحمتَ أبجديّتي

ترمي بأحجارِ المفاجأة

وحدتي المعلّقة

بين انحناءات النخيل

تكسرُ الربابةَ الحزينة

وتبعثُ الحداءَ في عباءات الظعينة

ما زلتُ يا رفيقي

واحدة من النساء

يخرجن من خيامهن في حذر

خوفاً من المدينة المعبأة

بالرمل والأفواه والظنون

واندهاشة الحضر..

يا حادياً تردّد بين الرحيل في حدائهِ

إليك قهوتي

ضياء وجه امرأةٍ يلتفّ في دخانها

يخطّ مرّها ملامحي

أخلِ مضاربي.. وأبقِ لي خيوطاً

لعلّني أنظم فوق خيمتي التي استبحتها

ستائر الرجز

وموقدي المحفوفُ بالشتاء ينتظر

أن تتنحى خطوتاك عن مسار القافلة

يا حاديّ الرحيلِ

ما زلت قرب موقد الشتاء أنتظر..».

ما الذي تقوله الشاعرة؟ إنها بالتأكيد تناقش وضع المرأة العربية في مجتمع مثقل بالتقاليد الاجتماعية التي تفصل بين الرجال والنساء، على الرغم من التقدم الكبير الذي حققته هذه المجتمعات، وعلى الرغم من الثقافة الكبيرة التي حققتها المرأة في هذه المجتمع. ولذلك يمكن أن نلمح إشارات كثيرة إلى حقيقة هذه الأوضاع: «ما زلت يا رفيقي/ واحدة من النساء/ يخرجن من خيامهن في حذر/ خوفاً من المدينة المعبأة/ بالرمل والأفواه والظنون/ واندهاشة الحضر..».

هذا هو الوضع العام للمرأة في المجتمع، أما الشاعرة نفسها باعتبارها واحدة من النساء فيه، فهي بالتأكيد مثقفة: «كيف قلبت صفحة اللغات كلها/ ثم اقتحمت أبجديّتي»، لكنها تشعر بمرارة المرأة: «إليك وجهتي/ ضياء وجه امرأة يلتفّ في دخانها/ يخطّ مرها ملامحي». ومع هذه الثقافة والمرارة فإنها تظل محتفظة

بخيط الوصل بينها وبين الرجل الذي يقودها في هذا المجتمع: «يا حادياً تردّد الرحيل في حدائهِ».

ولذلك، يظل الصراع بين الرجل والمرأة في هذه الأوضاع، بين إيجاب وسلب. وما يمكن أن نتتبعه من إشارات ومواقف للذات الشاعرة في هذه القصيدة، فإنها تبقى في إطار التعبير الذّاتي عن مواقف الذّات الشاعرة نفسها، ضمن تقاليد القصيدة المعاصرة، ولذلك تظل القصيدة ملتفة على نفسها؛ أي قابلة للتأويل في حدود ما تسمح به ثقافة القارئ من تأويلات، لكنها في الأخير، لا تعبّر إلا عن نفسها، ولا تهتم إلا باللحظة الشعرية لصاحبتها.

الفصل الثالث:

خلاصة ظواهر الانسجام في الشعر الإماراتي الحديث

1 - السياق في الشعر الإماراتي الحديث:

تعتمد القصيدة الإماراتية الحديثة على التقاليد الفنية نفسها التي تعتمد عليها القصيدة العربية في كل مكان من الوطن العربي[245]؛ إذ ارتبط المضمون في هذه القصيدة بالقضايا الوطنيّة والقوميّة التي تعكس مواقف تدلّ على حب الوطن من جهة، كما ارتبط بالمعاناة الذّاتية للشاعر الإماراتي بحسب تجربة كل شاعر في هذه القصيدة[246]. أما لغة هذا الشعر فهي بعيدة عن الابتذال والحشو، وهي محمّلة بالإيجاز والتكثيف، إضافة إلى الحيوية والإبداع بالرمز[247].

ومما سبق، يمكن القول إن القصيدة الإماراتية المعاصرة تمثّل نموذجاً من القصيدة العربية المعاصرة، ومن هنا، فخصائصها ترتبط بخصائص القصيدة العربية المعاصرة. ومع ذلك، يبقى السياق بحاجة إلى تحديد، إذ إن كل الملامح السابقة هي في حقيقتها ملامح عامة، ولا بد من إيجاد محددات خاصة تميّز هذه القصائد من غيرها في التجربة العربية المعاصرة.

وبوجه عام، يمكن تحديد الأطر العامة التي تتحرك فيها سياقات الشعر الإماراتي خلال ملاحظة الموضوعات الأساسية والعنونة التي دارت حولها القصائد/ الدواوين في الشعر الإماراتي المعاصر. وهي أطر تعكس التنوع الموجود في تجربة الشعر الإماراتي المعاصر، ما بين الاعتماد على الموضوعات التقليدية ذات الحس الوطني.

وفي المقابل، نجد مجموعة أخرى من الشعراء يميلون إلى تناول الوضع

الراهن للأمة عن طريق انعكاس أوضاعها على ذات الشاعر/ة، ويبرز هنا الشعراء الرجال بمحاورتهم لهذا الواقع عن طريق رصد ملامحه اليومية اعتماداً على قصيدة النثر بما تتيحه من اشتباك مع هذا الحاضر اليومي.

أما الشاعرات، فالظاهرة الأبرز في تجاربهن أنهن يوظفن هذا الشعر للتعبير عن ذات الأنثى وإثبات حضورها في مقابل الرجل الذي يفرض حضوره عليهن. وهذا يعني أننا بإزاء مجموعة من السياقات التي تتحكم في تجارب الشعراء، باختلاف تجاربهم، وباختلاف النماذج الشعرية التي اعتمدوها لعرض هذه التجارب. وهذا التنوع يؤكد اتصال ماضي القصيدة الإماراتيّة بحاضرها، كما يؤكد اتصالها بتجربة الشعر العربي قديمه وحديثه. وهو ما يمكن إيجازه في الملامح الآتية:

1 – سياق مجد الشاعر ومجد الوطن.

2 – سياق المجد العربي.

3 – سياق اللحظة الحاضرة للرجل/ الشاعر المأزوم.

4 – سياق اللحظة الحاضرة للأنثى في مقابل الرجل.

5 – سياق غربة الذّات الشاعرة (الرجل والمرأة معاً).

ويمكن أن نلاحظ على السياقات السابقة أنها تعبّر تاريخياً عن تطور الشعر العربي، كما يمكن أن نلاحظ أن السياقين الثالث والرابع الخاصين بالشاعر (الرجل والمرأة) يتصلان اتصالاً وثيقاً بالسياق الخامس (غربة الذّات الشاعرة)، بل يمكن القول إن السياق الخامس متولّد عن السياقين الثالث والرابع. وما ينبغي تأكيده أن هذه الملامح العامة للسياقات الموجودة في الشعر الإماراتي المعاصر هي (اقتراحات عامة) تعتمد على صلة هذا الشعر بتجربة الشعر العربي، كما تعتمد على القراءة الشخصية لكل تجربة من تجارب هذا الشعر، وهي في الأخير

لا تنفصل عن بعضها بعضاً، فيمكن أن نجد لدى الشاعر الواحد أكثر من ملمح سياقي، كما أنها قابلة للامتداد على النّحو الذي لاحظه خطابي في بحثه السياق الشعري[248]. والأكيد أن هذه السياقات تترك أثرها في القصائد/ الدواوين التي تولّدت عنها.

2 - المعرفة الخلفية في الشعر الإماراتي الحديث:

المعرفة الخلفية تساعد في فكّ الشفرات الدلاليّة، والتي تنعكس في صورة دلالات تناصية ورموز فنيّة، تملأ الفجوات الدلاليّة في النّص الأدبي، على اعتبار أن هذا النّص بطبيعته يميل إلى صنع فجوات دلاليّة بينه وبين العالم، على النّحو الذي شرحه خطابي في العمليات الخاصة بالاستدلال[249].

والهدف من ذلك أن يتعرّف القارئ إلى انسجام النّص عن طريقها، أي عن طريق تلك المعلومات التي يقوم النّص بتنشيطها عند عملية القراءة[250]. وهذه المعلومات تتضمن حوار الكاتب مع نفسه ومع غيره من الكتّاب، كما تتضمن حوار النّص مع غيره من نصوص ومضامين ثقافيّة[251].

فإذا تأملنا في الشعر الإماراتي الحديث، فسنلاحظ بداية أن عمليات الحوار المشار إليها تتركز على الحوار الداخلي؛ أي حوار الشاعر مع نفسه، وهذا طبيعي بحكم أن الشعر عملية استبطان داخلي؛ يقرأ خلالها الشاعر ما يدور في نفسه من مشاعر وأفكار[252].

وهذا يعني أيضاً، أننا بإزاء نوعين من النّصوص، فيما يخص عملية تنشيط المعلومات التي يحتويها النّص: نصوص تعتمد على استدعاء نصوص أخرى بشكل مباشر. وهذا النوع من النّصوص يبدو أوضح في إشارته إلى النّصوص التي يحاورها، ومن هنا فهو أقرب إلى التأويل. والنوع الثاني، في هذا الشعر، قصائد بحكم كونها تعتمد على حوار الشاعر مع نفسه، فإنها تبدو أكثر تعقيداً من حيث اكتشاف وتحديد المعلومات التي يتم تنشيطها في بنيته الداخليّة.

وقد أسهمت هذه المعلومات في تحقيق انسجام الشعر الإماراتي الحديث عن طريق سبيلين كبيرين، الأول: يمكن أن نعتبره داخلياً، حيث تكتفي القصيدة بنفسها أو بتجربتها المباشرة التي تنتمي إليها في عملية تحقيق الانسجام. والثاني: خارجي، تعتمد فيه القصائد على الامتداد والانتشار على مساحة أوسع من النّصوص والتجارب الموازية.

وفي هذين السبيلين لتحقيق الانسجام، يمكن للباحث أن يلاحظ تنويعات داخليّة، منها ذلك الشكل الذي تبدو فيه القصيدة مكتفية بنفسها، حيث تعتمد على نفسها في تنشيط المعلومات اللازمة لفهم وتأويل تجربتها الخاصة، حيث تنقسم داخلياً إلى مجموعة مقاطع؛ يدل عليها التقسيم الشكلي لبنائها.

كذلك من هذه التنويعات ما يبدو فيه النّص قارئاً لنفسه، حيث يمثل النّص تجربة كاملة، تنتشر بطول ديوان واحد، تتساند قصائده مع بعضها بعضاً. ومن ثم، يأخذ النّص مساحة أكبر من حيث تنشيط المعلومات القابلة للتأويل.

واللافت في مثل هذا النموذج أنه يأتي على صورتين: صورة تكتفي فيها التجربة بالانتشار عبر مساحة الديوان الواحد، دون أن تحتاج إلى تنشيط أي معلومات خارجه. والصورة الثانية، هي صورة التجربة التي لا تكتفي بنفسها، فتمتد إلى خارجه مستدعية نصوصا أخرى، أو مضامين ثقافيّة أخرى، فتدخل التجربة على نحو مباشر إلى منطقة التّناص.

واللافت أيضاً أن نسبة لا بأس بها من دواوين الشعر الإماراتي الحديث تميل إلى اتباع الصورة الأولى، أما الصورة الثانية لهذا النموذج، فهي تبدو أقل من حيث الوجود في تجارب الشعر الإماراتي الحديث.

ويبدو أن مرجع ذلك إلى تحميله بدرجة عالية من الترميز والثقافة، بما يعني أنه يتميّز بدرجة عالية من التعقيد الدلالي، كما يحتاج إلى درجة عالية من الوعي بآليات التأويل.

كذلك من هذه التنويعات الداخلية التي يتّخذها الشعر الإماراتي الحديث في تحقيق انسجامه، ما يمكن تسميته: النّص الشفاف، وهو ذلك النّص الذي يبدو في ظاهره غير محتاج إلى تأويل، فلغته قريبة، ومعانيه متداولة، وموضوعه واحد من موضوعات حياتنا اليومية؛ لذلك فهو شفاف، يغري القارئ بتجاوز إشاراته، لكن هذا القارئ ما يلبث أن يدرك الخدعة؛ إذ تظل كلمات النّص عالقة في ذهنه، وتظل معانيها تتردّد في صدره، ومن ثم يعود إلى التساؤل حول ما قرأ، ثم يعيد القراءة. وهكذا في كل مرة يدرك أن النّص أثار شيئاً، وأن المعرفة الخلفية التي تكمن في أعماق دلالته تمثّل الجسر الأساسي للتواصل بينهما.

3 - البنية الكلية وموضوع الخطاب في الشعر الإماراتي الحديث:

بالنسبة إلى موضوع الخطاب، يمكن أن نلاحظ أن أكثر موضوعات الشعر الإماراتي الحديث تنعكس عن طريق (السياق) الذي تمت الإشارة إليه من قبل. وهذا طبيعي؛ إذ إن السياق نفسه مؤشر أساسي من مؤشرات موضوع الخطاب وبنيته الكليّة[253]. وهذا يعني أن موضوعات الخطاب المتوقعة في هذا الشعر تنحصر بين العناصر السياقية الخمسة التي تم تحديدها من قبل؛ أي سياق مجد الشاعر ومجد الوطن، سياق المجد العربي، سياق اللحظة الحاضرة للرجل/ الشاعر المأزوم، سياق اللحظة الحاضرة للأنثى في مقابل الرجل، سياق غربة الذّات الشاعرة (الرجل والمرأة معاً).

وهذه السياقات الخمسة يمكن أن نلخصها في ضوء موضوعاتها العامة؛ أي مجد الشاعر ومجد الوطن، والإحساس بالغربة للشاعر المعاصر، وشهرزاد المعاصرة التي تعبّر بمواقفها (الشعرية) عن قضايا الصراع بينها وبين الرجل. ومن ثم، يمكن أن نعتبر هذه السياقات/ الموضوعات مداخل عامة لقصائد الشعر الإماراتي الحديث؛ أي يمكن النظر إلى موضوع القصيدة في ضوء واحد من هذه المداخل المحتملة.

أما بالنسبة إلى عناوين هذه القصائد، فمن الملاحظ أن نسبة كبيرة من هذه العناوين ترتبط بموضوع قصائدها؛ إذ إن هذه العناوين تعمل بوصفها مرايا كاشفة لما يليها من كلمات، أي دالّة بمعنى ما على ما يليها.

أما بالنسبة إلى التغريض، فهو يتعلق بالارتباط الوثيق بين ما يدور في الخطاب/ النّص وأجزائه، وبين عنوان الخطاب نفسه[(254)]. والملاحظ أن نسبة كبيرة من قصائد الشعر الإماراتي الحديث، تدلّ على موضوعها عن طريق اعتماد ألفاظها على الارتباط (بمجال دلالي محدد)، أي عن طريق (قائمة موحدة من الألفاظ) الدالة على مفاهيم معجمية واحدة أو متقاربة، كما تدل على موضوعها عن طريق اقتران كل المراجع الدلاليّة والشكلية – الإحالة بأنواعها – بمصدر واحد أو عنصر واحد.

ويرتبط بهذا التغريض، كما يرتبط بالعنوان، تلك الكلمات المفاتيح؛ الكلمات التي تؤدي وظيفة محورية في الإشارة إلى موضوعها. ومثل التغريض في ذلك الجملة الأولى في هذه القصائد، فهي دالة في مكانها، وترتبط بما بعدها، وتشير إلى الموضوع. وبطبيعة الحال، فإن تحديد موضوع القصيدة، ومن ثم بنيته الكليّة يحتاج إلى ملاحظة وظيفة كل هذه العناصر في صناعة الإطار العام لكليهما، وصولاً إلى الوقوف على الطرق أو الأشكال الرئيسة التي يتحقق بها الانسجام في الشعر الإماراتي الحديث، عن طريق هذه العناصر مجتمعة، والتي تُعتبر مؤشرات أساسية لعملية الانسجام نفسها.

كما أن البنية الكليّة وموضوع الخطاب في الشعر الإماراتي الحديث، تظهر عن طريق عدّة تنويعات، منها البنية المقطعيّة للقصيدة، حيث تعتمد القصيدة على تقسيم أساسي لبنيتها؛ يتخذ شكل المقاطع القصيرة. وهو التشكيل الذي يتخذ صورتين: صورة تنقسم فيها القصيدة نفسها إلى مقاطع، مقرونة بترقيم داخلي للمقاطع، أو بفواصل طباعية تتخذ شكل النقاط أو الفراغ الطباعي. والصورة الثانية، تكون فيها القصيدة نفسها بحجم مقطع متوسط الطول، مقرونة بعنوان يميّزها من غيرها.

وهو ما يصنع تنويعين داخليين في هذا التشكيل للبنية الكليّة وموضوع الخطاب، الأول يمثّل بنية مقطعيّة متصلة، والثاني: يمثل بنية مقطعيّة منفصلة. وفي الصورتين فإن هذه البنية المقطعيّة، ترتبط ارتباطاً شديداً بين عنوان القصيدة ومقطعها؛ إذ العنوان في مثل هذه القصائد يعمل بوصفه مرايا كاشفة لموضوع القصيدة.

كذلك من التنويعات الأساسية التي تظهر خلالها البنية الكليّة وموضوع الخطاب في الشعر الإماراتي الحديث، ما يمكن تسميته: بنية المسرح المفتوح. وهي بنية يعتمد فيها تشكيل القصيدة على ترميز موضوعها بصورة مباشرة، في صورة أقرب إلى مسرحة العالم الشعري، وهذا الترميز يبدأ من العنوان نفسه.

كذلك من التنويعات الأساسية التي يتخذها موضوع الخطاب وارتباطه بالبنية الكليّة في الشعر الإماراتي الحديث، ما يمكن اعتباره بنية القصيدة المغلقة، حيث تبدو القصيدة كما لو كانت عالماً مستقلاً؛ لا ترتبط بما قبلها، ولا بما بعدها. وإنما تكتفي بكونها قولاً شعرياً يتجاوب مع الأحوال النفسيّة للشاعر، فتعبّر عن أفكاره، وتتأثر بموقفه من فكرة الشعر نفسه. أما السمات العامة التي يمكن أن تكون مشتركة بينها وبين غيرها من القصائد، فهي لا تتجاوز فكرة القول الشعري نفسه، وكونها بنية مغلقة بسبب الالتزام بحدود هذا القول الشعري.

وعلى ذلك، نجد في الشعر الإماراتي الحديث قصيدة تعبّر عن ذاتيّة صاحبها، بحسب الأحوال النفسية التي تعتريه، وقصائد تعبّر عن الصراع بين عالم الرجل وعالم الأنثى، وفي هذه التنويعات، يبرز، الصراع بين الرجل والمرأة، بين إيجاب وسلب، في إطار التعبير الذّاتي عن مواقف الذّات الشاعرة نفسها، ضمن تقاليد القصيدة المعاصرة. ومن ثم، تظل القصيدة ملتفة على نفسها، وقابلة للتأويل في حدود ما تسمح به ثقافة القارئ من تأويلات، لكنها في الأخير، لا تعبّر إلا عن نفسها، ولا تهتم إلا باللحظة الشعرية لصاحبها.

هوامش الباب الثالث:

1 ـ بوبكر نصبة: الاتساق والانسجام في شعر إبراهيم ناجي، ص 28.

2 ـ صبحي إبراهيم الفقي: علم اللغة النّصّي بين النظرية والتطبيق، ص 50.

3 ـ ينظر: عمر محمد أبو خرمة: نحو النصّ، ص 78.

4 ـ المصدر نفسه: ص 78.

5 ـ ينظر: صبحي إبراهيم الفقي: علم اللغة النّصّي بين النظرية والتطبيق، ص 128 ـ 130.

6 ـ وقد أشرت إلى كثير من هذه الدراسات في إحالات سابقة، وسوف أعود إليها أيضاً في مواضع لاحقة، بما يغني عن تكرار عناوين تلك الدراسات.

7 ـ صبحي إبراهيم الفقي: علم اللغة النّصّي بين النظرية والتطبيق، ص 96.

8 ـ حمودي السعيد: الانسجام والاتساق النّصّي المفهوم والأشكال، ص 110.

9 ـ المرجع نفسه: ص 108.

10 ـ ينظر: محمد خطابي: لسانيات النّص مدخل إلى انسجام الخطاب، فقد خصص الباب الثاني من كتابه، تحت عنوان: المساهمات العربية، وهو يشمل الفصول من الخامس إلى السابع، لتتبع هذه التجليات، مقسماً تتبعه إلى: بلاغة ونقد أدبي وعلوم قرآن وعلوم تفسير، ص 93 ـ 208.

11 ـ ينظر: غنية لوصيف: الاتساق والانسجام في قصيدة مديح الظل العالي، ص 50 ـ 65.

12 ـ ينظر: صبحي الفقي: علم اللغة النّصّي (مستويات التحليل النّصّي)، ص 63 ـ 80.

13 ـ السيوطي: الإتقان في علوم القرآن، المكتبة الثقافية، بيروت ـ لبنان 1973م، ج 2، ص 87.

14 ـ ينظر: صبحي الفقي، علم لغة النصّ، ص 86.

15 ـ السيوطي: الإتقان في علوم القرآن، ج 2، ص 87.

16 ـ عبد القاهر الجرجاني: دلائل الإعجاز، تح: محمد عبد المنعم خفاجي، مكتبة القاهرة 1980م، ص 92.

17 ـ المصدر السابق: ص 93.

18 ـ صبحي إبراهيم الفقي: علم اللغة النّصّي، ص 85.

19 ـ عبد القاهر الجرجاني: دلائل الإعجاز، ص 70.

20 ـ عمر أبو خرمة: نحو النصّ، ص 46.

21 ـ عبد القاهر الجرجاني: أسرار البلاغة، تع: محمود محمد شاكر، ط 1، دار المدني، جدة 1991م، ص 144.

22 ـ ينظر: غنية لوصيف: الاتساق والانسجام في قصيدة مديح الظل العالي، ص 52 ـ 53.

23 ـ صبحي إبراهيم الفقي: علم اللغة النّصّي، ص 126.

24 ـ غنية لوصيف: الاتساق والانسجام في قصيدة مديح الظل العالي، ص 58.

25 ـ بدر الدين محمد بن عبد الله الزركشي: البرهان في علوم القرآن، تح: محمد أبو الفضل إبراهيم، ج 2، دار التراث، القاهرة، بدون، ص 186.

26 ـ ينظر: الخطيب القزويني: الإيضاح في علوم البلاغة، وضع حواشيه إبراهيم شمس الدين، ط 1، دار الكتب العلمية ـ بيروت 2003م، ص 257 ـ 258.

27 ـ ينظر: غنية لوصيف: الاتساق والانسجام في قصيدة مديح الظل العالي، ص 59.

28 ـ جلال الدين السيوطي: الإتقان في علوم القرآن، ج 1، ط: دار الفكر، بيروت ـ لبنان 1979م، ص 108.

29 ـ ينظر: محمد خطابي: لسانيات النّص مدخل إلى انسجام الخطاب، ص 198.

30 ـ السيوطي: تناسق الدرر في تناسب السور، تح: عبد القادر أحمد عطا، ط 1، دار الكتب العلمية، بيروت ـ لبنان 1986م، ص 65.

31 ـ ينظر: غنية لوصيف: الاتساق والانسجام في قصيدة مديح الظل العالي، ص 59 ـ 60.

32 ـ المرجع نفسه: ص 60.

33 ـ عمر أبو خرمة: نحو النصّ، ص 50 ـ 51.

34 ـ عمر أبو خرمة: نحو النصّ، ص 78.

35 ـ ينظر: غنية لوصيف: الاتساق والانسجام في قصيدة مديح الظل العالي، ص 60 ـ 65.

36 ـ مصطفى صادق الرافعي: إعجاز القرآن والبلاغة النبوية، ضبطه وصححه وحقق أصوله: محمد سعيد العريان، مطبعة الاستقامة، ط 5، القاهرة 1952م، ص 270.

37 ـ ينظر: صبحي إبراهيم الفقي: علم اللغة النّصّي، ص 79.

38 ـ مصطفى صادق الرافعي: إعجاز القرآن والبلاغة النبوية، ص 270.

39 ـ عمر أبو خرمة: نحو النصّ، ص 80.

40 ـ ينظر: المصدر نفسه: ص 80.

41 ـ فخر الدين الرازي: مفاتيح الغيب، ج 1، ط 1، دار الغد العربي، القاهرة 1991م، ص 227.

42 ـ ينظر: صبحي إبراهيم الفقي: علم اللغة النّصّي، ص 128.

43 ـ السيوطي: تناسق الدرر في تناسب السور، تح: عبد القادر عطا، بعنوان: أسرار ترتيب القرآن، سلسلة نوادر التراث، ط 2، دار الاعتصام، القاهرة 1978م، ص 100.

44 ـ السيوطي: تناسق الدرر في تناسب السور، ص 75.

45 – ينظر: محمد خطابي: لسانيات النّص مدخل إلى انسجام الخطاب، ص 180 – 186.

46 – ينظر: إبراهيم أنيس: موسيقى الشعر، ط 5، مكتبة الأنجلو المصرية، القاهرة 1972م، ص 322.

47 – ينظر: صبحي إبراهيم الفقي: علم اللغة النّصّي، ص 125.

48 – ينظر: غنية لوصيف: الاتساق والانسجام في قصيدة مديح الظل العالي، ص 23.

49 – بوبكر نصبة: الاتساق والانسجام في شعر إبراهيم ناجي، ص 12.

50 – حمودي السعيد: الانسجام والاتساق النّصّي المفهوم والأشكال، ص 110.

51 – لسان العرب: ج 3، ط: دار المعارف، بدون، مادة سجم، ص 1947.

52 – السيوطي: الإتقان في علوم القرآن، تحقيق محمد أبو الفضل إبراهيم، ج 3، ط: المكتبة العصرية، صيدا – بيروت، لبنان 1988م، ص 112.

53 – إبراهيم بشار: الخطاب الشعري من منظور لسانيات النصّ، ص 112.

54 – مطلق محمد مبارك المرشاد: التماسك النّصّي في لامية العرب، ص 41.

55 – لسان العرب: ج 2، مادة حبك، ص 758 – 759.

56 – ينظر: إبراهيم بشار: الخطاب الشعري من منظور لسانيات النصّ، ص 113.

57 – المرجع نفسه: ص 113.

58 – المرجع نفسه: 113.

59 – ينظر: أحمد مداس: تحليل الخطاب الشعري في منظور اللسانيات النّصّية، مذكرة لنيل شهادة الماجستير، جامعة محمد خيضر، بسكرة، الجزائر، 2003م، ص 18 – 19.

60 – ينظر: محمد خطابي: لسانيات النّص مدخل إلى انسجام الخطاب، ص 27 – 28.

61 – أحمد مداس: تحليل الخطاب الشعري في منظور اللسانيات النّصّية، ص 77.

62 – أحمد حساني: المرتكزات اللسانية النصية، ص 239.

63 – محمد خطابي: لسانيات النّص مدخل إلى انسجام الخطاب، ص 28.

64 – ينظر: المصدر نفسه: ص 31 – 34.

65 – المصدر نفسه: ص 38.

66 – ينظر: المصدر نفسه: ص 39.

67 – ينظر: المصدر نفسه: ص 42 – 46.

68 – غنية لوصيف: الاتساق والانسجام في قصيدة مديح الظل العالي، ص 23.

69 – بوبكر نصبة: الاتساق والانسجام في شعر إبراهيم ناجي، ص 96.

70 – حموي السعيد: الانسجام والاتساق النّصّي، ص 110.

71 – المرجع نفسه: ص 110.

72 – غنية لوصيف: الاتساق والانسجام في قصيدة مديح الظل العالي، ص 37.

73 – فان دايك: النصّ والسياق – استقصاء البحث في الخطاب الدلالي والتداولي، تر: عبد القادر قنيني، إفريقيا الشرق، المغرب 2000م، ص 75.

74 – بوبكر نصبة: الاتساق والانسجام في شعر إبراهيم ناجي، ص 94.

75 – ينظر: غنية لوصيف: الاتساق والانسجام في قصيدة مديح الظل العالي، ص 37.

76 – محمد خطابي: لسانيات النّص مدخل إلى انسجام الخطاب، ص 5 – 6.

77 – ينظر: المصدر نفسه: ص 51.

78 – Brown, G. AND George Yule. (1983). Discourse Analysis. C.U.P. London, P:244.

نقلًا عن: محمد خطابي، لسانيات النّص مدخل إلى انسجام الخطاب، ص 51.

79 – محمد خطابي، لسانيات النّص مدخل إلى انسجام الخطاب، ص 51.

80 – المصدر نفسه: ص 52.

81 – المصدر نفسه: ص 52.

82 – المصدر نفسه: ص52.

83 – المصدر نفسه: ص 53.

84 – المصدر نفسه: ص53.

85 – المصدر نفسه: ص53.

86 – ينظر: المصدر نفسه: ص 53.

87 – المصدر السابق: ص 53.

88 – ينظر: المصدر نفسه: ص 56 – 57.

89 – المصدر نفسه: ص 56.

90 – ينظر: المصدر نفسه: ص 57.

91 – المصدر السابق: ص 59.

92 – المصدر نفسه: ص 59.

93 – المصدر نفسه: ص 60.

94 – المصدر نفسه: ص 61 – 75.

95 – المصدر السابق: ص 61 – 62.

96 – ينظر: بوبكر نصبة: الاتساق والانسجام في شعر إبراهيم ناجي، ص 103.

97 – المرجع نفسه: ص 96.

98 – ينظر: المرجع السابق: ص 100.

99 – ينظر: المرجع نفسه: ص 101.

100 – الأزهَر الزنّاد: نسيج النصّ، ص 71.

101 ـ ينظر: المصدر السابق: ص 25.

102 ـ ينظر: المصدر نفسه: ص 71.

103 ـ ينظر: المصدر نفسه: ص 115.

104 ـ ينظر: صبحي إبراهيم الفقي: علم اللغة النّصّي بين النظرية والتطبيق، ص 116 ـ 117.

105 ـ ينظر: المصدر نفسه: ص 117.

106 ـ ينظر: المصدر نفسه: ص 118.

107 ـ المصدر نفسه: ص 119.

108 ـ ينظر: عمر محمد أبو خرمة: نحو النصّ، ص 92 ـ 94.

109 ـ ينظر: المصدر نفسه: ص 92.

110 ـ المصدر نفسه: ص 94.

111 ـ حمودي السعيد: الانسجام والاتساق النّصّي، ص 110.

112 ـ المرجع السابق: ص 110.

113 ـ ينظر: لسان العرب: مادة (سوق)، مجلد 3، ط: دار المعارف، بدون، ص 2153 ـ 2156.

114 ـ فطومة لحمادي: السياق والنصّ ـ استقصاء دور السياق في تحقيق تماسك النصّ، مجلة كلية الآداب والعلوم الإنسانية والاجتماعية، العددان الثاني والثالث، يناير ـ يونيو 2008م، ص 3، [ملاحظة: الترقيم من عندي لأن أصل البحث في المجلة المذكورة غير مرقم].

115 ـ ينظر: المرجع نفسه: ص 3.

116 ـ الزمخشري: أساس البلاغة، تح: محمد باسل عيون، ج 1، دار الكتب العلمية، بيروت ـ لبنان، ط 1، 1419هـ ـ 1998م، ص 484.

117 ـ سامي عياد حنا، كريم زكي حسام الدين، نجيب جريس: معجم اللسانيات الحديثة، ص 28.

118 ـ صبحي إبراهيم الفقي: علم اللغة النّصّي، ص 108.

119 ـ المصدر نفسه: ص 107.

120 ـ المصدر نفسه: ص 109.

121 ـ يوسف وغليسي: الخطاب النقدي عند عبد الملك مرتاض ـ بحث في المنهج، إصدارات رابطة الإبداع الثقافية، الجزائر 2000م، ص 117 ـ 118.

122 ـ ينظر: المرجع نفسه: ص 33.

123 ـ جون لاينز: اللغة والمعنى والسياق، تر: عباس صادق الوهاب، ط 1، آفاق عربية، دار الشؤون الثقافية العامة، العراق 1987م، ص 215.

124 ـ تمام حسان: الأصول دراسة إبستيمولوجية للفكر اللغوي عند العرب (النحو ـ فقه اللغة ـ البلاغة)، ط: دار الثقافة، الدار البيضاء 1411هـ، ص 332.

125 ـ محمود السعران: علم اللغة ـ مقدمة للقارئ العربي، دار الفكر العربي، ط 2، القاهرة 1997م، ص 310 ـ 311.

126 ـ ينظر: سامي عياد، كريم زكي، نجيب جريس: معجم اللسانيات الحديثة، ص 28.

127 ـ ينظر: فطومة لحمادي: السياق والنصّ، ص 10 ـ 15.

128 ـ المرجع نفسه: ص 15.

129 ـ محمد خطابي: لسانيات النّص مدخل إلى انسجام الخطاب، ص 52.

130 ـ صبحي الفقي: علم اللغة النّصّي، ص 110.

131 ـ نبيلة إبراهيم: القارئ في النصّ، فصول، مج 5، ع 1، أكتوبر ـ نوفمبر ـ ديسمبر 1984م، ص 101 ـ 102.

132 ـ ينظر: صبحي الفقي: علم اللغة النّصّي، ص 117 ـ 118.

133 ـ ينظر: محمد العبد : اللغة والإبداع الأدبي، دار الفكر للدراسات والنشر والتوزيع، ط 1، 1989م، القاهرة، ص 31.

134 ـ ينظر: محمد خطابي: لسانيات النّص مدخل إلى انسجام الخطاب، ص 299 ـ 303.

135 ـ ينظر: المصدر نفسه: ص 307 ـ 310.

136 ـ ينظر: محمد خطابي: لسانيات النّص مدخل إلى انسجام الخطاب، ص 311.

137 ـ ينظر: محمد العبد: اللغة والإبداع الأدبي، ص 29 ـ 32.

138 ـ هيثم يحيى الخواجة: مدخل إلى قراءة القصيدة المعاصرة في الإمارات، وزارة الثقافة والشباب وتنمية المجتمع، 2009م، ص 13.

139 ـ ينظر: المرجع السابق: ص 13.

140 ـ ينظر: المرجع نفسه: ص 14.

141 ـ ينظر: المرجع نفسه: ص 17 ـ 31.

142 ـ ينظر: المرجع نفسه: ص 31 ـ 37.

143 ـ ينظر: محمد خطابي: لسانيات النّص مدخل إلى انسجام الخطاب، ص 299 ـ 310.

144 ـ ينظر: محمد خطابي: لسانيات النّص مدخل إلى انسجام الخطاب، ص 299 ـ 310.

145 ـ كريم معتوق: ديوان: كريم معتوق، ج 2، ص 11 ـ 12.

146 ـ ينظر: صلاح فاروق العايدي: تحولات القصيدة العربية، ص 115 ـ 123.

147 ـ عارف الخاجة: علي بن المسك التهامي يفاجئ قاتليه، ص 15.

148 ـ ينظر: ديوان أمل دنقل، الأعمال الشعرية، ط: مدبولي، القاهرة، بدون، ص 147 ـ 153.

149 ـ الزوزني، شرح المعلقات السبع، ط: مكتبة المعارف، الأولى، بيروت ـ لبنان 2004م، ص 137.

150 ـ ينظر: صلاح الدين فاروق: شخصية شهرزاد في الرواية العربية، كتابات، تصدر عن الجمعية

المصدرية للدراسات السردية، ع 11، الناشر دار الوفاء للطباعة والنشر، الإسكندرية، مص ر 2014م، ص 157 ـ 162.

151 ـ ظاعن شاهين: ديوان: آية للصمت، ص 27.

152 ـ ينظر: محمد عبد المطلب: مصادر إنتاج الشـعرية، فصول، مج 16، ع 1، صيف 1997م، ص 43 ـ 65.

153 ـ ناصر البكر الزعابي: ديوان: لا بوح بعد هذا، ص 53.

154 ـ ينظر: صلاح فاروق العايدي: تحولات القصيدة العربية، ص 160 ـ 168.

155 ـ صالحة عبيد غابش: ديوان: المرايا ليست هي، ص 17.

156 ـ أحمد عيسى العسم: ديوان: تحت الظل الكثرة، ص 77 ـ 78.

157 ـ إبراهيم بشار: الخطاب الشعري من منظور لسانيات النص، ص 119.

158 ـ ينظر: محمد خطابي: لسانيات النّص مدخل إلى انسجام الخطاب، ص 62.

159 ـ ينظر: المصدر نفسه: ص 61 ـ 75، ص 312 ـ 313.

160 ـ ينظر: المصدر نفسه: ص 62، ص 75.

161 ـ صبحي إبراهيم الفقي: علم اللغة النصي، ص 111.

162 ـ محمد خطابي: لسانيات النّص مدخل إلى انسجام الخطاب، ص 62.

163 ـ فتحي رزق الخوالدة: تحليل الخطاب الشـعري ـ ثنائية الاتسـاق والانسجام في ديوان أحد عشر كوكباً لمحمود درويش، ماجستير، مخطوط، عمادة الدراسات العليا، جامعة مؤتة 2005م، ص 113.

164 ـ ينظر: محمد خطابي، لسانيات النّص مدخل إلى انسجام الخطاب، ص 313.

165 ـ المصدر نفسه: ص 314.

166 ـ ينظر: المصدر السابق: ص 315.

167 ـ محمد مفتاح: تحليل الخطاب الشـعري ـ اسـتراتيجيات التناص، دار التنوير للطباعة والنشر ـ المركز الثقافي العربي، بيروت ـ الدار البيضاء، بدون، ص 120.

168 ـ ينظر فتحي الخوالدة: تحليل الخطاب الشعري، ص 114.

169 ـ ينظر: محمد خطابي: لسانيات النّص مدخل إلى انسجام الخطاب، ص 316.

170 ـ ينظر: المصدر السابق: ص 69 ـ 75.

171 ـ ينظر: المصدر نفسه: ص 323 ـ 325.

172 ـ ينظر: المصدر نفسه: ص 315.

173 ـ ينظـر: تزفيتـان تودوروف: مفهوم الأدب، ترجمة: منذر عياشـي، كتـاب النادي الأدبي الثقافي بجدة، ع 63، ط 1، السعودية 1990م، ص 48 ـ 53.

174 ـ ينظر: جابر عصفور: اسـتعادة الماضي ـ دراسـات في شعر النهضة، ط: مكتبة الأسرة، الهيئة المصرية العامة للكتاب، القاهرة 2001م، ص 31 ـ 42.

175 – كريم معتوق: ديوان: كريم معتوق، ج 2، ص 22.

176 – المرجع نفسه: ص 22.

177 – المصدر السابق: ص 23.

178 – المصدر السابق: ص 24.

179 – المصدر السابق: ص 27.

180 – إبراهيم محمد إبراهيم: ديوان: صحوة الورق، ص 9 – 13.

181 – المصدر نفسه: ص 9.

182 – المصدر السابق: ص 9 – 10.

183 – المصدر السابق: ص 11.

184 – المصدر السابق: ص 12 – 13.

185 – المصدر السابق: ص 14.

186 – المصدر السابق: ص 17 – 18.

187 – المصدر السابق: ص 20.

188 – ينظر: كريم معتوق: ديوان: كريم معتوق، الجزء 1، ص 11، ص 59.

189 – عارف الخاجة: ديوان: صلاة العيد والتعب، منشورات اتحاد كتاب وأدباء الإمارات العربية المتحدة، الطبعة الأولى، 1986م، ص 43.

190 – أمل دنقل: الأعمال الشعرية، ط: مكتبة مدبولي، بدون، ص 35.

191 – عارف الخاجة: ديوان: صلاة العيد والتعب، ص 43.

192 – أمل دنقل: الأعمال الشعرية، ص 148.

193 – عارف الخاجة: ديوان: صلاة العيد والتعب، ص 43 – 46.

194 – ينظر: جابر عصفور: ذاكرة الشعر، ط: مكتبة الأسرة، الهيئة المصرية العامة للكتاب، 2002م، ص 343 – 489.

195 – مريم جمعة عبد الله: ديوان: مبهورة بضوء، ص 29 – 30 – 31.

196 – صلاح فضل: بلاغة الخطاب وعلم النصّ، ص 256.

197 – إبراهيم الفقي: علم لغة النصّ، ص 59.

198 – محمد خطابي: لسانيات النّص مدخل إلى انسجام الخطاب، ص 46.

199 – محمد خطابي: لسانيات النّص مدخل إلى انسجام الخطاب، ص 46.

200 – إبراهيم بشار: الخطاب الشعري من منظور لسانيات النصّ، ص 114.

201 – بوبكر نصبة: الاتساق والانسجام في شعر إبراهيم ناجي، ص 102.

202 – محمد خطابي: لسانيات النّص مدخل إلى انسجام الخطاب، ص 276.

203 – صلاح فضل: بلاغة الخطاب وعلم النصّ، ص 260.

204 – ينظر: محمد خطابي: لسانيات النّص مدخل إلى انسجام الخطاب، ص 42.

205 – المصدر السابق: ص 44.

206 – المصدر نفسه: ص 277.

207 – المصدر نفسه: ص 285.

208 – ينظر: المصدر نفسه: ص 285.

209 – ينظر: محمد مفتاح: تحليل الخطاب الشعري – استراتيجية التناص، ط 2، المركز الثقافي العربي، الدار البيضاء – المغرب 1986م، ص 25.

210 – محمد خطابي: لسانيات النّص مدخل إلى انسجام الخطاب، ص 285.

211 – فتحي رزق الخوالدة: تحليل الخطاب الشعري، ص 85.

212 – صبحي إبراهيم الفقي: علم اللغة النّصّي، ص 61.

213 – صلاح فضل: بلاغة الخطاب وعلم النصّ، ص 236.

214 – صبحي إبراهيم الفقي: علم اللغة النّصّي، ص 65.

215 – الأزهَر الزنّاد: نسيج النصّ، ص 67.

216 – ينظر: محمد خطابي: لسانيات النّص مدخل إلى انسجام الخطاب، ص 282.

217 – ينظر: المصدر نفسه: ص 276 – 277.

218 – ينظر: المصدر السابق: 297 – 310.

219 – عارف الخاجة: ديوان: صلاة العيد والتعب، ص 43 – 46.

220 – مريم جمعة عبد الله: ديوان: مبهورة بضوء، ص 26 – 27.

221 – ينظر: محمد خطابي: لسانيات النّص مدخل إلى انسجام الخطاب، ص 293.

222 – عارف الخاجة: ديوان: علي بن المسك التهامي يفاجئ قاتليه، ص 11 – 39.

223 – محمد إبراهيم: ديوان: صحوة الورق، ص 9 – 14.

224 – كريم معتوق: ديوان: كريم معتوق، ج 1، ص 11.

225 – مريم جمعة عبد الله: ديوان: مبهورة بضوء، ص 11 – 12.

226 – المصدر السابق: ص 17 – 18.

227 – المصدر السابق: ص 24.

228 – المصدر نفسه: ص 26.

229 – إبراهيم الملا: ديوان: صحراء في السلال، ص 7.

230 – المصدر السابق: ص 8.

231 – المصدر السابق: ص 9.

232 ـ المصدر نفسه: ص 11.

233 ـ المصدر نفسه: ص 15.

234 ـ الملهاة: شـكل من أشـكال المسرح السـاخر، وهو يقابل المأساة في المسـرح الكلاسيكي. ينظر: إبراهيم حمادة: معجم المصطلحات الدرامية والمسرحية، دار المعارف، بدون، ص 251 ـ 253.

235 ـ إبراهيم محمد إبراهيم: ديوان: صحوة الورق، ص 5.

236 ـ المصدر السابق: ص 7.

237 ـ إبراهيم محمد إبراهيم: ديوان: صحوة الورق، ص 9.

238 ـ المصدر السابق: ص 12 ـ 13.

239 ـ المصدر السابق: ص 14 ـ 15.

240 ـ المصدر السابق: ص 17 ـ 19.

241 ـ المصدر السابق: ص 20.

242 ـ حبيب الصايغ: ديوان: غد، ص 7 ـ 8.

243 ـ ينظر: صلاح فاروق العايدي: نماذج الوعي واستراتيجيات التشكيل الفني في قصيدة النثر مطلع القـرن الحادي والعشـرين، ضمن كتاب الأبحاث والدراسـات لمؤتمر قصيدة النثـر المصرية، الكتاب الأول، ط: الهيئة المصرية العامة للكتاب، القاهرة 2016م، ص 59 ـ 97.

244 ـ صالحة عبيد غابش: ديوان: المرايا ليست هي، ص 28 ـ 29.

245 ـ ينظر: هيثم يحيى الخواجة: مدخل إلى قراءة القصيدة المعاصرة في الإمارات، ص 13.

246 ـ ينظر: المرجع نفسه: ص 13.

247 ـ ينظر: المرجع نفسه: ص 14.

248 ـ ينظر: محمد خطابي: لسانيات النّص مدخل إلى انسجام الخطاب، ص 299 ـ 310.

249 ـ ينظر: المصدر نفسه: ص 69 ـ 75.

250 ـ ينظر: المصدر نفسه: ص 323 ـ 325.

251 ـ ينظر: المصدر نفسه: ص 315.

252 ـ ينظـر: تزفيتـان تودوروف: مفهوم الأدب، ترجمة: منذر عياشـي، كتـاب النادي الأدبي الثقافي بجدة، ع 63، ط 1، السعودية 1990م، ص 48 ـ 53.

253 ـ ينظر: محمد خطابي: لسانيات النّص مدخل إلى انسجام الخطاب، ص 297 ـ 310.

254 ـ ينظر: المصدر نفسه: ص 293.

الخـاتمـة

تناولت هذه الدراسة موضوع التّماسك النّصي في القصيدة الإماراتيّة الحديثة، بجانبيه: الاتساق والانسجام. وهو ما جعل الدراسة تنقسم إلى ثلاثة أبواب: الباب الأول يتناول مفهوم النص، ويرصد حدوده ومصطلحاته الأساسية، والثاني مخصص لدراسة الاتساق بفروعه: الإحالة والاستبدال والوصل والحذف والاتساق المعجمي. والثالث مخصص لدراسة الانسجام بفروعه أيضاً: السياق والمعرفة الخلفية وموضوع الخطاب والبنية الكليّة.

وهذا التقسيم يجري وفق الشائع في دراسات التّماسك النّصي، ويحقق ما ينبغي تناوله في موضوع الدراسة من ناحيتي الجانب النّظري والجانب التّطبيقي التّحليلي، وقد حرصت في ذلك على جعل التّحليل انعكاساً مباشراً لظواهر الاتساق والانسجام في هذا الشعر، عن طريق تناول عدد كبير من نماذج الشعر الإماراتي الحديث.

فقد توصّلت الدراسة إلى مجموعة كبيرة من النتائج التي تشرح وتلخّص في آن مسارها التّحليلي. وهي النّتائج التي تتمثل فيما يأتي:

أولاً: النتائج العامة:

1 – تعتمد اللسانيات النّصية على مجموعة من المفاهيم الأساسية التي تحقق

مفهوم التّماسك النّصي، ولعلّ من أبرز هذه المفاهيم: الاتساق والانسجام. وهما الجناحان الكبيران لدراسة التّماسك في أكثر الدّراسات التي اهتمت بهذا النوع من البحث.

2 – وفي هذين الجناحين، تبرز أبواب خاصة للتماسك؛ تتمثل في الإحالة بأنواعها، والاستبدال، والحذف، والوصل، والتضام، والتكرير، والسياق، والمعرفة الخلفية، والبنية الكليّة أو موضوع الخطاب.

3 – ولعلّ أبرز ما أظهرته مراجعة الدراسات الأساسية في هذا الموضوع اختلاف الباحثين في فهم موضوع التّماسك النّصي، واختلافهم في عمليات التّطبيق. ولعلّ أبرز مظاهر الخلاف تتجلّى في اختلاف ترجمة المصطلحات الأساسية وتحديد دلالاتها.

4 – ولذلك، فإن التّطبيق الفعلي لدى أولئك الباحثين يعكس وجهة نظر وفهم كل منهم لعمليات الاتساق والانسجام، وإن كانوا جميعاً يرتكزون على الأصول النظرية نفسها في تحديد المقصود بالنّص، وفي تعيين معايير النّصية. وهو ما أفادت منه هذه الدّراسة على نحو مباشر، خاصة في تصميم وتقسيم أبوابها ومباحثها.

ثانياً: النتائج الخاصة بالشعر الإماراتي الحديث:

1 – تعمل الإحالة النّصية في الشعر الإماراتي الحديث عن طريق شبكة من العلاقات الدلاليّة؛ تصنعها العلاقات المتوالية للضمائر؛ إضافة إلى أدوات الإحالة الأخرى من أسماء الإشارة وأدوات المقارنة.

2 – تعمل الإحالة النّصية بالضمائر على جعل الضمير موضع تأسيس للدلالة؛ حيث ترتبط به كل علاقات الإحالة وظواهرها، ومن ثم يكون الضمير الإحالي في القصيدة هو مرتكز الخطاب في النّص كلّه؛ وترتدّ إليه كل الضمائر التي تتعلّق به.

3 – تنقسم الظواهر الأساسية للإحالة باستخدام اسم الإشارة في الشعر الإماراتي الحديث إلى حالتين رئيستين:

أ – **الحالة الأولى:** يسيطر فيها واحد من أسماء الإشارة (اسم الإشارة أو الظرف) على القصيدة من أولها إلى آخرها، ويقوم بتقسيم القصيدة إلى مقاطع أو أجزاء شبه متكررة، كما يربط مجمل القصيدة بالإحالة إليه، في صورة إحالة موسّعة؛ بعدية أو قبلية. ومن هنا، تتميّز الإحالة باستخدام اسم الإشارة أو الظرف بكونها إحالة موسّعة، في مقابل الإحالة باستخدام الاسم الموصول، والتي لا تكون إلا إحالة محدودة في مكان معيّن، أو حيّز معيّن من الجمل المترابطة، ومن هنا فإحالته موضعيّة.

ب – **والحالة الثانية:** استخدام أسماء الإشارة بأنواعها الثلاثة: اسم الإشارة والظرف والاسم الموصول، هي تلك الحالة التي تجتمع فيها هذه الأدوات الثلاث للإحالة في القصيدة الواحدة، أو على الأقل تجتمع فيها أداتان للإحالة؛ خاصة اسم الإشارة والظرف. وفي هذا تأكيد للوظيفة الأساسية التي تؤديها هاتان الأداتان للتماسك في القصيدة باستخدام الإحالة، وبناء على ذلك، فإن استخدام هذه الأدوات الثلاث يعمل على تشكيل الدلالة الكليّة للقصيدة.

4 – تعتمد القصيدة الإماراتية على الإحالة بالمقارنة، ومن ذلك استخدام التقابل بين الألفاظ، باعتباره أكثر الصور استخداماً في هذه النماذج، ويتساوى بعد ذلك استخدام صور أخرى كالمقارنة بالتّشبيه، والمقارنة بالتّضاد، والمقارنة بالتّجانس.

5 – برزت الإحالة المقاميّة في الشعر الاماراتي الحديث، فنجد في كل ديوان تكثيفاً للإحالات المقاميّة التي تمثّل بدورها تناصاً يربط القصيدة/ الديوان بما يدور في الواقع الخارجي، سواء أكان هذا الواقع لمحات حيّة من حياة النّاس، أم كان استدعاءً مباشراً لنصوص أخرى معروفة.

6 – يعدّ الاستبدال من أبرز الأدوات التي يعتمد عليها الشعراء الإماراتيون في إحداث التّماسك النّصي في قصائدهم المختلفة. وهو ما يتجلّى في كثافة حضور ظواهر الاستبدال في هذا الشعر، سواء عن طريق استبدال المطابقة، أو استبدال المشابهة، أو استبدال التلاصق. وهي الأنواع التي تعمل على تكثيف الدلالة وتكثيف العلاقة بين العناصر المختلفة، على النّحو الذي أظهرته النماذج التي ذُكرت في الجزء التّحليلي الخاص بظواهر الاستبدال في الشعر الإماراتي الحديث.

7 – الاعتماد على الحذف كان قليلاً ودقيقاً في الشعر الإماراتي الحديث، فهو قليل قياساً لظواهر الوصل والاستبدال والتّكرار في نماذج هذا الشعر، ودقيق؛ بمعنى أنه يحتاج إلى تأمل لتبيّن وجوده في هذه النماذج. وهو مع هذه القلّة والدّقة يقترن بغيره من ظواهر التّماسك التركيبي. وإجمالاً، فإن الحذف في هذا الشعر يقترن على وجه الخصوص بكل من التّكرار والاستبدال. والظاهرة الأبرز في هذه المظاهر أن الحذف في أغلبه حذف غير لازم، وإنما يرتبط بتأويل النص نفسه، وبوجود عناصر تكرارية (مذكورة) تفسّر المحذوف (المقدر) في موضعه.

8 – برز الوصل في الشعر الإماراتي الحديث، فيلاحظ أن ظواهره وأدواته ووظائفه الجماليّة، تختلف في حضورها عن مجرد الوظيفة اللّغويّة التي تؤديها في التّماسك. ومثال ذلك يتّضح في (الواو) التي تقوم في الأصل بوظيفة الوصل الإضافي، لكنها إلى جانب ذلك تقوم بوظيفة قريبة من وظيفة (لكن) الاستدراكية، الأمر الذي يحول وظيفتها من الوصل الإضافي إلى الوصل العكسي.

9 – أما ظواهر الاتساق المعجمي بقسميه الرئيسين: التكرير والتضام، فهي تتوفّر في الشعر الإماراتي الحديث على نحو ظاهر؛ بما يجعله يسهم بصورة واضحة في الاتساق المعجمي في هذا الشعر. وإجمالاً، فإن ظواهر التكرير تعتمد أكثر على تكرار اللفظ المعجمي نفسه، بلفظه أو بصورة من صوره

المعجميّة، بينما يعتمد التضام على علاقة التّعارض أو التّقابل أكثر من اعتماده على غيرها من العلاقات.

10 – يعتمد سياق القصيدة الإماراتيّة الحديثة على التقاليد الفنيّة نفسها التي تعتمد عليها القصيدة العربيّة؛ إذ ارتبط المضمون في هذه القصيدة بالقضايا الوطنيّة والقوميّة التي تعكس مواقف تدلّ على حبّ الوطن، كما ارتبط بالمعاناة الذّاتيّة للشاعر الإماراتي بحسب تجربة كل شاعر في هذه القصيدة. أما لغة هذا الشعر فهي بعيدة عن الابتذال والحشو، وهي محمّلة بالإيجاز والتكثيف، إضافة إلى الحيويّة والإبداع بالرمز، وهو ما يمكن معه القول: إن خصائص القصيدة الإماراتيّة المعاصرة ترتبط بخصائص القصيدة العربيّة المعاصرة. غير أن سياقات هذه القصيدة تتميّز بكونها تدور حول: مجد الشاعر ومجد الوطن، وسياق المجد العربي، وسياق اللحظة الحاضرة للرجل/ الشاعر المأزوم، وسياق اللحظة الحاضرة للأنثى في مقابل الرجل، وأخيراً سياق غربة الذّات الشاعرة (الرجل والمرأة معاً).

11 – أما بالنسبة إلى المعرفة الخلفيّة في الشعر الإماراتي الحديث، فيلاحظ أن عمليات الحوار المتعلقة بالمعرفة الخلفية تتركز على الحوار الداخلي؛ أي حوار الشاعر مع نفسه، وهذا طبيعي بحكم أن الشعر عملية استبطان داخلي؛ يقرأ خلالها الشاعر ما يدور في نفسه من مشاعر وأفكار.

وقد أسهمت هذه المضامين والمعلومات في تحقيق انسجام الشعر الإماراتي الحديث عن طريق سبيلين كبيرين، الأول: يمكن أن نعتبره داخلياً، حيث تكتفي القصيدة بنفسها أو بتجربتها المباشرة التي تنتمي إليها في عمليّة تحقيق الانسجام. والثاني: خارجي، تعتمد فيه القصائد على الامتداد والانتشار على مساحة أوسع من النّصوص والتّجارب الموازية.

12 – أما موضوع الخطاب في الشعر الإماراتي الحديث، فيمكن أن نلاحظ

أن أكثر موضوعات الشعر الإماراتي الحديث تنعكس عن طريق (السياق) الذي ترتبط به. وهذا يعني أن موضوعات الخطاب المتوقعة في هذا الشعر تنحصر بين العناصر السياقيّة الخمسة وهي: سياق مجد الشاعر ومجد الوطن، سياق المجد العربي، سياق اللحظة الحاضرة للرجل/ الشاعر المأزوم، سياق اللحظة الحاضرة للأنثى في مقابل الرجل، سياق غربة الذّات الشاعرة (الرجل والمرأة معاً). ومن ثم، يمكن أن نعتبر هذه السياقات/ الموضوعات مداخل عامة لقصائد الشعر الإماراتي الحديث؛ أي يمكن النظر إلى موضوع القصيدة في ضوء واحد من هذه المداخل المحتملة.

13 – تظهر البنية الكليّة وموضوع الخطاب في الشعر الإماراتي الحديث عن طريق عدّة تنويعات، منها: البنية المقطعيّة للقصيدة، حيث تعتمد القصيدة على تقسيم أساسي لبنيتها؛ يتّخذ شكل المقاطع القصيرة. وهو التشكيل الذي يتّخذ صورتين: صورة تنقسم فيها القصيدة نفسها إلى مقاطع، مقرونة بترقيم داخلي للمقاطع، أو بفواصل طباعية تتّخذ شكل النقاط أو الفراغ الطباعي. والصورة الثانية، تكون فيها القصيدة نفسها بحجم مقطع متوسط الطول، مقرونة بعنوان يميّزها من غيرها.

وفي الأخير لا يسعني إلّا أن أشير إلى أن موضوع هذه الدّراسة يقبل التوسّع من الناحية التطبيقية بأكثر مما تقدّم ذكره، كما يقبل العرض بصور مختلفة؛ يحددها مسار البحث بالنسبة إلى كل باحث على حدة، ولكنني في الأخير عرضتها على النّحو الذي رأيته مناسباً. ومن ثم، فهذه الدّراسة بمثابة الخطوط العريضة التي تميّزت بها لسانيات النّص وتطبيقها على مدونة شعريّة، ولعل أبرز ما يمكن الإفادة منه من نتائج هذه الدراسة هو إمكانية العودة لدراسة الشعر الإماراتي الحديث نفسه، بل والنماذج الشعرية نفسها التي اعتمدت عليها هذه الدراسة، لكن من وجهة نظر مغايرة؛ أو أكثر تفصيلاً، كأن يقوم باحث آخر بدراسة تفصيليّة لسياقات هذه القصيدة من وجهة نظر اللسانيات النّصية، فكل

هذه الإمكانيات متاحة ومفتوحة على مدارات البحث المستقبلي، ولعلني أستطيع في المستقبل القريب تحقيقها.

وبعد، فإنني لا ريب واجهت عدداً من العقبات، وقد سعيت ما وسعني الاجتهاد في تجاوزها. ولعلني نجحت في تحقيق ما سعيت إليه، شاكرة كل من كان له فضل في إتمام هذا العمل، وداعية أن يقبله الله تعالى في ميزان حسناتي، فإن وفّقت فمن الله، وإن يكن غير ذلك، فمن نفسي، والتوفيق والمنّة من عند الله، والله تعالى من وراء القصد.

ملحق:

ترجمة المصطلحات

(أ)		
Reference	الإحالة	1
Cohesion	الاتساق (أو السبك أو التماسك النّصي)	2
Lexical Cohesion	الاتساق المعجمي	3
Anaphora Reference	الإحالة القبلية	4
Cataphora Reference	الإحالة البعدية	5
Exophora reference	الإحالة الخارجيّة	6
Endophoric reference	الإحالة النّصية	7
Substitution	الاستبدال	8
Nominal Substitution	استبدال اسمي	9
Verbal Substitution	استبدال فعلي	10
Clausal Substitution	استبدال قولي	11
Demonstrativ	أسماء الإشارة	12
Informativite	الإعلامية	13
Coherence	الانسجام (أو الالتحام)	14
(ب)		
Macro structure	البنية الكليّة	15
(ت)		
Discourse Analysis	تحليل الخطاب	16
Text Analysis	تحليل النّص	17
Connectivity	الترابط	18
Conceptual Connectivity	الترابط المفهومي	19
Collocation	التضام (أو المصاحبات اللغويّة)	20
Reiteration	التكرير	21

Intertextuality	التّناص	22
Communication	التواصل	23
	(ح)	
Ellipsis	الحذف	24
	(س)	
Contexte	السياق	25
	(ظ)	
Adverb	ظرف	26
	(ق)	
Acceptabilite	القبول	27
Intentionality	القصد	28
	(ل)	
Text linguistics	لسانيات النّص	29
	(م)	
Textual Standards	معايير النّصية	30
Background Knowledge	المعرفة الخلفية	31
Comparative	المقارنة	32
Situationality	المقامية	33
	(ن)	
Text Grammar	نحو النص	34
Text	النص	35
Texture	النسيج	36
	(و)	
Conjonction	الوصل	37

فهرس المصادر والمراجع

- القرآن الكريم (المصحف الإلكتروني).

1 – إبراهيم (حافظ): ديوان حافظ إبراهيم، ج 1، ط: ذاكرة الكتابة، العدد 28، الهيئة العامة لقصور الثقافة، القاهرة، بدون.

2 – إبراهيم (نبيلة): القارئ في النصّ، فصول، مج الخامس، العدد الأول، أكتوبر – نوفمبر – ديسمبر 1984م.

3 – إسماعيل (عز الدين): الأسس الجماليّة في النقد العربي، عرض وتفسير ومقارنة، ط 3، دار الفكر العربي.

4 – الأفغاني (سعيد): الموجز في قواعد اللغة العربية، دار الفكر للطباعة والنشر والتوزيع، بيروت، لبنان، (د.ط)، 2003م.

5 – أمين (بكري شيخ): البلاغة العربية في ثوبها الجديد – علم المعاني، ط: الثالثة، دار العلم للملايين، بيروت، 1982م.

6 – أنيس (إبراهيم): موسيقى الشعر، ط 5، مكتبة الأنجلو المصرية، القاهرة، 1972م.

7 – البار (عبد القادر): جدوى الانتقال من نحو الجملة إلى نحو النصّ، مجلة الأثر، العدد 28، يونيو 2017م.

8 – بارت (رولان): نظرية النصّ، ضمن آفاق التناصية – المفهوم والمنظور، تر: محمد خير البقاعي، الهيئة المصرية العامة للكتاب، القاهرة، 1998م.

9 – بحيري (سعيد حسن): اتجاهات لغوية معاصرة في تحليل النصّ، مجلة علامات، النادي الأدبي الثقافي بجدة، المجلد 10، ج 3، 2000م.

10 – بحيري (سعيد حسن): علم لغة النصّ – المفاهيم والاتجاهات، ط 1، الشركة المصرية العالمية للنشر – لونجمان، القاهرة، 1997م.

11 – (براون) و(يول)، تحليل الخطاب، تر: محمد لطفي الزليطني، ومنير التريكي، النشر العلمي والمطابع، جامعة الملك سعود، الرياض، السعودية، ط 1997م.

12 – بشار (إبراهيم): الخطاب الشعري من منظور لسانيات النص – قصيدة عاشق من فلسطين لمحمود

درويش أنموذجاً، ماجستير، مخطوط، قسم الأدب العربي، كلية الآداب والعلوم الإنسانية والاجتماعية، جامعة خيضر – بسكرة، الجزائر، 2008م – 2009م.

13 – البقاعي (محمد خير): آفاق التناصية – المفهوم والمنظور، ط 1، الهيئة المصرية العامة للكتاب، القاهرة، 1998م.

14 – البقاعي (محمد خير): دراسات في النصّ والتناصية، ط 1، دار المعارف، حمص، 1998م.

15 – بوانيه (آلان): الذكاء الاصطناعي – واقعه ومستقبله، تر: علي صبري فرغلي، عالم المعرفة، عدد 172، الكويت، أبريل، 1993م.

16 – بوثويلو (خوسيه ماريا): نظرية اللغة الأدبية، تر: حامد أبو أحمد، مكتبة غريب، القاهرة، بدون.

17 – تودوروف (تزفيتان): مفهوم الأدب، تر: منذر عياشي، كتاب النادي الأدبي الثقافي بجدة، ع 63، ط 1، السعودية، 1990م.

18 – الجاحظ (عمرو بن بحر): البيان والتبيين، تح: عبد السلام هارون، ج 1، ط 2، مكتبة الخانجي بمصر والمثنى ببغداد، 1960م.

19 – الجارم (علي) ومصطفى أمين، البلاغة الواضحة، دار المعارف – مصر، بدون.

20 – الجرجاني (عبد القاهر): أسرار البلاغة، تع: محمود محمد شاكر، ط 1، دار المدني، جدة، 1991م.

21 – الجرجاني (عبد القاهر): دلائل الإعجاز، تح: محمد عبد المنعم خفاجي، مكتبة القاهرة، 1980م.

22 – الجرجاني (عبد القاهر): دلائل الإعجاز، تع: محمد عبد المنعم خفاجي، ط 1، مطبعة القاهرة، 1969م.

23 – ابن جني (أبو الفتح عثمان): الخصائص، ج 2، تح: محمد علي النجار، ط 3، الهيئة المصرية العامة للكتاب، القاهرة، 1987م.

24 – جيرو (بيير): الأسلوبية، تر: منذر عياشي، ط 2، مركز الإنماء الحضاري، 1994م.

25 – جيلدر (فان): بدايات النظر في القصيدة، ت. عصام بهي، فصول، مج 6، ع 2، فبراير – مارس 1986م.

26 – حسان (تمام)، الأصول دراسة إبستيمولوجية للفكر اللغوي عند العرب (النحو – فقه اللغة – البلاغة)، عالم الكتب، 1420هـ – 2000م.

27 – حسان (تمام)، الأصول، ط: دار الثقافة، الدار البيضاء 1411هـ، ط: الهيئة المصرية العامة للكتاب، القاهرة، 1982م.

28 – حسان (تمام): مناهج البحث في اللغة، ط الأنجلو المصرية، 1990م.

29 – حسان (تمام): اللغة العربية – معناها ومبناها، دار الثقافة، المغرب، 1994م.

30 – حساني (أحمد): المرتكزات اللسانية النصّية – بحث في الأسس المعرفية والمنطلقات المنهجية، كلية الدراسات الإسلامية والعربية، دبي، 2016م.

31 – حليم (رشيد): حدود النصّ والخطاب بين الوضوح والاضطراب، مجلة الأثر – مجلة الآداب واللغات – جامعة قاصدي مرباح – ورقلة – الجزائر، العدد السادس، مايو 2017م.

32 – حمادة (إبراهيم): معجم المصطلحات الدرامية والمسرحية، دار المعارف، بدون.

33 – حمودة (طاهر سليمان): ظاهرة الحذف في الدرس اللغوي، الدار الجامعية للنشر، الإسكندرية – مصر، 1999م.

34 – أبو خرمة (عمر محمد): نحو النصّ – نقد النظرية وبناء أخرى، ط 1، عالم الكتب الحديث، إربد – الأردن، 2004م.

35 – خطابي (محمد): لسانيات النصّ – مدخل إلى انسجام الخطاب، ط 1، المركز الثقافي العربي، بيروت – الدار البيضاء، 1991م.

36 – خلف (صيوان خضير) وخليل عبد المعطي المايع: النصّ ونحو النصّ، جامعة البصرة، مجلة آداب البصرة، العدد (76).

37 – الخوالدة (فتحي رزق): تحليل الخطاب الشعري – ثنائية الاتساق والانسجام في ديوان أحد عشر كوكباً لمحمود درويش، رسالة ماجستير، إشراف د. سامح الرواشدة، عمادة الدراسات العليا، جامعة مؤتة، 2005م.

38 – الخواجة (هيثم يحيى): مدخل إلى قراءة القصيدة المعاصرة في الإمارات، وزارة الثقافة والشباب وتنمية المجتمع، 2009م.

39 – دايك (فان): النصّ والسياق – استقصاء البحث في الخطاب الدلالي والتداولي، تر: عبد القادر قنيني، إفريقيا الشرق، المغرب، 2000م.

40 – دنقل (أمل): الأعمال الشعرية، ط: مدبولي، القاهرة، بدون.

41 – دي بوجراند (روبرت) : النصّ والخطاب والإجراء، تر: تمام حسان، ط 1، عالم الكتب، القاهرة، 1988م.

42 – الرازي: (فخر الدين): مفاتيح الغيب، ج 1، ط 1، دار الغد العربي، القاهرة، 1991 م.

43 – الرافعي (مصطفى صادق): إعجاز القرآن والبلاغة النبوية، ضبطه وصححه وحقق أصوله: محمد سعيد العريان، مطبعة الاستقامة، ط 5، القاهرة، 1952م.

44 – الزركشي (بدر الدين محمد بن عبد الله): البرهان في علوم القرآن، تح: محمد أبو الفضل إبراهيم، ج 1، دار التراث، القاهرة، د.ت.

45 – الزركشي (بدر الدين محمد بن عبد الله): البرهان في علوم القرآن، تح: محمد أبو الفضل إبراهيم، ج 2، دار التراث، القاهرة، بدون.

46 – الزمخشري: أساس البلاغة، تح: محمد باسل عيون، ج 1، دار الكتب العلمية، بيروت – لبنان، ط 1، 1419هـ – 1998م.

47 – الزّناد (الأزهر): نسيج النصّ – بحث في ما يكون به الملفوظ نصاً، ط 1، المركز الثقافي العربي، بيروت، 1993م.

48 – الزوزني: شرح المعلقات السبع، ط: مكتبة المعارف، الأولى، بيروت – لبنان، 2004م.

49 – أبو زيد (نصر حامد): مفهوم النصّ دراسة في علوم القرآن، ط: الهيئة المصرية العامة للكتاب، 1990م.

50 – أبو زيد (نصر حامد): النص، السلطة، الحقيقة، المركز الثقافي العربي، الدار البيضاء، المغرب، ط 1، 1995م.

51 – سعدية (نعيمة): الاتساق النصّي ووسائله من خلال النخلة والمجداف للشاعر عز الدين ميهوبي، مذكرة ماجستير، جامعة محمد خيضر – بسكرة، الجزائر، 2003م – 2004م.

52 – السعران (محمود): علم اللغة – مقدمة للقارئ العربي، دار الفكر العربي، ط 2، القاهرة، 1997م.

53 – السعيد (حمودي): الانسجام والاتساق النصّي – المفهوم والأشكال، مجلة الأثر، عدد خاص: أشغال الملتقى الوطني الأول حول اللسانيات والرواية، يومي 22 و23 فبراير 2012م.

54 – سليمان (يوسف)، النحو العربي بين نحو الجملة ونحو النصّ: مثل من كتاب سيبويه، المجلة الأردنية في اللغة العربية وآدابها، المجلد 7، العدد 1، 1432هـ.

55 – السيوطي (جلال الدين): الإتقان في علوم القرآن، ج 1، ط: دار الفكر، بيروت – لبنان، 1979م.

56 – السيوطي: الإتقان في علوم القرآن، تحقيق محمد أبو الفضل إبراهيم، ج 3، ط: المكتبة العصرية، صيدا – بيروت، لبنان، 1988م.

57 – السيوطي: الإتقان في علوم القرآن، ج 2، المكتبة الثقافية، بيروت – لبنان، 1973م.

58 – السيوطي: تناسق الدرر في تناسب السور، تح: عبد القادر أحمد عطا، ط 1، دار الكتب العلمية، بيروت – لبنان، 1986م.

59 – السيوطي: تناسق الدرر في تناسب السور، تح: عبد القادر عطا، بعنوان: أسرار ترتيب القرآن، سلسلة نوادر التراث، ط 2، دار الاعتصام، القاهرة، 1978م.

60 – السيوطي: معترك الأقران في إعجاز القرآن، تح: علي محمد البجاوي، ط 3، دار الفكر العربي، مصر، 1973م.

61 – شرح ابن عقيل على ألفية ابن مالك، تح: محمد محيي الدين عبد الحميد، ط 20، مكتبة دار التراث، القاهرة، 1980م.

62 – الصكر (حاتم): ترويض النصّ – دراسة للتحليل النصّي في النقد المعاصر – إجراءات ومنهجيات، ط: الهيئة المصرية العامة للكتاب، القاهرة، 1998م.

63 – الطالب (هايل): من نحو الجملة إلى نحو النصّ – المفهوم والتطبيق، مجلة جامعة البعث، المجلد 39، العدد 12، 2017م.

64 – طحان (ريمون): الألسنية العربية – الألسنية 2، ط 1، دار الكتاب اللبناني، بيروت، 1972م.

65 – العايدي (صلاح فاروق): تحولات القصيدة العربية في النصّف الثاني من القرن العشرين، ط 1، سلسلة كتابات نقدية، عدد 168، الهيئة العامة لقصور الثقافة، القاهرة، 2007م.

66 – العايدي (صلاح فاروق): نماذج الوعي واستراتيجيات التشكيل الفني في قصيدة النثر مطلع القرن الحادي والعشرين، ضمن كتاب الأبحاث والدراسات لمؤتمر قصيدة النثر المصرية، الكتاب الأول، ط: الهيئة المصرية العامة للكتاب، القاهرة، 2016م.

67 – العبد (محمد): اللغة والإبداع الأدبي، دار الفكر للدراسات والنشر والتوزيع، ط 1، القاهرة، 1989م.

68 – عبد البديع (لطفي): ميتافيزيقا اللغة، ط: الهيئة المصرية العامة للكتاب، 1997م.

69 – عبـد الكريم (جمعان): مفهوم التماسـك وأهميته في الدراسـات النصّيـة، مجلة علامات، مج 61، 2007م.

70 – عبد اللطيف (محمد حماسة): في بناء الجملة العربية، دار غريب، القاهرة، 2003م.

71 – عبد المجيد (جميل): البديع بين البلاغة العربية واللسانيات النصّية، الهيئة المصرية العامة للكتاب، القاهرة، 1998م.

72 – عبد المطلب (محمد)، مصادر إنتاج الشعرية، فصول، مج 16، ع 1، صيف، 1997م.

73 – عبد المطلب (محمد): البلاغة والأسلوبية، الهيئة المصرية العامة للكتاب، القاهرة، 1984م.

74 – عصفور (جابر): استعادة الماضي – دراسات في شعر النهضة، ط: مكتبة الأسرة، الهيئة المصرية العامة للكتاب، القاهرة، 2001م.

75 – عصفور (جابر):ذاكرة الشعر، ط مكتبة الأسرة، الهيئة المصرية العامة للكتاب، 2002م.

76 – عفيفي (أحمد): نحو النصّ، مكتبة زهراء الشرق، القاهرة، ط 1، 2001م.

77 – علوش (سعيد): معجم المصطلحات الأدبية المعاصرة – عرض وتقديم وترجمة، ط 1، دار الكتاب اللبناني – بيروت، سوشبريس – الدار البيضاء، 1985م.

78 – العلـوي (يحيى بن حمزة): الطراز المتضمن لأسـرار البلاغـة وعلوم حقائق الإعجاز، ج 1، ط: الذخائر، عدد 186، الهيئة العامة لقصور الثقافة، القاهرة، 2009م.

79 – علي (عاصم شحادة): (مراجعات كتب) مدخل إلى علم لغة النصّ – تطبيقات لنظرية روبرت دي بوجراند وولفجاج دريسلر، مجلة التجديد، مج 16، العدد الحادي والثلاثون، 1422هـ 2012م.

80 – الغذامي (عبد الله محمد): تشريح النصّ، ط 1، دار الطليعة، بيروت، 1987م.

81 – الغذامـي (عبـد الله): الخطيئـة والتكفير – من البنيوية إلى التشـريحية، ط 1، كتاب النادي الأدبي الثقافي بجدة عدد 27، المملكة العربية السعودية، 1985م.

82 – فرج (حسام أحمد): نظرية علم النصّ، ط 1، مكتبة الآداب، القاهرة، 2007م.

83 – فضـل (صلاح): بلاغة الخطاب وعلم النـصّ، ط: عالم المعرفة، المجلس الوطني للثقافة والفنون والآداب، الكويت، أغسطس، 1992م.

84 – الفقي (صبحي إبراهيم): علم اللغة النصّي بين النظرية والتطبيق – دراسـة تطبيقية على السـور المكية، دار قباء للطباعة والنشر، القاهرة، 2000م.

85 – الفيروز آبادي: القاموس المحيط، ط: دار الكتاب العربي، د.ت، د.ط.

86 – الفيـروز آبادي، محمد الدين محمد بـن يعقوب: القاموس المحيط، تحقيق مكتب تحقيق التراث في مؤسسة الرسالة بإشراف محمد نعيم العقسوسي، ط 8، مؤسسة الرسالة، بيروت، لبنان، 2005م.

87 – القزويني (الخطيب): الإيضاح في علوم البلاغة، وضع حواشـيه إبراهيم شـمس الدين، ط 1، دار الكتب العلمية – بيروت، 2003م.

88 – القعود (عبد الرحمن محمد): الإبهام في شعر الحداثة، عالم المعرفة، عدد 279، الكويت، 2002م.

89 – كريستيفا (جوليا): علم النصّ، تر: فريد الزاهي، ط 1، توبقال للنشر، المغرب، 1991م.

90 – لاينز (جون): اللغة والمعنى والسياق، تر: عباس صادق الوهاب، ط 1، آفاق عربية، دار الشؤون الثقافية العامة، العراق، 1987م.

91 – لحمادي (فطومة): السياق والنصّ – استقصاء دور السياق في تحقيق تماسك النصّ، مجلة كلية الآداب والعلوم الإنسانية والاجتماعية، العددان الثاني والثالث، يناير – يونيو 2008م.

92 – لوصيف (غنية): الاتساق والانسجام في قصيدة مديح الظل العالي لمحمود درويش – مقاربة لسانية، ماجستير، مخطوط، قسم اللغة العربية، معهد اللغات والأدب العربي، المركز الجامعي العقيد أكلي محند أولحاج بالبويرة، الجزائر، 2008م – 2009م.

93 – مارتان (روبير) : مدخل لفهم اللسانيات، تر: عبد القادر المهيري، ط 1، المنظمة العربية للترجمة – مركز دراسات الوحدة العربية، بيروت – لبنان، 2007م.

94 – ابن مالك (بدر الدين): المصباح في المعاني والبيان والبديع، تح: حسني عبد الجليل يوسف، ط 1، مكتبة الآداب – القاهرة، 1989م.

95 – مجموعة كتاب: مدخل إلى مناهج النقد الأدبي، تر: رضوان ظاظا، عالم المعرفة، عدد 221، الكويت، مايو، 1997م.

96 – مداس (أحمد)، تحليل الخطاب الشعري في منظور اللسانيات النّصية، مذكرة لنيل شهادة الماجستير، جامعة محمد خيضر، بسكرة، الجزائر، 2003م.

97 – المرشاد (مطلق محمد مبارك): التماسك النصّي في لامية العرب، عالم الفكر، عدد 178، أبريل – يونيو، 2019م.

98 – معلوف (لويس): المنجد في اللغة والأدب، ط 19، المطبعة الكاثوليكية، بيروت، بدون.

99 – مفتاح (محمد): التلقي والتأويل – مقاربة نسقية، ط 1، المركز الثقافي العربي، الدار البيضاء، 1994م.

100 – مفتاح (محمد): تحليل الخطاب الشعري – استراتيجيات التناص، دار التنوير للطباعة والنشر – المركز الثقافي العربي، بيروت – الدار البيضاء، بدون.

101 – مفتاح (محمد): تحليل الخطاب الشعري – استراتيجية التناص، ط 2، المركز الثقافي العربي، الدار البيضاء – المغرب، 1986م.

102 – ابن منظور: لسان العرب، مج 6، ط: دار المعارف، بدون.

103 – ابن منقذ (أسامة): البديع في نقد الشعر، تح: أحمد بدوي وحامد عبد المجيد، مراجعة إبراهيم مصطفى، ط: وزارة الثقافة والإرشاد القومي، مصر، د.ت.

104 – نصبة (بوبكر): الاتساق والانسجام في شعر إبراهيم ناجي – قصيدة ساعة التذكار أنموذجاً، ماجستير، مخطوط، قسم الأدب العربي، كلية الآداب والعلوم الإنسانية والاجتماعية، جامعة خيضر – بسكرة، الجزائر، 2005م – 2006م.

105 – وغليسي (يوسف): الخطاب النقدي عند عبد الملك مرتاض – بحث في المنهج، إصدارات رابطة الإبداع الثقافية، الجزائر، 2000م.

106 – وهبة (مجدي)، كامل المهندس: معجم المصطلحات العربية في اللغة والأدب، ط 2، مكتبة لبنان، 1984م.

107 – ياكوبسون (رومان): قضايا الشعرية، تر: فريد الزاهي، ومراجعة عبد الجليل ناظم، ط 2، دار توبقال للنشر، الدار البيضاء – المغرب، 1997م.

108 – يقطين (سعيد): انفتاح النصّ الروائي، ط 1، المركز الثقافي العربي، بيروت – الدار البيضاء، 1989م.

«الدواوين الشعرية»:

1 – إبراهيم (إبراهيم محمد)، ديوان: صحوة الورق، الطبعة الأولى، سبتمبر، 1990م.

2 – بدر (خالد): ديوان: ليل (شعر)، رياض الريس للطباعة والنشر، د.ط، د.ت.

3 – الخاجة (عارف): ديوان: علي بن المسك التهامي يفاجئ قاتليه، الطبعة الأولى، منشورات اتحاد كتاب وأدباء الإمارات، 1989م.

4 – الخاجة (عارف)، ديوان: صلاة العيد والتعب، منشورات اتحاد كتاب وأدباء الإمارات العربية المتحدة، الطبعة الأولى، 1986م.

5 – خليفة (محمد)، ديوان: وهج الأنثى، د.ط، د.ت.

6 – الزعابي (ناصر البكر)، ديوان: لا بوح بعد هذا، وزارة الثقافة وتنمية المعرفة، الإمارات العربية المتحدة، 2016م.

7 – شاهين (ظاعن): آية للصمت (شعر)، ط 1، منشورات اتحاد كتاب وأدباء الإمارات، 1990م.

8 – الشعالي (علي)، ديوان: وجوه وأخرى متعبة، دار الهدهد للنشر والتوزيع، الطبعة الثانية، دبي – الإمارات العربية المتحدة، 2016م.

9 – الصايغ (حبيب)، ديوان: غد، الطبعة الأولى، المستقلة للطباعة والنشر، أبوظبي – الإمارات، 1996م.

10 – عبد الله (مريم جمعة)، ديوان: مبهورة بضوء، وزارة الثقافة وتنمية المعرفة، أبوظبي، 2016م.

11 – العسم (أحمد عيسى)، ديوان: تحت الظل الكثرة، الطبعة الأولى، اتحاد كتاب الإمارات – مجموعة أبوظبي للثقافة والفنون، 2017م.

12 – غابش (صالحة): ديوان: بانتظار الشمس، الطبعة الأولى، منشورات اتحاد كتاب وأدباء الإمارات، 1992م.

13 – غابش (صالحة عبيد)، ديوان: المرايا ليست هي (شعر)، الطبعة الأولى، منشورات اتحاد كتاب وأدباء الإمارات، 1997م.

14 ـ غابـش (صالحــة)، ديـوان: رب ظــلال تغرينــي أن أصبح ممكنــة، الطبعة الأولــى، لجنة إدارة المهرجانات والبرامج الثقافية والتراثية ـ أكاديمية الشعر، أبوظبي، 2018م.

15 ـ القاسمي (أسماء بنت صقر)، ديوان: امرأة خارج الوقت، د.ط، د.ت.

16 ـ المبارك (رهف): ديوان: يحاصرني الليل، إصدارات دائرة الثقافة، حكومة الشارقة، 2011م.

17 ـ معتوق (كريم): ديوان: كريم معتوق، ج 1، هيئة أبوظبي للثقافة والتراث، أكاديمية الشعر، الطبعة الأولى، 2011م.

18 ـ معتوق (كريم): ديوان: كريم معتوق،ج 2، هيئة أبوظبي للثقافة والتراث، أكاديمية الشعر، الطبعة الأولى، 2011م.

19 ـ الملا (إبراهيم): ديوان: صحراء في السلال، منشورات الجميل، المغرب، الدار البيضاء، الطبعة الأولى، 1997م.

المراجع الأجنبية:

1 ـ Brown, G. AND George Yule. (1983). Discourse Analysis. C.U.P. London.

2 ـ Halliday, M.A.K and R.Hasan,Cohesion in English, longman, London ,1976.

3 ـ -Marie- Anne Paveauet Georges- Elia Sarfati, Les grandes theories de la linguistique de la grammaire comparee a la pragmatique, Armand Colin Mars 2003.

4 ـ Oxford, (Advanced learns Encyclopeedia), (Oxford: Oxsford University Press, 1989).

الفهرس